Mehr von Tina Folsom

Samsons Sterbliche Geliebte (Scanguards Vampire - Buch 1)
Amaurys Hitzköpfige Rebellin (Scanguards Vampire - Buch 2)
Gabriels Gefährtin (Scanguards Vampire - Buch 3)
Zanes Erlösung (Scanguards Vampire - Buch 5)

Mehr Bücher in der Scanguards Serie kommen bald!

YVETTES VERZAUBERUNG

(Scanguards Vampire – Buch 4)

Tina Folsom

Übersetzt von Amy Sansome

Besonderen Dank an Andrea Mühlbauer

Deutsche Erstausgabe
Die Amerikanische Originalausgabe erschien 2011 unter dem Titel
Yvette's Haven

Cover design: Elaina Lee
Cover Fotos: bigstockphoto.com und romancenovelcovers.com
Autorenfoto: © Marti Corn Photography

Für Mark

Prolog

Haven war der Erste, der seine Mutter alarmiert aufschreien hörte. Sofort packte er seinen jüngeren Bruder Wesley am Kragen seines Polohemdes, was diesen kreischend protestieren ließ.

„Lass mich los, Hav! Ich will spielen."

Haven ignorierte seinen 8-jährigen Bruder und hielt ihm den Mund zu. „Sei still!", befahl er mit gedämpfter Stimme.

Er konnte die wachsende Angst seiner Mutter wahrnehmen, obwohl er und sein Bruder sich im Hobbyraum aufhielten, während ihr Schrei aus der Küche gekommen war, wo sie Zaubertränke zusammenbraute.

„Jemand ist im Haus. Sei still." Er blickte seinen Bruder eindringlich an.

Wesleys Augen weiteten sich verängstigt, nichtsdestotrotz nickte er. Langsam nahm Haven die Hand von seinem Mund, was Wesley ihm mit Schweigen dankte.

Für eine solche Situation hatte ihre Mutter ihnen strickte Anordnungen gegeben: verstecken und ruhig bleiben. So sehr Haven auch seiner Mutter gehorchen wollte, ihr Schrei war ihm durch und durch gegangen und er wäre ein Feigling, würde er ihr nicht helfen.

Für sein Alter war er groß, schon fast ein Mann. Nachdem ihr Vater sie vor fast einem Jahr verlassen hatte, war er dazu gezwungen gewesen, schnell erwachsen zu werden. Er war jetzt der Mann im Haus. Es war seine Pflicht, seiner Mutter zu helfen.

„Geh und hol Katie und versteckt euch unter der Treppe."

Das Baby schlief im Schlafzimmer im Erdgeschoss anstatt im oberen Kinderzimmer, damit man sie hören konnte, sollte sie aufwachen. Sie sollte erst in zwei Stunden wieder Hunger bekommen, hoffentlich bedeutete das auch, dass sie ohne Unterbrechung weiterschlafen würde.

Nur mit Socken an seinen Füßen rannte Wesley den Flur entlang, ohne einen Ton auf dem Holzboden zu verursachen. Haven nahm all seinen Mut zusammen und schlich zur Küchentüre.

„Du weißt, dass du einen von ihnen opfern musst. Also, wer soll's sein?", fauchte eine Männerstimme in der Küche.

Die Böswilligkeit darin war unmissverständlich und ein kalter Schauer schlängelte sich wie eine Kreuzotter an Havens Rücken hinauf.

„Niemals“, antwortete Havens Mutter. Ein weiß blitzendes Licht begleitete ihre Worte.

Wenn sie Magie an dem Eindringling benutzte, bedeutete dies, dass es sich um ein übernatürliches Wesen handeln musste: Der Eindringling war kein Mensch!

Mist!

Mit einem Einbrecher würde Mutter spielend fertig werden, aber dies war anders. Darum brauchte sie seine Hilfe, ob sie es verboten hatte oder nicht. Sie könnte ihm deswegen später Hausarrest aufbrummen, aber er würde sich jetzt nicht wie ein rückgratloses Wiesel verkriechen. Wesley konnte auf Katie aufpassen, doch Haven war nun alt genug – elf, um genau zu sein – um seiner Mutter zu helfen, den Angreifer in die Flucht zu schlagen.

Haven schlich vorwärts und schielte um den Türstock in die gut beleuchtete Küche. Fassungslos wich er zurück.

Verdammter Mist!

Zweifellos war ihr Angreifer ein Vampir – und die standen auf der obersten Stufe der Nahrungskette. Seine Fänge waren ausgefahren und schoben sich an seinen offenen Lippen vorbei. Seine Augen leuchteten rot wie die Heckleuchten eines Autos bei Nacht.

Vampire waren nicht immun gegen Hexenzauber, doch Havens Mutter war nur eine mittelmäßige Hexe, die außer ihren Zaubertränken und -sprüchen keinerlei besondere Fähigkeiten besaß. Sie hatte es nie fertig gebracht, eines der Elemente zu kontrollieren: Wasser, Luft, Feuer und Erde, wie andere ihrer Gattung. Sie war so gut wie hilflos.

Der große, schlanke Vampir schlang seine Hand um ihren Hals, gerade als sich ihr Mund bewegte, als versuche sie, einen Zauberspruch zu formulieren. Doch kein Wort kam ihr über die Lippen. Sie kämpfte gegen seinen Griff an, ihre Augen schnellten zur Seite, suchten verzweifelt nach einem Mittel, das ihr helfen konnte, sich zu befreien. Es gab keinen Ausweg – keine Möglichkeit, wie sie entkommen konnte, solange sie nicht einen Spruch anwandte, der dem Vampir befahl, sie freizulassen. Und selbst dann …

Haven wusste, was er zu tun hatte. Er nahm all seinen Mut zusammen und rauschte in die Küche auf die Anrichte zu, wo einige

Küchenutensilien in einem Tonkrug aufbewahrt wurden. Er griff nach dem Holzlöffel und brach ihn entzwei.

Bei dem Geräusch riss der Vampir seinen Kopf zu Haven herum und ließ irritiert seine Fänge aufblitzen. Ein warnendes Knurren löste sich aus seiner Kehle. „Großer Fehler, kleiner Mann, großer Fehler."

Keiner würde ihn klein nennen und damit davonkommen.

Ein Gurgeln kam von seiner Mutter. Sie blinzelte Haven zu, entschlossen, ihm trotz ihrer offensichtlichen Not eine Nachricht zu übermitteln. Sie wollte, dass er sich in Sicherheit brachte. Er verstand sie nur zu gut, doch er würde nicht davonlaufen. Er war kein Feigling. Wie konnte sie nur denken, dass er flüchten und sie in den Händen dieses Monsters zurücklassen würde?

„Lass meine Mutter gehen!", forderte er von dem Vampir, während er die Hand hob, in der er seinen provisorischen Pflock hielt.

Haven stürzte sich mit einem Kampfschrei auf den Vampir, wie er es im Fernsehen in den Western gesehen hatte, die er so gerne anschaute. Bevor er den Blutsauger erreichte, ließ der Vampir seine Mutter los und schleuderte sie gegen den Herd. Das Geräusch, als ihr Rücken gegen die Metalltüre des Ofens stieß, sandte einen Wutanfall durch Haven. Schneller als Havens Augen dem Vampir folgen konnten, schnappte dieser sein Handgelenk und immobilisierte ihn.

Haven biss die Zähne zusammen und trat der massiven Kreatur mit dem Fuß ans Schienbein. Der Vampir schrie auf. Hinter ihm sah Haven, dass seine Mutter sich aufrichtete. Schmerzerfülltes Stöhnen begleitete ihre Bewegungen. Doch ihr Gesicht wirkte entschlossen, und ihre Lippen formten einen Zauberspruch.

„Nacht bringt Tag, Tag bringt Nacht, hilf den kleinen …"

Der Vampir verdrehte Havens Arm und zog den Pflock aus seiner geballten Faust. Er fiel zu Boden, rollte außer Reichweite. Dann ließ der Vampir ihn los. Während er sich herumdrehte, zog er ein Messer aus seiner Jacke.

„Du dumme Hexe!", knurrte er. „Ich wollte dich am Leben lassen."

Unverdrossen fuhr seine Mutter mit ihrem Spruch fort. „... groß und gib ihnen Macht ..."

Haven hechtete von hinten auf den Vampir, versuchte, ihm das Messer aus der Hand zu schlagen, doch sein Gegner stieß seinen Ellbogen in Havens untrainierten Bauch und brachte ihn damit zu

Boden.

Als Haven aufblickte, sah er lediglich das Schnappen des Handgelenks des Vampirs, als dieser das Messer auf sein Ziel fliegen ließ. Ein überraschter Schrei unterbrach den Zauberspruch seiner Mutter.

Das Messer war in ihrer Brust gelandet. Als sie zu Boden taumelte, sickerte Blut auf ihre weiße Schürze. Haven versuchte, näherzukommen, doch der Vampir blockierte ihm den Weg.

„Haven“, weinte die angestrengte Stimme seiner Mutter. „Denk immer daran… zu lieben …“

„Nein! Du Bastard!“, schrie Haven. „Ich bringe dich um!“

Doch bevor er irgendetwas tun konnte, erfüllte das Weinen eines Kindes das Haus. Katie.

Der Vampir drehte seinen Kopf in Richtung Flur. Dann breitete sich ein selbstgefälliges Grinsen auf seinem Gesicht aus. Es half allerdings nicht, die Hässlichkeit in seiner Erscheinung zu lindern.

„Viel einfacher“, verkündete er. „Als wollte ich mich mit einem lästigen kleinen Jungen belasten.“

„Nein!“, schrie Haven, als ihm klar wurde, dass er Katie wollte. Der Vampir hatte gesagt, dass er nur einen von ihnen brauchte.

Der Blutsauger rannte aus der Küche, den Flur hinunter. Haven folgte ihm und ergriff einen Besen, der gegen die Wand lehnte. Er zerbrach den Griff über seinem Knie und nahm das kürzere Ende wie einen Pflock. Als er einige Sekunden nach dem Vampir das Versteck unter der Treppe erreichte, vermischte Katies Quengeln sich mit Wesleys panischen Schreien.

„Hilfe! Haven, Mama, helft mir!“

Der Vampir riss das kleine Bündel, Katie, aus Wesleys Armen und drückte es an seine Brust, während er Havens kleinen, zappelnden Bruder mit der anderen Hand von sich weg hielt. Wesleys Versuche, ihn in den Magen zu boxen waren nutzlos – seine kleinen Fäuste konnten ihm nichts anhaben.

„Hör auf, du kleiner Randalierer!“

Weder Wesley noch Haven hörten auf den Befehl des Vampirs. Stattdessen rammte Haven den behelfsmäßigen Pflock in der Hand gegen den Vampir, der sich allerdings zu schnell umdrehte. Er schleuderte Wesley gegen die Wand und hob seinen Arm, um sich gegen den Pflock zu wehren, während er Katie mit seiner anderen Hand noch höher hielt.

Haven war der übernatürlichen Kreatur deutlich unterlegen, selbst mit seiner Entschlossenheit, seine kleine Schwester zu retten.

Der Blutsauger stieß ihn gegen die Wand, der Aufprall raubte Haven den Atem. Schmerz erfüllte ihn und erinnerte ihn daran, dass er lediglich ein Mensch war, der keine besonderen Fähigkeiten hatte, die er gegen den Blutsauger anwenden konnte.

„Ich will dir nichts antun. Ich will nur einen von euch.“ Da war ein Blitzen von etwas in seinen Augen, fast als bereute er seine Tat. „Um das Gleichgewicht zu wahren.“

Eine Sekunde später war er verschwunden. Die Haustüre stand offen, und Dunkelheit drang in Havens zerstörtes Zuhause ein. Frost und Nebel nahmen den Platz ein, wo noch kurz zuvor Wärme und Liebe wohnten.

Wesley stöhnte: „Mama, hilf uns.“

Haven kroch die paar Meter, die sie trennten, zu seinem Bruder. Wie sollte er Wes beibringen, was mit ihrer Mutter geschehen war? Und Katie, was würde mit Katie passieren?

„Mama kann uns nicht helfen“, flüsterte Haven seinem Bruder zu, während er den Schmerz seiner geprellten Rippen so gut er konnte ignorierte. Es war nichts gegen den Schmerz, den er in seinem Herzen verspürte.

Er blickte Wesley an und sah, wie Tränen der Erkenntnis dessen Wangen entlang kullerten. Haven konnte nicht weinen; stattdessen füllte sich sein Herz mit Hass: Hass gegen alles Magische, alles Übernatürliche, alles nicht Menschliche. Denn obwohl er nicht wusste, was der Vampir wollte oder warum er seine Mutter umgebracht hatte, vermutete er, dass es etwas mit Magie zu tun hatte. Es gab keinen anderen Grund. Er war nicht gekommen, um sie ihrer irdischen Besitztümer zu berauben. *Um das Gleichgewicht zu wahren*, hatte er gesagt. Das Gleichgewicht wovon? Haven starrte seinen Bruder an und drückte dessen Hand. „Ich werde ihn finden. Und ich werde ihn umbringen, und alle Vampire, die meinen Weg kreuzen. Und wir werden Katie zurückholen. Das verspreche ich.“

Und er würde nicht ruhen, bevor er sein Versprechen erfüllt hatte.

1

San Francisco, 22 Jahre später

Es war eine Falle – was für eine riesige hätte sich Haven nie vorstellen können.

Nachdem er Wesleys SMS erhalten hatte, dass er ihn in der verlassenen Lagerhalle in einem der weniger guten Stadteile treffen solle, hatte er die Gegend abgesucht und angenommen, dass höchstens ein oder zwei Angreifer auf ihn warteten. Das würde ein Kinderspiel sein, hatte er gedacht.

Es wäre nicht das erste Mal, dass er seinen kleinen Bruder aus den Krallen eines Kredithais oder eines anderen Kleinkriminellen, mit dem er sich angelegt hatte, befreien musste. Und um wie viel Geld es auch ging, das er als Auslöse für seinen Bruder zahlen sollte, sie würden nie auch nur einen Penny von ihm bekommen. Seine verborgene Knarre würde dafür sorgen.

Die Tür des Lagerhauses war unverriegelt. Er drückte sie auf und huschte hinein, nahm den muffigen Geruch des Gebäudes auf. Er vermischte sich mit einer ihm unbekannten Mixtur aus Kräutern, die zusammen mit anderen fremdartigen Düften und Geschmäckern Gedanken an Chinatown in ihm wachriefen. Der lange Korridor vor ihm war dunkel. Die einzelne Glühbirne, die an der Decke hing, war bedeckt mit Staub und Spinnweben. Es gab nichts Einladendes an diesem Ort.

Jegliche weitere Erkundung der Lagerhalle wurde durch den kalten Windstoß, der ihn erreichte, zunichtegemacht. Kurz darauf fühlte Haven eine Kraft, die seinen 1,90 Meter großen, 90 kg schweren muskulösen Körper wie eine Flutwelle gegen die Wand drückte. Trotz seines Trainings im Nahkampf konnte er nicht gegen seinen unsichtbaren Feind ankämpfen.

Mist!

Dieses Mal hatte er es nicht mit einem armseligen Kleinkriminellen zu tun.

Haven verabscheute das Gefühl von Hilflosigkeit, das sich in seinem Körper ausbreitete, als das Kraftfeld ihn weiterhin festhielt. Als skrupelloser Kopfgeldjäger war das Wort Verletzlichkeit nicht Teil seines Vokabulars. Und er würde es jetzt auch nicht darin aufnehmen. Seine Kartei V war bereits voll: Vampir, Verbrecher, Vagabunden, Vergewaltiger. Es war kein Platz für Verletzlichkeit. Er würde dieses Wort den Leuten beim *Duden* überlassen, die könnten Verwendung dafür haben.

Und sollte er dieser misslichen Lage entkommen, würde er seinen Bruder filetieren. Aber nicht, bevor er ihm die Seele rausgeprügelt hatte.

„Wie ich sehe, hast du meine Nachricht erhalten“, kommentierte eine gelassene weibliche Stimme.

Im nächsten Moment zeigte sie sich. Sie war hübsch; lange rote Haare, die ihr Gesicht einrahmten und über ihre Schultern fielen. Ihre Wangenknochen waren hoch, ihre Haut blass und ihre Lippen voll. Auf den ersten Blick hin war diese Frau der Traum aller Männer.

Haven wettete, dass, in welch misslicher Lage Wesley auch immer steckte, es an dieser Frau lag, die eindeutig sein Gehirn lahmgelegt hatte, damit er nur noch das kleinere zwischen seinen Beinen benutzen konnte. Haven war von Frauen nicht so beeinflussbar wie sein Bruder. Er hatte nie jemandem erlaubt, ihm den Kopf derart zu verdrehen. Und er war auch nicht so leichtgläubig wie sein kleiner Bruder. Nein, er war knallhart und unerschütterlich. Und irgendwie würde er aus dieser Situation herauskommen.

Haven knirschte mit den Zähnen, während er in die eisblauen Augen der teuflischen Schönheit starrte. „Was hast du mit meinem Bruder gemacht, du Hexe?“

Da sie sich ihm noch nicht vorgestellt hatte, war es seiner Ansicht nach angebracht, dass er sie mit ihrem Berufsstand ansprach statt mit ihrem Namen. Und über ihren Beruf war er sich sicher: Die Kräfte, die sie gegen ihn verwendete, waren etwas, das ein Physiker nicht zu erklären wusste. Es war Magie. Und Magie erkannte er, wenn sie ihn in den Arsch biss.

„Bei dir hört es sich an wie ein Schimpfwort.“

„Ist es das nicht?“

Sie schüttelte missbilligend den Kopf und ihre kupferfarbenen Locken hüpften dabei um ihre Schultern. „Ich heiße Bess, nicht, dass es dich etwas angehen würde. Und als Sohn einer Hexe hätte ich mehr Respekt von dir erwartet. Schätzt du die Kräfte deiner Mutter nicht?“

Die Erinnerung an seine Mutter nagte an ihm. Er schob sie beiseite, versuchte, die Gefühle, die dabei aufkamen, zu verdrängen. Gefühle, die er seit ihrem grausamen Tod versuchte zu verbannen. Er würde dieser verdammten Hexe nicht erlauben, ihn zu schwächen, indem sie Dinge ausgrub, die begraben bleiben sollten.

„Lass meine Mutter aus dem Spiel. Wo ist mein Bruder und was willst du?“

„Dein Bad-Boy-Kopfgeldjäger-Getue funktioniert bei mir nicht. Also lass es draußen und komm rein.“

Haven funkelte sie an und biss die Zähne zusammen.

„Außer du willst deinen Bruder nicht mehr sehen. Dann lass ich ihn einfach verrotten.“

Plötzlich verschwand der Druck an seiner Brust, und er konnte sich von der Wand lösen. Er schüttelte das verbleibende Gefühl von Platzangst von sich und griff in seine Jackentasche. Der Gedanke, sie umzubringen, dominierte in seinem Kopf. Doch ohne zu wissen, wo sie Wesley versteckte, konnte er die Kugeln nicht ihren Job machen lassen. Zumindest noch nicht.

„Nimm deine Hand von deiner Knarre weg.“

Man musste keine Hexe sein, um zu wissen, wonach er gerade griff. Haven schnaubte. „Komm auf den Punkt. Wo ist Wesley?“

Bess ging in einen großen Raum, eine Art Wohnzimmer. Er folgte ihr. Einige zusammengewürfelte Möbelstücke füllten das Zimmer. Teppiche waren auf dem Betonboden ausgebreitet und schwere Samtvorhänge hingen vor den Fenstern. Zusammen mit dem Bücherregal, das mit Büchern und Krügen, die mit grausig aussehenden Dingen gefüllt waren, vollgestellt war, verlieh es dem Raum einen gotischen Ausdruck. Nicht gerade sein Einrichtungsstil.

In seinen acht Jahren als Kopfgeldjäger, in denen er für die verschiedensten Auftraggeber gearbeitet hatte, hatte Haven schon so einiges gesehen, deshalb konnte ihn nichts mehr überraschen. Doch selbst ohne seine Erfahrungen wäre er über die Wahl ihrer Dekoration nicht verblüfft gewesen. Sie hatte recht; er war der Sohn einer Hexe und als solcher hatte er schon genug gesehen. Mehr, als er jemals sehen – oder wissen – wollte.

Haven schüttelte die Gedanken von sich. „Wo ist Wesley?“

Die Hexe setzte sich auf eines der überladenen Sofas und deutete auf einen Sessel. „In Sicherheit. Hinsetzen.“

„Ich bin nicht dein Hund.“ Hexe oder nicht, er mochte es nicht, herumkommandiert zu werden.

„Ich kann dich in einen verwandeln, wenn du willst.“

Mit grunzender Missbilligung ließ er sich in den Sessel fallen und erzeugte dadurch eine Staubwolke. „Ich sitze.“

Die Hexe ließ ihren Blick über seinen Körper schweifen. Unbehagen breitete sich in ihm aus; er mochte es nicht, angestarrt zu werden, als wäre er irgendein Ausstellungsstück. Oder noch schlimmer, die Zielperson eines Experiments.

„Dein Bruder ist dir kein bisschen ähnlich. Er scheint viel… höflicher. Nicht so –“

„Ich bin sicher, du hast mich nicht für eine Psychologiestunde hierherbestellt; und überhaupt schätze ich diese Art Einladung nicht.“

Warum hatte er nicht vermutet, dass die Nachricht nicht von seinem Bruder stammte? Vielleicht weil sie von Wesleys Mobiltelefon kam und genau nach ihm geklungen hatte: hoffnungslos in der Patsche und geplagt von Rechtschreibfehlern. Sein Bruder konnte ums Verrecken nicht buchstabieren. Haven hatte die Echtheit der Nachricht nicht in Frage gestellt.

„Wärst du gekommen, wenn ich einen freundlichen Brief geschickt hätte? Scherz beiseite, wir haben Geschäfte zu besprechen.“

Haven hob eine Augenbraue. Er machte keine Geschäfte mit einer Hexe. Obwohl seine Mutter eine Hexe war, hatten weder er noch sein Bruder ihre Fähigkeiten geerbt. Es hatte ihn nie gestört, denn er zog es vor, seine Opfer aus der Nähe zu töten, sodass er die Angst in ihren Augen sehen konnte, wenn sie erkannten, dass er gewinnen würde. Er hatte nicht den Wunsch, von der Ferne aus mit Magie zu kämpfen.

Seine Opfer waren immer Vampire – nicht dass es ein Problem für ihn darstellte, auch eine Hexe auf seine Liste zu setzen. Wer auch immer ihm oder seiner Familie etwas antun wollte, um den würde er sich rasch kümmern. Auf tödliche Art.

„Was willst du von mir im Tausch gegen meinen Bruder?“

„Du begreifst schnell. Angesichts deines ungewöhnlichen Berufes wird es für dich nur wie ein zusätzlicher Arbeitstag sein.“

Er hasste es, wenn jemand mit ihm spielte. Und das Katz-und-Maus-Spiel, das sie gerade mit ihm führte, war das Schlimmste von allen.

„Spuck's aus."

„Es gibt da eine Frau, eine junge Schauspielerin. Ich möchte, dass du sie zu mir bringst."

„Da du es problemlos geschafft hast, mich in deine Lagerhalle zu locken, leuchtet mir nicht ein, warum du sie nicht selbst hierher bringst."

Bess schürzte ihre Lippen. „Ah, hier fangen die kleinen Problemchen an. Schau, das Mädel hat einen Bodyguard."

Die Hexe fuchtelte mit den Händen in der Luft herum. „Hat was mit den Paparazzi zu tun." Ihre Verachtung gegenüber Promis deutlich erkennbar, rollte sie ihre kalten blauen Augen.

„Und du kommst nicht an dem Bodyguard vorbei? Du hast doch auch deine Kräfte angewandt, um mich festzuhalten. Woraus ist der Kerl gemacht? Stahl?"

Etwas war faul. Und es war nicht der brennende Weihrauch, der dem Raum den Sauerstoff raubte.

„Dummerweise ist der Bodyguard ein Vampir."

Haven schaute auf. Gerade begann es, interessant zu werden. Er lehnte sich im Sessel nach vorne, fasziniert von ihren Worten.

„Na endlich habe ich jetzt deine Aufmerksamkeit. Du könntest zwei Fliegen mit einer Klappe schlagen: deinen Bruder befreien, indem du mir das Mädchen beschaffst, und als Bonus noch einen Vampir umbringen. Es ist eine Win-win-Situation."

Win-win, aber für wen? „Willst du damit sagen, dass du nicht mal mit einem einzelnen Vampir fertig wirst?"

Haven wusste mit Sicherheit, dass Hexenkraft genauso gut an Vampiren funktionierte wie bei Menschen. Und so wie es aussah, war diese Hexe stark genug, einen Vampir mit Zaubersprüchen und -tränken zu bekämpfen. Und offensichtlich konnte sie dazu noch mindestens ein Element kontrollieren: die Luft. Er hatte es zuvor am eigenen Leib gespürt. Mit einer Hexe, die Elemente kontrollieren konnte, war nicht zu spaßen.

„Ich könnte es, wenn ich nahe genug rankommen würde. Doch Vampire können Hexen bereits aus großer Entfernung wahrnehmen. Ich könnte niemals nahe genug rankommen, um Magie einzusetzen. Darum brauche ich einen Menschen; du könntest dich ihm nähern, ohne einen Verdacht zu erwecken."

Sie schob ihre Hand in die Tasche ihrer Strickjacke und zog eine kleine Ampulle heraus. Sie war mit einer violetten Flüssigkeit gefüllt. „Sobald du nahe genug an ihn herangekommen bist, zerbrichst du die Ampulle und das entstehende Gas macht ihn innerhalb von Sekunden bewusstlos. Und du weißt ja, was du dann tun must.“

Ihn pfählen.

Haven grinste. Während er es nicht mochte, von einer Hexe, die seinen Bruder gefangen hielt, Befehle entgegenzunehmen, war die Aussicht, einen Vampir umzubringen durchaus ein Anreiz. Seit dem Tod seiner Mutter suchte er nach dem Vampir, der sie umgebracht und seine kleine Schwester entführt hatte. Er hatte ihn noch nicht gefunden, doch seitdem hatte er zahlreiche andere Vampire getötet.

Doch der Gedanke daran, einen unschuldigen Menschen an diese Hexe auszuliefern verschaffte ihm ein ungutes Gefühl. „Wer ist das Mädchen?“

Die Hexe machte eine abwertende Handbewegung. „Niemand, um den du dich sorgen solltest.“

Haven schüttelte den Kopf. „Was willst du von ihr? Wenn sie *nur* eine Schauspielerin ist, wie du sagst, warum hast du dann Interesse an ihr?“

Es gab vieles, das Bess ihm nicht sagte. Vielleicht sollte er nicht zu tief graben, vielleicht sollte er den Auftrag einfach annehmen und seinen Bruder aus den Klauen der Hexe befreien. Doch er hatte noch ein kleines bisschen Gewissen übrig.

„Es geht dich nichts an“, schnappte sie und stand auf. „Bring mir das Mädel, oder ich vernichte deinen Bruder.“

„Und wo befindet sich mein lieber Bruder?“, fragte er gleichgültig. Sobald er wusste, wo sie ihn versteckt hielt, konnte er einen Plan erarbeiten, ihn zu befreien, ohne ihre Drecksarbeit erledigen zu müssen.

„Selbst wenn ich dir sage, wo er ist, wärst du nicht in der Lage, ihn zu befreien. Seine Zelle wird von Magie bewacht. Gegen die kommst du nicht an.“

Wenn Haven eines über Hexenkraft wusste, war es, dass wenn eine Hexe starb, auch all ihre Zaubersprüche aufgelöst wurden. Nun, das brachte ihn auf eine Idee.

„Er ist also hier“, vermutete er und beobachtete ihr Gesicht, um eine Bestätigung seiner Vermutung darin zu erkennen. Er war nicht umsonst ein hervorragender Pokerspieler.

Ihr linkes Augenlid flatterte und er folgte der Richtung.

Fast hätte er die Türe nicht erkannt; sie war gut neben dem Bücherregal versteckt. Als er wieder zu ihr blickte, erkannte er, dass sie ihre Lippen zu einer schmalen Linie zusammengepresst hatte.

Haven neigte seinen Kopf in Richtung Tür. „Ich verstehe."

„Es hilft dir nichts. Er wird zu gut beschützt. Du kannst den Zauber niemals besiegen."

Das musste er auch nicht. Wenn die Hexe tot war, gab es keinen Zauber mehr.

„Gut. Wir machen es auf deine Art."

Er stand vom Sessel auf und drehte sich leicht, um die Bewegung seiner rechten Hand zu verbergen. Er war schnell und hatte schon so manchen Wettkampf gegen die Besten gewonnen. Bess war so gut wie tot.

Haven schob seine Hand in seine Jacke, legte seine Finger um den Pistolengriff und zog sie aus der Halterung.

„Autsch!", kläffte er und ließ von der Waffe ab, welche im nächsten Moment mit gedämpftem Poltern auf dem Teppich landete.

Schockiert blickte er auf die gerötete Haut seiner Handfläche. Die Pistole war in seiner Hand siedend heiß geworden. „Was zum Teufel?"

„Es ist besser, du erkennst gleich, dass du mich nicht übers Ohr hauen kannst. Entweder du tust, was ich sage – oder dein Bruder stirbt."

Haven funkelte sie an und erkannte die Ungeduld in ihren Augen. Er schluckte seine Wut hinunter, zwang sich, sich zu beruhigen. Den Kopf zu verlieren würde Wesley nicht helfen. Er musste seinen Stolz und seine Skrupel beiseiteschieben. Nur sein Bruder zählte. Wesley war der Einzige, der von seiner Familie noch übrig war.

Jetzt musste er einen kühlen Kopf bewahren.

„Du gewinnst. Wie heißt sie und wo kann ich sie finden?"

2

Yvette ging hinter den Pavillon in Mayas Untersuchungszimmer und zog den Kittel aus. Wie sie diese Untersuchungen doch hasste, aber um zu bekommen, was sie wollte, nahm sie sie in Kauf.

„Es stimmt mit den Laborergebnissen überein“, erklärte Maya, die hinter ihrem Schreibtisch saß. „Mit deiner Gebärmutter und deinen Eierstöcken ist alles in Ordnung.“

„Und die Eier?“, fragte Yvette, während sie in ihre viel zu enge Lederhose schlüpfte, einatmete und dann den Reißverschluss hochzog. Dann zwängte sie ihre Zehen in ihre schwarzen Stilettos. Die meisten Frauen würden sich beide Knöchel brechen, wenn sie in diesen Pfennigabsätzen laufen müssten, doch sie fühlte sich damit stark. Außerdem konnte ein gut platzierter Kick damit jedem Angreifer ernsthaften Schaden zufügen.

„So frisch und existenzfähig wie am Tag deiner Verwandlung.“

Yvette zog sich ihr schwarzes Top über den Kopf, kam hinter dem Pavillon hervor und blickte Maya an, die durch die Laborakte blätterte. In den letzten Monaten hatte sie zahllose Untersuchungen über sich ergehen lassen, um Maya zu helfen herauszufinden, warum Vampirinnen nicht schwanger wurden und wie man das ändern konnte. Sie konnte Mayas Hingabe dem Projekt gegenüber nicht verleugnen, obwohl sie sich nicht immer gut verstanden hatten.

Nach Mayas ungewollter Verwandlung hatte Gabriel, Yvettes Boss, sich Hals über Kopf in sie verliebt. Zu dieser Zeit hatte aber auch Yvette ein Auge auf ihn geworfen und die Tatsache, dass Maya hereingeplatzt war und ihn ihr innerhalb einer Woche weggeschnappt hatte, war schmerzhaft.

Doch keine ihrer vorausgegangenen Meinungsverschiedenheiten zählten jetzt noch. Maya, die vor ihrer Verwandlung als Ärztin gearbeitet hatte, wurde nun zu einer Kämpferin für ihre Gattung: sie suchte nach einer Möglichkeit, wie Vampirinnen schwanger werden konnten. Doch bisher hatten alle Tests in einer Sackgasse geendet; nichts wies auf die Ursache der Unfruchtbarkeit hin.

„Dann verstehe ich es nicht. Ich hatte immer angenommen, dass meine Eier bei meiner Verwandlung abgestorben sind. Doch wenn sie intakt sind, warum bin ich nie schwanger geworden?“

Yvette hatte in den letzten Jahrzehnten reichlich ungeschützten Sex gehabt. Und nicht nur mit Vampiren, sondern auch mit sterblichen Männern.

Maya deutete auf den Stuhl vor ihrem Schreibtisch und Yvette setzte sich. „Du meinst abgesehen davon, dass du seit wir uns kennen mit keinem Mann zusammen warst?“

Das brachte sie auf die Palme, auch wenn sie es die letzten Monate auf die lange Bank geschoben hatte. Doch das ging Maya nun wirklich nichts an. Es war leicht für Maya zu reden: Sie hatte einen Mann, der sie liebte und verrückt nach ihr war, egal zu welcher Tages- oder Nachtzeit. Alles, was sie hatte, waren unbefriedigende One-Night-Stands und in den letzten Monaten hatte sie sich damit nicht belasten wollen.

„Das ist irrelevant. Ich hatte reichlich Sex mit potenten Männern, die andere Frauen geschwängert haben. Es geht momentan lediglich etwas schleppend voran.“

Wen wollte sie denn da verarschen? Sie war an keinem mehr interessiert, seit Gabriel sich mit Maya gebunden hatte. Nicht, dass sie eifersüchtig war – die beiden passten wirklich gut zusammen – doch sie mied Männer, hatte Angst, sich wieder in den Falschen zu verlieben.

„Hör zu, Yvette. Wir sind hier noch ganz am Anfang. Ich will nicht, dass du das Ziel aus den Augen verlierst. Konzentrier’ dich auf das, was wir schon herausgefunden haben: Dein Uterus sieht genauso aus wie bei einem Menschen, was bedeutet, dass die Verwandlung nichts verändert hat. Das ist gut. Deine Eileiter sind ohne Befund und auch deine Eierstöcke sind voll mit gesunden Eiern. Das Labor hat das bestätigt.“

Sie warf Maya einen hoffnungsvollen Blick zu. „Was passierte mit dem gespendeten Sperma?“

„Da habe ich gute Neuigkeiten.“ Maya blätterte durch ihre Unterlagen und zog ein Blatt Papier hervor. „Hier, die neuesten Ergebnisse. Das gespendete Sperma in Kontakt mit deinem Ei zu bringen endete in einem befruchteten Ei im Reagenzglas. Es gibt also –“

„Aber mein Körper wird das Ei nicht behalten, oder? Liegt es daran?“

Genau wie die anderen Fehlgeburten. Yvette schob die Gedanken beiseite. Sie wollte nicht daran erinnert werden. Keiner wusste von ihrer

Vergangenheit, als sie noch ein Mensch war. Und sie würde es auch nicht zur Sprache bringen. Wenn Maya von ihren Fehlgeburten wüsste, die sie als Mensch erlitten hatte, hätte sie nie versucht, ihr zu helfen. Sie hätte Yvette als hoffnungslosen Fall abgestempelt und aufgehört, ihre Zeit mit ihr zu verschwenden. Doch trotz der Hindernisse konnte Yvette nicht aufgeben.

Maya würde es nie herausfinden. Doch Yvette erinnerte sich an alles; den Schmerz und die Enttäuschung – sowie an ihr gebrochenes Herz. Sie war verheiratet gewesen. Robert wollte eine Familie: sie, Kinder, einen Hund, eine Katze, einen weißen Zaun, der ihr Haus umgab... Was er bekommen hatte, war eine Frau, die das Leben, das in ihr heranwuchs nicht halten konnte. Die erste Schwangerschaft hatte gut begonnen. Er hatte sich gefreut, hatte es jedem erzählt, dass sie ein Kind erwartete. Jeden Tag hatte er sie mit Blumen und anderen kleinen Aufmerksamkeiten beschenkt. Doch eines Tages, in der Mitte ihres ersten Trimesters hatte sie angefangen zu bluten. Sie erlitt eine Fehlgeburt. Robert war enttäuscht, doch er hatte gesagt, sie würden es erneut versuchen.

Er hatte sie unterstützt. Ihr Ehemann hatte sie umsorgt. Sechs Monate später wurde sie erneut schwanger. Doch es endete genauso. Im dritten Monat verlor sie ihr Baby. Dieses Mal war ihr Mann nicht so verständnisvoll. Er beschuldigte sie, ihre Schwangerschaften absichtlich aufs Spiel zu setzen.

Es war lächerlich. Doch es hielt ihn nicht davon ab, sie zu verlassen. Sie war ihm nicht wichtig genug. Alles, was er wollte, war ein Kind. Und das konnte sie ihm nicht geben, also hörte er auf, sie zu lieben. Sie wollte nicht, dass dies erneut geschah; sie hatte lange Zeit keinen Mann mehr so nahe an sich herangelassen. Beim nächsten Mann wollte sie genau wissen, dass sie ihm geben konnte, was er wollte. Dann gäbe es keinen Grund, sie zu verlassen – und sie scherte sich nicht darum, ob der Mann Vampir war oder nicht.

„Yvette?“

Yvette blickt auf und sah in Mayas besorgtes Gesicht. „Wir müssen geduldig sein. Du bist gesund und es gibt keinen sichtbaren Grund dafür, warum du nicht schwanger werden kannst. Ich muss nur herausfinden, was während der Empfängnis im Körper einer Vampirin geschieht.“

Yvette stand auf und strich sich durch ihr kurzes, schwarzes Haar. „Es ist nur… nun, ich bin eben ungeduldig.“

Und verdammt noch mal, sie fühlte sich ein bisschen schuldig, weil sie Maya ihre medizinische Vorgeschichte verheimlicht hatte. Sie konnte diese Informationen nicht ausplaudern – oder den Schmerz preisgeben, der so eng mit diesen Ereignissen verbunden war. Keiner brauchte zu wissen, dass sie als Frau eine Versagerin war. Es war schlimm genug, dass sie tagtäglich dieser Tatsache ins Auge blicken musste. Genauso wie der Wahrheit, dass sie nicht Frau genug war, einem Mann zu geben, was er wollte. Nicht als Mensch und sicherlich nicht als Vampirin.

„Ich tue alles, was in meiner Macht steht.“

„Danke.“ Mit einem letzten Nicken zu Maya verließ sie die Praxis und ging die Stufen zum Erdgeschoss des viktorianischen Hauses hinauf, erleichtert, den Untersuchungsraum hinter sich lassen zu können.

Nachdem sie sich vor einigen Monaten gebunden hatten, hatten Gabriel und Maya ein großes, altes, viktorianisches Haus in Nob Hill gekauft, nicht weit entfernt von Samsons Haus. Ah, Samson, der Gründer von Scanguards. Noch einer, der Liebe und Glückseligkeit gefunden hatte - mit einer Sterblichen, einer Frau, die gerade ihr erstes gemeinsames Kind erwartete. Neid durchdrang sie wie ein Messer. Es war nicht ein Kind, nach dem sie sich wirklich sehnte, sondern die Liebe eines Mannes. Doch wie sollte ein Mann sie ernsthaft ewig lieben, wenn sie ihm nicht geben konnte, was er wollte? Wenn sie nicht all seine Bedürfnisse befriedigen konnte?

„Ah, genau die, die ich sehen wollte“, begrüßte Gabriels ernste Stimme sie, als sie das Foyer erreichte.

Yvette blickte ihren Boss an. Wie so oft trug er schwarze Jeans und ein weißes Hemd. Sein langes braunes Haar war in einen Pferdeschwanz gebunden. Er versuchte nicht einmal, die lange Narbe in seinem Gesicht zu verbergen, die sich von seinem rechten Ohr bis zu seinem Kinn erstreckte. Sie verlieh ihm ein gefährliches Aussehen. Doch darunter war er gut aussehender und freundlicher als irgendjemand anders. Was aber nicht auf den Mann zutraf, der neben ihm stand: Zane.

Genau wie sie war auch Zane einer der Bodyguards von Scanguards, der Sicherheitsfirma, die Samson Woodford gehörte. Zane war so groß wie Gabriel, doch sein Kopf war kahl geschoren und abgesehen von einem einzigen Mal hatte Yvette Zane noch nie lächeln oder gar lachen sehen. Zu sagen, dass Zane brutal und gewalttätig war, wäre pure Untertreibung. Doch gleichzeitig war er ein Teil ihrer Familie, genauso wie die anderen Vampire, die für Scanguards arbeiteten. Sie waren die einzige Familie, die sie kannte. Die Einzige, die sie je haben würde.

„Was kann ich für dich tun, Gabriel?“

„Ist alles in Ordnung?“, fragte er und deutete nach unten Richtung Mayas Praxis.

Yvette versteifte ihren Rücken. „Sicher, was sollte auch nicht stimmen?“

„Gut, gut.“

„Hör zu, Gabriel. Ich denke nicht, dass wir Yvette da mit reinziehen müssen“, unterbrach Zane, dessen Stiefel ungeduldig auf dem Holzfußboden hin und her schliffen.

Gabriel unterbrach ihn mit einer ungeduldigen Handbewegung. „Das haben wir bereits besprochen. Du wirst an deinem Klienten keine Gedankenkontrolle anwenden. Das erlaube ich nicht. Wenn sie Angst vor dir hat, dann ist es besser, dass wir die Aufgabe jemand Anderem übergeben.“

Yvette hob eine Augenbraue. Ein Klient, den Zane beschützen sollte, hatte Angst vor ihm – oder wenn sie richtig verstanden hatte, eine Klientin? Das war ja nichts Neues.

„Du hast einen Auftrag für mich?“

„Ja. Der Agent einer jungen Schauspielerin hat uns angeheuert, sie zu beschützen, solange sie auf Werbetour hier in der Gegend ist. Es gab einige Drohungen gegen sie. Ich hatte ihr Zane zugewiesen, doch es stellt sich heraus, dass das Mädel sich von ihm eingeschüchtert fühlt.“

„Wie kann das nur möglich sein?“, murmelte Yvette. Zane sah sie wütend an, was nichts Gutes für ihre unmittelbare Zukunft bedeutete.

„Ich könnte sie spielend beeinflussen. Ihr würde gar nicht klar werden, dass sie mich nicht ausstehen kann“, bot Zane an.

Sie kannte ihren Kollegen gut genug, um zu wissen, dass er sich nicht darum scherte, ob ihn jemand leiden konnte oder nicht – meistens *nicht* – doch sie wusste auch, dass sein Ego angegriffen wurde, wenn er von einem Auftrag abgezogen wurde. Zane war keiner, der schnell aufgab. Man konnte viel Schlechtes über ihn sagen – Yvette hatte eine ganze Litanei von Dingen auf Lager, die sie herunterrattern könnte, um auszudrücken, was sie nicht an ihm mochte – doch eines musste sie zugeben: Er war loyal und willensstark.

„Du wirst deine Fähigkeiten nicht an ihr ausüben. Es gibt keinen Grund dafür; Yvette kann deinen Job übernehmen, und dich werde ich jemand Anderem zuweisen."

„Von mir aus", antwortete Yvette. „Muss ich sonst noch etwas wissen?" Sie ignorierte Zanes Schnauben.

„Ihr Name ist Kimberly. Sie ist jung, Anfang Zwanzig, eine aufstrebende Schauspielerin. Ihr neuer Film ist gerade in die Kinos gekommen, er ist ein Riesenerfolg. Da gibt es zwangsläufig haufenweise Verrückte, die denken, sie lieben sie. Schütze sie vor Stalkern und halte ihr die Paparazzi vom Hals. Sie ist den Trubel um ihre Person noch nicht gewohnt."

„Kein Problem. Wann fange ich an?"

„Morgen Nacht. Im Fairmont ist eine Premierenparty. Ich schicke dir die Anweisungen auf dein iPhone. Viel Glück."

„Alles klar. Dann melde ich mich morgen bei dir."

Yvette ging in Richtung Tür. Das prickelnde Gefühl in ihrem Nacken sagte ihr, dass Zane ihr folgte.

„Ich verschwinde von hier", sagte Zane.

„Zane", warnte Gabriel ihn, das Wort voller Tadel.

„Was?" Zane ging weiter.

„Sind meine Anweisungen bei dir angekommen?"

Mit einer eher gegrunzten als gesprochenen Antwort blieb Zane neben der Türe stehen und streckte seine Hand nach dem Griff aus. Yvette war schneller und öffnete sie. Dann hielt sie inne. Dort auf den Stufen lag ein Golden Retriever. Sobald er sie erblickte, erhob er sich und wedelte mit dem Schwanz.

„Dein Hund?", frage Zane über ihre Schulter.

„Nein. Er folgt mir seit vier Monaten. Ich weiß nicht, was er von mir will."

Es war nicht ganz die Wahrheit. Ja, der Hund verfolgte sie, seit sie und ihre Kollegen Maya aus den Klauen eines kriminellen Vampirs gerettet hatten. Was sie verschwieg, war, dass sie begonnen hatte, den Streuner zu füttern.

„Sieht aber aus, als würde er dir gehören", bemerkte Zane.

Machte Sinn. Seit sie ihn in ihr Haus in Telegraph Hill gelassen hatte, glaubte der Köter tatsächlich, dass er zu ihr gehörte.

Zane genoss offensichtlich ihr Unbehagen und fuhr unbeirrt fort, „Wie heißt er?“

„Hund.“ In dem Moment, als er seinen Namen hörte, stellte das Tier seine Ohren auf und wedelte noch schneller mit seinem Schwanz. Verdammt, er hörte sogar auf sie.

„Ja. Der gehört dir. Viel Spaß damit.“ Und schon war Zane verschwunden, verschluckt von der Finsternis der menschenleeren Straße.

Yvette schaute den Hund an, dessen intelligente Augen sie etwas zu fragen schienen. Er hob seinen Kopf und es wirkte, als lächelte er. Konnten Hunde lächeln?

Sie gab nach. „Also gut, wir gehen nach Hause.

3

Yvette hörte das Flattern der Hundetüre gegen den Holztürrahmen und öffnete ihre Augen. Die Hundetür einbauen zu lassen, damit der Hund in den Garten gehen konnte, wann er wollte, war ein Segen; doch gleichzeitig war es auch ein Fluch. Jetzt glaubte der Streuner *wirklich*, dass er hierher gehörte. Wie sie ihn jemals loswerden sollte, wusste sie nicht. Er begann sogar, den Briefträger anzukläffen, als wollte der arme Postangestellte sein Territorium in Anspruch nehmen.

„Hey, Hund", begrüßte sie ihn, als er aufs Bett sprang. Eines, was sie sicherlich nicht tun würde, war, dem Tier einen Namen zu geben. Sobald er einen Namen hatte, würde er nie verschwinden.

„Ist die Sonne schon untergegangen?" Es war eine rhetorische Frage; der Hund würde keine Antwort geben, was sie auch nicht wirklich von ihm erwartete. Ihr eigener Körper hatte ihr bereits mitgeteilt, dass die Sonne hinter dem Pazifik verschwunden war und es Zeit war, sich auf ihren Auftrag vorzubereiten.

Yvette streckte sich, dann legte sie die Hände auf ihren Kopf. Wie jedes Mal nach dem Aufwachen war der kurze Haarschnitt, den sie gewöhnlich trug verschwunden, ersetzt von langen, dunklen Locken. Während ihres Regenerierungsschlafes wuchsen ihre Haare auf die Länge zurück, die sie bei ihrer Verwandlung hatten. Anfangs hatte sie ihre langen Haare behalten, doch über die Jahre hatte sie beschlossen, dass sie sie nicht mehr lang tragen wollte. Sie sah damit zu weiblich aus, zu verletzlich.

Sie ging in ihr Badezimmer und griff nach der Schere, die auf dem Waschtisch lag. Selbst ohne Spiegel hatte sie gelernt, sich ihre Haare zu schneiden. Sie hielt eine Strähne mit der linken Hand und schnitt sie mit der rechten ab. Statt die Haare wegzuwerfen, packte sie sie in eine Plastiktüte mit der Aufschrift *St. Jude's Hospital – Krebsstation.* Jemand Anderer konnte ihre langen Haare haben. Sie hatte dafür keine Verwendung.

Sobald das Gewicht ihrer Haare von ihrem Kopf verschwand, fühlte es sich für sie an, als würde sich der Schmerz der Vergangenheit von ihren Schultern heben. Die langen Haare erinnerten sie an ihr Leben als

Mensch, die Zeit mit ihrem Ehemann, der es liebte, sein Gesicht in ihren langen Locken zu vergraben, wenn sie Liebe machten. Robert. Sein Gesicht war nicht mehr so klar in ihrer Erinnerung als in den ersten Jahren nach ihrer Trennung. Fast fünfzig Jahre waren seither vergangen. Während ihre Erinnerung an sein Gesicht verblasst war, war der Wunsch nach einem Kind geblieben. Oder eher nach dem, was ein Kind repräsentierte.

Yvette legte ihre Hand auf ihren flachen Bauch. Als sie noch ein Mensch war, wuchs dort ein Leben in ihr heran, nicht nur einmal, sondern zweimal. Sie hatte sich wie eine richtige Frau gefühlt, eine Frau, die ihrem Ehemann alle Wünsche erfüllen konnte. Während der kurzen Monate ihrer Schwangerschaften fühlte sie sich geliebt, nicht nur von ihrem Mann, sondern auch von dem Kind in ihr.

Verrückt. Yvette schüttelte den Kopf und fuhr fort, ihr Haar zu schneiden. Sie war am Boden zerstört gewesen, als sie ihr zweites Baby verloren hatte und Robert sie nicht getröstet hatte. Er hatte sie beschuldigt. Ein Jahr lang lebte sie wie in Trance, nahm jedes Betäubungsmittel zu sich, das sie nur in die Hände bekommen konnte. Die Gefühllosigkeit, die die Medikamente hervorriefen, bewahrten sie davor, sich das Leben zu nehmen. Doch dann, eines Nachts, wachte sie im Haus eines Fremden auf, bekifft. Er hatte sie gefragt, ob sie für immer leben und Sex ohne Konsequenzen wollte. *Sicher*, hatte sie gescherzt, während sie noch immer auf einem Trip war.

Zuerst hatte sie sich gegen seinen Biss gewehrt, doch dann hatte sie dem Tod erlaubt, sie zu nehmen, in der Hoffnung, dass ihr nächstes Leben besser würde. Erst als sie wieder erwachte, begriff sie, was mit ihr geschehen war. Der Fremde hatte sie in einen Vampir verwandelt - in einen *unfruchtbaren* Vampir. Es war eine Tatsache, der sie ins Auge blicken musste.

Als Mensch hätte sie vielleicht noch eine Chance bekommen, ein Kind zu kriegen und damit einen Mann glücklich zu machen. Aber als Vampir existierte eine solche Hoffnung nicht. Und Männer waren Männer, egal in welcher Form oder von welcher Gattung. Zum Ficken war sie gut genug. Doch sobald alles gesagt und getan war, hatte selbst ihr Schöpfer sie weggeschickt. *Zu anhänglich*, nannte er sie. *Zu bedürftig.*

Nicht mehr. Jetzt war sie so stark wie jeder männliche Vampir und keiner würde das jemals anders sehen. Die zerbrechliche Frau in ihr war für diese Welt gestorben.

***

Genau wie Gabriel gesagt hatte, war das Mädchen, das Yvette beschützen sollte, jung. Was er verschwiegen hatte, war, dass sie zudem extrem hübsch war. Ein Stich von Eifersucht erfüllte Yvette in dem Moment, in dem sie ihre Klientin erblickte. Dieses Mädchen hatte alles: eine aufstrebende Karriere, Schönheit und einen menschlichen Körper, um ein Kind zu gebären. Das Leben war ungerecht. Jetzt wünschte sie sich, Gabriel hätte es Zane erlaubt, Gedankenkontrolle an ihr auszuüben, um sie vergessen zu lassen, dass sie Zane nicht leiden konnte. Yvette brauchte wirklich keine stetige Erinnerung an das, was sie nicht haben konnte. Viel lieber hätte sie einen wohlhabenden, übergewichtigen Manager mit schlechtem Haarschnitt, Körpergeruch und Bierbauch beschützt.

Ihr Trost war, dass der Auftrag lediglich eine Woche dauern würde, bis Kimberly nach Los Angeles zurückkehren und an ihrem neuen Film arbeiten würde.

„Das ist viel besser“, blubberte es aus dem Mädchen heraus. „Mal ehrlich, der andere Kerl, Zane, oder wie er heißt, war wirklich neben der Spur. Ich konnte ihn nicht ausstehen. Wie er mich angesehen hat, ich sage Ihnen, machte mich wirklich nervös. Und ich werde nie nervös. Normalerweise. Das einzige andere Mal, als ich wirklich nervös wurde, war, als ich dieses eine Vorsprechen hatte für …“

Yvette blendete Kimberlys Geplapper aus und blickte aus dem verdunkelten Fenster der Limousine. Das war ja mal super. Nicht nur, dass Kimberly alles hatte, was ein Mensch haben konnte, sie redete auch noch pausenlos. Yvette hoffte nur, dass sie nicht wirklich erwartete, dass sie dem Getratsche auch folgte und ihr antwortete. Sie schwor, sie würde Gabriel dazu bringen, ihr als Entschädigung einen Scheck über eine enorme Bonuszahlung auszustellen.

„… also sagte ich zu ihm ‚Als ich im Waisenhaus war, hatten wir dieses Spiel …‘“

Yvette bot ihr ein gekünsteltes Lächeln an und nickte, als hörte sie ihr intensiv zu, während sie die Geschehnisse draußen beobachtete. Die Limousine steckte im Stau auf der California Street fest und bewegte sich nur zentimeterweise vorwärts in Richtung Fairmont Hotel.

„... dachte, dass ich erst neunzehn bin, obwohl ich wirklich schon zweiundzwanzig bin, doch es änderte nichts, weil die jemand Erwachseneren für die Rolle wollten ...“

Kein Wasserfall hätte einen konstanteren Schwall von Worten produzieren können. Yvette warf ihr einen Blick von der Seite zu. Versunken in den bequemen Ledersitz trug Kimberly ein rosa Abendkleid. Es stand ihr. Ihr weizenblondes Haar fiel über ihre nackten Schultern und wirkte ganz natürlich. Nur der leicht chemische Duft, den Yvettes empfindlicher Geruchssinn aufnahm, ließ sie vermuten, dass blond nicht ihre natürliche Haarfarbe war.

Zum ersten Mal seit langem trug Yvette ein Kleid. Es war nicht ihre Wahl gewesen, doch Kimberly bestand darauf und meinte, wenn sie in einem Hosenanzug auftauchte, würde sie auffallen wie ein bunter Hund und jeder würde denken, sie wäre von der CIA.

Also hatte Yvette ihren Kleiderschrank durchforstet und ein kleines Schwarzes entdeckt, dass taugen würde. Es war ein altes, tief ausgeschnittenes, rückenfreies Kleid. Sollte jemand das Kleid genauer betrachten, so würde er herausfinden, dass es *Vintage* war, denn sie hatte es in den 60er Jahren gekauft. Warum sie das nutzlose Ding fast fünfzig Jahre aufgehoben hatte, ohne es jemals zu tragen, wusste sie nicht.

Sie hätte es schon vor Jahren zur Kleidersammlung geben sollen. Sie hatte ja in den letzten Jahrzehnten keinerlei Kleider oder Röcke getragen; Lederhosen waren ihr am liebsten. Zusammen mit den gleichen Stöckelschuhen, die ihre Füße gerade umspielten, war sie allzeit bereit, jemanden in den Hintern zu treten. In dem Kleid, obwohl es schwarz war – die einzige Farbe, in der sie sich wirklich wohlfühlte – war sie unsicher. Als täuschte sie allen etwas vor. Und vielleicht tat sie das auch. Ihrer Kundin zuliebe musste sie so wirken, als wäre ein Kleid ein völlig normales Kleidungsstück für sie, obwohl es ihr innerlich widerstrebte.

„Ma’am“, unterbrach der Fahrer ihre Gedanken. „Ich denke, näher kommen wir nicht heran. Es scheint, als wäre ein Cable Car kaputt gegangen und versperrt nun die Straße.“

Sofort alarmiert spähte Yvette durch die verdunkelte Fensterscheibe und suchte die Straße nach unmittelbaren Gefahren ab.

„Warten Sie hier“, wies sie Kimberly an und stieg aus dem Wagen.

Sie blickte die Straße hoch und sah, dass die nächste Kreuzung von dem Cable Car, das von der Powell Street hochkam, blockiert wurde. Es sah alles normal aus. Sie hatte sich daran gewöhnt, dass die alten Cable Cars von Zeit zu Zeit liegen blieben.

Das Fairmont Hotel war nur einen Block entfernt. Sie blickte die Straße hoch und runter und schätzte die Fußgänger schnell ein. Alles sah unauffällig aus. Der Fußgängerverkehr war mäßig. Yvette steckte ihren Kopf zurück ins Auto.

„Wir gehen von hier aus zu Fuß. Es ist alles in Ordnung."

„Sind Sie sicher?", fragte Kimberly zum ersten Mal mit verunsicherter Stimme.

Yvette bot dem Mädchen ihre Hand an und zog sie aus dem Auto. „Ich bin sicher. Lassen Sie uns gehen. Sie wollen doch nicht zu spät zu Ihrer eigenen Party kommen, oder?"

Sie warf die Türe zu, trat dann ans Beifahrerfenster, behielt aber ihre andere Hand an ihrer Klientin. Der Fahrer öffnete sofort das Fenster.

„Ich rufe Sie an, sobald sie uns abholen sollen."

Der Hügel war steil, doch Yvette wusste, dass das Hotel über einen Seiteneingang verfügte, der auf halber Strecke lag. Sie erreichten diesen innerhalb von Sekunden. Sie bevorzugte Seiteneingänge sowieso – es war einfacher, der Aufmerksamkeit anderer zu entkommen. Und sicherlich warteten am Vordereingang Autogrammjäger und Fotografen.

„Hier."

Sie schob Kimberly durch den Seiteneingang und entlang des engen Korridors, bis dieser in einem opulenten Foyer endete, das die Architektur der Jahrhundertwende zur Schau stellte.

Yvettes Augen überprüften die Umgebung. Kellner sowie gut angezogene Gäste gingen an ihnen vorbei. Sie bemerkte die Blicke, die Kimberly erntete und wusste, dass sie erkannt wurde. Flüstern traf Yvettes Ohren, als die Leute an ihnen vorbeigingen.

Als sie die Halle fand, in der die Premierenparty stattfinden sollte, erblickte sie die Sicherheitsbeamten an der Türe und war erleichtert. Wenigstens hatte das Filmstudio für zusätzliche Sicherheit gesorgt, um die ankommenden Gäste zu überprüfen.

Yvette zeigte ihren Scanguards-Ausweis.

Der Türsteher nickte, dann wandte er sich an Kimberly. „Miss Fairfax, darf ich Ihnen sagen, dass ich Ihren Film sehr genossen habe?

Sie sind so begabt. Könnte ich ein Autogramm bekommen?“

Als er in seine Tasche griff, war Yvette sofort alarmiert und brachte sich in Angriffsposition, bereit ihn zu Boden zu werfen. Doch einen Moment später zog er eine Postkarte mit Kimberlys Foto heraus und Yvette entspannte sich ein wenig.

„Natürlich“, flötete Kimberly und unterschrieb die Karte, bevor sie sich zur Tür wandte.

Die Halle war mit einigen hundert Leuten gefüllt. Wie es aussah, waren keine Kosten und Mühen gescheut worden. Der Raum war geschmückt mit Szenenfotos des Films, übergroßen Fotos von Kimberly und auch von ihrem männlichen Co-Star: ein Junge Mitte Zwanzig, zu gut aussehend für sein Wohlergehen.

Champagnerfontänen standen überall. Kellner liefen mit Hors d'Oeuvres herum und servierten verschiedene Getränke. Yvette lehnte das Angebot eines Getränks im selben Moment ab, in dem Kimberly sich ein Glas Champagner von einem der Tabletts schnappte.

„Möchten Sie nichts?“

„Sie vergessen, dass ich im Dienst bin.“

Außerdem war Champagner nicht ihr Lieblingsgetränk. Sie konnte zwar Getränke zu sich nehmen, wenn sie es musste, doch bevorzugte sie eine viel dunklere, reichhaltigere Flüssigkeit.

„Ja, aber es soll nicht so aussehen. Und gehn Sie unter die Leute. Ich möchte nicht, dass jemand herausfindet, dass ich einen Bodyguard habe. Es sieht zu verzweifelt aus. Die Leute werden denken, ich sei zu eingebildet; ich möchte zugänglich wirken. Die Leute sollen mich mögen.“

Yvette hielt sich davon ab, mit den Augen zu rollen und zuckte nur mit den Schultern. „Lassen Sie sie denken, was sie wollen. Ich bin hier, um Sie zu beschützen.“

„Dafür bin ich dankbar, wirklich. Aber ich brauche ein bisschen Freiraum.“

Yvette schluckte ihre nächste Anmerkung hinunter. „Wie Sie wollen.“

Sie konnte sie auch von der Ferne observieren. Mit ihrem übermenschlichen Gehör und ihrem guten Sehvermögen konnte sie sich in jede Unterhaltung im Raum einklinken und jeden beobachten, der sich Kimberly näherte.

Als ihre Klientin sich entfernte, um einen ihrer zahlreichen Freunde zu begrüßen, folgte Yvette ihr nicht; stattdessen blieb sie an der Seite stehen, wo sie eine gute Übersicht über die Geschehnisse im Ballsaal hatte.

Die Eleganz der Gäste im Saal war beeindruckend. Jeder hatte sich zurechtgemacht, fast wie bei den Oscar Verleihungen. Zum ersten Mal war Yvette dankbar, dass Kimberly darauf bestanden hatte, dass sie ein Kleid trug. Wenn sie ihr Kleid mit den Outfits der anderen anwesenden Frauen verglich, bemerkte sie, dass sie ins Bild passte. Zumindest würde sie nicht auffallen.

Langsam durchkämmten ihre Augen die Menge, darauf bedacht jeden herauszupicken, der eine Gefahr für Kimberly darstellen könnte, als jemand in ihrem Augenwinkel ihre Aufmerksamkeit auf sich zog.

Der Mann, der gerade den Saal betreten hatte und sich umblickte, als suchte er jemanden, passte nicht ins Bild. Obwohl er einen eleganten Anzug trug, sah er aus, als hätte er sich gegen seinen Willen hineingezwängt. Er wirkte eher robust als gut aussehend und seine breite Statur deutete auf Stärke und Kraft hin. Bestimmt kein Schauspieler.

Sein dunkles Haar war etwas länger, als die aktuelle Mode vorschrieb und sein Hemd war am Kragen offen, obwohl es schien, als hätte er zuvor noch eine Krawatte getragen. Tatsächlich hing das Accessoire aus seiner Jackentasche. Auch kein Produzent – sonst wäre er es gewohnt, Krawatten zu tragen.

Sein Gesicht und sein Hals waren braun gebrannt, genauso wie seine Hände. Selbst die Haut, die sein aufgeknöpftes Hemd entblößte, war gebräunt, was darauf hinwies, dass er viel Zeit draußen verbrachte. Er war kein Bürohengst und sicher auch kein Buchhalter. Yvette ließ ihren Blick erneut über ihn schweifen, dann konzentrierte sie sich auf seine Hände. Narben. Viele davon: Schnitte, Abschürfungen und Verbrennungen. Ein Stuntman vielleicht. Er passte nicht hierher, doch gehörte er irgendwie dazu.

Kimberlys Film war ein Actionfilm - mit ihr als der berühmten Jungfrau in Nöten – und es gab mehr als eine Szene, in der ein Stuntman gefragt war, der für den Helden einspringen musste. Yvette hatte die ganze Zeit während des Films gegähnt und war froh, als der nichtssagende Streifen endlich zu Ende war. Dies konnte der Kerl sein, der den Star gedoubelt hatte. Obwohl es fast unmöglich schien, dass er seinen kräftigen, muskulösen Körper so verändern konnte, dass es glaubhaft war, dass er der junge Held des Streifens war. Er war mindestens zehn Jahre älter – Anfang bis Mitte Dreißig – und viel reifer als der Hauptdarsteller.

Yvette kam zu dem Schluss, dass Airbrushing viel ausmachen konnte, um Leuten etwas glaubhaft zu präsentieren. Auf jeden Fall musste sie ihn näher überprüfen, um sicherzugehen, dass ihre Vermutung stimmte. Um Kimberlys Sicherheit willens natürlich und nicht wegen ihrer unerwarteten Neugierde dem Mann gegenüber.

Als sie ihren Blick hob, um sein Gesicht zu studieren, stießen seine durchdringenden blauen Augen mit ihren zusammen. Wie lange beobachtete er sie schon?

4

Luft entwich Havens Lunge. Diese Frau war atemberaubend. Sicherlich eine Schauspielerin, obwohl er sie noch nie in einem Film gesehen hatte. Was könnte sie sonst sein mit dieser Porzellanhaut und den kurzen schwarzen Haaren, die sie aus ihrem makellosen Gesicht frisiert hatte? Ihre hohen Wangenknochen betonten ihre grünen Augen und ihre roten Lippen waren so voll und luden zum Küssen ein, dass er spürte, wie sein Schwanz sich bei dem Gedanken regte, ihren Mund an –

Haven versuchte, die erotische Vision abzuschütteln, die ihm durch den Kopf ging. Er war nicht wie sein Bruder, der sich in jedes hübsche Gesicht verliebte, ohne nachzudenken. Doch als er seinen Blick über ihren perfekten Körper schweifen ließ, ihre üppigen Kurven bewunderte, die unter dem schwarzen Kleid verborgen waren, fragte er sich, warum er Wesley jemals für seine Schwäche gezüchtigt hatte.

Havens Glied schwellte unter seiner eindeutig zu engen Anzughose heran. Er hatte sie bei einem nahegelegenen Smokingverleih ausgeliehen, da er ja schließlich nicht vorhatte, jemals wieder ein solches Kleidungsstück zu tragen. Also gab es auch keinen Grund so etwas käuflich zu erwerben. Doch so sehr er auch versuchte, sich auf seine ungewohnte Kleidung zu konzentrieren, er schweifte unwillkürlich wieder ab zu der Schönheit, die vom anderen Ende des Saals aus seinen Schwanz vor Lust pochen ließ.

Eindeutig war der Grund Lust. Er konzentrierte sich in seinem Leben nur auf eine Sache – Vampire zu jagen und seine Schwester zu finden – und er hatte sich viel zu lange nicht erlaubt, die Gesellschaft einer Frau zu genießen. Er mochte es nicht, von ihnen abgelenkt zu werden. Er hatte keine Zeit für Familie und Liebe, wo alles, was er doch wollte, seine verlorene Familie wieder zu vereinigen.

Es sollte ihm nichts ausmachen, dass diese Fremde, die nicht vor seinem intensiven Blick zurückschreckte, allerlei Begierden in ihm anregte, von denen keine sich eigneten, in einem öffentlichen Ballsaal mit Hunderten von zusehenden Gästen zur Schau gestellt zu werden. Die Bilder, die in diesem Moment durch seinen Kopf schossen, waren passender für einen dunklen Schrank, wo er die Frau gegen die Wand drücken und sie ficken könnte, bis er all sein Verlangen gestillt hatte und sich wieder normal fühlte.

Schon jetzt wusste er, dass er dazu mehr benötigte als nur einen schnellen Fick. Vielleicht brauchte er sie für ein paar Stunden unter sich, um dieses Gefühl wieder loszuwerden. Und wenn sie gut war, nun, dann könnte er eine ganze Nacht mit ihr verbringen. Aber nur, wenn er sich zuerst um das kümmerte, weswegen er hier war. Das bedeutete aber nicht, dass er nicht zu ihr rüber gehen konnte, um nach ihrer Telefonnummer zu fragen.

Bevor er seine Meinung ändern konnte, ging Haven auf sie zu, blieb erst stehen, als er nur noch einen Schritt von ihr entfernt war. Zu seiner Überraschung wich sie nicht zurück, sondern blieb auf der Stelle stehen: ein Zeichen, dass sie eine selbstsichere Frau war.

Warum sollte sie auch nicht selbstsicher sein? Bei diesem heißblütigen Aussehen läge ihr jeder der anwesenden Männer zu Füßen – die sie ihr vermutlich sogar küssen würden.

„Ich heiße Haven." Er schaltete seinen Charme an und begann zu zählen. Dreißig Sekunden waren alles, was er brauchte, um ihre Nummer zu bekommen. Und keine erfundene 5-5-5-Nummer.

„Seltsamer Name."

Er atmete ihren Duft ein. Sie trug kein Parfum. Es schien eher, als roch ihre Haut nach Orangen. Er kannte kein Parfum mit dieser Note. „Meine Mutter mochte seltsame Dinge."

Sie nickte, als wüsste sie, was er meinte. „Haben Sie am Film mitgearbeitet?"

Versuchte sie, herauszufinden, ob er ein einflussreicher Produzent war, der ihrer Karriere auf die Sprünge helfen konnte? Diese Genugtuung würde er ihr nicht geben. Nein, wenn sie auf seine Berührung reagieren würde, würde sie es tun wegen dem, *wer* er war, und nicht wegen *was* er war.

„Stuntman", log er. Es war ein Job, der für eine Frau wie sie unwichtig war, doch der gleichzeitig auf seine körperliche Stärke hinwies. Und ein Kopfgeldjäger unterschied sich nicht allzu stark von einem Stuntman. Nur dass die Gefahr näher und persönlicher war, allgegenwärtig. Für ihn gab es kein Sicherheitsnetz. Kein Krankenwagen stand bereit, wenn er sich verletzte. Keine Crew stand ihm zur Seite, wenn er zu tief in der Patsche steckte.

Sie lächelte zufrieden, während ihre Augen über seinen Körper wanderten. Und zum Teufel, wenn er es nicht mochte, wie sie gleichzeitig ihr Lippen leckte.

„Dachte ich mir schon."

Wurde es allmählich zu heiß hier? „Und selbst?"

„Ich bin kein Stuntman", missverstand sie absichtlich seine Frage.

Es war nicht wichtig. Es kümmerte ihn nicht wirklich, was sie war. Alles, was ihn interessierte war, *wo* sie sehr bald sein würde: unter ihm.

„Hätte ich auch nicht angenommen." Er schickte einen anerkennenden Blick über ihren Körper, verweilte etwas zu lange auf ihren runden Brüsten.

Als seine Augen wieder ihre trafen, stand ihr ins Gesicht geschrieben, dass sie bemerkt hatte, dass er ihre weiblichen Vorzüge betrachtet hatte. Doch trotzdem wandte sie sich nicht ab oder strafte ihn mit verärgerter Miene.

„Du denkst, du hast alles, was *Mann* so braucht?" Die Worte rollten in verführerischer Weise über ihre Lippen. Ihre rosa Zunge erschien, befeuchtete ihren Mund. „Viele haben es schon versucht. Keinem ist es geglückt."

Verdammt, der Anblick dieser Zunge machte ihn an. Seine Körpertemperatur stieg um einige Grad. Er zog an seinem Hemdkragen und bemerkte, dass er seine Krawatte bereits abgelegt hatte. Er konnte hier unmöglich sein Hemd ausziehen. „Ich würde es gern versuchen."

Jetzt lag es an ihr, seinen Körper zu begutachten. Es entging ihm nicht, wie sie an seinem Schritt innehielt, sein immer größer werdendes Paket betrachtend. Und er würde es nicht vor ihr verstecken. Es war besser, ihr gleich klar zu machen, worauf sie sich einließ.

„Möglich, dass es reicht."

Er hatte noch nie zuvor eine Frau getroffen, die so direkt war. Oder reagierte sie lediglich auf sein Angebot? Es kümmerte ihn nicht. Alles, was zählte, war, dass sie gerade dabei waren, die Konditionen ihrer sexuellen Zusammenkunft zu diskutieren. Das *ob* war bereits bestätigt. Jetzt war es nur noch eine Sache des *wann* und *wo*. Und auch des *wie lange*.

Haven ging einen Schritt auf sie zu, brachte damit seinen Körper eng an ihren. Ein Schweißtropfen lief seinen Nacken entlang und verschwand unter seinem Hemd. Konnte sie seine Hitze spüren, so wie er ihre spürte? Er beugte sich zu ihrem Ohr.

„Es wird reichlich geben. Ich verspreche es.“

Er konnte kaum das Verlangen unterdrücken, sie gegen die nächste flache Ebene zu pressen, ihr das Kleid hochzuschieben, seinen Schwanz zu befreien und ihn in ihr zu versenken.

„Mach keine Versprechen, die du nicht halten kannst.“

Ihre heisere Stimme in seinem Ohr brachte ihn fast ins Delirium. Verdammt, sie konnte ihn anmachen, als wäre er ein Lichtschalter.

„Wann und wo?“, drängte er weiter, konnte sich kaum zusammenreißen. Nur noch ein paar Sekunden länger und sie würden beide aus dem Saal verwiesen, bekämen Hausverbot und würden wegen Erregung öffentlichen Ärgernisses eingebuchtet. Oder wie auch immer die Polizei das heutzutage nannte.

„Da du jetzt schon keuchst, würde ich sagen jetzt gleich. Aber dann könntest du nicht darüber tagträumen, wie es wohl ist, wenn du mich fickst. Und ich würde nicht in den Genuss kommen, mir vorzustellen, was du wohl machst während du tagträumst. Also hier.“ Sie schob eine Visitenkarte in seine Brusttasche.

„Ruf mich an, sobald du mit der Latte in deiner Hose fertig geworden bist, damit du länger als zehn Sekunden durchhältst.“

Im nächsten Moment stand er alleine da. Sie war in der Menge verschwunden. Perplex von ihren unverblümten Worten konnte er sie nur bewundern. Sie hatte die Führung übernommen, wie es normalerweise ein Mann tat, und obwohl er rechthaberische Frauen nicht mochte, konnte er seinen Schwanz nicht davon abhalten, weiter anzuschwellen. Sie konnte ihn vermutlich auf alle möglichen Arten fertigmachen, doch er würde von dem Angebot, das sie ihm soeben gemacht hatte, nicht zurückschrecken.

Haven griff in seine Tasche und zog die Karte heraus, die sie ihm soeben gegeben hatte.

Yvette. Dann eine Ortsnummer. Das war alles, was darauf stand. Keine Adresse. Nichts. Diese Frau hatte Klasse.

***

Yvette fächerte sich Luft zu, während sie ihre Klientin aus der Ferne beobachtete. Während der gesamten Unterhaltung mit Haven hatte sie nicht vergessen, warum sie hier war. Doch das hatte ihren Körper nicht davon abgehalten, ganz heiß und erregt zu werden. Sie hatte versucht, es herunterzuspielen, war in ihren verführerischen Umhang, ihre Verkleidung, geschlüpft, die sie schon zu viele Jahre trug. Dies hatte ihr immer geholfen, sich Männer vom Hals zu halten. Die meisten waren vor ihrer dominanten Persönlichkeit zurückgeschreckt, genau, wie sie es auch beabsichtigte.

Nicht Haven; dieser Mann war bereit für die Herausforderung. War *sie* es auch? Ja, sie hatte vor ein paar Monaten Sex gehabt – nicht, dass sie sich an den Namen des Kerls erinnerte. Wofür waren One-Night-Stands gut? Und das war es auch, in was sich Haven verwandeln würde: einen One-Night-Stand. Es wäre wohl das Beste, wenn sie ihn fickte, wo sie sich anonymer fühlte. Eindeutig nicht bei ihr zuhause, und wenn sie die Wahl hatte, dann auch nicht in einem Bett.

Ein kurzer Fick auf einem Tisch würde reichen. Nichts Intimeres. Einen Mann wie ihn näher an sich heranzulassen, wäre gefährlich. Sicher, er war ein Mensch, und sie könnte innerhalb einer Sekunde mit ihm fertig werden. Nicht mal sein Bad-Boy-Stuntman-Getue wäre eine große Herausforderung für sie. Nein, die Herausforderung lag in diesen blauen Augen, die versuchten, tiefer in sie zu blicken. Und als er ihr näher getreten war und ihr ins Ohr geflüstert hatte, hatte sein Duft sie eingenommen und mit einer Welle des Verlangens bedeckt, die sie nicht erklären konnte.

Sie musste bei diesem Mann aufpassen – bevor er ihr zu nahe kam.

Yvette war dankbar, dass ihre Aufmerksamkeit plötzlich auf einen Mann gezogen wurde, der mit Kimberly sprach. Gerade legte er seine patsche Hand auf ihren Arm. Schlechter Schachzug. Yvette inhalierte tief, als sie näher schritt und Kimberlys Geruch wahrnahm. Ihre Klientin fühlte sich ohne Zweifel unwohl. Zeit, um einzugreifen.

„Kimberly, da ist jemand, der mit Ihnen sprechen möchte“, sagte Yvette, als sie näher kam und Kimberly am Arm nahm.

Dann drehte sie sich zu dem schwergewichtigen Mann, schenkte ihm ein breites Lächeln und klimperte mit ihren Augenlidern. Der Mann errötete.

„Würden Sie uns einen Moment entschuldigen?

Bevor der Mann widersprechen konnte, hatte sie Kimberly bereits in eine andere Ecke des Ballsaals geschoben.

„Wer war das?“ Yvette musste wissen, ob dies der Übeltäter war, vor dem sie Kimberly zu beschützen versuchte.

Ihre Klientin winkte ab. „Oh, das ist Charles. Er ist der Neffe des Produzenten – und ein kompletter Langweiler. Wenn Sie mich nicht gerettet hätten, wäre ich vor Langeweile umgekommen. Wirklich“, plapperte sie vor sich hin. „Ich konnte kaum ein Wort einflechten.“

Willkommen im Klub!

„Ja, echt nervig.“ Yvette bemühte sich, den Sarkasmus in ihrer Stimme zu unterdrücken.

„Sie haben ja *keine* Ahnung. Was denken sich diese Leute nur? Sie hören nie zu. Sie reden pausenlos, als wären sie die wichtigsten Menschen auf der Welt. Es ist wirklich ermüdend. Können Sie sich vorstellen, mit so jemandem länger als zehn Minuten eingesperrt zu sein? Ich dachte, ich würde auf der Stelle tot umfallen.“

Armes kleines reiches Ding!

„Nur gut, dass ich auf Sie aufpasse“, flocht Yvette ein und versuchte, nicht mit den Augen zu rollen.

Keine Chance, dass Zane diesen Abend überstanden hätte, ohne jemanden umzubringen. Sie vermutete, dass er Kimberly absichtlich eingeschüchtert hatte, damit er von seiner Aufgabe entlassen wurde. Vielleicht hatte er sogar Gedankenkontrolle verwendet, um ihr die Idee einzupflanzen, ihn abzuweisen. Und Gabriel war auf den Trick hereingefallen und hatte stattdessen sie als Bodyguard eingesetzt. Verdammt, Zane war gerissen.

„Ich brauche noch einen Drink. Wollen Sie auch einen?“

„Noch immer im Dienst, erinnern Sie sich?“ Yvette zwang sich zu einem Lächeln.

Sie konnte sich Besseres vorstellen, als die nächsten Stunden damit zu verbringen, eine verwöhnte kleine Göre zu hüten, die nie die Klappe halten konnte. Ihr einziger Trost war es, dass sie das Getratsche der anderen Gäste ausblenden konnte und ihre Vampir-Sinne sie auf die Dinge aufmerksam machten, die wichtig für sie waren.

Es hielt ihr Gehirn frei, ihren eigenen Gedanken nachzugehen. Und das Einzige, das ihr in diesem Moment in den Sinn kam, war, sich in Erinnerung zu rufen, wie Haven sie angeblickt hatte, wie sein Körper sich angefühlt hatte und wie er roch. Und sich vorzustellen, wie er sich anfühlen würde, wenn er unter ihr war, nackt, keuchend und um Erlösung bettelnd.

5

Wer immer der räudige Vampir war, der Kimberly Fairfax beschützte, er war gut. Haven hatte ihn noch nicht aufgespürt. Ein weiterer Grund, warum er Vampire verabscheute: Sie waren zu verstohlen.

Egal. Haven wusste, dass Kimberly die Party an der Seite ihres Bodyguards verlassen würde. Und er war für ihr Zusammenstoßen gewappnet: Sein Pflock war in der Seitentasche seines Anzugs versteckt und der Zaubertrank der Hexe war gut erreichbar in der rechten Jackentasche verstaut. Nur zur Sicherheit hatte er noch etwas anderes eingepackt, um sich zu schützen: eine stabile Silberkette mit kleinen Gewichten an beiden Enden in der anderen Jackentasche. Sollte alles andere schief gehen, könnte er sie dem Vampir um den Hals werfen; das Metall würde sich in seine Haut brennen, ihn zeitweise außer Gefecht setzen und Haven damit genug Zeit geben, um entweder den Pflock oder das Gift zum Einsatz zu bringen.

Seit er Vampire jagte und nach seiner kleinen Schwester suchte, hatte er verdammt viel über die Blutsauger gelernt – vor allem, wie man sie verletzte oder umbrachte. Ihr Fleisch köchelte und brannte, wenn es in Kontakt mit Silber kam, und egal, wie sehr sie es auch versuchten, sie konnten dieses Edelmetall nicht brechen.

Was es jedoch schwer machte, sich auf einen Vampir-Angriff vorzubereiten, war, dass weder sein Bruder noch er die Fähigkeit ihrer Mutter geerbt hatten, die Aura zu erkennen, die einen Vampir umgab.

Trotz seiner fehlenden Kräfte war Haven stolz darauf, über die Jahre mehr als zwei Dutzend Vampire getötet zu haben. Keine dieser Taten hatte ihn jedoch in seiner Suche nach dem Vampir, der seine Schwester entführt und seine Mutter umgebracht hatte, weitergebracht. Trotzdem hatte er ihnen das Leben genommen.

Verdammt, sie waren doch sowieso schon tot. Wie er diese Kreaturen verachtete, die von Menschen ohne Bedenken, ohne Gnade nahmen, was sie wollten. Also zeigte er ihnen gegenüber auch keine Gnade. Er war skrupellos, wenn es um die Tötung von Vampiren ging. Jedes Mal, wenn er einen in Staub verwandelte, war sein Bedürfnis nach

Rache eine Weile gestillt. Doch es hielt nie lange an.

Haven redete sich ein, dass er, sobald er seine Schwester fand, Frieden finden würde. Und an ein normales Leben denken konnte. Doch bis dahin war es der Wille nach Rache, der ihn antrieb.

In einem dunklen Eingang eines Hauses wartete Haven auf seinen Zug. Der Klang einer sich öffnenden Türe ließ ihn seinen Kopf drehen. Kimberly war unübersehbar mit ihrem rosa Kleid und den blonden Locken. Sie verließ das Gebäude und ging mit einer weiteren Person die Straße entlang. Haven hatte dafür gesorgt, dass es dort dunkel war, indem er die Straßenlampe mit einem Stein außer Gefecht gesetzt hatte.

Trotz der Dunkelheit erkannte Haven das Gesicht der anderen Person. Unfreiwillig atmete er überrascht ein: Yvette begleitete Kimberly. War das ein Zufall? Vielleicht hatten die beiden zusammen an dem Film gearbeitet. Er reckte sich, um nach ihrem Bodyguard Ausschau zu halten, doch er sah niemanden. Die Türe schloss sich hinter ihnen, der Klang echote gegen die hohen Wände, spiegelte den Hohlraum in seinem Herzen wider.

Haven fluchte stumm vor sich hin, während er die beiden Frauen beobachtete, wie sie sich der schwarzen Limousine näherten. Jetzt, wo er genauer darauf achtete, bemerkte er, wie Yvette vorsichtig die Umgebung absuchte, wie sie kaum Kimberlys Geplapper zuhörte und stattdessen jeden Hauseingang und jeden Passanten prüfend ansah.

Unter dem sexy Kleid, das ihr wie angegossen passte, war sie angespannt und auf der Hut; das konnte er daran erkennen, wie die Muskeln ihrer Oberarme zuckten.

Hatte sie ihn bereits wahrgenommen?

Mist! Das hatte er nicht erwartet. Hatte die Hexe es falsch verstanden? Wurde das Mädel doch nicht von einem Vampir beschützt?

Er hatte sich drinnen mit Yvette unterhalten und nichts hatte darauf hingewiesen, was sie sein könnte, außer dass sie wunderschön war. Er hatte die Hitze gespürt, die ihr Körper ausgestrahlt hatte, das Feuer, das in ihr loderte und auf seinen eigenen Körper überging. Wie hätte er so auf sie reagieren können, wenn sie ein Vampir war? Alles, was er je für Vampire empfunden hatte, waren Hass und Abscheu. Es war unmöglich, dass sein Körper so einen Fehler machte, dass er auf eine ekelhafte Kreatur so reagierte.

Doch je länger er sie beobachtete, umso mehr verräterische Zeichen deuteten darauf hin, dass sie ein Vampir war: die fließende Anmut, mit der sie die Straße entlang schwebte; ihre gestochen scharfen Augen, die alles um sich herum zu erkennen schienen; die Art, wie sie anscheinend jeden Ton aufnahm, genau, wie sie es in diesem Moment tat, als sie sich umdrehte, ihren Kopf hob und zu dem Fenster blickte, das soeben jemand geschlossen hatte. Oh, ja. Sie war auf der Hut. Und das konnte nur eines bedeuten: Sie war Kimberlys Bodyguard. Sie musste der Vampir sein, von dem die Hexe gesprochen hatte.

Und verdammt noch mal, wenn er jetzt nicht ein Fünkchen Reue empfand, wo er wusste, was er tun musste. Wenn sie der Vampir-Bodyguard war, musste sie sterben, Schönheit hin oder her. Er hätte die Skrupel nicht empfinden sollen, die in ihm aufkeimten. Bis jetzt hatte er nie daran gezweifelt, was er tun sollte. Seine Mission war immer deutlich: jeden Vampir umzubringen, der ihm über den Weg lief, bis er den fand, der ihm seine Schwester geraubt hatte.

Er schluckte seine deplatzierten Skrupel und versuchte, sie in den Tiefen seines Verstandes zu vergraben. Haven trat aus dem Hauseingang heraus, in dem er sich versteckt hatte, und ging langsam auf die beiden Frauen zu. Er legte ein gekünsteltes Lächeln auf und hob seine Hand. „Miss Fairfax, ein Autogramm bitte."

Yvettes Gesicht zeigte nur vorübergehend Überraschung, als sie ihn erkannte. Dann setzte sie wieder ihre gleichgültige, geschäftsmäßige Miene auf. Havens Magen drehte sich um. Er zwang sich dazu, an den Tag zurückzudenken, an dem seine Mutter umgebracht worden war. Er wusste, dass der Hass, den er für Vampire hegte, ihm helfen würde, seine Aufgabe durchzuführen. Er musste die andere Seite von Yvette vergessen, die er gesehen hatte: die sinnliche Frau, die bereit war, ihn für ein bisschen ungehemmten Sex zu treffen.

Kimberly lächelte übers ganze Gesicht und blieb stehen, während sie darauf wartete, dass Haven näher kam. Yvette lehnte sich zu ihr und flüsterte einige Worte in ihr Ohr. Haven schnappte lediglich die letzten paar Worte auf. „… Stuntman vom Filmset?"

Als Kimberly Yvette verwirrt anblickte und ihren Kopf schüttelte, wusste er, dass seine Zeit abgelaufen war. Yvette wusste, dass er nicht zur Crew gehörte und sie angelogen hatte. Doch er brauchte nicht viel Zeit. Er war nur noch wenige Schritte entfernt, als Yvette ihre Anweisung ausrief.

„Los, ins Auto, Kimberly. Jetzt!“

Doch Kimberly bewegte sich nicht. Sie schaute Yvette erneut verwirrt an. „Aber er will doch nur ein Autogramm. Sie sollten nicht so unhöflich –“

Yvette schob sie zur Seite, in Richtung Limousine, ihr Körper jetzt in Angriffsstellung. „JETZT Kimberly!“

Dann sprang Yvette auf ihn zu. Haven hatte kaum Zeit zu reagieren. Die sexy Verführerin von zuvor war verschwunden. Was zurückblieb war eine tödliche Kampfmaschine. Sollte er je Zweifel gehabt haben, dass sie ein Vampir sein könnte, waren diese hiermit ausradiert – keine Frau konnte so stark sein.

Yvette brachte ihn mit einem Schlag zu Boden. Er landete hart auf seinem Rücken. Doch er war kein Schwächling. Er fing ihre Beine mit den seinen ein und verdrehte sie, brachte sie auf den Bürgersteig. Doch er hatte nicht mit ihrer Schnelligkeit gerechnet. Wie eine Gazelle sprang sie auf und trat ihm in die Flanke, gerade als er sich erhob. Ihre Karatekicks waren hoch und grazil. Der Saum ihres Kleides schob sich einige Zentimeter nach oben, als sie noch höher kickte, erlaubte ihr somit mehr Bewegungsfreiheit. Und verdammt, er musste bewundern, wie sie mit diesen starken, sexy Beinen kämpfte.

Im Hintergrund hörte er Kimberly schreien. Wenn er sich nicht beeilte, würde das Mädchen Aufsehen erregen und Hilfe holen.

Haven griff in seine Innentasche und zog den Pflock heraus.

Yvettes Augen wurden schmäler, als sie sich gegenseitig anblickten. „Ich hätte dir erlaubt, mich mit deinem Schwanz aufzuspießen. Aber nicht mit diesem Ding da.“

Ihre Worte überraschten ihn. Sie spielte eindeutig ein schmutziges Spielchen. Schlampe.

„Keine Chance, dass ich meinen Schwanz schmutzig mache, indem ich ihn in dich stecke.“ Das besagte Körperteil schimpfte ihn einen Lügner.

Er sah den Ärger in ihren Augen, doch da war noch etwas anderes. Hatte er ihre Gefühle verletzt? Haven schüttelte diesen lächerlichen Gedanken ab. Als hätten Vampire Gefühle. Kaltherzige Bastarde – und Schlampen.

Yvette griff an, dieses Mal mit mehr Gewalt. Es ging Schlag um Schlag. Ihre Tritte gegen seine untere Hälfte nahmen überhand.

Dummerweise kam er mit dem Pflock nicht nahe genug ran, um ihr etwas anzutun.

Ein weiterer schmerzvoller Tritt in seinen Magen und er taumelte. Sie schleuderte ihn gegen das Auto. Haven drückte seine Hand gegen seinen Bauch, um den Brechreiz zu unterdrücken. Seine Hand spürte die kleine Glasampulle, die die Hexe ihm gegeben hatte. Er zog sie aus der Tasche und drehte sich genau in dem Moment um, als Yvette ihn am Hals packte.

„Nimm das, Blutsauger!“, presste er heraus, warf die Ampulle auf den Boden, wo sie zerbrach.

Sofort stieg pinkfarbener Rauch auf. Yvettes Kopf drehte sich in dessen Richtung, doch ihre Bewegungen wurden bereits langsamer.

„Scheiße!“, schrie sie, als ihre Augen zur Seite schnellten. „Kimberly!“

Das Mädchen war nur ein paar Schritte von ihnen entfernt, stand noch immer wie angewurzelt am selben Fleck. Mit sichtlicher Mühe ließ Yvette ihn los und streckte ihre Hand nach Kimberly aus, umklammerte das Handgelenk des Mädchens, bevor sie auf dem Bürgersteig zusammensackte und Kimberly mit sich zog.

„Yvette!“, schrie das Mädchen.

Na toll, jetzt wurde die Schauspielerin hysterisch. Wie er das hasste.

„Halt die Klappe!“

Kimberlys Schrei verstummte zu einem Flüstern, während sie Yvette schüttelte und versuchte, sie aufzuwecken.

Haven blickte Yvette an, die bewegungslos auf dem Boden lag. Er wusste, dass sie nicht tot war, sondern gerade mal bewusstlos. Jetzt war es an der Zeit, sie umzubringen. Er umklammerte den Holzpflock und rollte ihn zwischen seinen Fingern. Dann kniete er sich neben sie und drehte sie auf den Rücken. Er hätte es nicht tun sollen. Er hätte den Pflock einfach in ihren Rücken schlagen sollen.

Kimberlys Stoß in seine Flanke traf ihn überraschend. „Lass sie in Frieden!“

Haven warf ihr einen genervten Blick zu und packte sie am Fuß, sodass sie noch im selben Moment ihr Gleichgewicht verlor und gegen das Auto hinter sich fiel. Sie zog Yvettes Arm mit sich, der noch immer um ihr Handgelenk geschlungen war.

„Welchen Teil von ‚Halt die Klappe‘ hast du nicht verstanden?“

In Reaktion auf seine unausgesprochene Drohung verwandelte sich ihr Blick in den eines eingeschüchterten Weibchens. „Autsch!“

Nun, zumindest konnte sie schauspielern. Aber verdammt, er hasste es, Unschuldigen etwas anzutun. Wäre seine Mutter noch am Leben, hätte sie ihn dafür windelweich geprügelt.

Haven richtete seine Aufmerksamkeit auf die bewusstlose Yvette. Was er sah, waren die makellosen Züge der Frau, die ihn vor nur kurzer Zeit im Ballsaal ganz und gar verführt hatte; die roten Lippen der Frau, die ihm so unverfroren Sex angeboten hatte.

Seine Hand zitterte, als er den Pflock hielt. Er hatte noch nie Bedenken gehabt, einen Vampir umzubringen, also warum konnte er seinen Arm nun nicht senken, um das Holz in ihr Herz zu rammen?

Stattdessen stand er auf und blickte Kimberly an, die sich weinend an das Auto lehnte. Haven sah sich um. Sie waren noch immer alleine, und die Fahrertüre stand offen, als wäre der Chauffeur während des Kampfes geflohen. Auch gut.

„Lass uns gehen. Du kommst mit mir!“, wies er an.

Er ergriff den Arm des Mädchens und versuchte, sie zum Vorderteil des Autos zu ziehen, doch sie leistete Widerstand. „Ich sagte, wir gehen jetzt.“

„Ich kann nicht“, jammerte Kimberly.

Haven blickte sich um und sah, wie Kimberly versuchte, sich aus Yvettes Griff zu lösen. Ohne Erfolg. Er nahm Yvettes Hand und versuchte sein Glück – mit demselben Misserfolg. Wie ein Schraubstock hatten sich Yvettes Finger um Kimberlys Handgelenk verschlossen.

„Mist!“

„Was ist los?“, weinte Kimberly. „Hilfe! So hilf mir doch jemand!“

Verzweifelt blickte sie sich um, doch es waren keine Passanten unterwegs. So würde es nicht bleiben, da war Haven sich sicher. Er musste schnell dieser Situation entkommen.

„Steig ins Auto, schnell. Und kein weiteres Wort!“

Er hasste, was er nun tun musste. Wenn er Yvette zurücklassen könnte, wo sie war, hätte er wenigstens dieses Kapitel seines Lebens abschließen können. Doch die Umstände waren nun mal anders. Er hatte zwei Möglichkeiten, keine von beiden war erstrebenswert; eine der Möglichkeiten hatte er bereits erfolglos versucht: Er konnte sie nicht pfählen. Was ihm nur noch eine Wahl ließ.

Haven schob das Mädchen in Richtung Auto, hob Yvettes reglosen Körper in seine Arme und legte sie neben Kimberly auf die Rückbank. Er konnte nur hoffen, dass sie die gesamte Autofahrt über bewusstlos blieb. Ansonsten müsste er zu Option Nummer eins zurückkehren. Natürlich bedeutete es, dass, wenn sie bewusstlos blieb bis er sie zur Hexe brachte, er sie erneut tragen müsste und ihren Körper nahe an seinen gedrückt spüren würde. Und das eröffnete ein ganz anderes Problem: Sein Gehirn sträubte sich und sein Schwanz freute sich darauf.

„Noch ein Schrei und du endest wie sie."

Mit ängstlichen Augen nickte Kimberly, einen Arm um ihre Taille geschlungen, den anderen zu Yvette ausgestreckt. „Warum lässt sie nicht von meinem Arm ab?"

Haven war sich nicht sicher, doch er vermutete, dass es mit ihren Vampir-Fähigkeiten zusammenhing. „Ich hasse es, der Überbringer von schlechten Nachrichten zu sein, aber dein Bodyguard ist ein Vampir."

6

„Du Vollidiot, du solltest sie gleich umbringen“, fauchte Bess ihn an, ihr Mund zu einer hässlichen Grimmasse verzerrt.

Haven war wieder in ihrem provisorischen Wohnzimmer, inmitten des Gestanks und der Hexenkräfte.

„Vor dem Mädchen?“, fragte er, wohl wissend, dass es eine schwache Ausrede war. Doch er konnte ihr gegenüber nicht zugeben, dass er Skrupel gehabt hatte, Yvette das Leben zu nehmen. Wenn er nur auf der Party nicht mit ihr gesprochen hätte, wären nie Zweifel in ihm aufgekeimt. Aber jetzt? Verdammt, wie sollte er sie jetzt umbringen?

„Sie wird drüber hinwegkommen. Mach es jetzt, solange sie noch bewusstlos ist.“

Haven schüttelte den Kopf, sein Verstand suchte panisch nach einer Ausrede. „Wir wissen nicht, was passieren wird. Ihre Hand ist noch immer fest am Handgelenk des Mädchens. Was, wenn es Kimberly schadet? Was, wenn sie verletzt wird, oder es sie gar umbringt? Ich vermute, du willst sie lebend …“

„Hmm.“ Der Gesichtsausdruck der Hexe veränderte sich, Denkfalten bildeten sich auf ihrer Stirn.

Gut, sie wägte es ab. So weit hergeholt sein Argument auch war, vielleicht war Bess zu abergläubisch, um das Risiko einzugehen. Und er wollte nicht noch mehr Blut an seinen Fingern kleben haben. Nicht einmal das Blut eines Vampirs. Es war schlimm genug, dass er die beiden Frauen zu der Hexe gebracht hatte. Sobald er seinen Bruder zurückhatte, konnten sie sich überlegen, wie sie das unschuldige Mädel befreien konnten, bevor die Hexe ihr etwas antun konnte. Und Yvette? Er hatte keine Ahnung, was er mit ihr machen sollte. Er sollte nicht mal einen Gedanken an sie verschwenden.

„Gut“, stimmte sie schließlich zu.

Haven atmete auf. Eine Hürde war genommen. Jetzt zur nächsten. „Gut, dann hast du alles, was du wolltest.“

„In der Tat.“

„Jetzt lass meinen Bruder frei, und du bist uns los.“

Und wir kommen zurück, sobald wir einen Plan haben, wie wir

Kimberly aus deinen bösen Klauen befreien können.

Sie lächelte ihn an. „Wie du sagtest, jetzt habe ich alles, was ich wollte."

Ihre Ansprache ließ ihn aufhorchen. Etwas war faul. Misstrauen stellte die kleinen Härchen auf seinem Unterarm auf.

„Kimberly, deinen Bruder und dich. Euch alle drei."

Haven schluckte schwer, mochte es nicht, welchen Gang das Gespräch nahm. „Du hast mir dein Wort gegeben."

„Ich habe gelogen."

Er ging einen Schritt auf sie zu, bereit, sie zu erdrosseln. Mit hochgehaltener Hand schickte sie ein unsichtbares Schild gegen ihn, das ihn in Schach hielt. Gott, wie er Hexen hasste! Mit einem Vampir konnte er wenigstens richtig kämpfen.

Dieses Mal hatte er nicht damit gerechnet, mit der Hexe kämpfen zu müssen. Alles, was er wollte, war, seinen Bruder zu befreien, um dann mit vereinten Kräften zurückzukommen. Der Eine würde sie ablenken, während der Andere sie angriff. Alleine, das wusste er, hatte er keine Chance. Er war machtlos gegen die Magie – als Sohn einer Hexe wusste er nur zu gut, wie machtlos.

„Gib mir meinen Bruder zurück und lass uns gehen!"

„Tut mir leid, das kann ich nicht. Ich brauche euch alle drei."

Er hasste es, unterlegen zu sein. „Verdammte Schlampe!"

Sie machte eine abwertende Handbewegung. „Du kannst mich beschimpfen, soviel du willst. Es kümmert mich wirklich nicht, was du von mir denkst."

„Was hast du mit uns vor?" Wenn er herausfinden konnte, was los war, könnte er vielleicht einen Plan schmieden, wie er seinen Bruder und sich aus der Situation befreien konnte.

„Nun, das wäre aufschlussreich, nicht wahr? Leider ist mir heute nicht nach quatschen zumute. Aber ich will mal nicht so sein – ich lasse dir den Pflock, wenn ich dich mit dem Vampir zusammen einsperre."

Verdammter Mist!

Sobald Yvette erwachte, würde sie ihn angreifen. Und dann hätte er keine andere Wahl, als sie umzubringen.

„Das kannst du nicht tun!"

„Wirklich? Ich denke schon."

„Hör zu, die Schlampe wird mich umbringen." Da war er sich

sicher. Dann wagte er es, eine Vermutung aufzustellen. „Ich schätze, du willst mich lebendig."

Das hoffte er zumindest; ansonsten hätte sie ihn doch bereits getötet, oder nicht?

„Das ist wahr, aber als großer, böser Vampirjäger zähle ich auf deine Fähigkeiten. Du musst sie nur umbringen, bevor sie dich umbringt."

Manipulative Hexe!

Sie wollte ihn also dazu bringen, dass er ihre Drecksarbeit erledigte. Ihn mit Yvette einzusperren zwang ihn praktisch dazu, sie zu töten, um sein eigenes Leben zu retten. Jetzt hasste er sie noch mehr.

„Ich habe alles getan, was du wolltest."

„Tut mir leid. Wolltest du ein *Dankeschön* hören? Also schön: Danke sehr." Dann sandte sie mehr Kraft gegen ihn, drückte ihn gegen die Wand hinter ihm. „Zeit, dich zu deinen Freunden zu schicken."

Weniger als eine Minute später zwang sie ihn in einen großen, spärlich mit Möbeln ausgestatteten Raum. Drei Liegen waren an der Wand entlang aufgestellt. Einige Decken und Kissen lagen darauf. Ein kleiner Kühlschrank und ein Tisch mit ein paar Stühlen standen in einer anderen Ecke. Eine schmale, offen stehende Türe auf der anderen Seite des Zimmers zeigte eine behelfsmäßige Toilette und ein Waschbecken.

Kimberly lag auf einer der Liegen, Yvette auf der daneben. Ihre Hand war noch immer um Kimberlys Handgelenk geschlungen. Sie war noch immer bewusstlos. Kimberly hatte sich zusammengerollt und weinte.

Er suchte den Rest des Raumes ab.

„Wo ist Wesley?", rief er.

„Du wirst ihn zu sehen bekommen, wenn ich mit ihm fertig bin", antwortete Bess von der anderen Seite der bereits geschlossenen Tür.

Kimberly sprang von ihrer Bauchlage auf und drückte sich gegen die Wand hinter sich. „Du!"

Er zuckte mit den Schultern. „Nun, Schätzchen, sieht so aus, als säßen wir jetzt alle im selben Boot."

Und er war derjenige, der sie in die Netze der bösen Hexe getrieben hatte. Was bedeutete, dass er dafür verantwortlich war, sie hier auch wieder herauszuholen.

„Du Schuft! Du hast mich entführt. Raus hier! Ich will dich hier nicht sehen. Lass mich alleine!“ Kimberly drehte ihren Kopf in Yvettes Richtung.

„Das kann ich nicht. Ich bin gefangen, genau wie du.“

„Das ist ein Trick! Was willst du? Geld?“

Er ignorierte ihre Frage. „Hör zu. Wir müssen zusammenarbeiten, um hier rauszukommen.“

Kimberly schüttelte den Kopf. „Warum sollte ich dir glauben? Du hast mich in diese Situation gebracht. Du hast uns angegriffen und meinen Bodyguard vergiftet.“

„Dein Bodyguard ist ein Vampir.“

Sie blickte erneut auf Yvette. „Ja, das sagtest du bereits im Auto. Ich habe dich gehört. Es gibt keinen Grund, zu versuchen, mich zu verwirren. Ich bin kein dummes Blondchen. Vampire gibt es nicht, also verstehe ich nicht, was du damit erreichen willst. Ich möchte jetzt nach Hause.“

Haven seufzte. „Wir wollen alle nach Hause. Aber das geht im Moment nicht. Also, hör zu, so liegt die Sache …“

***

Zane benutzte seinen Schlüssel, um in Gabriels Haus einzutreten, da keiner auf sein Klopfen reagierte. Es sah so aus, als wäre die Klingel noch immer nicht repariert worden. Er trat ins Foyer und lauschte nach Stimmen. Im Haus war es still, abgesehen von den gedämpften Lauten, die aus dem Untergeschoss, in dem sich Mayas Praxis befand, kamen.

Er hasste es, hereinzuplatzen, doch sein Anliegen war dringend.

Verstohlen wie immer schlich er die Treppe hinunter. Es war eine Angewohnheit, die er, selbst wenn er im Haus seines Chefs zu Gast war, nicht lassen konnte. Es war schon komisch, wie einige Angewohnheiten sich in seinem Bewusstsein verankert hatten, sodass er sie nicht einmal willkürlich abschalten konnte. Er wusste, dass es seine Kollegen verrückt machte. Aber hey, jeder musste seinem Ruf gerecht werden.

Zane hörte die Stimmen nun deutlich. Sie kamen aus Mayas Untersuchungszimmer.

Großartig! Das bedeutete, dass Delilah und Samson wegen Delilahs Ultraschall hier waren. Das hätte er sich denken können. Delilah war nun im siebten Monat schwanger. Und als er sie die Woche zuvor gesehen hatte, sah sie aus, als wäre sie so weit, das Baby auf der Stelle zur Welt zu bringen.

„Sie sieht groß aus", hörte er Samson kommentieren.

„Das ist sie. Also würdet ihr mir bitte verraten, woher ihr wisst, dass es ein Mädchen wird? Ich kann mich nicht erinnern, euch das Geschlecht mitgeteilt zu haben", sagte Maya.

Das Lächeln in Delilahs Gesicht war offensichtlich, als sie antwortete: „Sie spricht mit mir. Ich denke, sie hat eine Gabe bekommen."

„Telepathie?", fragte Maya.

„Ich glaube ja."

„Glückwunsch! Das macht vieles einfacher für dich. Jede Mutter würde dich darum beneiden, mit dem Kind sprechen zu können, wenn es eigentlich noch gar nicht sprechen kann. Ich nehme an, sie hat dir noch nicht mitgeteilt, wann sie bereit ist, oder? Ich vermute, sie wird früher kommen als bei einer Menschengeburt. Alles weist darauf hin."

„Auch gut", antwortete Delilah.

„Ich weiß, es ist schwer für dich", tröstete Samsons Stimme, und Zane schüttelte den Kopf.

Er kam einfach nicht dahinter, warum alle harten Vampire zu Weicheiern wurden, sobald sie gebunden waren. Solch ein Schwachsinn passierte ihm bestimmt nicht!

„Ich mache mir keine Sorgen um mich, sondern um dich. Du ernährst dich kaum noch von mir."

Delilah hatte recht. Samson sah die letzten Tage etwas schlapp aus. Zane hatte bereits vermutet, dass er weniger Blut zu sich nahm. Als Vampir, der mit einem Menschen gebunden war, konnte er nur von seiner Partnerin trinken. Und wie es schien, nahm er wegen ihrer Schwangerschaft Rücksicht auf sie. Es war anders mit Vampiren, die mit einem Vampir gebunden waren, wie es bei Maya und Gabriel der Fall war. Während sie sich voneinander ernähren konnten, musste einer der beiden weiterhin menschliches Blut zu sich nehmen, um die Stärke des Paares zu gewährleisten.

„Mir geht es gut, Süße."

Bevor er sich das Liebesgeplänkel noch länger anhören musste, klopfte Zane an und trat in den Raum.

„Tut mir leid, dass ich so unangemeldet auftauche."

Samson bedeckte sofort Delilahs nackten Bauch mit einer Decke und erhob sich, um Zane den Blick auf seine Frau zu verwehren. „Ich hoffe für dich, dass du einen guten Grund dafür hast."

Vampire und ihr Beschützerinstinkt ihren Gefährten gegenüber – Gott, wie ihn das ankotzte. „Den habe ich. Wo ist Gabriel?"

„Trifft sich mit dem Bürgermeister", antwortete Maya, während sie das Ultraschallgerät ausschaltete und die Instrumente in die dafür vorgesehenen Halterungen steckte.

„Ruf ihn an. Wir haben ein Problem."

„Was ist los?" Samson war nun voll bei der Sache, und obwohl er müde aussah, hatte er einen entschlossenen Ausdruck in seinen braunen Augen.

„Yvette hat sich nicht gemeldet."

„Hast du sie angepiepst?"

„Keine Antwort."

„Ihr Handy?"

„Geht nur der Anrufbeantworter ran."

„Thomas soll versuchen, das GPS-Signal zu orten."

Zane war kein Anfänger; er hatte Thomas bereits unterwegs angerufen. „Er ist schon dabei."

„Gut."

„Ihre Klientin ist auch nicht im Hotel aufgetaucht."

„Das bedeutet wenigstens, dass sie vermutlich noch zusammen sind."

Samson streifte seine Hand durch sein fülliges, dunkles Haar. Einen Moment lang war Zane abgelenkt. Er vermisste es, Haare zu haben und sie sich raufen zu können. Als Mensch war er kahl geschoren worden für die Experimente, die sie an ihm durchgeführt hatten. Und da sein Haar zum Zeitpunkt seiner Verwandlung noch nicht nachgewachsen war, war er für immer an einen Kopf wie Yul Brunner gebunden. Ja, das Leben war manchmal beschissen.

„Die Limousine, die für sie vorgesehen war, ist auch verschwunden."

„Denkst du, der Fahrer hat sie entführt?"

„Ich würde dies nicht ausschließen."

„Lass uns sehen, ob wir die Limousine orten können. Finde heraus, ob sie mit einem Sender ausgestattet war. Falls nicht, lass die Jungs die Stadt durchkämmen", schlug Samson vor. „Ich spreche mit Gabriel und lasse ihn eine groß angelegte Suche starten. Es sieht Yvette nicht ähnlich, sich nicht zu melden. Das ist verdächtig."

„Allerdings."

So wenig Zane sie auch leiden konnte, Yvette war ein Teil seiner Familie. Die einzige Familie, die er hatte. Und er würde Himmel und Hölle in Bewegung setzen, um seine Familie zusammenzuhalten. Diese würde er nicht auch noch verlieren.

Er hatte seiner ersten Familie schon unter entsetzlichen Umständen beim Sterben zusehen müssen. Es hatte ihn zu tief getroffen; der Schmerz war selbst nach 65 Jahren noch immer zu frisch.

„Ich schaue mich in der Zwischenzeit in ihrem Haus um."

7

Das Erste, was Yvette spürte, als sie aufwachte, waren lange Haare, die um ihren Hals und ihre Schultern spielten. Das verriet ihr, dass sie mindestens zwei Stunden geschlafen hatte, die Mindestzeit für einen Regenerierungsschlaf, den ihr Haar benötigte, um nachzuwachsen. Das Zweite, was ihr auffiel, war, dass ihre Hand um ein Handgelenk geschlungen war.

Noch immer etwas benommen und schwummerig schlug Yvette ihre schweren Augenlider auf, erhob sich aus ihrer Bauchlage und ließ Kimberlys Hand mit einem schweren Atemzug los. Die plötzliche Bewegung machte sie schwindelig und sie benötigte eine Sekunde, um ihr Gleichgewicht zu erlangen. Blut donnerte durch ihre Venen, der Klang nicht weniger störend als der eines vorbeifahrenden Lastenzuges, der jedes andere Geräusch im Raum schluckte.

Yvette holte Luft, füllte ihre Lungen mit Sauerstoff, doch ihr Gehirn konnte die Duftstoffe nicht zuordnen, die auf sie einprasselten – sicherlich eine Nachwirkung von dem, was auch immer sie außer Gefecht gesetzt hatte.

Yvette schielte zu Kimberly, die sogleich Abstand von ihr nahm, ängstlich und eingeschüchtert.

Funkelten ihre Augen rot, oder zeigten sich ihre Fänge? Sie glitt mit der Zunge über ihre Zähne und vergewisserte sich erleichtert, dass ihre Fänge sich nicht unabsichtlich ausgefahren hatten. Wie sollte sie jedoch ihren plötzlichen Haarwuchs erklären?

„Alles in Ordnung, Kimberly? Hat er dich verletzt?“

Das Mädchen schüttelte den Kopf. „Du bist ein Vampir. Das kann ich nicht glauben.“ Ihre verweinten Augen waren vor Angst geweitet.

Scheiße! Wie hatte sie es herausgefunden? Yvettes Verstand arbeitete wie verrückt, versuchte, die Puzzleteile ihrer Erinnerungen an den vorhergegangenen Kampf wieder zusammenzusetzen.

Hatte sie während des Gefechts ihre Fänge gezeigt? Yvette schüttelte den Kopf und blickte auf Kimberlys Handgelenk, wo sie einen roten Abdruck hinterlassen hatte. Es war ein Überlebensmechanismus: Ein Vampir konnte sich an ein Objekt klammern, all seine Energie darauf bündelnd. Wenn sie von jemandem überwältigt wurde, stellte diese Fähigkeit sicher, dass sie nicht verschleppt oder fortgerissen werden konnte. In diesem Fall hatte es dafür gesorgt, dass Yvette nicht von ihrer Klientin getrennt wurde. Wie sie dies Kimberly erklären sollte, wusste sie nicht.

„Es tut mir sehr leid. Ich habe nicht beabsichtigt, dich zu verletzen. Aber ich *musste* dich beschützen.“

Kimberly schüttelte noch immer ihren Kopf, als würde Leugnen es automatisch unwahr machen, ungeschehen. Ja, die Realität war manchmal zum Kotzen. Doch Yvette konnte es nicht rückgängig machen. Das Mädchen hatte bereits zu viel gesehen; es war das Beste, jetzt mit der Sprache herauszurücken. Vielleicht sollte sie ihr einfach die Erinnerungen löschen, sie vergessen lassen, was sie gesehen hatte – doch nur, falls sie nicht mit der Wahrheit umgehen konnte.

„Hör zu. Meine Aufgabe ist es noch immer, dich zu beschützen, egal was geschehen ist. Was ich bin, zählt nicht. Ich werde dich nicht verletzen.“

Das Mädchen schniefte. Wo war nur ihre sprudelnde Persönlichkeit hin verschwunden? Jetzt würde Yvette ihr pausenloses Geschnatter nicht stören; es würde ihr wenigstens zeigen, dass alles mit ihrer Klientin in Ordnung war. Sie atmete tief ein, versuchte, darüber nachzudenken, wie sie ihr versichern konnte, dass sie keine Bedrohung für sie darstellte, als ein allzu bekannter Geruch ihre Nase kitzelte.

Yvette sprang von der Liege auf und stürzte sich auf die Person, die links hinter ihr an der Wand lehnte: Haven, dieser verdammte Arsch, der sie angegriffen hatte. Sie schleuderte ihn gegen die Wand, nagelte ihn fest.

„Ich bringe dich um, du Schweinehund!“

Durch gefletschte Zähne zischte er sie an: „Wir stecken alle in der gleichen Scheiße.“

Sie wies seine Worte ab. Ein Feigling und ein Lügner – sie wusste genau, was sie mit so jemandem machen sollte. Yvettes Fänge erschienen und sie machte keine Anstalten, sie zu verbergen. Während sie weiter wuchsen und durch ihre Lippen stießen, knurrte sie ihn an. Doch statt Angst sah sie Trotz in seinen Augen. Hell und leuchtend.

„Lass uns frei! Jetzt!“

„Kann ich nicht. Ich bin genauso eingesperrt wie ihr – also lass mich jetzt los.“

Yvettes Augenbrauen zogen sich zusammen. Wovon redete er da?

Ohne ihren Griff zu lösen, überflogen ihre Augen den Raum. Bisher war sie zu verwirrt gewesen, um ihre Umgebung wahrzunehmen. Jetzt war die Zeit dafür gekommen. Es gab eine Türe, die in eine Wand gebaut war, ein verbarrikadiertes Fenster in einer anderen. Keines von beiden stellte eine unüberwindbare Hürde dar. Eine andere Türe am Ende des Zimmers stand offen; sie konnte dahinter eine Toilette erkennen.

Könnte es sein, dass er die Wahrheit sagte? Yvette schob den Gedanken beiseite. Nein, er war ein Lügner.

„Nimm es mir nicht übel, wenn ich mich schwer tue, dir zu glauben“, knurrte sie. „Beim letzten Mal warst du noch der, der uns angegriffen hat.“

„Er sagt die Wahrheit“, kam Kimberlys Stimme von hinten.

Yvette blickte sich zu ihrer Klientin um, versuchte einzuschätzen, ob Kimberly noch unter Schock stand. Welchen Scheiß hatte Haven ihr eingeredet, während sie ohnmächtig war? Sich wieder zu dem Schuft umdrehend verengten sich ihre Augen.

„Ich sollte dich hier und jetzt umbringen. Weißt du, warum ich es nicht tue?“

„Weil du immer noch meinen Schwanz willst?“

Sie schlug ihm ins Gesicht. Wie konnte er es nur wagen? „Du bleibst am Leben, weil ich Kimberly das ersparen möchte. Aber sobald sie in Sicherheit ist, bist du fällig.“

„Habe mir schon gedacht, dass du einen Groll gegen mich hegst.“ Er zuckte mit den Achseln, ohne die Miene zu verändern.

Yvette ignorierte seinen Kommentar. „Wo sind wir?“

„In einer Lagerhalle außerhalb von San Francisco.“

„Wo genau?“ Sie drückte ihren Arm härter gegen seine Brust, quetschte die Luft aus seiner Lunge.

„Süd San Francisco. Nicht weit von der 101 Autobahn.“

„Wie sind wir hierhergekommen?“

Haven rang sichtbar nach Luft, und um eine Antwort auf ihre Frage zu bekommen, lockerte sie ihren Griff minimal. Als er ein paar Atemzüge genommen hatte, kickte sie ihr Knie nach oben und zielte auf seine Eier. Zu ihrer Überraschung hinderte er sie daran, ihr Ziel zu erreichen, indem er seine Hüften drehte, sodass ihr Knie in seinem Schenkel landete.

Sie war langsamer als sonst – eine Tatsache, die sie der Substanz zuschrieb, die sie außer Gefecht gesetzt hatte. Doch genauso wie ihr Geruchssinn zurückgekommen war, war sie davon überzeugt, dass auch ihre anderen Sinne bald nachziehen würden.

Wut stieg in ihr hoch. „Wie?“

„Ich habe die Limousine genommen.“

„Und der Fahrer? Wo ist er? Hast du ihn umgebracht?“

„Nein! Er ist abgehauen, glaube ich.“

Es war die erste gute Nachricht. Ihre Kollegen würden ihn aufspüren, sobald sie herausfanden, dass Kimberly vermisst wurde. Und mit ein bisschen Glück konnte er ihnen sagen, was passiert war. Die Limousine zu finden sollte auch nicht zu schwierig sein. Yvette war sicher, dass sie mit einem Sender ausgestattet war, der ihren Kollegen ihren Standort verraten würde.

„Wo ist die Limousine jetzt?“

Havens Muskeln spannten sich an, als wollte er mit den Achseln zucken. Doch sie drückte ihn noch immer gegen die Wand, gab ihm keinen Platz, sich zu bewegen.

„Ich habe draußen vor der Tür geparkt.“

Das waren gute Nachrichten.

„Wie spät ist es jetzt?“

Haven sah sie überrascht an. „Drei Uhr.“

„Tag oder Nacht?“ Was auch immer es war, das sie eingeatmet hatte, es hatte ihre Sinne stark angegriffen. Ungeduldig auf die ausstehende Antwort trat sie ihm ins Schienbein, obwohl ihr etwas höher lieber gewesen wäre.

Er fletschte die Zähne. „Schlampe!“

„Ich fragte Tag –“

„Es ist Nacht.“

Yvette ließ ihn los. Eine Sekunde länger und sie hätte sich wie eine Katze, die läufig war, an ihn gerieben. Verdammt sei dieser Mann dafür, wonach er roch: männlich, nach Sex. Wie sollte eine Vampirin ihren Verstand behalten, wenn sie auf so engem Raum mit einem solchen vor Männlichkeit strotzenden Kerl eingesperrt war? Je schneller sie und Kimberly fliehen konnten, umso besser. Sicher, ihre Kollegen würden sie innerhalb der nächsten Stunden retten, doch so viel Zeit blieb ihr nicht. Sie musste hier raus, bevor sie etwas tat, das sie später bereuen würde.

Was auch immer Haven passieren würde, interessierte sie nicht. Was aber noch eine andere Frage offen ließ.

„Warum bist du hier?“

Haven zupfte sein Hemd und seine Jacke zurecht und blickte sie an. „Weil ich einen Auftrag hatte.“

„Das ist keine Antwort. Wenn du hier mit uns eingesperrt bist, wer hält uns dann hier fest?“

Haven ging einen Schritt auf sie zu, brachte seinen verführerischen Körper zu nahe an ihren. Wie Feuerranken schwappte seine Körperwärme von seiner Haut auf ihre über, beabsichtigte, sie mit ihrer Intensität zu verbrennen.

„Hier hast du deine Antwort: Ich wurde von dieser Person hintergangen, die wollte, dass ich Kimberly entführe. Bist du jetzt glücklich?“

Verärgert war er noch hinreißender als zuvor, als sie mit ihm auf der Premierenparty gespielt hatte. Wie armselig war das denn?

„Ein Söldner. Abscheulich.“

„Du bist kein Stück besser als ich.“

„Ich entführe Leute nicht für Geld! Geschieht dir recht, dass dein Boss dich verarscht hat. Erwarte nicht, dass ich dir jetzt helfe.“

***

Haven spürte, wie sein Blut zu kochen begann. Yvette machte ihn noch schneller wütend als sein Bruder, und das war eine Riesenleistung. Doch er würde sie nicht mit ihm Katz und Maus spielen lassen.

„Ich befürchte, wir werden alle scheitern, wenn wir nicht zusammenarbeiten.“

Sie blickte ihn verachtend an. „Dein Ziel war es, Kimberly zu kidnappen – damit ist deine Arbeit ja wohl erledigt. Jetzt werde ich meinen Job machen – und der ist, sie wieder zu befreien. Genau das werde ich auch tun.“

„Was schlägst du vor, wie wir es machen, da wir hier eingesperrt sind?“

Sie winkte zur Tür. „Glaubst du ernsthaft, eine Tür wie diese kann mich aufhalten?“

Er sollte ihr sagen, womit sie es zu tun hatte. Es wäre nur fair. „Schau, es ist unmöglich –“

„Inkompetenter Idiot!“, zischte sie und drehte sich weg.

Andererseits konnte sie es ruhig auch selbst herausfinden. Diese Frau brauchte offensichtlich einen Dämpfer. Keiner nannte ihn inkompetent. Und schon gar nicht Idiot! Besonders keine Frau – keine Vampir-*Frau* – die ihn steif werden ließ, nur weil sie ein paar Meter von ihm entfernt stand.

„Na dann los.“

Plötzlich fühlte er sich wie Dirty Harry, und Yvette konnte ihm den Tag verschönern.

Ohne dass sie oder Kimberly es merkten, richtete er sein Glied aus und schweifte mit seinem Blick über Yvettes nackten Rücken. Oh, Mann. Dieses Kleid passte ihr wie angegossen. Und der zerrissene Saum an einer Seite zeigte ihr Bein vom Knöchel bis zum Schenkel. Ihre Beine waren gebräunt und stark, nicht zu übertrainiert, sondern perfekt geformt. Perfekt, um sie um seine Hüften zu schlingen, während er –

Er knurrte unhörbar und schüttelte den Kopf. So etwas zu denken würde ihm nicht helfen, seine Latte loszuwerden.

Doch er konnte nicht aufhören, sie anzusehen. Er war von ihr fasziniert. Und noch eine Sache war jetzt total anders. Während sie ohnmächtig gewesen war, hatte er ihrem Haar buchstäblich beim Wachsen zugesehen. Es fiel jetzt als dicke Mähne über ihren Rücken. Während er dachte, dass sie mit kurzen Haaren attraktiv sei, war das lange Haar, das jetzt um ihr Gesicht und ihre Schultern spielte, eine vollkommene Ablenkung. Er hatte keine Ahnung, warum es plötzlich lang war; sicherlich war es irgendeine verrückte Vampireigenschaft. Und es interessierte ihn überhaupt nicht. Genau. Es kümmerte ihn kein bisschen.

Ebenso wie Kimberly beobachtete er jetzt, wie Yvette sich der Türe näherte, sie mit der Hand abtastete, roch und dann zurücktrat. Eine Sekunde später platzierte sie einen hohen Karatekick gegen das Schloss. Doch anstatt dass die Türe unter der Wucht ihres Trittes splitterte – und er war noch nie zuvor solch einer starken Frau begegnet – wurde Yvette nach hinten an die gegenüberliegende Wand geschleudert. Haven wich automatisch zurück und fragte sich, wie viel Schmerz sie wohl ertragen konnte.

„Was zum Teufel?“, grummelte sie.

Doch sie war schon wieder aufgestanden und stürzte sich auf die Tür. Haven wusste, dass es nutzlos war, und blockierte ihr den Weg. „Warte.“

„Geh mir aus dem Weg!“

„Die Tür wird von Magie beschützt.“

„Magie?“

Erkenntnis wurde in ihren Gesichtszügen sichtbar. Dann schob sie ihn von sich weg, weg von ihrem verlockenden Körper und ihrem betörenden Duft.

„Du machst mit einer Hexe Geschäfte?“

Haven verschränkte die Arme vor seiner Brust, spürte die Notwendigkeit, sich zu verteidigen. „Ich hatte keine Wahl.“

Er musste seinen Bruder befreien, den er noch immer nicht gesehen hatte, seit er hier eingesperrt war. Er fühlte sich immer unwohler mit der Art, wie die Dinge sich entwickelten. Wenn er nur herausbekommen würde, was die Hexe von ihnen allen wollte, dann könnte er vielleicht einen Plan schmieden. Aber ohne –

„Es gibt immer eine Wahl. Du hast dich dafür entschieden, mit einer Hexe zu arbeiten. Kein Wunder, dass du mich außer Gefecht setzen konntest. Du bist nur ein schwacher Mensch, sieh, wo du gelandet bist.“

Hatte er da gerade richtig gehört? „Willst du damit sagen, ich bin weniger wert als du?“

„Was, wenn es so ist?“

Haven fletschte seine Zähne, bereit, die Frau zu erdrosseln.

„Hört auf!“ Kimberlys erhobene Stimme ließ ihn seinen Kopf in ihre Richtung schnellen. „Ihr verhaltet euch beide wie verwöhnte Gören!“

Er hob eine Augenbraue. Wer im Glashaus sitzt, sollte nicht mit Steinen werfen. Vielleicht war das Mädel doch nicht so unreif, wie sie immer vorgab. Er wich einen Schritt von Yvette zurück. „Ich kann einen Hinweis deuten.“

„Wenn er mit einem Schlaghammer ausgeteilt wird, dann ja“, spottete Yvette unter einem Atemzug.

Er blickte sie über seine Schulter an. „Das habe ich gehört.“

„War auch so beabsichtigt.“

„Verdammt. Habe ich nicht gerade gesagt, ihr sollt aufhören?“

Kimberly schlug die Hände über ihrem Kopf zusammen. „Wie alt seid ihr? Zwölf?“

Sie hatte recht.

„Da ihr euch ja beide für so unglaublich gute Kämpfer haltet, warum benutzt ihr eure Kräfte nicht dazu, um uns hier rauszuholen? Ehrlich, ich habe nicht die Absicht, hier noch länger zu bleiben. Ich bin nicht der Typ fürs Campen und ich brauche eine Dusche.“ Sie seufzte und begutachtete ihre Fingernägel. „Und eine Maniküre.“

Bevor Haven eine spitze Bemerkung über Kimberlys letzte Aussage machen konnte, öffnete sich die Tür. Wesley stolperte herein, oder besser gesagt, wurde von der Hexe geschubst, die auf der anderen Seite der Schwelle stehen blieb.

„Wesley!“ Haven stürzte auf seinen Bruder zu und umarmte ihn. Er schien ein wenig verstört, doch erholte sich schnell.

„Oh, Mist! Hav, es tut mir leid.“ Die gemurmelte Aussage spiegelte sich in seinen deprimierten Augen wider.

„Wie ich sehe, hast du den Vampir noch immer nicht umgebracht“, übertönte Bess ihn.

Haven blickte erst die Hexe an, dann Yvette, die mitten im Raum stand, bereit, anzugreifen. „Tu’s nicht, Yvette. Sie ist zu mächtig.“

„Vampir?“ Wesley blickte Yvette böse an. „Ich wünschte, ich hätte einen Pflock.“

„Musik in meinen Ohren“, säuselte Bess. „Dein Bruder hat einen.“

Haven legte eine Hand auf Wesleys Brust, versuchte, ihn davon abzuhalten, etwas Dummes zu tun, da er spürte, dass sein Bruder nur noch Sekunden davon entfernt war. „Sie tut uns nichts.“

„Warte bis sie hungrig genug ist“, hetzte die Hexe, um alles wie in einem Hexenkessel aufkochen zu lassen.

Im selben Moment blickte Haven Yvette an und bemerkte, dass diese zurückwich. Bess hatte den Nagel auf den Kopf getroffen. Verdammt, daran hatte er nicht gedacht.

„Wie lange willst du uns noch hier behalten?“, fragte er, ohne seinen Blick von Yvette abzuwenden.

„Lange genug.“ Ihr böses Grinsen war in ihrer Stimme hörbar und bestätigte, dass sie den gleichen Gedanken hatte wie er. Früher oder später würde Yvette zu hungern beginnen – nach Blut.

Yvettes kühner Blick sagte ihm, dass sie eine Kämpferin war, und die Art, wie sie Kimberly beschützt hatte, zeigte ihm, dass sie loyal war. Doch wenn er eines über Vampire gelernt hatte, war es, dass, wenn ihr Blutdurst zu stark wurde, sie die Kontrolle verloren und keiner mehr sicher war. Yvette mochte sich bis jetzt noch von ihrem erlernten Anstand kontrollieren lassen, doch was würde geschehen, wenn sie von ihrem Überlebensinstinkt gesteuert wurde? Konnte er seinen Skrupeln erlauben, sein rationales Denken zu überstimmen?

„Ich schätze, du musst sie so oder so umbringen." Die Stimme der Hexe zerrte an seinen Nerven.

Verdammt noch mal, nur ihr zum Trotz sollte er Yvette am Leben lassen – und *nur* aus diesem Grunde. Nicht, weil sein Körper sich jedes Mal sträubte, wenn er versuchte, nur daran zu denken, sie umzubringen. Seit wann brauchte er überhaupt einen Grund, einen Vampir zu töten? Der Mord an seiner Mutter und die Entführung seiner Schwester sollten Anlass genug sein, um sie ohne einen weiteren Gedanken zu pfählen.

„Gib mir den Pflock", forderte Wesley. „Ich tue es, wenn du es nicht kannst."

„Nein, das wirst du nicht!" Kimberlys bestimmter Ausruf überraschte ihn.

Sie sprang von der Liege auf und stellte sich vor Yvette, streckte die Arme abschirmend aus, um ihren Bodyguard zu schützen. „Glaubt ihr, dass ich mit euch beiden alleine eingesperrt sein möchte? Als wüsste ich nicht, was Männer wie ihr von einem hübschen Mädchen wie mir wollen."

Hinter ihr konnte selbst Yvette ihre strenge Miene nicht beibehalten, trotz des Ernstes der Lage. Haven rollte seine Augen; es war ihm nie in den Sinn gekommen, sie auf unangemessene Art anzufassen. Obwohl sie ein hübsches Ding war, rührte sich bei ihm nichts, wenn er sie ansah. Nun, beim Anblick von Yvette war das ganz anders.

„Danke, Kimberly. Ich bin froh, dass wir die gleichen Absichten haben. Ich habe nämlich nicht vor, dich mit den beiden alleine zu lassen."

Yvette blickte demonstrativ zu ihm, doch in ihren Worten lag kein Feuer. Nicht wie das Feuer, das er in ihr gesehen hatte, als sie aufgewacht war. Das Feuer, das zu diesem Zeitpunkt aus ihrem Mund geschossen war, war heißer und stärker als das eines Drachens. Und trotz der Explosivität der Situation, in der er sich befunden hatte, als er sich an die Wand gedrückt wiederfand, freute er sich fast darauf, von ihren Flammen verbrannt zu werden. Was dumm und völlig charakterlos für ihn war; er war nicht der Hitzkopf der Familie: Das war Wesley.

„Mann, das nervt. Du hättest sie umbringen sollen, als sie noch ohnmächtig war“, beschwerte sich Bess, während sie schwer ausatmete. „Ach, egal. Ich bin sicher, du kommst schon noch zu Verstand. Aber jetzt bist du an der Reihe, Haven.“

Sie ging über die Türschwelle und krümmte ihren Finger. Wie von Seilen gezogen, bewegte sich Havens Körper in ihre Richtung. „Was zum Teufel –“

„Wehr dich nicht, Hav“, warnte Wesley. Dann streckte er seinen Arm nach ihm aus. „Und gib mir den Pflock.“

Haven drehte sich und ergriff das Holz in seiner Tasche. Er würde sich unter keinen Umständen von dem Pflock trennen.

8

Versteckt hinter einer Reihe von Büschen, etwas abseits der Straße, sah das Haus unscheinbar aus. Zane drehte den Ersatzschlüssel im Schloss und betrat Yvettes Haus. Es war nichts zu hören. Er ließ seine Sinne spionieren, nach etwas Lebendigem suchen. Doch alles, was er finden konnte, war der schwache Duft von Yvette und ihrem Hund. Nein, nicht *ihr* Hund, wie sie gesagt hatte. Als ob!

Warum konnte sie nicht zugeben, dass sie den Streuner aufgenommen hatte? Alles deutete darauf hin: die Futterschüsseln mit Trockenfutter und Wasser und die Hundeklappe in der Hintertür. Albern, wie sie versuchte zu leugnen, dass sie eine Verbundenheit mit jemandem oder etwas gebildet hatte.

Zane erkundete das kleine Häuschen. Die Dekoration wirkte warm und einladend, in krassem Kontrast zu Yvettes äußerer Schale – nicht alles war so, wie er es sich vorgestellt hatte. Er hatte ein modernes schwarz-weißes, sparsam möbliertes Haus erwartet. Was er fand, war eher *Town and Country*: Kissen, warme Farben, Ornamente und reichlich Rüschenvorhänge.

Kein Wunder, dass sie nie einen ihrer Kollegen zu sich nach Hause einlud, obwohl sie alle versucht hatten, sie zu einer Einweihungsparty zu überreden, nachdem sie das Haus gekauft und eingerichtet hatte. Wenn sie wüsste, dass er jetzt in ihrem Zuhause herumschnüffelte, würde sie ihn vermutlich ohne zu zögern pfählen. Nicht, dass er es ihr übel nehmen würde; er würde das Gleiche tun, wenn irgendjemand unangemeldet bei ihm aufkreuzte und die Nase in seine Angelegenheiten steckte.

„Hund?“, rief er, doch der Köter antwortete nicht.

Zane konnte ihn nirgends wahrnehmen. Hatte Yvette ihn mitgenommen, oder war er davongelaufen? Der Hund hätte nützlich sein können, vielleicht hätte er sie aufspüren können. Es schien, als wäre er fähig, ihr überallhin zu folgen. Wenn er nur den Hund finden könnte, vielleicht wäre Yvette nicht weit von ihm entfernt.

Zane bog um die Ecke und öffnete die nächste Tür. Das Badezimmer. Er betätigte den Lichtschalter und blickte sich um. Nicht, was er erwartet hatte. Statt einer Sammlung von Make-up, Lippenstiften und Cremes lagen auf dem Granittresen gerade einmal eine einzelne Zahnbürste, Zahncreme, eine Schere und eine Plastiktüte.

Er untersuchte die Tüte. *St. Jude's Hospital – Krebsstation* stand darauf.

Was? Vampire konnten nicht krank werden. Und sicherlich konnten sie auch keinen Krebs bekommen, also warum zum Teufel sollte Yvette eine Tüte der Krebsstation eines Krankenhauses bei sich herumliegen haben? Er öffnete sie und schielte hinein. Strähnen langer schwarzer Haare befanden sich darin. Er steckte seine Hand hinein, zog ein Büschel heraus und roch daran. Nicht irgendjemandes Haar: Yvettes.

Das war etwas, auf das man nicht täglich stieß: Yvette hatte langes Haar! Verdammt, das überraschte ihn mehr als nur ein bisschen.

Das bedeutete, sie hatte bei ihrer Verwandlung langes Haar gehabt. Er hatte immer das Gegenteil angenommen. Warum schnitt sie es kurz, was sie offensichtlich täglich machte? Er dachte Frauen mochten langes Haar. Warum sollte eine Frau es abschneiden wollen? Und überhaupt, was verbarg Yvette noch vor ihren Kollegen?

***

Yvette funkelte Wesley an, dessen Körperhaltung reine Feindseligkeit widerspiegelte. „Wie dein Bruder sagte, ich habe nicht vor, dich zu verletzen." Dann lächelte sie, der kleine Teufel auf ihrer Schulter bäumte sich auf, zog eine Grimmasse und fügte an: „Noch nicht."

Wesleys Absicht, sein Zucken zu verbergen, war erfolglos.

Gott, wie sie es liebte, hilflose Jungs zu ärgern. Gut, er war fast so groß wie Haven, die Verwandtschaft war offensichtlich an den dunklen Haaren und den blauen Augen zu erkennen. Doch da endete die Ähnlichkeit auch schon. Während Haven sich beherrschen konnte, traf das auf Wesley keineswegs zu. Ein kleiner Angeber. Sie musste ihn im Auge behalten; ansonsten könnte er ihre Fluchtchancen zerstören. Oder vielleicht sollte sie ihn besser völlig einschüchtern, damit er sich gar nicht traute, irgendetwas Dummes zu unternehmen.

„Du bist also sein Bruder?", fragte Kimberly, die jetzt neben ihr stand.

In den letzten paar Minuten war Yvettes Meinung von dem Mädchen gestiegen, trotz der Andeutung, dass sie Angst davor hatte, dass die beiden Männer sie vergewaltigen könnten, wenn sie mit ihnen alleine wäre. Sie bezweifelte, dass einer der beiden diese Absicht hatte. Sie wirkten einfach nicht so – so wie sie aussahen, mussten sie keine Frau zwingen. Ihren Charme zu benutzen war alles, was nötig war. Sie hatte bereits Bekanntschaft damit gemacht, als Haven seine Manieren auf der Party ausgegraben hatte.

Yvette schätzte es, dass Kimberly sich für sie eingesetzt hatte. Es war ein Schritt in die richtige Richtung. Vielleicht war das Mädchen viel belastbarer als sie zu Beginn angenommen hatte. Es in der Schauspielerei so weit gebracht zu haben, musste bedeuten, dass sie Ausdauer hatte und hoffentlich auch Rückgrat.

„Ja, ich bin Wesley. Haven ist mein älterer Bruder."

Dann legte er seinen Kopf schräg und richtete ein charmantes Lächeln auf Kimberly. Sie errötete sofort.

„Du kommst mir bekannt vor. Sind wir uns schon einmal begegnet?"

Yvette ging wieder zur Liege zurück und machte es sich bequem, indem sie sich an die Wand hinter sich lehnte. Sie hatte kein Interesse an Small Talk. Und so wie es aussah, wollte Wesley ohnehin lieber mit Kimberly quatschen.

„Ich bin Kimberly Fairfax, die –"

„Schauspielerin", vervollständigte er ihren Satz, bevor er ein paar Schritte auf sie zuging.

Yvette behielt ihn im Auge, bereit, einzugreifen, sollte es nötig sein.

„Wow! Wie geil ist *das* denn?"

Yvette hob eine Augenbraue. „Ja, es ist echt super, von einer Hexe eingesperrt zu werden und nicht zu wissen, was sie von uns will. Aber hey, immerhin hast du einen Lichtblick gefunden." Der Nachgeschmack von Sarkasmus hatte eine entschieden … *gefällige* Note.

Wesley funkelte sie an. „Ich habe nicht mit dir gesprochen. Du bist ein Vampir. Ich hasse Vampire."

Sie drückte die Hand auf ihre Brust. „Das verletzt mich."

Er ging einige Schritte auf sie zu. „Kreaturen wie du sollten bei Sichtkontakt getötet werden." Seine Stimme war hasserfüllt.

„Willst du es versuchen?" Yvette sprang auf, bereit, dem Möchtegern-Mörder eine Lektion zu erteilen. Sie bedeutete ihm, näher zu kommen. „Na los. Zeig mir, ob du mehr kannst als wie ein Mädchen zuzuschlagen."

Das wütende Funkeln in Wesleys Augen sagte ihr, dass sie ihn verärgerte. Ihn zu verärgern war ein Kinderspiel. „Was, hast du nicht den Mumm dazu? Hast du vor deinem großen Bruder nur angegeben?"

Sie bemerkte, wie er seine Hände zu Fäusten ballte und sich seine Brust bei jedem Atemzug hob. Oh ja, sie kam an ihn heran. Noch ein gut platzierter Rempler und er wäre so weit. Und verdammt, wenn sie nicht ein kleines Ventil für ihre eigene Frustration brauchte. „Oder willst du dich lieber hinter dem Rockzipfel deiner Mama verstecken?"

Trauer blitzte in Wesleys Augen auf. Mit einem Brüllen stürzte er sich viel schneller auf sie, als sie erwartet hatte. Er schmiss seinen Körper gegen sie und schubste sie damit gegen die Wand. Die robuste Substanz, mit der er sie in Kontakt brachte, hätte Rücken und Rippen eines Menschen verletzt, doch Yvettes Körper war stärker gebaut, unzerstörbar.

„*Wage* es nicht, von meiner Mutter zu sprechen."

Es schien, als hätte sie eine Schwachstelle getroffen. Gut. Finde die Schwächen deines Feindes und nutze sie. Das hatte sie bei Scanguards gelernt. Und sie war eine gute Schülerin. Während ihrer Einsätze hatte sie jede Fertigkeit perfektioniert, die ihr je gelehrt wurde.

„Ich spreche von deiner Mutter so viel ich will." Es war ein wunder Punkt, und obwohl sie nicht wusste, wie tief er war, war es einfach, Salz in die Wunde zu streuen, um es herauszufinden.

Wesley versuchte, sie an der Kehle zu erwischen, doch Yvette blockierte ihn ohne Mühe mit ihrem Unterarm.

„Ich werde dich umbringen. Du wirst für den Tod meiner Mutter büßen. Alle von euch."

Eine Sekunde lang war sie still. Kein Wunder, dass das Bürschchen so aufgewühlt war. Sie blickte in seine Augen und sah darin den tief sitzenden Schmerz. Es war kein frischer Scherz, nichtsdestotrotz war er stark.

„Glaubst du wirklich, dass du die Macht hast, mich umzubringen?" Yvette atmete aus, zeigte ihm, wie viel sie von seinen Kampfkünsten hielt.

„Ich bringe dich um", zischte er durch seine gefletschten Zähne.

„Wofür? Für etwas, für das ich nicht verantwortlich bin?"

„Ihr seid alle verantwortlich – alle Vampire", fauchte er.

Das brachte sie auf die Palme. Sie hasste es, wenn jemand Verallgemeinerungen machte, nur weil ein Vampir vielleicht etwas Falsches getan hatte. „Du tust besser daran, wenn du langsam mal damit beginnst, das alles zu erklären.“

Yvette blieb standhaft und rührte sich nicht. Ihre Körper waren aneinander gedrückt, doch sie spürte nichts von der Hitze und Erregung, die sie in Havens Nähe spürte. Nichts regte sich in ihr; alles, was sie fühlte, war der Körper eines Mannes, des Jungen, der tief verletzt war.

„Du hast sie umgebracht.“

„Deine Mutter? Ich kannte sie doch überhaupt nicht.“

Der Ärger über seine Anschuldigung ließ sie ihre Stimme erheben. Um sich zu beruhigen, atmete sie ein paar Mal durch, wissend, dass es zu nichts führte, wenn sie die Kontrolle verlor.

„Was ist passiert?“ Wie sie es gelernt hatte, sprach sie mit ruhiger, gleichmäßiger Stimme. Sie hätte ihn leicht abschütteln können, sich von ihm befreien können, doch sie entschied sich dagegen. Wesley brauchte den Anschein, am Zug zu sein, da er innerlich am Zerbröseln war.

„Ein Vampir.“ Seine Augen wurden größer.

„Ein Vampir hat deine Mutter umgebracht?“

Sie wusste die Antwort bereits, doch sie musste ihn zum Reden bringen. Wenn sie die Umstände kannte, konnte sie seine Anschuldigung widerlegen und ihn überzeugen, dass sie damit nichts zu tun hatte. Doch er antwortete nicht.

„Wesley?“

Er schüttelte den Kopf, als versuchte er, die Erinnerungen aus seinem Kopf zu bekommen. Dann starrten seine Augen sie an, und die Härte war zurück. Der Schmerz verschwand zurück in den Tiefen seines Herzens, wo er nicht gefunden werden konnte. „Darum wirst du sterben.“

Wissend, dass sie nicht weiter in ihn vordringen konnte, stieß sie ihn von sich und schubste ihn in die Mitte des Raumes. „Ich bin nicht der Vampir, der das getan hat.“

„Egal: Ich werde jeden von euch umbringen, bis ich den Richtigen gefunden habe.“

„Das macht dich kein Stück besser als den Vampir, der deine Mutter getötet hat.“

„Vergleich’ mich nicht mit deinesgleichen. Ihr seid blutdürstige

Mörder."

Sie beschloss, ihn nicht von seiner Überzeugung abzubringen, dass sie gemordet hatte. Das hatte sie noch nie – nun, Selbstverteidigung zählte nicht – doch es war besser, wenn er Angst vor ihr hatte. Es würde ihn in Schach halten. „Und das bist du nicht? Was macht dein Töten besser?"

„Ich töte abscheuliche Kreaturen wie dich: herzlose, seelenlose Monster."

Yvette lachte ein bitteres Lachen. Wäre sie wirklich herzlos, dann könnte sie die Einsamkeit, in der sie seit Jahren versank, nicht spüren. Sie würde die Sehnsucht nach einer Familie nicht empfinden, nach einem Mann und einem Kind, die sie liebten. Wenn sie keine Seele hätte, würde sie bei dem Verlust ihrer Freunde nicht trauern, die über die Jahre hinweg gestorben waren.

„Du hast keine Ahnung, wer ich bin."

Sie wandte sich von ihm ab, wollte nicht, dass er den Sturm in ihr sah.

Es hielt ihn aber nicht davon ab, sie noch weiter zu beleidigen. „Mein Bruder hätte dich pfählen sollen."

Ohne sich umzudrehen, antwortete sie: „Dein Bruder wird mir nichts antun." Dessen war sie sich sicher.

„Was hast du mit ihm gemacht?"

Sie lächelte. Es war nicht, was sie mit ihm gemacht hatte, sondern was *er* mit *ihr* machen wollte. „Er will mich ficken."

„Du verdammte Schlampe. Er würde niemals einen Vampir anfassen."

Yvette drehte sich um und blickte ihn an. „Ich glaube, wenn's um das geht, kennst du deinen Bruder schlecht."

„Du –"

Was immer er sagen wollte, wurde von einem Schrei, der aus Havens Mund kam, verschluckt. Unerwartete Panik erfüllte sie. Der Schrei war voller Qual, ein Schmerz, so allumfassend, dass sie ihn durch ihre Knochen kriechen spürte, wo er sich wie ein Schwall arktischer Kälte ausbreitete.

„Was hat die Hexe mit dir gemacht? Wesley? Was hat sie da draußen mit dir getan?"

Wesley rannte zur Tür und zog am Griff. Doch die Tür bewegte sich nicht. „Ich muss zu ihm! Verdammt, ich habe ihm gesagt, er soll sich nicht wehren. Warum hört er nie auf mich?“ Die Hand durch seine dicke Mähne streifend sah er verzweifelt aus.

Yvette packte ihn an den Schultern und drehte ihn zu sich. Seine Qualen waren ihm ins Gesicht geschrieben. „Was hat sie mit dir gemacht?“

Er schluckte schwer. „Sie ist in meine Gedanken eingedrungen und hat darin herumgeschnüffelt. Es war… als würde Strom durch meinen Kopf fließen. Als suchte sie damit etwas.“

„Folter?“

Er schüttelte den Kopf. „Nein, es hat nicht so sehr wehgetan. Aber es war demütigend.“

Ein weiterer Schrei hallte durch den Raum. Ihre Blicke schnellten zur Tür.

„Warum schreit er dann? Was tut sie?“ Yvette rüttelte Wesley.

Er schüttelte ihre Hände von sich, als bemerkte er erst jetzt, dass sie ihn festhielt. „Ich – ich weiß nicht. Er hält mehr Schmerzen stand als irgendjemand, den ich kenne.“

„Warum also?“, fragte sie mehr sich selbst als Wesley.

„Wenn er schreit, bedeutet es, dass sie ihn verletzt, weil er ihr widersteht. Es ist alles meine Schuld.“

„Warum ist es deine Schuld?“

„Wäre ich nicht von ihr gefangen genommen worden, hätte er mich nicht retten müssen.“

Haven war ihrer Frage ausgewichen, warum er sie entführt hatte. Auch als Wesley den Raum betreten hatte, hatte sie Havens Grund, mit der Hexe Geschäfte zu machen nur vermuten können.

„Erzähl’ weiter“, ermutigte Yvette ihn.

Vielleicht konnte Wesley Licht ins Dunkel bringen. Sie redete sich ein, dass es reine Neugierde war, warum sie ihn drängte, ihr zu erzählen, was passiert war. Nicht ihr unerklärlicher Wunsch, dass Haven nicht nur ein gefühlloser Vampirjäger war. Dass er vielleicht einen guten Grund hatte, sie zu entführen, eine Entschuldigung, die es ihr erleichterte, ihm zu verzeihen.

„Ich erzähle dir überhaupt nichts.“

Yvette hörte leise Schritte hinter sich.

„Dann erzähl’ es mir“, bot Kimberly an und blieb neben ihr stehen.

Wesley blickte sie von oben bis unten an und sein Gesicht wurde sogleich sanfter. Um nicht zu zerstören, was immer Kimberly sich ausgedacht hatte, um Wesley aus der Reserve zu locken, ging Yvette ein paar Schritte zur Seite.

„Mein Bruder würde alles für mich machen. Er hat es immer getan. Er ist für mich mehr ein Vater als ein Bruder.“

Kimberly nickte und blickte ihn weiterhin an. Mit einem aufmunternden Lächeln legte sie ihre Hand auf seinen Unterarm. Vielleicht hatte die Schauspielerin ein paar Talente, die Yvette im ersten Moment nicht aufgefallen waren. War es aufrichtiges Mitleid, das nun aus ihr schwappte, oder benutzte sie nur ihr schauspielerisches Talent, um Informationen aus ihm zu kitzeln? Wo war das Mädchen, das noch vor Minuten vorgab, nicht alleine mit Wesley und seinem Bruder sein zu wollen, da sie ihr etwas antun könnten?

Yvette blickte sie an. Kimberly war wie ein Chamäleon, sie wechselte ständig ihre Farbe, je nachdem, was die Situation forderte. Wenn das Mädel nicht bereits eine gut laufende Karriere als Schauspielerin hätte, hätte sie Gabriel gefragt, ob er sie zu einem Mediator ausbilden könnte. Obwohl sie menschlich war, war eine Person wie sie, die ihr Benehmen so schnell ändern konnte, in so mancher Situation nützlich. Und überraschenderweise hatte die Erkenntnis, dass Yvette ein Vampir war, sie kaum beunruhigt.

Um nichts von der Unterhaltung zu verpassen, schob Yvette ihre Gedanken beiseite.

„Hav hat mir immer geholfen, wenn ich in der Scheiße steckte. Genau, wie dieses Mal. Die Hexe, Bess, hat mich ausgetrickst; ich wusste nicht, was sie war, bis es zu spät war. Meine Mutter war eine Hexe, weißt du, aber ich habe ihre Kräfte nicht geerbt.“

Yvette horchte auf. Seine Mutter war eine Hexe? Das machte aus ihm und auch aus Haven einen Hexer. Konnte es noch schlimmer kommen? Nicht nur, dass sie auf einen menschlichen Kerl stand, der sie entführt hatte – oh nein, er war auch noch der Sohn einer Hexe und somit selbst ein Hexer. Super. Das war ja wohl typisch für sie!

Sie hatte nur nicht den verräterischen Hexenduft an ihm gerochen. Und auch nicht an seinem Bruder. Wie merkwürdig!

„Deine Mutter war eine Hexe?“, echote Kimberly.

Wesley hob seine Hand. „Eine gute, allerdings mit nur wenig Macht.

Nur ein paar Sprüche und Tränke. Sie hat ihre Fähigkeiten hauptsächlich dafür eingesetzt, um Menschen zu heilen, um zu helfen, weißt du. Sie war eine gute Frau."

„Und du? Kannst du auch zaubern?", drängte Kimberly sichtlich fasziniert.

Er schüttelte den Kopf und Yvette dachte, sie könnte Bedauern in seinem Gesicht erkennen. „Ich besitze keine ihrer Kräfte. Haven auch nicht. Daher konnte ich auch nicht erkennen, dass diese Frau eine Hexe ist. Darum funktionierte ihr Trick. Sie hat mich geködert und dann in die Falle tappen lassen."

Yvette legte ihre Stirn in Falten. Wie war es möglich, dass keines der Kinder einer Hexe ihre Kräfte annahm? Spätestens bei ihrem Tod wären ihre Kräfte übertragen worden. Sie wusste nicht viel über Hexenkraft, aber *das* wusste sie sicher. Verbarg Wesley die Wahrheit? Yvette beruhigte sich und spürte seine Aura auf… Sie konnte nichts finden, das darauf hinwies, dass er ein Hexer war. Sie atmete ein, sein Duft vermischte sich mit dem von Kimberly…es war ein bisschen anders als der reine Duft eines Menschen. Keine Hexe. Kein Mensch. Etwas dazwischen.

Sie schüttelte den Kopf und spürte, wie ihr Magen gleichzeitig knurrte. Ihr Durst nach Blut schraubte sich durch sie hindurch. Oder die Auswirkung des Gifts, das sie in Ohnmacht versetzt hatte, war noch immer in ihr. Als sie mit Kimberly in der Limousine war, roch das Mädchen eindeutig menschlich. Einhundert prozentig. Und als Yvette von Wesley gegen die Wand gedrückt worden war, hatte sie auch seinen Geruch als vollkommen menschlich wahrgenommen.

Verdammt, sie brauchte Blut, oder ihr Denken würde diffus und unklar werden. Schon jetzt verlor sie ihre scharfen Sinne.

„Sie sagte, sie wüsste, wo ich einige Vampire finden könnte, die ich umbringen kann", fuhr Wesley fort und blickte Yvette von der Seite an.

Sie zuckte lediglich mit den Schultern. Was gab es noch Neues? Dass Rom nicht an einem Tag erbaut wurde? Dem Burschen klarzumachen, dass nicht alle Vampire böse waren, würde länger dauern.

„Warum bringst du Vampire um?", fragte Kimberly mit unschuldiger Stimme.

Trotz und Wut spiegelte sich in Wesleys Augen. „Weil ein Vampir meine Mutter getötet hat, als ich acht Jahre alt war.“

Yvette blickte weg. Sie konnte seinen Hass verstehen. Aber sie konnte das Töten unschuldiger Vampire nicht verzeihen. Es war unnütz, es ihm zu sagen; sie könnte seine Einstellung mit ihren Worten ohnehin nicht ändern.

„Tut mir leid“, flüsterte Kimberly.

Einen Moment lang war es still in dem Raum. Die Stille war erdrückend, machte es schwer zu atmen. Doch dann schien es, als hätte sich Wesley wieder unter Kontrolle.

„Als Bess mich eingesperrt hatte, hat sie eine SMS an Haven geschickt. Sie hat ihn erpresst, dich zu entführen und sagte ihm, dass sie mich freilassen würde, sobald du hier bist. Er hatte keine Wahl.“

Kimberly nickte. „Was will sie mit mir?“ Ein Zittern lag nun in ihrer Stimme.

Instinktiv trat Yvette einen Schritt näher. Mit einem Seitenblick gab Kimberly ein Zeichen, dass sie in Ordnung war.

„Ich weiß es nicht. Ich wünschte, ich wüsste es.“

9

Haven spürte den stechenden Schmerz, als die Peitsche in seine Bauchhaut schnitt. Einem Schlag hätten seine gut trainierten Bauchmuskeln leicht widerstanden, doch die scharfen Enden der Lederpeitsche waren ein anderes Kaliber.

„Ich müsste das nicht tun, wenn du so kooperieren würdest wie dein kleiner Bruder“, schmeichelte Bess.

„Fick dich!“ Wenn sie in seinen Kopf wollte, musste sie ihn aufschneiden. So einfach war das.

„Du solltest noch einmal darüber nachdenken. Je mehr du dich wehrst, umso mehr wird es wehtun.“

Havens Augen schnellten im Raum umher, versuchten zu erforschen, was es über die Hexe herauszufinden gab. Dieses Mal hatte sie ihn nicht ins Wohnzimmer gebracht. Die kleine Folterkammer sah schäbig aus und roch nach Dreck und Schweiß, Blut und Tränen. Sie hatte ihn mit verzauberten Reben an ein Holzgerüst gebunden. Was immer für Kräfte sie auch besaß, sie war stark. Viel stärker, als seine Mutter es gewesen war.

Woher – oder wovon – sie ihre Kräfte bezog, wusste er nicht. Doch sobald er die Quelle fand, konnte er sie vielleicht zerstören oder zumindest ihre Macht verringern. Das Wenige, das er noch über die Zauberkräfte seiner Mutter wusste, war, dass sie irgendwo verankert waren. Wenn er diesen Anker finden würde, konnte er versuchen, das Boot zum Kentern zu bringen.

„Was willst du?“

„Deine Kooperation.“

„Kannst du vergessen.“ Er spuckte auf ihre Füße, unterstrich damit, dass er nicht zu den hilfsbereiten Kerlen gehörte.

„Ich habe mir schon gedacht, dass du ein hartnäckiger Typ bist. Aber keine Sorge, ich werde auch ohne deine Hilfe bekommen, was ich will.“

Sie schwang ihr Handgelenk erneut, schlug damit die Lederrute gegen seine nackte Brust.

Als er gegen ihre Invasion in sein Gehirn angekämpft hatte, hatte sie ihm erst die Anzugjacke abgestreift und dann sein Hemd zerrissen. Seine Kaution für den geliehenen Anzug würde er wohl nicht mehr zurückbekommen.

Blut sickerte aus den Schnitten und floss ihm in kleinen Bächen über Brust und Bauch. Er hatte schon Schlimmeres erlebt und es überlebt. „Nur über meine Leiche."

An einem Flackern in ihrem Blick erkannte er, dass er damit einen Nerv getroffen hatte. Sie brauchte ihn lebend – was immer der Grund auch war. Es war ihre Schwachstelle. Sie konnte ihn verletzen, ihm wehtun, aber sie konnte ihn nicht umbringen. Es war ein Trost, wenn auch nur ein kleiner.

Die Hexe senkte ihren Blick, und einen Moment später fühlte er einen erneuten Blitz durch seinen Kopf schnellen. Sie versuchte es wieder, versuchte, in seine Erinnerungen einzudringen, um zu finden, wonach sie auch immer suchte. Doch er würde sie nicht lassen.

Visionen der letzten Momente seiner Mutter erschienen ihm und ihre letzten Worte echoten plötzlich in seinem Kopf. *„Denk immer daran... zu lieben ..."* Darauf hatte sie ihn mit ihrem letzten Atemzug gedrängt. Haven fand Trost in ihren Worten und spürte, wie Wärme sich in ihm ausbreitete. Plötzlich sammelte sich Energie in ihm, fast als produzierte er Strom, und er verkrampfte sich. Der gleichzeitige Adrenalinstoß gab ihm genügend extra Kraft, um gegen ihr Eindringen in seine Gedanken anzukämpfen.

Er wusste nicht, was er tat. Doch er wusste, dass es funktionierte. Die Ranken, die Bess ausgesandt hatte, um in seine Gedanken einzudringen, zogen sich aus seinem Verstand zurück und ließen ihn frei. Der elektrische Strom in ihm wurde schwächer, bis sein Kopf wieder klar war.

„Du Schlampe!", zischte er.

Er würde ihr nicht erlauben, sie nochmals so nahe kommen zu lassen. Seine Gedanken gehörten ihm alleine. *Niemand* hatte ein Recht, einzudringen. Dort bewahrte er all seine Ängste und Hoffnungen auf, die niemals jemand finden sollte, verborgen vor der Realität, vor der kalten, harten Wahrheit, die an ihm nagte. Eine Realität, der er niemals gegenüberstehen wollte. Und Hoffnungen, die er nicht aufgeben konnte, obwohl seine Hoffnung, Katie zu finden, mit jedem Tag, der vorbeistrich, mehr verblasste. Keiner hatte das Recht, das Chaos und den Schmerz in seinem Kopf zu sehen. Nicht einmal sein eigener Bruder wusste davon. Und er würde es *verdammt noch mal* nicht mit der Hexe teilen, die ihn festhielt.

Zu zeigen, was in ihm vorging, würde ihn schwächen. Aber er musste stark bleiben, um dieser Situation lebend zu entkommen.

Ein Schlag auf seine Haut brachte ihn wieder zurück ins Hier und Jetzt. Er konnte dem Schmerz nicht entkommen, als dieser durch ihn schoss. Er versuchte, es auszublenden, sein Schmerzempfinden abzuschalten, doch es half nichts. Der Schmerz schnitt in jede Zelle seines Körpers, schwächte seine Entschlossenheit. Sein Herz pumpte wie verrückt, versuchte, das Blut dorthin zu befördern, wo es am meisten gebraucht wurde.

„Gut, du lässt mich nicht rein, dann gib mir stattdessen eine Antwort."

Haven verstand nicht, was sie meinte. Sie hatte ihn bisher noch nichts gefragt.

„Wo ist der Schlüssel zu deiner Macht?"

Was zum Teufel? „Welche Macht?", krächzte er. Seine Stimme spiegelte die Erschöpfung seines Körpers wider. Seine Rippen schmerzten von den Blutergüssen, die er von den Schlägen erlitten hatte.

„Deine Hexenkraft!", zischte Bess ungeduldig.

„Du bist ja verrückt. Ich habe keine Hexenkraft."

Weder er noch sein Bruder hatten die Kräfte ihrer Mutter geerbt, so wenige es auch waren. Wenn es das war, wohinter die Hexe her war, seine Kräfte anzuzapfen und sie vielleicht zu stehlen, war sie auf der falschen Spur.

„Lüg' mich nicht an!" Sie schlug die Peitsche gegen seine Brust.

Haven stöhnte und biss die Zähne zusammen, um das Schlimmste zu vermeiden. „Ich habe keine –"

Der nächste Schlag landete etwas höher an seinem Hals. Glutheiße Schmerzen brannten auf seiner Haut, als sie ihn peitschte. In einem Versuch, sich loszureißen, zerrte Haven an seinen Fesseln, doch sie gaben nicht nach. Wie Schlangen wickelten sich die Fesseln um seine Arme und zogen sich enger zu, verwöhnten seine Haut ähnlich liebevoll wie Schmirgelpapier.

„Antworte mir."

Sie kam näher und schlug ihre Hand über sein Gesicht. Seine Lippe sprang auf und sein Mund füllte sich mit Blut. Er spuckte es in ihr Gesicht, um somit den metallenen Geschmack loszuwerden, der ihm Brechreiz verursachte.

„Denkst du, ich würde zulassen, dass du mich gefangen hältst, wenn ich irgendwelche Kräfte hätte?"

Die Hexe hielt inne, ein Hauch von Neugierde erschien in ihrer Mimik. „Kann es sein…?", murmelte sie.

Dann starrte sie ihn an und ein böses Grinsen breitete sich in ihrem Gesicht aus. „Deine Mama hat es dir nie gesagt, nicht wahr? Hat es für sich behalten, was? Oder vielleicht hatte sie nie die Gelegenheit." Sie hielt inne, nickte dann für sich. „Du warst noch ein Kind."

Er verstand ihre Gedankengänge nicht, doch seine Lippen waren zu geschwollen, um jetzt zu sprechen.

Bess kicherte gemein, schlug dann erneut mit der Peitsche auf ihn ein. „Ich musste sichergehen. Das verstehst du doch, oder?"

Der nächste Peitschenschlag brachte Dunkelheit und Stille mit sich. Und eine Atempause von dem Schmerz.

***

Yvette hörte die Schritte draußen im Flur und dass etwas am Boden entlang geschleift wurde. Alarmiert sprang sie von der Liege auf, auf der sie sich etwas ausgeruht hatte. Nervosität und das Gefühl von Furcht schlich sich durch ihre Zellen. Gewisse Geräusche waren nie ein gutes Zeichen. Das hatte sie vor langem gelernt. Dies war eines dieser Geräusche.

Als die Türe aufschwang, drang der Gestank der Hexe in den Raum. Doch es war nicht der einzige Geruch, der ihre Nase kitzelte. Blut lag in der Luft. Yvettes Blick schnellte zu der Hexe und dem Fleischbündel, das sie hinter sich in den Raum zerrte. Kurz überlegte sie, ob die Hexe ihre Kräfte einsetzte, um Havens schweren Körper zu ziehen oder nur ihre Muskelkraft. Doch Yvettes Gedanke erstickte im Keim, als sie ihn erblickte.

Er war kaum bei Bewusstsein, sein blutverschmierter Oberkörper war praktisch nackt, nur mit Fetzen seines einstigen Hemdes bedeckt. Seine Lippen bluteten, Nacken und Schultern waren mit Schnitten und Blutergüssen übersät, doch das war noch nicht das Schlimmste. An seinem Bauch entlang waren drei tiefe Schnittwunden.

Yvettes Herz schmerzte bei dem Anblick. Egal, wie viel Schmerz Haven wegstecken konnte, er war ein Mensch. Die Schmerzen mussten qualvoll sein und der Blutverlust schwächte ihn. Ohne Zweifel war es die Hölle für ihn.

Das Blut, das aus Havens vielen Wunden floss, ließ Yvettes Magen knurren, so sehr sie auch versuchte, ihren Hunger zu unterdrücken. So manchen Dingen konnte nicht einmal sie widerstehen, trotz ihrer eisernen Willensstärke.

„Oh mein Gott!“ Kimberly ging einige Schritte in Richtung Türe.

„Oh, Mist! Hav!“, rief Wesley aus, während er sich neben seinem Bruder auf den Boden kniete.

„Verdammt noch mal, was hast du mit ihm gemacht?“ In dem Blick, den er auf die Hexe richtete, war tödliche Wut.

„Er ist selbst schuld. Zu stur für sein eigenes Wohlergehen.“

Yvette versuchte, ihnen fernzubleiben, wollte dem verführerischen Blutgeruch nicht näher kommen, doch ihr Magen knurrte erneut.

Die Hexe hörte es und lächelte sie hämisch an. „Sieht so aus, als wäre jemand hungrig.“

Sofort landeten Wesleys Blick und Kimberlys ängstliche Augen auf ihr. Yvette wich in die hinterste Ecke ihres Gefängnisses zurück. Der Fortschritt, den sie bei Kimberly gemacht hatte, ihr glaubhaft zu machen, dass sie sie nicht verletzen würde, war verloren.

„Menschenblut reizt mich nicht so“, presste Yvette heraus, während sie den Drang, ihre Fänge auszufahren und die Schlampe anzuknurren, unterdrückte.

Es würde nichts bringen und zudem Kimberly noch mehr verängstigen, was das Letzte war, was sie wollte. „Ich persönlich bevorzuge Hexenblut. Bereit für eine Spende?“ Yvette zwang sich zu einem lässigen Blick.

Die Hexe ließ sich nicht täuschen, sah durch sie hindurch, als wäre sie so durchschaubar wie die Kampagnen der Politiker im Wahlkampf.

„Havens Blut muss allmählich in deiner Nase jucken. Wie fühlt es sich an?“

Yvette wagte es nicht, auf den Boden zu blicken, wo Wesley sich über seinen halb bewusstlosen Bruder beugte. Sie hielt ihre Augen auf die Hexe gerichtet.

„Macht mir nichts aus. Ich habe mich ernährt, kurz bevor wir entführt wurden. Ich halte also mindestens noch zwei Tage durch", log sie.

Bestenfalls könnte sie noch vierundzwanzig Stunden ohne Blut auskommen, doch schon viel früher würde sie launisch werden. Ihre Kollegen zogen sie immer damit auf und mieden sie, wenn sie sich eine Weile nicht ernährt hatte. Sie konnte es sich selbst gegenüber eingestehen: Sie wurde zu einer Zicke, wenn sie hungrig war. Und sie war auf dem besten Weg, *sehr* hungrig zu werden. Ihre letzte Mahlzeit lag schon zu viele Stunden zurück und das Gift, das Haven benutzt hatte, um sie auszuschalten, hatte zusätzlich an ihren Kräften gezehrt.

Die Hexe schnaubte, und vielleicht hatte Yvette sie doch vorerst täuschen können. Nicht, dass es wichtig war. Bald würden ihre Kollegen nach Kimberly und ihr suchen. Sie hatte ihren Kontrollanruf in die Zentrale verpasst. Gabriel war sicherlich informiert worden und so wie sie ihn kannte, ließ er bestimmt bereits die gesamte Stadt nach ihnen absuchen. Irgendwie würden sie sie finden und hier herausholen. Es war nur eine Frage der Zeit. Sie musste nur Geduld haben.

„Glaubst du, ich sehe nicht, wie du den Atem anhältst, damit du den Geruch seines Blutes nicht einatmen musst? Du willst ihn aussaugen, gib's zu."

Yvette kniff Augen und Kiefer zusammen. „Nein."

Die Hexe wandte sich an Wesley. „Ich denke, du musst sie doch umbringen. Oder willst du es riskieren, dass sie deinen Bruder tötet?"

„Hinterhältige Schlampe! Du kannst die Drecksarbeit wohl nicht selbst erledigen, was?", spottete Yvette.

Vielleicht waren die Kräfte der Hexe nicht stark genug, um gegen einen Vampir anzukommen. War das der Grund, warum sie noch nicht versucht hatte, sie umzubringen? Es war etwas, das sie erkunden musste. Wenn ihre Kräfte nur stark genug waren, um Menschen in Schach zu halten, könnte Yvette eine Chance haben, die Hexe zu besiegen. Falls sie aus diesem Raum kommen würde. Der Zauber, der den Raum umsiegelte, wirkte stark genug, um selbst einen Vampir festzuhalten. Doch wenn sie diesem Raum entkommen konnte, könnte sie sie bekämpfen. Das Problem bei Hexen war, man wusste nie, was sie noch aus dem Ärmel zaubern konnten. Sie hasste das.

Gegenteilige Emotionen tanzten auf Wesleys Gesicht, als er zur Hexe und dann wieder zu ihr zurückblickte. Misstrauen gewann. Konnte sie ihm das verübeln? Nach dem, was er Kimberly über seine Mutter erzählt hatte, war es verständlich, dass er Vampire verabscheute. Was bedeutete, dass er sie hasste.

„Hier.“ Die Hexe warf Wesley einen Pflock zu.

Er fing ihn mit einer Hand. Ein gequältes Stöhnen kam von seinem Bruder und ließ ihn sich zu ihm wenden.

„Hav, habe ich nicht gesagt, du sollst dich nicht wehren?“

„Das habe ich nicht“, murmelte Haven immer noch halb bewusstlos, ohne seine Augen zu öffnen. Seine Stimme war schwerfällig, der Schmerz darin deutlich erkennbar.

Yvette erhaschte einen Blick, um seine Verletzungen nochmals zu begutachten. Die Einschnitte an seinem Bauch bluteten noch immer. Und wenn der Blutverlust nicht bald gestillt wurde, rechnete sie mit dem Schlimmsten. Obwohl er sie und Kimberly entführt hatte, konnte sie ihn nicht einfach verbluten lassen. Natürlich nur, um die Hexe zu ärgern.

„Zeit zu gehen, Schätzchen.“ Als Bess über die Schwelle trat, krümmte sie ihren Finger in Kimberlys Richtung, deren Augen sich schockiert weiteten.

„Nein!“, schrie Yvette. Sie konnte es nicht zulassen, dass ihre Klientin verletzt wurde. Sie war für sie verantwortlich. Es war ihr Job. „Fass sie nicht an.“ Sie stürzte sich auf die Hexe, doch ein Luftstoß stieß sie zurück.

„Halt dich da raus!“

„So hilf mir doch jemand!“, jammerte Kimberly, während sie von einer unsichtbaren Kraft zur Tür gezogen wurde.

Wesley rannte zu ihr, doch genau wie Yvette wurde auch er zurückgestoßen. „Was immer du tust, wehre dich nicht“, rief er Kimberly zu.

Als die Hexe nach Kimberlys Arm griff und sie über die Schwelle zerrte, verschwand das Kraftfeld, das Yvette und Wesley in Schach hielt. Beide stolperten.

Yvette schaute der Hexe hinterher, wie sie die Türe hinter sich zuschlug. Konnte sie ihre Kräfte nur innerhalb der Zelle ausüben? Konnte es bedeuten, dass die Hexe auch in der Zelle sein musste, um ihre Kräfte anzuwenden? Yvette schob ihre Vermutung beiseite. Es gab momentan Wichtigeres.

10

Wesleys schroffe Stimme, die eine Warnung brüllte, brachte Haven wieder in die Realität. Er zwang seine Augen auf und wusste, dass er wieder in dem Raum war, wo sie festgehalten wurden. Nichts hatte sich verändert, abgesehen davon, dass er nun unter Schmerzen litt.

Er lag auf dem Boden und versuchte, sich aufzusetzen. Doch der Schmerz in seiner mittleren Körperpartie ließ ihn sofort zurückweichen. Sein Bruder kniete neben ihm, dessen qualvoller Blick nur ein schwacher Trost. Als sein Gesichtsfeld sich erweiterte, sah Haven den Pflock, den Wesley fest in seiner Hand hielt.

„Was zum –"

„Sie ist hungrig, und du blutest", unterbrach ihn Wesley.

Haven drehte den Kopf und sah, dass Yvette einige Schritte von ihnen entfernt stand. Ihr Blick haftete auf ihm. Würde sie ihn angreifen?

„Halt die Klappe, Wesley! Und plapper' nicht alles nach, was die Hexe von sich gibt. Mir geht's gut", zischte Yvette. „Ich habe genug getrunken. Ich will das Blut deines Bruders nicht."

Haven hielt ihrem Blick stand, und für einen Moment glaubte er ihr. Doch dann sah er ein Blitzen in ihren Augen wie eine kleine Flamme, die begann zu lodern, und er wusste, dass sie log. Yvette war hungrig. Sein Blick schweifte ihren Körper entlang, wo ihre Hände zu Fäusten geballt waren. Hungrig, obwohl sie dagegen ankämpfte. Welche Seite war stärker? Ihre Menschlichkeit oder ihr animalischer Instinkt?

„Mist", murmelte er.

Sie hatte es gehört. Das erkannte er daran, wie sie ihre Lider senkte. Gott, sie war schön. Ein schöner Todesengel, ja, das war sie. Doch statt Angst davor zu haben, was kommen würde, spürte er eine seltsame Vorfreude in sich aufkeimen. Fast, als würde er sich auf ihren Biss freuen. Das zeigte ihm, wie es bereits um ihn stand. Vielleicht waren die Verletzungen, die Bess ihm zugefügt hatte, doch schlimmer, als er erst gedacht hatte. Ihm war bewusst, dass er ganz schön blutete, doch war der Blutverlust schuld an seinen wirren Gedanken? Schuld daran, dass er sich im Moment noch mehr nach Yvettes Berührung sehnte als auf der Premierenparty? Dass er wollte, dass sie näherkam und ihn in ihre

Arme schloss?

„Wesley, ich muss –“

Bei Yvettes Worten sprang Wesley auf. Seine erhobene Hand, in der er den Pflock hielt, war eine Warnung: *Bleib weg*. „Ich lasse dich auf keinen Fall in seine Nähe.“

„Es wird nicht wehtun. Ich kann ihm helfen, zu heilen.“

Ein bitteres Lachen kam aus seiner Brust. „Für wie blöd hältst du mich?“

„Willst du, dass dein Bruder stirbt?“

„Nein! Und genau deshalb wirst du ihm nicht nahe kommen.“

Sein kleiner Bruder sollte heiliggesprochen werden. Wesley beschützte ihn, obwohl er wusste, dass er gegen Yvette keine Chance hatte. Die starke und hübsche Yvette, die sündhafte Schönheit, die tödliche Vampirin, nach deren Berührung Haven sich gegen alle Logik sehnte. War er bereits im Delirium?

„Ich sagte bereits, ich werde ihn nicht verletzen. Wenn ich das wollte, hätte ich es längst getan, bevor du überhaupt diesen Raum betreten hast. Verstehst du das nicht?“

Wesley hob seinen Kopf, eine Geste, die Haven nur zu gut kannte; er tat das, wenn er nicht nachgeben wollte, aber keine Argumente mehr übrig hatte. Haven hatte damit unzählige Male Bekanntschaft gemacht, als sie noch jünger waren.

„Was schlägst du vor?“, fragte Haven. Jedes Wort schmerzte, als sein Atem seine Lunge verließ.

Yvettes Augen weiteten sich, sichtlich überrascht. Sie hatte nicht erwartet, dass er nachfragen würde.

„Ich kann deine Wunden versiegeln, sodass sie nicht mehr bluten. Ich stoppe deinen Blutverlust.“

„Wie?“

„Mit meinem Speichel. Ich kann die Wunden lecken und …“

Haven hörte den Rest nicht. Sie wollten ihn lecken? Wenn der Blutverlust ihn nicht umbrachte, würden das ihre Lippen und ihre Zunge auf seinem nackten Körper verrichten. Schon der Gedanke daran ließ seine Körpertemperatur ansteigen. Wie konnte er ihr das erlauben? Und auch noch in Anwesenheit seines Bruders und des Mädels! Das war keine Erfahrung, die er vor einem Publikum machen wollte. Bei dem Gedanken an Kimberly suchte Haven den Raum ab. Sie war weg. Ein eisiges Gefühl schoss durch seine Venen.

„Wo ist Kimberly?“

Yvette legte die Stirn in Falten und Wesley antwortete: „Die Hexe hat sie mitgenommen.“

„Verdammt!“

Was hatte er getan? Er hatte ein unschuldiges Mädchen einer Hexe ausgeliefert, die sie verletzen würde. Warum hatte er nicht abgelehnt? Warum hatte er nicht einen besseren Plan erarbeitet, der eine Entführung ausschloss?

„Ich habe ihr gesagt, dass sie tun soll, was sie ihr sagt. Sie wird sich nicht wehren, nicht wie du, du Idiot“, grummelte Wesley.

„Ich konnte nicht, ich konnte einfach nicht …“

Doch Wesley würde das nicht verstehen. Er nahm immer den einfachen Weg, den Weg mit dem geringsten Widerstand. Wohingegen Haven immer mit dem Kopf durch die Wand wollte, was ihm sein Kopf nicht immer dankte.

„Also, stimmst du zu?“, unterbrach Yvette.

Haven blickte zurück zu ihr, ließ seine Augen erneut über seine Verletzungen schweifen. Er hatte praktisch keine Wahl. Das Bluten hörte nicht auf, egal wie fest er seine Hände gegen die Wunden presste. Und er fühlte sich bereits schwindelig. Es würde nur noch schlimmer werden. Doch er konnte ihr noch immer nicht trauen.

„Wesley wird neben dir stehen, und wenn du versuchen solltest, mich zu verletzen, wird der Pflock zum Einsatz kommen.“

„So gefällt mir das.“ Wesley grinste und rollte das Holz zwischen seinen Händen.

Yvette rollte mit den Augen. „Idioten!“

Mit schwebender Anmut ging sie zu ihm, wartete bis Wesley zur Seite wich, und kniete sich dann neben ihn. Ihre Nähe betäubte ihn beinahe. Er schrieb es dem Schmerz zu, der durch seinen Körper jagte und ihn schwächte.

„Zeig mir, wie es funktioniert“, befahl Wesley und blickte auf sie herab.

Haven sah, wie Yvettes Mund sich verzog, als unterdrückte sie eine abfällige Bemerkung. Doch dann senkte sie ihren Kopf und blickte in seine Augen. „Deine Lippe ist aufgesprungen.“

Bei dem Hinweis darauf, was sie vorhatte, regte sich etwas in seiner

Leistengegend. Konnte sie nicht an einem anderen Teil seines Körpers beginnen, vielleicht an seiner Hand oder seinem Arm? Musste sie den Todesstoß schon beim ersten Schlag ausüben?

Bevor er seinen Protest aussprechen konnte – und er war sich nicht einmal sicher, ob es ein Protest geworden wäre – näherten sich ihre Lippen.

Haven hielt den Atem an, als ihre rosa Zunge zum Vorschein kam und über seine Unterlippe leckte. Statt einem Stechen empfand er ein leichtes Kribbeln, angenehm und zart. Er atmete aus und entspannte seine Gesichtszüge. Erneut leckte sie über seine Unterlippe, dieses Mal langsamer und mit mehr Druck.

Das Kribbeln verwandelte sich in ein Schaudern, das seinen Körper entlang zu seiner Leiste raste. Sie würde ihn umbringen – das war sicher. Aber wie? Das lag noch offen.

Als er sie anschaute, bemerkte er, dass ihre Augen geschlossen waren, als genoss sie seinen Geschmack. Ein Tropfen seines Blutes klebte an ihrer Lippe, und verdammt, er fand es höllisch sexy. Und die Hölle war genau, wo er landen würde, wenn er nicht diese Verrücktheit stoppte. Wenn er dies überhaupt unterbinden konnte. Wenn er es überhaupt *wollte*.

Yvette zog sich zurück.

„Krass!", kommentierte Wesley, als er Havens Lippe inspizierte. „Wie neu." Er grinste zu ihm hinab. „Ziemlich praktisch."

Dann deutete er mit der Hand in Yvettes Richtung. „Gut, jetzt mach den Rest."

Wenn sein Bruder nur wüsste, welche Qualen er gerade durchleben musste… Es sah vielleicht *krass* und *praktisch* aus, um bei der Wortwahl seines Bruders zu bleiben, doch es zu spüren war komplett anders. Es war die unglaublichste Liebkosung, die er jemals erlebt hatte.

Yvettes Hände raubten ihm die letzten Lumpen seines Hemdes, legten seine Brust ganz frei. Ihre Augen zeigten den Hunger, den sie zu unterdrücken versuchte. Doch Haven sah ihn trotzdem. Was, wenn sie sich nicht länger zurückhalten konnte, jetzt, wo sie sein Blut gekostet hatte? War es genauso wie für einen Alkoholiker, der rückfällig wurde, sobald er einen Tropfen Alkohol getrunken hatte? Würde das mit ihr geschehen?

Aus dem Augenwinkel sah er, wie Wesley sich bewegte und seinen

Griff an dem Pflock änderte. Kurz wunderte er sich, woher er ihn hatte, da Havens Pflock noch immer in seiner Jackentasche war, seine Jacke aber nirgends zu sehen war.

Yvettes Hand war überraschend warm, als sie seine Hand von der Stelle nahm, an der er sie auf die noch immer blutende Wunde drückte. Er hatte immer angenommen, dass Vampire kalt wären wie die herzlosen Kreaturen eben, die sie waren. Er hatte viele von ihnen Mann gegen Mann bekämpft, doch nie war ihm die Körpertemperatur aufgefallen. Bei den Kämpfen war nie die Zeit gewesen, darauf zu achten, wie sie sich anfühlten. Und das wollte er sowieso nie.

Doch jetzt hatte Haven alle Zeit der Welt, um zu spüren, wie sich die Hand eines Vampirs anfühlte. Warum sollte er auch nicht? Je mehr er über diese Kreaturen lernte, umso besser konnte er sie in Zukunft bekämpfen. Denn nichts würde sich ändern. Nur weil er mit einer Vampirin eingesperrt war und mit ihr zusammenarbeiten musste, um wieder dieser Zwickmühle zu entkommen, in der er und sein Bruder steckten, bedeutete es nicht, dass er sich plötzlich mit ihresgleichen anfreunden musste. Bevor das geschah, müsste erst einmal die Hölle gefrieren.

„Was hat sie verwendet?“, fragte Yvette und streifte mit den Fingern entlang der Schnitte, als wollte sie sie nachzeichnen.

„Eine Peitsche.“

Es kostete ihn all seine Kraft, nicht zu stöhnen. Mit zusammengebissenen Zähnen versuchte er die Wirkung, die ihre warmen Finger auf seinen Körper hatten, zu ignorieren. Sinnlich erkundete sie seine Verwundungen.

„Sie sind tief.“

Yvette beugte sich über seinen Magen und senkte ihren Kopf über seine Wunden. Ihre Zunge streifte über sein Fleisch, verteilte das gleiche Kribbeln wie zuvor. Mit langen Zügen leckte sie gegen seine verletzte Haut, nahm das Blut in sich auf.

Haven lehnte seinen Kopf zurück. Er war nicht im Stande, ihr zuzusehen, nicht dass es ihn anwiderte, nein, ihre Aktionen machten ihn heißer als er je bei einem Lap Dance geworden war. Mit jedem Lecken wurde er härter. Er konnte nur hoffen, dass weder sein Bruder noch Yvette bemerkten, dass sein Schwanz unter seiner schwarzen Hose anschwoll, gegen den Reißverschluss drückte, drohte, das letzte Stück seines gemieteten Anzugs zu zerstören und damit jede verbleibende Hoffnung auf eine Kautionsrückerstattung.

Haven schloss seine Augen, wollte der Peinlichkeit entfliehen, die aufkommen würde, wenn einer der Beiden seine Erregung entdeckte. Wesleys fehlende Diskretion würde die Situation so unangenehm machen wie nur irgend möglich.

„Geht's dir gut?“, fragte Wesley mit besorgter Stimme.

„Ja, alles gut.“

Gut? Wen wollte er verarschen? Er war knapp zwei Schritte vom Paradies entfernt. Während Yvettes Mund weiterhin seine Wunden leckte, glitt ihre Hand an seine Seite, als wollte sie etwas festhalten. Ihre Finger bohrten sich in ihn; nach der Intensität ihres Griffs zu schließen, war sie sich ihres Handelns nicht ganz bewusst.

Haven atmete stockend aus. Wie lange wollte sie ihn derart foltern? Wusste sie überhaupt, welchen Effekt sie auf ihn hatte? War dies ihre Art, ihm heimzuzahlen, dass er sie entführt hatte?

Als sie plötzlich ihren Kopf hob, wehte kalte Luft gegen seine Wunden.

„Es funktioniert nicht“, sagte Yvette.

Havens Augen klappten auf.

„Warum?“, zischte Wesley. „Saugst du ihn gerade leer? Ist das nur ein Trick?“

Yvette ignorierte Wesleys spitze Bemerkung und blickte stattdessen Haven an. „Die Wunden sind zu tief und zu groß. Wir müssen etwas anderes versuchen.“

Wesley hob den Pflock, als wollte er zuschlagen.

„Nein, Wes!“, schrie Haven. Er konnte seinem Bruder nicht erlauben, sie zu verletzen.

Langsam senkte Wesley den Pflock wieder und Haven atmete auf.

Er sah Yvette an. „War es ein Trick, um an mein Blut zu kommen?“

Sie sah ihn entrüstet an, schüttelte dann ihren Kopf. „Wie ich sagte –
“

„Zu tief, ja. Das habe ich gehört. Was jetzt?“

„Ich kann die Wunden von innen schließen“, warf sie in den Raum und blickte vorsichtig zu Wesley und wieder zurück.

Verdacht wuchs in ihm heran. „Wie?“

„Du musst mein Blut trinken.“

Für einen Moment konnte Haven nichts sagen. Seine Stimmbänder streikten.

„Verdammt, nein!“, protestierte Wesley. „Du verdammte Schlampe – du versuchst ihn in einen von euch zu verwandeln.“

Er erhob den Pflock und stürzte sich auf sie, doch Yvette war bereits zur Seite gesprungen. Sie wich in die andere Richtung, weg aus seiner Reichweite.

Als sie sich mit unglaublicher Geschwindigkeit umdrehte – eine Geschwindigkeit, die er bereits zuvor bei anderen Vampiren beobachtet hatte – sah sie seinen Bruder an, die Beine gegrätscht, so breit es das enge Kleid mit dem aufgerissenen Saum erlaubte. Sie war angriffsbereit.

„Es wird ihn nicht verwandeln“, versicherte Yvette.

„Das sagst du jetzt.“

„Es ist wahr. Ein Mensch muss im Sterben liegen, um verwandelt werden zu können. Nur Vampirblut zu trinken, wenn man noch lebt, verwandelt einen nicht in einen Vampir.“

Sie warf Wesley einen verärgerten Blick zu. „Du solltest dankbar sein, dass ich es überhaupt anbiete. Kein Vampir teilt sein Blut gerne. Es ist ein Privileg. Ich sollte ihn leiden lassen, dafür was er Kimberly und mir angetan hat.“

Haven fragte sich, ob er ihr glauben konnte. Wäre es wirklich sicher, ihr Blut zu trinken? Er drehte sich und die Bewegung sandte eine Schmerzwelle durch seinen Körper. Verdammt, es war schlimmer als er gedacht hatte. Er blickte an sich hinunter auf die tiefen Schnitte auf seinem Bauch. Der Anblick seines bloßen Fleisches rief Übelkeit und noch etwas anderes in ihm hervor: einen kleinen Stich von Angst, dass die Wunden schlimmer waren als er zuerst gedacht hatte. Wenn er wieder ohnmächtig wurde, wer sollte dann auf Wesley aufpassen?

„Warum bietest du es mir dann an?“

Yvette knurrte. „Das tue ich nicht mehr. Dein Bruder hat gerade dein Schicksal besiegelt. Na los, seht zu, wie ihr die Blutung zum Stoppen bringt. Meine Arbeit ist getan.“

Offensichtlich beleidigt drehte sie sich weg, ging zu den Liegen am anderen Ende des Raums und warf sich auf eine. „Warum soll mich das kümmern?“

Verdammt, wenn sie jetzt nicht verletzt aussah. Wie war das möglich? Trotz des Schmerzes, den es mit sich brachte, zog sich Haven zu einer sitzenden Position hoch. War es möglich, dass ihre Menschlichkeit wirklich stärker war als ihre animalische Seite, und dass sie ihm wirklich helfen wollte?

„Was stellt dein Blut mit mir an?“

„Hav! Spinnst du?“

„Halt dich da raus, Wes.“ Ein einziges Mal wünschte er sich, sein Bruder hätte einen weniger ausgeprägten Beschützerinstinkt.

„Du gehst davon aus, dass ich immer noch gewillt bin, dir mein Blut zu geben“, schmollte Yvette.

Nichts von ihrer Vampir-Seite war jetzt sichtbar. Sie war eine verletzte Frau, mit den Armen vor der Brust verschränkt und einem trotzigen Gesichtsausdruck. War ihr bewusst, dass ihre Körperhaltung ihre Brüste betonte, sie zum Blickfang machte, sodass Haven nirgends anders mehr hinschauen konnte?

„Was, wenn ich ganz lieb darum bitte?“ Jetzt war er definitiv zu weit gegangen. Hatte er sie gerade darum gebeten, ihm ihr Blut zu geben? Was ging nur in ihm vor?

Wesley riss die Hände in die Luft. „Du spinnst! Du spinnst ja total! Wenn du das tust, rede ich nie wieder ein Wort mit dir. *Hörst du mich*?“

Haven beachtete seinen Bruder nicht. Wes spuckte nur große Töne. Er würde sich schon wieder beruhigen.

Auf Wesleys Worte hin grinste Yvette. „Nur um deinen Bruder zu ärgern, mach ich's.“

Sein Herz sollte keinen Sprung machen, weil sie zugestimmt hatte, tat es aber dennoch. Vorfreude erfüllte ihn, obwohl er keine Ahnung hatte, was ihn erwartete. Was, wenn er sich übergeben musste? Was, wenn ihr Blut abscheulich schmeckte?

Doch jetzt gab es kein Zurück mehr. Yvette ging bereits auf ihn zu. Als sie sich neben ihm niederließ, spürte er die Wärme ihres Körpers und roch den Orangenduft ihrer Haut. Sie setzte sich hinter ihn.

„Lehn' dich zurück.“

Er lehnte sich zurück, bis sein Rücken an ihre Brust stieß.

„Idiot!“, schimpfte Wesley, doch Haven ignorierte ihn.

Yvettes Körper so nahe an seinem zu spüren war alles, worauf er sich in diesem Moment konzentrieren konnte. Haven drehte seinen Kopf zur Seite und beobachtete, wie sie sich in ihr Handgelenk biss. Er erhaschte nur einen kurzen Blick auf ihre Fänge, als diese ihre Haut durchstießen, doch der Anblick sandte ein Kribbeln über seinen Rücken.

Blut tropfte sofort aus ihrem Handgelenk und sie brachte es zu seinem Mund. „Saug' einfach daran."

„Wie viel?"

„Dein Körper wird wissen, wann du genug hast."

Ihre Stimme war leise und rau, so sinnlich, dass sich die kleinen Härchen an seinem Nacken aufstellten. Die Angst wuchs mit ihnen an, doch sie wurde übertönt von dem sanften Druck ihrer Brüste gegen seinen Rücken und der Wärme, die sie durch seinen Körper sandte.

Haven setzte seine Lippen an ihre Vene und leckte zaghaft daran.

„Igitt!"

Er registrierte Wesleys angewiderten Ausruf kaum. Stattdessen ummantelte der Geschmack von Reichhaltigkeit seine Zunge. Als das Blut seine Kehle erreichte, erwartete ihn eine Geschmacksexplosion: Orangen, Zimt und Nelken. Würzig und reich füllte es seinen Mund. Er wollte mehr, wollte das Erlebnis in die Länge ziehen. Er hatte immer gedacht, dass Blut metallen schmeckte, doch dies war so ganz anders als seine Vorstellung. Ihr Blut war frisch und jung, lebendig und köstlich.

Haven konnte das Stöhnen, das von tief innen kam, nicht aufhalten. Mit einer Hand ergriff er ihren Arm und zog sie näher an sich, damit sie nicht von ihm weichen konnte. Er spürte, wie ihre Brüste sich stärker in seinen Rücken drückten und ihr Kopf gegen seinen lehnte. Ihr warmer Atem fächelte über seinen Nacken.

„Ja", flüsterte sie so leise, dass nur er es hören konnte.

Die Intimität dieser Tat war nicht an ihn verschwendet. Sein Blut einem anderen zu geben, in diesem Fall einem Fremden, war so eine pure und intime Geste, dass er nur grübeln konnte, warum sie es angeboten hatte.

Als ihr Blut seinen Magen erreichte, wand sich sein gesamter Körper wie eine Feder. Er spannte sich auf das unbekannte Gefühl hin an.

„Entspann dich." Ihre schmeichelnden Worte beruhigten ihn. „Lass dich fallen. Ich bin hier."

Etwas seltsam Beruhigendes lag in ihren Worten. Er erlaubte der Spannung, seinem Körper zu entweichen und nahm mehr von ihrem Blut. Ihr Geschmack war berauschend. Dazu noch ihren Körper so nahe an seinem zu spüren bedeutete, dass es keinen anderen Ort gab, an dem er lieber gewesen wäre.

Er saugte an ihrer Vene, wurde süchtig nach ihrem Geschmack.

„Was zum Teufel?“ Wesleys Stimme erreichte ihn, gerade als er bemerkte, dass Yvette hinter ihm erschlaffte.

11

„Das einzig Seltsame, das ich bei Yvette gefunden habe, war das."

Zane schleuderte die Tüte mit Yvettes Haaren auf die Kücheninsel.

Alle waren in Samsons Haus versammelt: Samson, der Besitzer und Gründer von Scanguards, Gabriel, Thomas – das IT-Genie – Amaury und Eddie, der Jüngste unter den Vampiren. Außerdem war noch Oliver, Samsons menschlicher Assistent anwesend. Wie immer in einer Krisensituation hatte sich Samsons viktorianisches Haus in Nob Hill zur Kommandozentrale verwandelt.

Vom oberen Stockwerk drangen Bruchteile einer Unterhaltung in Zanes Bewusstsein. Er erkannte Ninas Stimme. Es schien, als ginge Amaury nirgends mehr ohne seine eigenwillige Gefährtin hin. Er stand völlig unter dem Pantoffel, wenn man ihn fragte, was natürlich keiner tat. Mayas Stimme vermischte sich einen Moment später mit Delilahs. Er vermutete, dass auch Gabriel seine Frau nicht alleine zu Hause lassen konnte. Nun, wenigstens war Maya ein Vampir, sie wäre im Kampf also nützlich, wohingegen Nina und Delilah menschlich und damit lediglich ein Klotz am Bein waren.

„Was ist das?", fragte Samson und griff nach der Tüte.

„Haare."

Zane stieg von einem Bein aufs andere. Er wusste nicht, warum er das verdammte Ding überhaupt mitgebracht hatte, doch irgendwie fühlte er sich dazu gezwungen. Es war außergewöhnlich, und er war darauf trainiert, auf Dinge zu achten, die keinen Sinn ergaben. Ob es ihnen helfen würde, Yvette letztendlich zu finden, spielte dabei keine Rolle.

Samson zog eine Hand voll Haare heraus. „Von wem sind die?"

„Yvette."

Samson roch daran und nickte.

„Yvette schneidet sich ihre Haare ab?" Amaury legte seine Stirn in Falten.

Zane warf ihm einen gleichgültigen Blick zu. Sein Kollege, groß wie ein Footballspieler, mit schwarzen, schulterlangen Haaren und leuchtend blauen Augen griff nach der Tüte und inhalierte. „Stimmt. Sind ihre."

„Es mag ja verrückt sein, aber ich zweifle daran, dass uns das hier irgendwie weiterhelfen kann“, warf Thomas ein. Der Biker mit dem IT-Streber-Hirn runzelte die Stirn und streifte sich mit der Hand durch sein aschblondes Haar.

Eddie, Ninas Bruder und ein Jungvampir, den er unterrichtete, nickte zustimmend. Er schlug Thomas auf die Schulter. „Du hast recht. Vielleicht gefallen ihr lange Haare einfach nicht.“

Fast so groß wie Thomas war er etwas schlanker gebaut, jedoch nicht weniger stark. Sein Gesicht hatte Grübchen, jetzt als er ein entspanntes Lächeln von sich gab. Genau wie Thomas streifte er sich durch sein dunkelblondes Haar. Musste er alles nachmachen, was sein Mentor machte? Es war irritierend.

Zane fluchte leise. Hatten alle außer ihm hier volles Haar? War das der Grund, warum er die Tüte mitgebracht hatte? Um sich selbst zu foltern?

„Was haben wir noch?“, fragte Gabriel.

Thomas beugte sich über die Karte, die auf der Kücheninsel ausgebreitet war, und schob den Beutel mit den Haaren zur Seite.

„Die Limousine wurde hier gefunden.“ Er deutete auf einen Punkt im Stadtteil Richmond. „Zum Glück hatte die Firma eine Diebstahlsicherung im Wagen installiert, sodass wir ihn schnell finden konnten.“

„Was ist mit dem Fahrer?“

„Wir suchen ihn noch. Die Firma hat sich nicht besonders deutlich über seinen Aufenthaltsort ausgedrückt. Eddie und ich werden ihnen einen Besuch abstatten, um zu sehen, was da los ist.“

Samson nickte. „Gut. Amaury, ich möchte, dass du die Limousine durchsuchst. Schau nach, ob du was finden kannst, Gerüche, Blut, irgendwas.“

„Mach ich.“

„Hat Kimberlys Agent Lösegeldforderungen erhalten?“

Gabriel schüttelte den Kopf. „Ich habe gerade mit ihm telefoniert. Nichts. Er wird ihre Termine für die nächsten Tage absagen. Er wird behaupten, sie liegt mit einer ansteckenden Erkältung im Bett. Hoffentlich hält das die Leute davon ab, Fragen zu stellen, bis wir wissen, was los ist.“

„Sinnvoll“, kommentierte Samson. Dann blickte er wieder Thomas an. „Konntest du Yvettes Handy orten?“

„Ist ausgeschaltet. Ich werde sehen, was ich tun kann, wenn ich wieder an meinem Computer bin.“

„Was ist mit ihrem Hund?“, warf Zane in die Runde und wurde plötzlich von überraschten Gesichtern angestarrt.

„Yvette hat einen Hund?“, fragte Gabriel. „Das hat sie nie erwähnt.“

Zane schnaubte. „Natürlich hat sie das nicht. Sie gibt es ja nicht mal sich selbst gegenüber zu.“

Samson blickte ihn ungeduldig an. „Würdest du uns bitte aufklären, Zane? Und bitte lass diese geheimnisvollen Anmerkungen weg.“ Die Strenge in Samsons Worten unterstrich seine Ungeduld.

Zane wusste, wann er einen Streit provozieren sollte. Dies war keiner dieser Momente. „Sie hat diesen Golden Retriever, der ihr seit einigen Monaten folgt. Sie behauptet, dass es nur ein Streuner ist, doch so wie es bei ihr zu Hause aussieht, ist das nicht der Fall. Sie füttert ihn. Und sie hat sogar eine Hundetüre einbauen lassen. Das Vieh hört sogar auf sie.“

„Nun, dann bringt ihn her. Vielleicht kann der Hund sie finden.“ In Samsons Mimik war ein Fünkchen Hoffnung zu sehen.

„Der Hund ist weg. Ich habe das Haus und den Garten abgesucht: Er ist nirgends zu finden.“

„Verdammt. Denkst du, sie hat ihn mit zu ihrem Einsatz genommen?“, mutmaßte Samson.

„Das würde sie nicht tun“, unterbrach Gabriel. „Es wäre gegen alle Vorschriften.“

Zane hob eine Augenbraue. Ja, Gabriel war der Typ, der Regeln einhielt. „Schau, wohin sie deine Vorschriften gebracht haben.“

„Das ist weder die richtige Zeit noch der richtige Ort, um deine Beschwerden zu äußern“, schnauzte Gabriel.

„Wann, wenn nicht jetzt? Wenn ich Gedankenkontrolle bei dem Mädel angewandt hätte, wäre Yvette jetzt nicht vermisst.“

Und verdammt noch mal, wenn er sich nicht ein kleines bisschen schuldig dafür fühlte. Er sollte derjenige sein, der jetzt in Schwierigkeiten steckte, nicht Yvette. Es war sein Job. Er hätte Kimberly beschützen sollen, dann wäre jetzt vielleicht *überhaupt keiner* vermisst. Was immer passiert war, hätte vielleicht verhindert werden können. Jedenfalls war er stärker als Yvette – und vor allem skrupelloser. Wenn irgendjemand Kimberly und ihn angegriffen hätte, nachdem sie die Premierenparty verlassen hatten, wäre er in der Lage gewesen, mit demjenigen fertig zu werden.

„Meine Entscheidungen werden nicht in Frage gestellt, Zane!"

„Es war ein Fehler, ihr diesen Auftrag zu übergeben."

„Was willst du damit sagen? Dass sie kein guter Bodyguard ist?" Gabriel war sauer und funkelte ihn an. „Ich bin sicher, sie würde allzu gerne wissen wollen, wie du hinter ihrem Rücken über sie redest. Ich würde aufpassen, wenn ich du wäre. Yvette wird dir in den Hintern treten."

Zane kniff seine Augen zusammen und biss die Zähne zusammen. Seine Hände ballten sich zu Fäusten; er konnte es nicht erwarten, seinem Boss einen gut platzierten Schlag zu verpassen. Doch er kannte seine Stellung. Und es würde Yvette nicht helfen. Seine eigenen Gefühle mussten zurückgesteckt werden.

„Sobald sie zurück ist, werde ich mir gerne von ihr in den Hintern treten lassen." Und das war nicht einmal gelogen. Sie war für ihn wie eine kleine Schwester; eine sehr nervige, sehr verzogene kleine Schwester. Und sie zu beschützen war, was große Brüder nun mal taten.

Die Türe öffnete sich und Nina steckte ihren Kopf herein. Ihre kurzen honigfarbenen Haarsträhnen fielen ihr ins Gesicht. Sofort bemerkte Zane, wie sich ein Grinsen auf Amaurys Gesicht breitmachte, während seine Augen sie mit ungezügelter Lust musterten. Die beiden waren vor über vier Monaten den Blut-Bund eingegangen und Amaury sah sie *noch immer* an, wie er sie angesehen hatte, als Zane sie zum ersten Mal zusammen gesehen hatte. Er versuchte, das Bild aus seinen Erinnerungen zu verbannen.

„Delilah fragt nach dir, Samson. Das Baby bewegt sich."

„Entschuldigt mich, Jungs. Ich bin gleich wieder hier." Samson rauschte an Nina vorbei, ohne sich noch einmal umzublicken.

„Und ich schätze, die verdunkelten Vans sind draußen", informierte Nina die anderen. „Ich habe von oben gesehen, wie sie gerade hergefahren sind."

„Danke, Nina", antwortete Gabriel.

Es war kurz vor Sonnenaufgang, und da sie ihre Arbeit fortsetzen und sich während des Tages in der Stadt bewegen mussten, hatte Scanguards spezielle Vans entwickelt, die ausgestattet waren, um

Vampire tagsüber, vor dem Sonnenlicht geschützt, zu befördern. Menschliche Fahrer steuerten die Autos und wussten über ihre Fahrgäste Bescheid. Nur die loyalsten menschlichen Mitarbeiter von Scanguards wussten von den Vampiren in der Firma. Es war so am sichersten. In Notfällen fuhren sie die Vans selbst, doch im Regelfall war es sicherer, einen Menschen ans Steuer zu lassen.

Nina drehte sich zum Gehen um, stoppte dann aber nochmals. „Und könnte bitte jemand dafür sorgen, dass der Hund da draußen aufhört, zu bellen? Es geht Delilah auf die Nerven."

Zu sehr von der Unterhaltung in Anspruch genommen hatte Zane nicht auf die Geräusche von draußen geachtet. Jetzt wechselte er einen Blick mit Gabriel. Konnten sie wirklich so viel Glück haben?

12

Der Geruch menschlichen Essens war das Erste, was Yvette wahrnahm, als sich die Dunkelheit lichtete. Ihr Körper fühlte sich an, als wäre er zu Brei geschlagen und dann in einem Mixer aufgeschäumt worden. Was war nur mit ihr passiert? Hatte die Hexe sie gefoltert, wie sie es mit Haven getan hatte? Bei dem Gedanken an ihn richtete sie sich von ihrer liegenden Position auf und öffnete ihre Augen.

Sie war noch immer im selben Raum und sie befand sich auf etwas Weichem: einer Liege. Ihre Augen suchten sofort nach Kimberly. Yvette atmete auf, als sie sie auf der Liege neben sich liegen sah, zusammengerollt, mit geschlossenen Augen. Auf dem Feldbett, das am weitesten von ihr entfernt stand, schlummerte auch Wesley.

Sie streckte sich nach Kimberly aus, wollte sich versichern, dass es ihr gut ging und dass die Hexe sie nicht verletzt hatte.

„Ihr geht's gut." Havens ruhige Stimme kam vom Boden.

Ihre Augen schnellten in seine Richtung. Sie beobachtete, wie er aufstand und sich am Fußende auf ihre Liege setzte.

„Hat die Hexe –"

Er schüttelte den Kopf, bevor sie ihre Frage beenden konnte. „Kimberly war schlauer als ich und hat sich nicht gewehrt. Sie schläft jetzt." Er schaute zu ihrer Liege und Yvette folgte seinem Blick.

„Wir haben gegessen. Die beiden waren müde. Aber ich wollte sichergehen, dass es dir gut geht."

Seine Augen musterten sie und sie fühlte sich ihres Körpers und des Kleides, das sie viel weiblicher wirken ließ als ihre übliche Garderobe, seltsam bewusst.

„Was ist passiert?"

Haven blickte sie schuldbewusst an. „Erinnerst du dich daran, dass du mir dein Blut gegeben hast?"

Ihr Herz machte einen Satz. Als ob sie so etwas vergessen könnte. Als er an ihrem Handgelenk gesaugt hatte, war sie fast ins Delirium gefallen. Das Vergnügen, das durch ihren Körper gerauscht war, hatte sie noch nie zuvor verspürt.

„Bist du geheilt?"

Haven grinste und streckte seine Arme aus, zeigte ihr seinen noch immer nackten Oberkörper. Er sah perfekt aus, unverwundet. Und verführerischer als zuvor. Dieser Mann hatte einen wirklich sündhaft muskulösen Körper.

„Das kannst du für dich selbst entscheiden."

„Du siehst… gut aus."

Als er seine Arme wieder senkte, bekam sein Gesicht einen strengen Ausdruck. „Ich habe zu viel genommen. Du bist ohnmächtig geworden."

„Dann hatte ich ja Glück, dass ihr mich nicht gepfählt habt, solange ihr die Chance hattet."

Haven rutschte näher zu ihr, blickte kurz zu Kimberly und Wesley, die noch immer schliefen. „Denkst du, das würde ich tun, nachdem du mir geholfen hast?", fragte er durch zusammengebissene Zähne. „Hast du einen solch schlechten Eindruck von mir?"

Yvette funkelte ihn an, hielt jedoch ihre Stimme gedämpft. „Was hast du erwartet? Du hast mich entführt, und du machst kein Geheimnis aus deiner Abneigung Vampiren gegenüber."

„Und obwohl du das weißt, hast du mir geholfen. Warum?" Seine blauen Augen bohrten sich in sie, untersuchten, forschten nach.

„Ein kurzzeitiger Schwächemoment. Keine Sorge, wird nicht mehr vorkommen", keifte sie. Undankbarer Bastard. Vielleicht hätte sie ihn leiden lassen sollen.

„Weil ich es dich nicht noch einmal machen lassen werde."

Yvette verengte ihre Augen. „Aha. Du fühlst dich also verunreinigt, weil du jetzt Vampirblut in dir hast?"

Wie konnte er es wagen, so über ihr Geschenk zu denken? Kein Vampir gab sein Blut leichtfertig her! Es war ein Schatz, der gewahrt werden musste. Sie hatte noch nie zuvor mit jemandem ihr Blut geteilt – weder beim Sex, noch um jemanden zu heilen.

„Nein", zischte er, griff nach ihrem Oberarm und drückte sie zurück gegen die Wand. „Ich werde nicht zulassen, dass du noch einmal in solche Gefahr gerätst. Du warst ohnmächtig – weil ich zu viel von dir getrunken habe. Du hättest mich aufhalten müssen, bevor ich dich so sehr geschwächt habe."

Er war besorgt um ihr Wohlbefinden? Was zum Teufel war das denn? War sie in einer anderen Realität aufgewacht? „Es geht dich nichts an, was ich tue."

„Das tut es sehr wohl, wenn du dich in Gefahr begibst. Wir müssen gemeinsam stark sein, sonst kommen wir nie hier raus. Und das schließt dich mit ein. Ich habe dich in diese Lage gebracht."

„Daran musst du mich nicht erinnern." Ihre sarkastische Bemerkung schien ihn nicht einmal zu erreichen.

„Ich werde uns hier rausbringen."

„Ach wirklich? Und wie willst du das anstellen? Indem du Rambo spielst? Oder McGyver? Armselig."

Was war es, das Männer immer denken ließ, dass sie den Helden spielen mussten, der die Jungfrau in Nöten rettete? Es mochte ja in den Filmen funktionieren, aber hier war das anders. „Ich bin stärker als du, also erspar mir das bitte."

Er drückte sie fester gegen die Wand und sie hätte ihn wegschieben können – wirklich, das hätte sie gekonnt, selbst in ihrem erschöpften Zustand. Doch etwas ließ sie in dieser Zwangshaltung verweilen – vielleicht sein verführerischer Duft, oder vielleicht weil ihre Haut so angenehm prickelte, wo seine Finger sie berührten.

„Wenn du satt bist, magst du ja stärker sein als ich, doch jetzt gerade bist du schwach."

Seine arrogante Stimme besänftigte sie keineswegs. Yvette öffnete ihren Mund, um zu protestieren, doch er schüttelte schnell den Kopf.

„Leugne es nicht. Du hattest Hunger, schon bevor du mir dein Blut gegeben hast. Für wie dumm hältst du mich? Ich habe dich ausgesaugt. Wenn überhaupt, wirst du in den nächsten Stunden noch schwächer. Und wir wissen beide, dass die Hexe dir keinen Blutvorrat zur Verfügung stellen wird. Sie hat kein Interesse daran, dass du am Leben bleibst. Und was dann?"

Havens Augen forderten sie heraus, doch sie wusste nicht, worin seine Herausforderung lag. Warf er ihr vor, dass sie einen von ihnen angreifen würde, sobald ihr Hunger so groß wurde, dass sie sich nicht mehr beherrschen konnte?

„Ich werde keinen von euch angreifen, und bestimmt nicht Kimberly. Sie ist meine Klientin. Ich bin für sie verantwortlich."

„Wie kannst du dir da so sicher sein? Wenn dein Hunger zu groß wird, wirst du nicht mehr wissen, was du tust. Du wirst blutrünstig werden."

Das wusste er also. Doch sie musste es weiterhin leugnen. Sie drückte gegen ihn und schüttelte den Kopf. „Nein."

„Ich habe ein Angebot für dich."

Yvette hob ihr Kinn. Was könnte er ihr anbieten, um zu verhindern, was in ein paar Stunden passieren würde? „Was für ein Angebot?"

„Du trinkst von mir. Jetzt. Während die anderen schlafen. Keiner muss es erfahren."

Der Vampirkiller bot ihr sein Blut an? „Aber –"

„Ich habe gerade genügend gegessen. Mir geht's gut und ich bin wieder gesund, dank dir. Jetzt ist es an der Zeit, dass du deine Stärke wieder erlangst. Sieh es als Gegenleistung an."

Yvette suchte seinen Blick, um zu verstehen, weshalb er dieses Angebot aussprach. „Warum?"

Er schaute weg, versuchte, ihrem prüfenden Blick zu entkommen. „Ich hasse es, jemandem etwas schuldig zu bleiben, besonders einem Vampir."

„Du schuldest mir nichts." Sie biss die Zähne zusammen, wollte die Krümel nicht annehmen, die er ihr anbot. Sie hatte ihren Stolz. „Behalte dein Blut. Ich brauche es nicht."

„Du hast keine Wahl." Haven drückte seinen Körper näher an ihren.

Yvette schüttelte seine Arme ab. „Was willst du machen? Mich zwingen?"

Er grinste sie verrucht an und in dem Moment wusste sie, dass sie bereits verloren hatte.

„So was in der Art."

Dann griff er nach ihren Handgelenken und drückte sie gegen die Wand. Als er seinen Kopf neigte und seinen Hals gegen ihre Lippen schob, nahm sie seinen verführerischen Duft auf: sauberer männlicher Schweiß mit einem Hauch Bergamotte.

„Ich mach' Brei aus dir", warnte sie ihn, während sie versuchte, ihre Fänge davon abzuhalten, auszufahren. Es war so unmöglich, wie die Sonne am Aufgehen zu hindern.

„Später", versprach er, als nehme er ihre Drohung nicht ernst.

„Du, du –"

Sein Hals stieß gegen ihre Lippen und er drückte sich gegen sie. „Du kannst mein Blut bereits riechen, nicht wahr?"

Es war nicht fair, dass er sie derart köderte, dass er den

verlockendsten Duft der Welt vor ihre zuckende Nase brachte.

„Und du hast Hunger. Ich werde mich nicht wehren. Beiß mich."

***

Haven wusste, dass er verrückt war, doch er wusste auch, dass dies der einzige Weg war. Sie musste sich ernähren, um ihre Stärke wiederzuerlangen und es war besser, nicht darauf zu warten, bis sie in einen unkontrollierten Blutrausch verfiel – etwas, das er bereits bei einem anderen Vampir gesehen hatte; es war entsetzlich und nicht zu stoppen – er war bereit, sich für die Gemeinschaft zu opfern. Wesley würde niemals zustimmen, und Kimberly sollte so etwas nicht zugemutet werden. Wenn einer von ihnen dies einigermaßen unbeschädigt durchstehen konnte, dann war es Haven.

Er hatte keine Angst vor dem Schmerz. Verglichen damit, was Bess ihm angetan hatte, wäre der Biss nicht schmerzhafter als ein gut platzierter Schlag eines betrunkenen Kleinkriminellen.

Und jetzt, da er wusste, dass ihr Biss ihn nicht in einen Vampir verwandeln würde, war er bereit, dieses Opfer zu bringen. Das war er ihr schuldig. Doch danach wären sie quitt. Dann könnte er sie wieder hassen, mit all dem Schmerz, den er in seinem Herzen vergraben hatte. Sie war noch immer ein Vampir, und ein Vampir war verantwortlich für den Tod seiner Mutter und die Entführung seiner Schwester. Ein Vampir musste dafür bezahlen.

Doch erst einmal musste er seine Schulden begleichen. Yvette hatte ihn gerettet, und es war das einzig Richtige, dasselbe für sie zu tun. Es war der einzige Grund, warum er bereit war, ihr gegen seine Grundsätze zu geben, was sie brauchte.

„Beiß mich", wiederholte er, „bevor ich meine Meinung ändere."

Ihre Lippen drückten gegen seine Haut. Dann leckte ihre Zunge über ihn. Was zum –

Doch er konnte seine Frage nicht aussprechen, denn das Nächste, das er spürte, waren die scharfen Fänge, die sich durch die Haut an seinem Hals bohrten. Es tat nicht weh; es war, als wäre die Stelle vorher betäubt worden. Hatte sie ihn deshalb geleckt?

Bevor Haven irgendwelche Schlüsse ziehen konnte, wurde sein Gedankengang plötzlich von den unglaublichen Empfindungen unterbrochen, die durch seinen Körper rauschten. Er hatte Schmerzen erwartet, zumindest leichte. Er hatte gedacht, dass es wenigstens unangenehm sein würde, etwas, das er ertragen musste. Doch er hatte niemals, nicht in seinen wildesten Träumen erwartet, dass ein Vampir-Biss erregend war.

Viel mehr noch: Es war die erotischste Situation, in der er sich jemals befunden hatte. Yvettes Biss war ein schonungsloser Angriff auf seine Sinne. Und sein Körper reagierte auf die einzig mögliche Art: mit einer wachsenden Erektion. Ihr Saugen an seiner Vene war leidenschaftlicher als jeder Kuss, ihr Körper so nah an seinem, dass er ihren rasenden Herzschlag und ihre Hitze spüren konnte. Der ihm vertraute Orangenduft stieg ihm in die Nase, und bevor er wusste was er tat, vergrub er eine Hand in ihren Haaren und drückte sie näher an sich.

Seine andere Hand glitt zu ihrem Rücken und legte sich auf ihre nackte Haut. Ein überraschtes Stöhnen kam von ihr, als er sie in eine Umarmung zog, doch sie ließ seinen Hals nicht frei. Sie fuhr fort, gierig an ihm zu saugen, und er beabsichtigte nicht, sie aufzuhalten. Im Gegenteil, er wollte, dass sie weiter machte.

Haven drehte sich, versuchte, eine angenehmere Position für seinen Schwanz zu finden – der zu einer enormen Größe herangewachsen war und sich in den Reißverschluss seiner Anzughose drückte. Hätte er seine enger sitzenden Jeans an, wäre diese längst unter der Spannung zerrissen. Zum Glück bot die geliehene Hose etwas mehr Platz – für wie lange noch, wusste er allerdings nicht.

Seine Hand glitt über ihren Rücken, dankbar, dass sie ein rückenfreies Kleid trug. Es erlaubte ihm, sie zu erkunden, ihre weiche Haut zu genießen. Sie war heißblütig, jetzt noch mehr als zuvor. Genoss sie dies ebenso wie er?

Als er seine Finger über ihren Oberkörper spielen ließ, wo ihre Haut den Stoff des Kleides traf, entsprang ihrer Brust ein Stöhnen und ihre Hand bewegte sich. Wollte sie ihn aufhalten? Statt ihn wegzuschieben, berührte sie seine nackte Brust und streifte mit ihren Fingern über seine ausgeprägten Muskeln.

Haven atmete tief ein. Ihre Berührung in Verbindung mit dem zarten Sog an seiner Vene steigerte seine Lust. Er wollte sie auf die Liege werfen und unter sich begraben.

„Fuck, Baby", murmelte er, ließ seinen Daumen unter den Stoff ihres Kleides gleiten und liebkoste die Unterseite einer ihrer Brüste.

Yvettes Nägel drückten sich in seine Brust, doch er hieß den

Schmerz willkommen, erkannte, dass es das Einzige war, das ihn aufhielt, ihr die Kleider vom Leib zu reißen und sie schonungslos zu ficken. Das Einzige, das ihm half, seine Beherrschung nicht zu verlieren. Als wüsste sie, was sie mit ihm tat, und ihre Macht genießend wanderte ihre andere Hand zu seinem Hosenbund, glitt den Reißverschluss entlang und umschloss seinen Schaft.

Er stöhnte unfreiwillig und schob seine Hand weiter unter ihr Kleid, bis er ihre Brust umschließen konnte. Der feste Hügel lag schwer in seiner Hand. Er drückte sie leicht und streichelte mit dem Daumen über ihren harten Nippel.

In Reaktion darauf drückte Yvette seinen Schwanz, und er verlor seine Kontrolle. Im nächsten Moment zog er an ihren Haaren, und sie ließ von seinem Hals ab, leckte über die Wunde, bevor sie den Kontakt zu ihm abbrach. Als sein Blick ihren traf, waren ihre Augen leidenschaftlich dunkel und ihre Lippen geschwollen, noch voller als zuvor – perfekt zum Küssen.

Ohne nachzudenken, zog Haven ihr Gesicht zu sich und drückte seinen Mund auf ihren. Ihre Lippen teilten sich mit einem Stöhnen, und er ließ seine Zunge hineingleiten. Gleichzeitig ließ sie von seiner Erektion ab.

Er versuchte, die Gefühle zu bekämpfen, die sie in ihm hervorrief, versuchte, an etwas zu denken – irgendetwas! – das ihn von der gefügigen Frau in seinen Armen fernhalten könnte. Selbst sich daran zu erinnern, dass sie ein Vampir und damit sein Feind war, verringerte die Leidenschaft des Kusses nicht.

Er erkannte, wie sinnlos es war, gegen etwas anzukämpfen, das so stark war wie die Gezeiten des Meeres, etwas, das er weder aufhalten noch kontrollieren konnte. So resignierte er und erkundete ihre feuchte Höhle. Mmm…diese Frau konnte küssen. Irgendwie hatte er das gewusst. Er hatte es gespürt, als er sie zum ersten Mal auf der Premierenparty gesehen hatte. Sie wusste es auch. Ihre selbstbewusste Reaktion auf ihn verriet es. Jeder seiner Stöße war verbunden mit einem ihrer, fordernder und nachdrücklicher als der Letzte, als wollte sie ihn herausfordern. Und hatte sie ihn nicht auf der Party herausgefordert? Hatte sie ihm nicht offen unterstellt, nicht zu wissen, wie man eine Frau wie sie zufriedenstellen konnte?

Er konnte diese Unterstellung nicht auf sich sitzen lassen. Keine

Frau würde ihn schlagen – am Wenigsten eine Vampirin. Er würde ihr zeigen, dass er sich nicht an der Nase herumführen ließ. Er würde ihr zeigen, wer die Hosen anhatte, auch wenn diese Hosen immer enger wurden.

Die Herausforderung annehmend knetete er ihre Brust forcierter, dann nahm er ihren harten Nippel zwischen Daumen und Zeigefinger und zupfte daran. Ihr animalisches Stöhnen verstummte in seinem Mund. Er rang mit ihrer Zunge als duellierte er sich mit einem Krieger, denn das war sie: eine Kriegerin, die ihn bekämpfte, ihn herausforderte; nicht damit er aufhörte, sondern um seinen sinnlichen Angriff auf ihre Kurven fortzusetzen.

Yvettes Kurven waren es wert, erobert zu werden. Trotz ihrer wohlgeformten Muskeln, die mit weicher, seidiger Haut bedeckt waren, war sie weiblich. Ihre Rundungen passten perfekt in seine Handflächen, wie für ihn gemacht. Ihre runden Titten in der Hand zu haben und sie zu streicheln, bis sie unkontrolliert stöhnte, war besser als alles, was er je empfunden hatte. Bei jedem Seufzen wurde sein Körper heißer und sein Schwanz pochte, bettelte nach Erlösung.

Haven neigte seinen Kopf, sodass er eine engere Bindung zu ihr erlangte. Sein Körper drängte ihn dazu, mehr von ihr zu bekommen, sie zu markieren, zu brandmarken, um ihr zu zeigen, dass er ihr geben konnte, was sie brauchte, dass er mehr als Manns genug war, sie zur Ekstase zu bringen.

Eine ihrer Hände grub sich noch immer in seine Brust, doch die andere bewegte sich zurück zu seinem Schritt. Als sie seinen Schwanz erreichte, seine harte Länge streichelte, stöhnte er. Unter seinen Lippen kräuselte sich ihr Mund zu einem Lächeln.

Diese verdammte kleine Verführerin!

Sie wollte, dass er die Kontrolle verlor. Doch das würde er nicht zulassen. Nicht bevor er ihr Hirn in Brei verwandelt hatte und sie alles außer seinem Kuss und seiner Berührung vergessen ließ. Versuchend, ihre liebkosende Hand zu ignorieren, zupfte er erneut an ihrem Nippel, dieses Mal härter. Dann ließ er von ihrem Mund ab und senkte seinen Kopf.

Er fand ihre Brust durch den Stoff des Kleides und leckte darüber. Wäre das Kleid weiß gewesen, hätte er ihren Nippel bereits durchscheinen sehen; der schwarze Stoff offenbarte ihre weiblichen

Geheimnisse jedoch nicht. Seine Bemühungen waren an ihr aber nicht verschwendet, was an ihrem unterdrückten Stöhnen zu erkennen war. Er wiederholte seine Tat, leckte an ihrem steifen Nippel und bemerkte, wie ihr Griff an seinem Glied sich lockerte. Er gewann das Spiel. Bald würde sie sich ihm unterwerfen, und sie würde nach seiner Pfeife tanzen.

***

Yvette konnte kaum noch mehr von seiner leidenschaftlichen Liebkosung ertragen. Sein Kuss war betäubend, hatte alles im Raum ausgeblendet, sodass sie nur ihn und sein Verlangen wahrnehmen konnte. Sie hatte noch nie so offen auf einen Mann reagiert. Sie hatte immer die Kontrolle behalten. Wenn sie ihre Lust stillte, war es immer nach ihren Regeln. Sie bestimmte, wann und wie ein Mann ihr Genuss bereiten durfte.

Dies hier war anders. Haven war anders.

Er fragte nicht; er nahm einfach. Er nahm, und während er nahm, zeigte er ihr flüchtige Blicke der Leidenschaft, die sie tief in ihrem Körper vergraben hatte. Eine Leidenschaft, die sie sich nicht erlaubt hatte zu empfinden, weil sie Angst hatte, ihre Identität und ihr Herz zu verlieren, wenn sie sich jemandem hingab. Ihre Reaktion auf ihn verängstigte sie, und sie hätte ihn sofort wegschubsen sollen. Doch seine Berührung war wie eine Droge für sie. Wie ein Junkie verlangte sie nach mehr.

Sie bewegte ihre Hand zu seiner Schulter – genoss seine wohl geformte Brust und seine harten Bauchmuskeln, doch sie wollte – *brauchte* – ihn näher – sie zog ihn an sich und spürte, wie er durch ihr Kleid an ihrer Brust saugte. Es reichte nicht, sie brauchte mehr. Sie wollte ihn Haut an Haut. Herzschlag an Herzschlag. Als seine Zähne an ihrem Nippel schürften, atmete sie scharf aus. Ein Lavafluss lief durch ihren Kern zu ihrer Klitoris hin. Die Flüssigkeit brannte von innen. Sie brauchte etwas, um das Verlangen, das sich in ihr steigerte, zu lindern. Das Verlangen, ihn zu haben, ihn zu verschlingen, ihn zu kosten.

„Mehr“, bettelte sie, bemerkte dabei kaum, wie rau ihre Stimme klang. Was war aus ihr geworden? Was hatte *er* mit ihr gemacht?

Als wüsste er, was sie brauchte, glitt seine Hand ihren Schenkel entlang, wo ihr Kleid bereits gerissen war. Seine Finger strichen entlang ihrer nackten Haut, bis sie ihr durchweichtes Höschen erreichten. Ein

Finger rieb gegen sie, und sie stöhnte erleichtert. Ja, das war besser, so viel besser. Er würde die Qual erleichtern, unter der sie litt, und dafür sorgen, dass sie sich wieder normal fühlte.

„Ja", ermutigte sie ihn und lehnte ihren Kopf zurück gegen die Wand, ihr Hals konnte das Gewicht nicht länger halten. Ihre Lider waren zu schwer, um sie offen zu halten.

Yvette hielt den Atem an, als Haven seinen Finger unter den dünnen Stoff gleiten und gegen ihr feuchtes Fleisch streichen ließ.

„Was zum Teufel?"

Ihr Körper versteifte sich, und sie riss ihre Augen auf, starrte Haven an. Doch er hatte seinen Kopf zur Seite gedreht, und seine Hände ließen bereits von ihrem Körper ab. Jetzt wurde ihr klar, dass nicht er gesprochen hatte.

Ihre Augen folgten seinem Blick und landeten auf Wesley, der nur ein paar Schritte von ihnen entfernt stand und sie angewidert anstarrte.

Sie hatte alles um sich herum vergessen.

Haven sprang von der Liege auf, die massive Beule in seiner Hose machte noch immer eine deutliche Aussage, die sein Bruder nicht übersah.

Wesleys Gesichtszüge entgleisten. „Du, gerade du! Wie kannst du nur?"

„Halt dich da raus, Wes!"

Doch Wesley war nicht zu stoppen. Er überquerte die Entfernung zwischen ihnen.

„Du Idiot! Siehst du nicht, wie sie dich manipuliert?"

Wesleys Verachtung Vampiren gegenüber tropfte buchstäblich von seinen Worten. Doch es war nicht sein Tonfall, der Yvette auf die Palme brachte. Es war seine nächste Behauptung. „Sie benutzt dich."

Yvette sprang auf, der nasse Stoff klatschte gegen ihre Nippel, erinnerte sie schmerzlich an Havens Berührung. Verdammt, sie war so dumm, sich von ihm in Sicherheit wiegen zu lassen. Er hasste Vampire ebenso wie sein Bruder.

„Sieh den Tatsachen ins Auge, Wesley. Wenn hier einer einen benutzt, dann ist es dein Bruder", widersprach sie.

Haven drehte sich um und warf ihr einen säuerlichen Blick zu. „Wer wechselt denn hier gerade die Fronten? Vor einer Minute noch konntest du nicht genug von meinem Blut bekommen, und jetzt bin ich derjenige, der dich benutzt?“

„Sie hat dich gebissen?“, rief Wesley und zog seinen Pflock aus der Tasche.

„Er hat’s mir angeboten“, schrie Yvette und blickte zu Haven. „Er hat mich sogar dazu gezwungen, weil er dachte, dass ich mich nicht zurückhalten kann, dich oder Kimberly anzugreifen.“

Wesley blickte seinen Bruder ungläubig an. „Du hast ihr dein Blut gegeben? Freiwillig? Wer bist du und was hast du mit meinem Bruder gemacht?“

„Halt den Mund, Wes! Wärst du nicht so dumm gewesen, dann wären wir jetzt nicht in dieser Situation.“

„Oh, jetzt ist es also meine Schuld, dass du ihr erlaubt hast, dich zu beißen?“

„Das habe ich nicht gesagt! Kannst du nicht einmal rational denken? Oder muss ich dich ständig aus jeder Patsche holen, in die du immer wieder hineintappst?“

„Darum geht es also! Na los, mach mich für alles verantwortlich! Warum hast du überhaupt versucht, mir zu helfen, wenn du mich so sehr hasst?“

Yvette hörte ein Knacksen in Wesleys Stimme und erkannte die Belastung, unter der er stand. Er konnte es nicht mehr lange verkraften.

„Ich hasse dich nicht!“

„Doch, das tust du. Du hasst mich, weil ich Katie nicht in Sicherheit gebracht habe.“

Ein langer Moment voller Spannung verstrich, in dem keiner sprach. Nur das Knarren der dritten Liege war zu hören, das zeigte, dass Kimberly bei dem Geschrei aufgewacht war.

Yvette blickte in ihre Richtung und erkannte den verwirrten Blick, der über ihr Gesicht flog. Doch das Mädchen sagte nichts.

Dann blickte Wesley Yvette abwägend an. „Gott, Haven, du willst sie? Wie kannst du nur? Sie repräsentiert alles, was wir verabscheuen.“

„Ich will sie nicht.“

Havens schneller Widerspruch tat weh. Obwohl Yvette wusste, dass sie nichts von ihm wollte, verletzte die Zurückweisung doch ihr Ego.

„Wie erklärst du dann das, was ich gerade gesehen habe? Du warst kurz davor, sie zu ficken.“

Wesleys Beschreibung hätte nicht präziser sein können. Seine

Hände ein oder zwei Minuten länger auf ihrem Körper, und sie hätte die Beine für ihn breitgemacht und sich nicht darum geschert, wer zuschaute. Verdammt, sie hatte völlig vergessen, wo sie war.

Haven streifte sich mit der Hand durch sein volles Haar, pure Verwirrung und deutliche Reue in seinem Ausdruck. „Ich weiß nicht, was mich geritten hat."

Yvette schloss einen Moment die Augen. Ein Nähren konnte Erregung in dem Spender als auch in dem Vampir hervorrufen. „Wesley, du solltest deinem Bruder nichts vorwerfen. Es ist nicht seine Schuld. Es war nur der Nebeneffekt der Fütterung."

„Nebeneffekt?", wandte sich Haven an sie.

Yvette versuchte, unbeeindruckt zu klingen, wappnete sich für seine nächste Reaktion. „Für einen selbst ernannten Vampirjäger weißt du ganz schön wenig über uns."

„Spuck's aus, Yvette." Seine Stimme war jetzt hasserfüllt. Der leidenschaftliche Mann, der sie heiß gemacht hatte, hatte sich in Luft aufgelöst.

Sie verschränkte die Arme vor ihrer Brust, erkannte zu spät, dass sie damit eine Ablage für ihre Brüste erschuf, was diese hervorhob, als würde sie sie anbieten. Was sie natürlich nicht beabsichtigte! Doch es war zu spät, die Bewegung abzuwenden, ansonsten hätte sie noch weitere Aufmerksamkeit auf ihren Busen gezogen. Als sie zu Haven blickte, erkannte sie, dass es ohnehin nutzlos war: Sein Blick hatte ihre Brüste bereits eingefangen, bevor er ihr ins Gesicht schaute.

Es gab Zeiten, wo sie sich wünschte, sie wäre weniger üppig ausgestattet. Dies war einer dieser Momente.

Yvette räusperte sich. „Ein Vampirbiss verursacht sexuelle Erregung. Sowohl bei dem Spender als auch bei dem Vampir."

„Oh, verdammte Scheiße!"

Sie konnte dieser Aussage nur zustimmen, doch aus einem anderen Grund. Während Haven sich offensichtlich von ihr hintergangen fühlte, bedauerte Yvette, dass die Erregung nicht echt war. Er hatte lediglich wegen des Bisses auf sie reagiert und nicht, weil er sich zu ihr hingezogen fühlte – während ihre eigene Erregung, verstärkt von dem Biss, echt war.

Sie erinnerte sich noch gut an die Zeiten, als sie sich direkt von Menschen ernährt hatte – bevor sie mit dem in Flaschen abgefüllten

Blut begonnen hatte – und die Erregung gespürt hatte, die eine Fütterung mit sich brachte. Doch nie war es so stark gewesen.

Sie war immer in der Lage gewesen, es zu kontrollieren oder zu stoppen. Dieses Mal nicht. Dieses Mal war sie nicht in der Lage, die Lust zu kontrollieren; stattdessen kontrollierte die Lust *sie* und hatte sie vollkommen aufgepeitscht. Alles, woran sie denken konnte, war, dass sie von ihm trinken wollte, während er in ihr war. Kein anderer Gedanke hatte existiert.

„Du hast mich benutzt“, murmelte Haven. Sein Ausdruck war eine Mischung aus Demütigung und Reue. „Wenn du mir je wieder nahe kommst, werde ich dich pfählen.“

Yvette wandte sich von ihm ab, konnte ihm nicht mehr ins Gesicht blicken. Er hasste sie. Und sie wusste, dass auch sie ihn hassen musste. Und sie würde ihr Bestes geben, die kleinen Empfindungen in sich, die drohten, zu Gefühlen heranzuwachsen, im Keim zu ersticken. Sie würde es nicht zulassen, Gefühle für ihn zu entwickeln. Haven war ihr Feind. Und als solchen würde sie ihn auch behandeln.

13

Der Hund, der draußen vor Samsons Haus gebellt hatte, war nicht Yvettes, woraufhin sich Zanes Hoffnung schnell wieder zerschlagen hatte. Keiner wusste, wo der Köter, der Yvette gefolgt war, sein könnte. Vorerst war es eine Sackgasse. Zum Glück gab es jedoch noch andere Wege, die sie erkunden konnten.

Dank der Diebstahlsicherung war die Limousine, mit der Yvette und Kimberly unterwegs waren, in Richmond, einem verschlafenen Stadtteil San Franciscos, gefunden worden. Es war offensichtlich, dass das Auto dort zurückgelassen worden war. Amaury durchsuchte den Wagen gerade, um Spuren von Yvette und Kimberly zu finden, und um herauszufinden, was passiert sein könnte. Zum Glück waren keine Blutspuren im Auto vorhanden.

Zane funkelte den Fahrer der Limousine an, als er ihn gegen das Auto hinter ihm drückte. Es war noch taghell, doch einer der menschlichen Angestellten von Scanguards hatte Zane zu dem Haus des Fahrers in den Außenbezirken San Franciscos gefahren. Er hatte sich zu Hause versteckt, vorgegeben, nicht da zu sein. Doch der Scanguards Angestellte war in das Haus eingebrochen und hatte den Bewohner überwältigt, ihn dann in einen Vorratsschrank in der Garage eingesperrt, bevor er den verdunkelten Van hereinfuhr, sodass Zane aussteigen konnte.

Es schien, als benutzte er die große Garage als illegale Autowerkstatt; die Fenster waren verbarrikadiert, sodass die Nachbarn nicht sehen konnten, was drinnen vor sich ging.

Zane blickte den zitternden Mann an und wiederholte seine Frage. „Warum hast du das Auto und die Insassen zurückgelassen?“

Die Augen des Mannes schossen nervös in sämtliche Richtungen, Angst und Misstrauen waren ihm ins Gesicht geschrieben. „Ich habe nix Schuld.“ Er sprach mit starkem Akzent, welcher auf eine osteuropäische Abstammung hindeutete.

„Woran?“

„Polizei. Nix Schuld.“

Zane packte ihn am Hemdkragen und inhalierte den Schweiß des

Mannes. Er roch nach Angst, einem Geruch, den er verabscheute. „Ich bin nicht die Polizei. Ich bin viel schlimmer."

„Einwanderungsbehörde?", flüsterte er.

„Einwanderungsbehörde?" Zane legte seine Stirn in Falten.

Der Mann hatte Angst, ausgewiesen zu werden. Deshalb war er davongelaufen, ohne eine Anzeige zu machen? Jämmerlich.

„Hör zu. Mir ist es egal, ob du ein Visum hast oder nicht. Mich kümmert es nicht mal, ob du Steuern zahlst. Ich will lediglich wissen, was mit meinen Freunden geschehen ist. Hast du das verstanden?"

Der Mann schluckte schwer und nickte, seine Augen noch immer riesengroß wie Untertassen. „Sie sagen nicht Behörde?"

Als Antwort schüttelte Zane den Kopf. „Keine Behörde."

„Ein Mann, er angreift, als sie erreichen Auto. Ich gehen raus und will helfen. Aber Miss Yvette ihn angreifen wie Ninja oder so. Ich denken sie nix braucht Hilfe. Und dann war Rauch, Sie wissen, *puff*." Er hob seine Hände vor sein Gesicht und machte eine theatralische, explodierende Bewegung. „Und sie hinfallen."

Zane lauschte gespannt. Rauch? „Welche Art Rauch? Hat es gebrannt?"

„Nein, nix Feuer. War sonderbar. Rauch, aber nix Feuer. Vielleicht Rauch wie in Disco. Sie wissen?"

Verdammt, das hörte sich nach etwas an, mit dem er sich nicht herumärgern wollte. Rauch ohne Feuer war nie etwas Gutes. Und was der Fahrer beschrieb, klang mehr und mehr nach etwas, das einer Hexenküche entstammte.

„Hast du den Kerl gesehen, der sie angegriffen hat?"

Er nickte. „Ja. Großer Mann. Mit groß Muskeln."

Das war nicht gerade viel. Aber Zane kannte einen todsicheren Weg, um herauszufinden, wie der Kerl ausgesehen hatte. „Du kommst mit mir mit."

„Nein. Ich habe gesagt alles, was weiß ich."

Der Mann wehrte sich, doch für Zane war es lediglich so viel Widerstand, wie eine Maus einer Katze entgegenbringen konnte.

Zane schob sein Opfer zu dem verdunkelten Van und öffnete die Türe, dann schubste er den Mann gegen seinen Willen hinein.

„Bring uns zu Gabriels Haus. Auf dem schnellsten Weg", befahl er dem Fahrer, schloss die Türe und ließ die Dunkelheit ihn umfangen, während er versuchte, das Wimmern von Kimberlys Chauffeur auszublenden.

Wie Zane ängstliche Leute hasste – Warmduscher, Feiglinge, Hasenfüße, alle. Als wüssten sie, was wahre Angst, wahres Grauen war. Er kannte all das. Er hatte es durchlebt und war auf der anderen Seite herausgekommen: erschüttert, gebrochen, doch lebendig. Sein Herz war schon hunderte Male gestorben, doch sein Körper war stärker denn je. Zane hatte vor nichts mehr Angst. Vielleicht verabscheute er den Geruch deshalb so. Es kümmerte ihn nicht, ob der Fahrer sich jetzt vor ihm fürchtete und Angst davor hatte, was mit ihm passieren könnte. Es zählte nicht, nicht, wenn die Erinnerungen des Mannes ihm helfen konnten, Yvette zu finden.

Seine Familie war alles, was für ihn wichtig war. Und wenn der illegale Chauffeur die benötigten Informationen geben konnte, würde Zane vielleicht sogar die unangenehmen Erinnerungen aus seinem Gedächtnis löschen.

Bis sie bei Gabriels Haus ankamen und in die Garage hineinfuhren, wo er sicher aussteigen konnte, fühlte sich Zane schon wieder etwas ruhiger. Er wusste, dass Gabriel alles, was er nur wollte, aus dem Gedächtnis des Mannes herausholen konnte. Zane beneidete seinen Chef um seine Gabe – Gabriel konnte Vergessenes wieder heraufbeschwören – eigentlich beneidete er alle seine Kollegen, die eine besondere Fähigkeit besaßen. Denn er schien nicht mit einer gesegnet worden zu sein, außer, jemandem Schmerzen zuzufügen, war eine Gabe. Selbst Zane glaubte dies nicht.

Ohne zu zögern, schleppte er den Mann nach oben in Gabriels Büro, wo sein Chef sich aufhielt. Sofort drehte sich Gabriel zu ihnen.

„Zane, wer ist das?"

„Der Fahrer. Er hat den Angriff auf Kimberly und Yvette beobachtet."

Zane wollte keine Zeit damit verschwenden, zu wiederholen, was der Chauffeur ihm erzählt hatte. „Er weiß, wie der Angreifer aussieht. Es ist in seinen Erinnerungen." Er sah seinen Vorgesetzten eindringlich an.

Gabriel hielt seinem Blick für einen langen Moment stand, dann nickte er. „Das ist ein Notfall. Wir müssen es erfahren."

Zane verstand Gabriel sofort: er benutzte seine Gabe, sich in anderer

Leute Gedanken zu schalten nie aus Neugierde, sondern nur, wenn es wirklich notwendig war. Er war davon überzeugt, dass die Privatsphäre des Einzelnen gewahrt werden musste.

Gabriel blickte den Mann an und deutete zu einem Stuhl. „Setzen Sie sich. Sie wollen es doch bestimmt bequem haben."

„Was Sie mit mir machen?"

Die Stimme des Mannes und der Versuch, sich von Gabriel zurückzuziehen, als dieser sich näherte, deuteten darauf hin, dass er in Panik war. Gabriels hässliche Narbe war vermutlich etwas abschreckend, besonders wenn sie bebte, wie sie es gerade tat. Der Mann hatte ja keine Ahnung, dass er keine Angst vor dem vernarbten Vampir haben musste, dessen Prinzipien ihm verboten, anderen etwas anzutun.

„Es wird nicht wehtun. Keine Angst." Gabriel legte seine Hände auf die Schultern des Fahrers und drückte diesen in den Stuhl. „Wird nicht lange dauern." Dann schloss er seine Augen und wurde ruhig.

Die Augen des Fahrers schossen zwischen ihm und Zane hin und her. Seine Schultern waren nach vorne gezogen, seine Atmung unregelmäßig. Zane konnte spüren, wie die Herzfrequenz des Fahrers stieg, konnte den Schrecken in dessen Angstschweiß wahrnehmen. Trotz seiner Absicht aufzustehen schaffte er es nicht: Gabriels Hände auf seinen Schultern drückten ihn immer noch ohne Probleme in den Stuhl.

Von außen konnte keiner sehen, was Gabriel tat, doch Zane wusste, wie die Gabe seines Chefs funktionierte. Er schlüpfte in die Erinnerungen, indem er sich auf die gleiche Wellenlänge brachte, dann reiste er in Gedanken zurück bis zu dem Zeitpunkt, als das Ereignis geschehen war, das er sich ansehen wollte. Sobald er dort angelangt war, würde das Geschehnis wie ein Film vor ihm ablaufen, und er konnte alles vom Blickwinkel dieser Person aus sehen.

Nach einigen Minuten der Stille öffnete Gabriel seine Augen und sah Zane direkt an. „Hexenkraft. Verdammt!"

Zane nickte. Das hatte er vermutet. „Brauchen wir Francine?"

Gabriel blickte ihn lange an, während zwiespältige Gefühle sich auf seinem Gesicht widerspiegelten. „Leider ja. Wenn ich nur wüsste, was sie *dieses Mal* für ihre Hilfe verlangen wird. Ich wünschte, die Frau würde Geld nehmen."

Zane zuckte mit den Schultern. Ein Gefallen wurde nun mal mit einem Gefallen wieder gut gemacht. Dank ihres langen Lebens hatten die meisten Vampire mehr Geld, als sie benötigten. Es bedeutete also letztendlich nicht viel für sie. Dienstleistungen dagegen waren eine ganz andere Währung, von der ihre Welt abhängig war. Es war manchmal ein Fluch, doch es ließ einen auch gut überlegen, wen man um einen Gefallen bat.

14

„Warum hast du jetzt lange Haare?“

Yvette drehte sich auf Kimberlys Frage hin um und beobachtete, wie sie ihre Beine unter sich schlang, während sie sich auf die Liege setzte. Kurz schielte sie in Havens Richtung. Sein Bruder und er standen in der gegenüberliegenden Ecke des Raumes und unterhielten sich leise; trotzdem schaute Haven sie von unter seinen langen dunklen Wimpern an. Es sollte verboten sein, dass ein Mann so sexy aussehende Wimpern hatte.

Mit einem resoluten Achselzucken wandte sie sich Kimberly zu. „Sie wachsen, während ich schlafe.“

Kimberly schürzte ihre Lippen. „Meine auch. Aber keine 30 Zentimeter in einer Nacht.“

Yvette seufzte, wollte die Gründe für ihr tägliches Haareschneiden nicht offenlegen. Doch da sie wollte, dass sich ihre Klientin ihr gegenüber wohlfühlte, musste sie wohl ein bisschen Small Talk machen.

„Es wächst auf die Länge, die ich hatte, als ich zu einem Vampir wurde. Da ich aber keine langen Haare haben möchte, schneide ich sie jeden Tag ab.“

„Wow.“ Kimberly schaute sie fasziniert an. „Aber warum magst du sie nicht lang? Du siehst hübsch damit aus.“

Yvette konnte das bittere Lächeln nicht unterdrücken. Die langen Haare erinnerten sie an die Frau, die sie vor 50 Jahren gewesen war: die Frau, die ihren Ehemann nicht glücklich machen konnte, die ihm nicht geben konnte, was er wollte. Das Kind, das er sich wünschte. Sie wollte sich nicht an diese Zeiten erinnern. Und sie wollte sich einem Fremden nicht so öffnen. Verdammt, nicht einmal ihre Freunde und Kollegen bei Scanguards wussten es.

„Ich bevorzuge sie kurz.“

„Also… wie lebt es sich so als Vampir?“

Yvette schloss einen Moment lang die Augen. Wo sollte sie anfangen? Es gab so vieles, das anders war. Doch auch so viel, das gleich war. Sie hatte Gefühle und Wünsche, genau wie ein Mensch. Doch sie waren verstärkt, verursachten unerfüllbare Begierden, die schwer zu ertragen waren und unmöglich zu ignorieren. Sie zuckte mit den Schultern, konnte die Frage nicht beantworten, ohne Dinge auszuplaudern, die sie lieber für sich behalten wollte.

„Ist es wahr, dass ihr Leute beißt und sie verletzt?"

Was war das? Ein Frage-Antwort-Spiel?

Aus dem Augenwinkel sah Yvette, wie Haven seinen Kopf zu ihnen drehte. Auf einmal war sie dankbar für ihr langes Haar und ließ es sich wie einen Vorhang ins Gesicht fallen, versperrte seinem harmlos wirkenden Blick die Sicht. Dann zwang sie sich für Kimberly zu einem Lächeln.

„Nein. Ich verletze keine Menschen. Ich beiße sie nicht einmal. Ich trinke Blut aus Flaschen."

Das Mädchen spähte zu den Brüdern, dann zurück zu ihr. Sie sprach leiser, als sie fortfuhr. „Aber du hast ihn gebissen, oder?" Ihre Augen schnellten zur Seite, um anzuzeigen, wen sie mit *ihn* meinte. Nicht, dass es nötig gewesen wäre. „Ich schätze, er hat's verdient."

Yvette blickte sie fassungslos an.

„Weil er uns entführt hat, meine ich. Wenn ich könnte, würde ich ihn auch verletzen."

„Kimberly, der Biss eines Vampirs tut nicht weh. Es ist… ähm, angenehm."

„Oh", sagte Kimberly und lief rot an wie eine reife Tomate.

Ein Schnauben aus der Ecke sagte ihr, dass Havens Gehör doch besser war, als sie gedacht hatte und dass er nicht zugeben wollte, wie *angenehm* der Biss für ihn gewesen war. Yvette versuchte, ihn auszublenden, doch seine Anwesenheit war zu erdrückend. Tatsächlich schien etwas nicht normal zu sein. Ihre Sinne schienen sich zu überschlagen, jetzt, da sie sich ernährt und von dem Hexengift erholt hatte. Und nicht nur das – sie roch Dinge, die nicht möglich schienen.

Yvette beugte sich etwas nach vorne. Jetzt, da sie näher an dem Mädchen war, nahm sie den Geruch von etwas auf, das vorher noch nicht da gewesen war: einen leichten Unterton von Hexe, fast, als hätte Bess sich an Kimberly gerieben …

Ohne nachzudenken, griff sie nach Kimberlys Arm, brachte ihn zu ihrer Nase und roch daran.

Das Mädchen rief empört: „Was tust du da?"

Bevor sie Kimberly versichern konnte, dass sie ihr nichts antun wollte, stürzte sich Haven auf sie wie ein angreifender Stier – verdammt, sie konnte spüren, wie der Boden unter ihren Füßen zitterte! Nein, es gab nichts Graziles an ihm. Yvette sprang von der Liege auf und drehte sich um, bevor er sie packen konnte. Doch klebte er schon fast an ihr.

„Mein Blut hat dich nicht befriedigt? Jetzt willst du auch noch ihres?“ Er schaute sie wütend an, seine Augen waren weit geöffnet und funkelten sie an. Er war kurz davor, hochzugehen.

„Ich habe sie nicht angegriffen.“ Yvette stemmte sich gegen ihn, was ihn gegen die Wand hinter sich taumeln ließ. „Du ziehst ganz schön schnell deine Schlüsse.“

Wesley eilte seinem Bruder zur Seite, den Pflock drohend in der Hand. „Fass ihn nicht an, du Schlampe!“

Yvette rollte mit den Augen.

„Ich kann das alleine regeln, Wes“, schnappte Haven zu seinem Bruder, stand wieder auf und ging auf Yvette zu, während er Wes kurz von der Seite anschaute. „Du weißt, was wir besprochen haben.“

Oh, sie hatte gehört, wie sie diskutiert hatten, wie sie entkommen könnten. Dumme Ideen, ausnahmslos: zu versuchen, die Hexe beim nächsten Mal, wenn sie Essen brachte zu überrumpeln. Und sie wollten, dass Yvette ihnen half – was der einzige Grund war, warum Wesley zugestimmt hatte, sie am Leben zu lassen. Vorerst. Als würde der Plan funktionieren. Alles, was es bringen würde, war ein Stoß von Bess’ Energie.

Yvette wollte an ihrem eigenen Plan festhalten. Sie musste die Hexe überlisten. Nachdem sie darüber nachgedacht hatte, war sie sich ziemlich sicher, dass Bess innerhalb des Raums sein musste, der mit dem Zauber beschützt war, um ihre Kräfte anzuwenden. Das schloss nur dummerweise die Idee aus, sie anzugreifen, während sie im Raum war. Denn da könnte sie sich schließlich verteidigen. Diese Versuche würden also scheitern. Es musste einen anderen Weg geben. Nur ein Angriff von außen würde funktionieren.

„Übrigens, keiner eurer Fluchtpläne wird klappen“, sagte Yvette beiläufig.

Haven blickte sie verärgert an. „Und was schlägst du vor?“

„Ich, für meinen Teil, werde warten, bis meine Kollegen mir zu Hilfe kommen.“ Es war der einzig mögliche Weg. Doch Yvette musste versuchen, sie vor dem Zauber und den Kräften der Hexe zu warnen, damit sie sich darauf vorbereiten konnten.

„Welche Kollegen?"

„Scanguards. Schon mal gehört? Ich dachte, du hast deine Hausaufgaben gemacht, bevor du uns entführt hast. Scanguards hat die besten Bodyguards im Lande. Und viele von ihnen sind wie ich: Vampire. Schwer zu besiegen."

Haven schaute überrascht. „Was lässt dich annehmen, dass diese herzlosen Kreaturen dich befreien werden?"

Dieser Schlag tat weh. Ihre Freunde waren nicht herzlos. Yvette schnaubte. „Schon mal was von den Musketieren gehört? ‚Einer für alle, alle für einen'? Genauso läuft es auch unter meinesgleichen. Sie werden kommen." Dieses Wissen gab ihr Kraft.

„Nun, ich werde nicht auf eine Horde *Vampire* warten, die hier eintrudeln sollen – glaubst du, wir sind lebensmüde?", rief Wesley.

Haven blickte sie an und schüttelte den Kopf. Er bewegte sich auf sie zu. „Da muss ich meinem Bruder zustimmen."

Er war nur noch ein paar Schritte von ihr entfernt. Dachte er, er könnte sie überwältigen? Sie mit seinen Worten verwirren und sich dann auf sie stürzen? Dachte er noch immer, dass sie Kimberly etwas antun wollte?

„Einen Schritt weiter, und dein Bruder wird deine Überreste von der Wand kratzen müssen", warnte sie Haven.

Yvette erkannte, wie ein kaum sichtbares Zucken durch seinen Körper lief. Er versteckte es gut, dass ihre Worte ihn trafen. Er hatte sich offensichtlich dazu entschlossen, sich ablehnend zu verhalten, und sie reagierte lediglich darauf.

„Als wollte ich dir näher kommen."

Trotz seiner Worte klang seine Stimme keineswegs so kalt, wie sie erwartet hatte. Irgendwo steckte in diesen sechs Worten eine gehörige Portion aufgestauter Emotionen. Sein Problem, nicht ihres, sagte sie sich.

„Wenn es nicht mein Körper ist, was du willst, was ist es dann?", stichelte sie.

„Schau, wie sie wieder versucht, dich zu manipulieren", warf Wesley ein und trat neben ihn.

Ohne den Blick von Haven abzuwenden oder ihren Kopf zu

bewegen, verstärkte sie ihre Warnung: „Wenn dein kleiner Bruder etwas Dummes tut, wird er dafür bezahlen müssen."

„Und wenn du Kimberly noch einmal berührst und versuchst, ihr weh zu tun, dann wirst *du* dafür bezahlen müssen", antwortete der naive Junge.

Yvette blinzelte zweimal. So hatte diese Konfrontation begonnen. Sie hatte Kimberlys Arm angefasst und an ihrer Haut gerochen, dann hatte Haven sie unterbrochen, doch jetzt war sie wieder bei der Sache. Sie erinnerte sich daran, was sie Kimberly fragen wollte.

„Kimberly", rief sie, ohne die beiden Brüder aus den Augen zu lassen.

„Was?"

„Erzähl mir, was die Hexe mit dir gemacht hat."

„Was hat das damit zu tun, dass du sie angreifen wolltest?", fragte Haven.

„Sehr viel." Sie versuchte nicht einmal, ihm zu widersprechen. Warum auch? Er würde doch nicht zuhören. Er hatte sich seine Meinung über sie bereits gebildet. Für ihn war sie ein blutrünstiger Killer, der sich nicht um die Gefühle anderer scherte. Seine Einschätzung könnte nicht weiter von der Realität entfernt sein.

„Wenn du versuchst, Entschuldigungen zu finden –"

„Kimberly stinkt wie eine Hexe."

Yvette atmete tief ein, ihre Nasenflügel flatterten in Richtung der Brüder. Ja, der Gestank kam eindeutig auch von ihnen. Es war nicht nur etwas, das in der Luft hing, weil die Hexe hier gewesen war.

„Und ihr beide auch."

***

Von Yvette beschuldigt zu werden, wie eine Hexe zu stinken, hatte er nicht gerade erwartet. Nicht, dass es direkt eine Beleidigung dargestellt hätte, doch die Art, wie sie das Wort ‚Hexe' ausgesprochen hatte, ließ es wie ein Schimpfwort klingen.

„Was willst du damit sagen?", fragte er, unfähig, seinen Ärger unter Kontrolle zu halten.

Yvette ging ihm unter die Haut und musste dafür noch nicht mal viel tun. Sich von ihr fernzuhalten und sie nicht auf die nächste flache Ebene zu werfen, kostete ihn all die Kraft, die er noch übrig hatte. Und sein Bruder schaute ihn deshalb auch noch schief an. Die Latte, die Haven vorher gehabt hatte, war Wesley nicht entgangen. Dieser hatte diese Erkenntnis natürlich als Heimzahlung dafür genutzt, wie Haven ihn all die Jahre getadelt hatte, dass Wes immer nur mit seinem Schwanz dachte.

Wie hatte er sich so gehen lassen können, als Yvette sich von ihm ernährt hatte? Und, verdammt noch mal, warum hatte sie ihn nicht vor dem Nebeneffekt gewarnt? Genoss sie seine Demütigung so sehr?

„Es geht darum, dass ihr drei *jetzt* wie Hexen riecht. Es ist schwach, aber es ist da."

Wesley schüttelte den Kopf. „Das ist doch lächerlich. Du versuchst nur, uns zu verwirren."

Yvette strafte ihn mit einem genervten Blick, gab Haven damit die Chance, seine Augen auf ihrem wunderschönen Gesicht verweilen zu lassen. Selbst verärgert sah sie sexy aus.

„Um was zu tun?"

Mit einer Bewegung, so schnell, dass Havens Blick ihr kaum folgen konnte, lief sie auf Wesley zu und drückte ihn gegen die Wand.

„Hör zu, du arrogantes kleines Arschloch. Wenn ich dich – oder *irgendjemanden* – in diesem Raum tot sehen wollte, dann wäre es längst geschehen."

Sie drehte ihren Kopf zur Seite, als sie sah, dass Haven sich näherte. „Ich bin kein Killer."

Yvette wartete und hielt seinem Blick stand. Und verdammt noch mal, wenn er in diesem Moment nicht wusste, dass sie sie Wahrheit sagte.

„Nicht wenn ich nicht gerade dazu gezwungen werde. Also geh mir nicht auf die Nerven!"

Das leichte Beben in ihrer Stimme war kaum hörbar, doch Haven bemerkte es nichtsdestotrotz. War sie an der Grenze ihrer Belastbarkeit?

Yvette ließ Wesley los und ging langsam wieder dahin, wo Kimberly, die etwas verstört aussah, noch immer saß.

„Ist alles in Ordnung?", fragte sie das Mädchen.

Kimberly starrte sie ausdruckslos an. „Lass mich nachdenken: Ich bin mit zwei fremden Männern eingesperrt, einer davon hat mich entführt; ihr alle drei streitet euch pausenlos; der Raum wird von einer Hexe bewacht, die versucht hat, in meinen Kopf einzudringen; es stellt sich heraus, dass mein Bodyguard ein Vampir ist, und jetzt sagst du mir, dass ich wie eine Hexe rieche. Nein, Yvette, es ist nicht in Ordnung“, kam sie mit einem Schluchzen zum Ende.

Bereit einzugreifen, falls nötig, beobachtete Haven Yvette, wie sie sich neben Kimberly setzte und sie in ihre Arme zog. Es erinnerte ihn daran, wie angenehm es sein konnte, von ihr umarmt zu werden.

„Shhh, Kindchen. Alles wird gut. Ich verspreche es.“ Sie tätschelte Kimberlys Rücken und streichelte über ihr Haar, als die Tränen flossen.

Haven starrte Yvette an. Er hatte nicht erwartet, dass sie Mitleid zeigen und Kimberly trösten würde. Konnte ein Vampir Gefühle wie diese empfinden? Waren ihre Reaktionen aufrichtig oder gab sie sie nur des Mädchens wegen vor?

Haven blickte zu Kimberly, hatte Mitleid mit ihr. Sie war unschuldig, und er war für ihre derzeitige Lage verantwortlich zu machen. Er wollte zu ihr gehen und irgendwie helfen. Doch in dem Moment, in dem Yvette ihn warnend anblickte, bemerkte er, dass er sich ihnen genähert hatte. Er nickte Yvette zu, zeigte ihr damit, dass er endlich begriffen hatte, dass sie ihre Klientin nicht verletzen würde.

„Ich möchte nach Hause“, jammerte Kimberly.

„Ich weiß. Noch ein paar Stunden. Sobald es draußen dunkel wird, werden meine Kollegen hier sein – das weiß ich. Sie werden uns finden.“

Havens Blick traf auf Yvettes. „Wie kannst du dir da so sicher sein?“

„Sie sind meine Familie. Würdest du deine Familie im Stich lassen?“

Er versuchte, den Schmerz zu verstecken, der bei den Erinnerungen durch ihn schnitt. Nur die Hälfte seiner Familie war noch übrig, und wenn er nicht bald etwas unternahm, dann wären sie irgendwann alle weg.

„Du schlägst also vor, dass wir warten, bis sie uns befreien?“, fragte Haven. Wie konnte sie nur so passiv sein? Er hatte gesehen, wie sie kämpfte, und wusste daher, dass sie sich vor nichts und niemandem fürchtete. Was ließ sie jetzt die Hände in den Schoß legen?

„Wie leichte Beute? Dämlich! Wir sollten versuchen, auszubrechen“, warf Wesley jetzt mit ruhigerer Stimme ein. Er klang nicht so hasserfüllt wie zuvor. Er blickte zu Haven, dann zurück zu Yvette.

„Unmöglich“, beurteilte Yvette. „Glaubt ihr nicht, dass ich das längst versucht hätte, wenn es funktionieren würde? Wir kommen nicht an dem Zauber vorbei. Nicht einmal meine Vampirkräfte können uns helfen, die Türe einzutreten oder das verbarrikadierte Fenster einzuschlagen. Hexenkraft ist ein Fluch. Und ich werde damit nicht herumspielen. Meine Kollegen werden sie von außen angreifen müssen. Es ist der einzige Weg.“

„Welche Garantie haben wir, dass deine Vampir-Freunde uns nicht umbringen? Es kann dir nicht entgangen sein, dass wir keine Bedenken haben, deinesgleichen zu vernichten.“

„Wes!“, rief Haven warnend, fühlte sich unwohl, dass dieser seine Vergangenheit vor Yvette entblößte.

Aber Wesley gab nicht nach. „Es ist wahr. Jetzt rede nicht um den heißen Brei rum! Nur weil du plötzlich Skrupel hast.“

Wes hatte recht. Er hatte Skrupel, und sie wurden mit jeder Minute größer, die er mit Yvette verbrachte. Sie war nicht das, was er von einem Vampir erwartet hatte. Ihre Loyalität Kimberly gegenüber und ihre ständige Bestätigung, dass sie sie beschützen würde, waren Facetten von Yvettes Persönlichkeit, die er einfach nur bewundern konnte. Die Sanftheit, mit der sie ihre Klientin wiegte, wie sie sie an ihrer Schulter ausweinen ließ, war das Letzte, was er von einem Vampir erwartet hatte. Gebündelt mit ihrer Stärke und der Entschlossenheit, die sie an den Tag legte, wirkte sie wie eine Mutter, die ihr Kind beschützte.

„Sie werden euch nicht verletzen, wenn ihr ihnen nichts tut. Aber ich muss euch warnen: Wir müssen dafür sorgen, dass sie wissen, dass ihr keine Gefahr für sie darstellt; ansonsten werden sie sich gegen euch verteidigen. Und wenn man bedenkt, dass ihr wie Hexen stinkt, werden sie euch als den Feind sehen.“

Da war sie wieder, ihre Anschuldigung, sie seien Hexen. „Du musst dich irren. Vielleicht riechst du die Hexe da draußen. Doch wie ich schon gesagt habe, Wes und ich haben die Kräfte unserer Mutter nicht geerbt. Wir sind keine Hexen.“

Yvette schüttelte den Kopf. „Das ist unmöglich; es überspringt nie eine Generation. Und dass nicht einmal eines der beiden Kinder einer Hexe ihre Kräfte erbt? Das kann nicht sein.“

Wes schlurfte näher zu ihnen. „Vielleicht hat Katie Mutters Kräfte geerbt.“

„Katie?“, fragte Yvette.

„Unsere Schwester“, erklärte Haven. „Sie wurde von einem Vampir entführt.“

„Und dann wurde sie nie wieder gesehen“, fügte Wesley an.

Yvette blickte ihn voller Mitleid an. „Es tut mir leid. Kein Wunder, dass ihr uns so sehr hasst.“

„Es ist schon lange her. Aber ich erinnere mich daran, als wäre es erst gestern gewesen.“ Haven fing Yvettes erwartungsvollen Blick auf. Es ermutigte ihn, fortzufahren. „Mutter wurde in der Küche angegriffen. Ich habe versucht, ihr zu helfen. Aber ich war nicht stark genug. Ich war noch ein Kind. Der Vampir hat ihr gesagt, sie müsse eines von uns Kindern hergeben. Ich verstand erst nicht, was das bedeutete, doch als er Katie mit sich nahm, nachdem er Mutter umgebracht hatte, wusste ich es. Er sagte, er brauche nur einen von uns Dreien. Nur einen. Und Katie war am einfachsten mitzunehmen.“

Es war noch immer schwierig, darüber zu sprechen. Haven schloss für einen Moment die Augen und atmete tief durch. Würde Yvette verstehen, dass, was für eine Anziehungskraft auch immer zwischen ihnen war, dies nie weitergehen konnte? Dass er die Erinnerung an seine Mutter und seine Schwester nicht in den Dreck ziehen konnte, indem er sich mit einem Vampir einließ?

„Drei“, flüsterte Yvette. „Drei.“

Haven öffnete seine Augen und starrte sie an. Erkenntnis erschien in ihren Augen, als ob sich plötzlich Puzzleteile zusammenfügten. Sie packte Kimberly an der Schulter und hielt sie von sich weg.

„Die *Macht der Drei*. Das war es, was der Vampir meinte.“ Yvette blickte Haven an. „Deshalb hat er gesagt, er braucht nur einen von euch. Einen von drei.“

„Was?“, fragte Wesley, seine Stimme so verwirrt, wie Haven sich fühlte. Er hatte keine Ahnung, wovon Yvette sprach.

Sie sprang auf. „Seht ihr es nicht? Der Vampir wollte euch drei auseinanderreißen. Wes, dich und Katie. Die drei Kinder einer Hexe.“

„Und Mutter töten“, bellte Wesley.

Haven schüttelte den Kopf. „Nein, er wollte sie nicht umbringen. Er sagte, er hätte sie am Leben gelassen, doch sie hatte gegen ihn gekämpft. Er hat sie getötet, weil sie versucht hatte, ihn zu verzaubern. Sie ist für uns gestorben, weil sie keinen von uns weggeben wollte.“

Yvette nickte. „Er wollte lediglich die drei Geschwister voneinander trennen. Die Macht zerstören.“

„Und was soll das bedeuten?“, fragte Haven neugierig.

„Es gibt diese Legende, dass drei Kinder einer Hexe die Machtverteilung in der Unterwelt kippen können, die Balance zwischen Vampiren, Hexen und Dämonen. Ich weiß nicht viel darüber. Aber wenn du und dein Bruder zwei der Geschwister seid, dann vermute ich den Grund zu kennen, warum die Hexe euch eingesperrt hat. Euch –“ Dann blickte Yvette zu Kimberly, die von der Liege aufgestanden war. „– und eure Schwester.“

15

Havens ungläubiger Blick sprang von Yvette zu Kimberly und dann wieder zurück zu Yvette. Vage hörte er ein überraschtes nach Luft ringen von seinem Bruder, einen Ton, den er wiederholt hätte, wenn er fähig gewesen wäre, irgendetwas anderes zu tun als zu gaffen. Er musterte Kimberlys schlanke Figur und ihre blonden Haare. Er und Wes hatten dunkles Haar, genau wie ihre Eltern.

„Das kann nicht sein. Kimberly sieht unseren Eltern kein bisschen ähnlich." Er deutete auf ihre Haare. „Keiner in unserer Familie hat helle Haare."

Kimberly richtete sich auf, ihre Bewegungen waren langsam, als wäre sie sich unsicher über sich selbst. „Ich bin nicht blond. Ich musste meine Haare für den Film färben. Ich habe es nur noch nicht rückgängig gemacht."

Haven blinzelte und versuchte, sie mit anderen Augen zu sehen, indem er sich sie mit dunklen Haaren vorstellte. Er konzentrierte sich auf ihre Gesichtszüge: ihre Augen, die Linie ihrer geraden Nase, ihre Lippen, ihr Kinn. Einiges sah vertraut aus, anderes nicht. Er konnte nicht sicher sein. Er schüttelte den Kopf.

„Ich weiß nicht." Er blickte zu Wesley, fragte still nach einer Bestätigung, doch sein Bruder zuckte lediglich mit den Achseln.

„Es wäre ein zu großer Zufall. Wir haben 22 Jahre nach ihr gesucht. Warum sollte sie –"

„22 Jahre?", fragte Kimberly. „Ich wurde vor etwas mehr als 22 Jahren in einem Waisenhaus zurückgelassen. Der Mann, der mich abgegeben hat, ist nie wieder aufgetaucht."

„Wo war das?"

„In Chicago."

Obwohl sie zu der Zeit von Katies Entführung in San Francisco lebten, könnte der Vampir mit ihr gereist sein. Die polizeiliche Suche innerhalb Kaliforniens hatte nichts ergeben. Und Havens Versuche, sobald er alt genug dafür war, waren ebenso erfolglos verlaufen.

„Du weißt nicht, wer deine Familie ist?"

Das Mädchen schüttelte den Kopf. „DNA-Untersuchungen waren

damals noch in den Kinderschuhen. Das Personal im Waisenhaus hat vermutet, dass meine Mutter selbst noch ein Kind war, und der Mann, der mich abgegeben hat, ihr verheirateter Liebhaber."

Neben ihm ging Wesley zaghaft auf Kimberly zu. Im nächsten Moment spürte Haven dessen Hand auf seinem Arm.

„Kann das möglich sein?", fragte sein Bruder und schaute ihn hoffnungsvoll an.

Haven versicherte sich, dass die Mauer um sein Herz noch intakt war, abgesehen von den paar Rissen, die bereits erschienen waren. Er schob dieses nagende Detail in die hinterste Ecke seiner Gedankenwelt, weigerte sich, es zuzugeben.

„Wir sollten uns nicht zu große Hoffnungen machen. Es könnte ein Griff ins Klo sein."

„Das glaube ich nicht", unterbrach Yvette.

Als er versuchte, ihr zu widersprechen, hob sie ihre Hand.

„Hör erst mal zu, bevor du es ablehnst. Als ich euch drei getrennt voneinander getroffen habe, war ich mir sicher, dass ihr Menschen seid. Ich war allein mit Kimberly im Auto, als wir zu der Party gefahren wurden. Ihr Duft war menschlich. Da besteht kein Zweifel. Und dann du –" Sie schaute ihn an. „Als wir uns auf der Party unterhalten haben, war auch dein Duft menschlich."

Haven spürte, wie sein Gesicht und sein Hals heißer wurden. Sie hatten mehr getan, als nur miteinander geredet. Sie hatten sich buchstäblich beschnuppert. Das Wissen, dass sie seinen Geruch förmlich inhaliert hatte, erregte ihn, obwohl es das nicht sollte. Er räusperte sich, versuchte, seine fehlgeleiteten Gedanken wegzuschieben. „Und?"

Yvette deutete auf Wesley. „Genauso war's mit Wesley. Wenn auch nicht so stark, denn als ich ihm zum ersten Mal begegnet bin, wart ihr beiden auch hier, du und Kimberly. Er roch noch immer menschlich, doch es gab einen kleinen Unterschied. Ich habe es kaum wahrgenommen, weil ich nicht in Bestform war."

Haven schaute sie überrascht an und bemerkte, wie sie zurückwich, als bereute sie zugegeben zu haben, dass sie schwach war. Also war sie *wirklich* hungrig gewesen, genau wie er vermutet hatte. „Wenn du Blut benötigst, beeinträchtigt das deine Sinne?"

„Natürlich nicht."

Er konnte sehen, wie die Lüge über ihre Lippen kam.

„Ich war lediglich beeinträchtigt von dem Hexengift. Mein Geruchssinn war für eine Weile gestört."

„Vielleicht ist er das noch immer", spottete Wesley.

Yvette drehte sich um, um ihn mit einem verärgerten Blick zu strafen. „Ich habe mich wieder ganz erholt."

Ihr Blick schweifte zurück zu Haven, genauer gesagt zu seinem Hals, und es wurde ihm klar, dass sie an sein Blut dachte.

Haven versuchte, den Schauer, der bei ihrem Anblick durch seinen Körper schleichen wollte, zu unterdrücken, doch er konnte sein pochendes Herz nicht kontrollieren. Er konnte nichts sagen, da er Angst hatte, dass jeder im Raum die plötzliche Erregung in seiner Stimme hören konnte, daher war er dankbar, als Wesley die nächste Frage stellte.

„Also, lass uns mal annehmen, dass deine Nase funktioniert, was bedeutet das? Warum sollten wir plötzlich alle wie Hexen riechen? Vielleicht klebt nur Bess' Geruch an uns, was dich in die Irre führt."

Sein Bruder könnte recht haben. Vielleicht konnten die Sinne eines Vampirs versagen genau wie die eines Menschen. Niemand war unfehlbar. Verdammt, wenn ein Vampir wegen Blutarmut ohnmächtig werden konnte, vielleicht waren sie dann viel verletzlicher als er immer vermutet hatte. Und während er Yvette beobachtet hatte, als sie ohnmächtig war, nachdem sie ihm ihr Blut gegeben hatte, hatte er eine Verletzlichkeit an ihr wahrgenommen, die sie nach außen hin nicht zeigte, wenn sie wach war.

Obwohl er einen Moment erlebt hatte, in dem sie völlig hilflos gewesen war, als sie wach war: als er sie bis zur Unterwerfung geküsst hatte. Er hatte gespürt, wie sie in seinen Armen dahingeschmolzen war, wie ihr Stöhnen ihn aufgefordert hatte, sie zu nehmen. Die Mauer zwischen ihnen war eingestürzt.

„Was denkst du, Hav?", fragte sein Bruder. „Hav!"

Er wurde aus seiner Tagträumerei gerissen. Verdammt, wie lange war er weggetreten? „Äh, ja. Nun."

Wes schaute ihn verwirrt an, dann fuhr er fort: „Schau, selbst mein Bruder stimmt zu. Es muss etwas damit zu tun haben, was die Hexe mit unseren Köpfen angestellt hat."

„Nein", wandte Yvette ein. „Es ist die Tatsache, dass ihr drei zusammen seid. Es scheint fast, als wärt ihr zusammen Hexen, getrennt voneinander aber nicht."

„Lächerlich!", wütete Wes. Er raufte sich die Haare.

Etwas von Yvettes Worten klammerte sich jedoch an Haven. „Warte Wes, ich glaube da ist was dran." Er schaute seinen Bruder an, drängte ihn, ihm zuzuhören.

„Aber du weißt doch selbst, dass wir keine von Mutters Kräften geerbt haben."

Er nickte. „Ja, das haben wir immer angenommen. Doch die Hexe scheint etwas anderes zu denken. Als ich ihrer Schnüffelei in meinem Kopf widerstanden habe, fragte sie mich, wo sich der Schlüssel zu meiner Macht befindet."

„Aber –"

„Ich weiß. Ich habe ihr gesagt, dass ich keine Kräfte besitze, aber sie wollte mir erst nicht glauben. Aber würde ich es mir gefallen lassen, von ihr eingesperrt und misshandelt zu werden, wenn ich Hexenkräfte besäße? Sicher nicht."

„Logisch." Yvettes Lippen begannen, sich in ein Lächeln zu verwandeln, was sie mit einem Schnauben zu vertuschen versuchte, doch er hatte es bereits entdeckt.

Als sie ihn so ansah und mit ihm ein leichtes und fast freundliches Wortgefecht führte, konnte er fast vergessen, was sie war.

„Also irrt sich die Hexe. Wir haben keine Kräfte", beharrte Wesley.

Vielleicht war es das, was alle dachten. Doch da war etwas, das die Hexe gesagt hatte, bevor er ohnmächtig wurde, was ihn annehmen ließ, dass sie all die Jahre falsch gelegen waren. „Sie hat sich gefragt, ob Mutter es uns je gesagt hat."

„Uns was gesagt hat?"

Manchmal konnte sein kleiner Bruder ganz schön auf dem Schlauch stehen.

„Dass ihr Kräfte besitzt." Yvette strich ihr dickes Haar zurück über ihre Schultern.

„Aber warum haben wir es dann nicht all die Jahre gewusst? Es ergibt keinen Sinn. Ich habe noch nie irgendeine Kraft gespürt."

„Nach dem Tod eurer Mutter ist es das erste Mal, dass ihr drei zusammen seid. Vielleicht erlangt ihr so eure Kräfte, wenn ihr zusammen seid?" Yvette zuckte mit den Achseln. „Ich weiß nicht viel darüber, aber ich weiß, was ich rieche. Und ihr drei seid Hexen, was bedeutet, dass Kimberly Katie sein muss.“

Totenstille begrüßte diese Anmerkung, und drei Augenpaare starrten Yvette mit einheitlich geschocktem Ausdruck an. Haven war der Erste, der sich erholte.

„Aber wenn es so wäre, warum sollte die Hexe uns dann zusammen einsperren, wenn wir so unsere Macht erlangen? Was, wenn wir diese Kraft benutzen würden, um sie zu bekämpfen?“

Yvette zuckte mit den Achseln. „Fühlt ihr euch anders als zuvor? Ich meine, fühlt es sich an, als hättet ihr jetzt irgendwelche Kräfte?“

„Woher zum Teufel soll ich das wissen?“, grummelte Haven.

„Nun, stell dir vor, etwas zu bewegen.“ Yvette blickte sich um, deutete dann zu einer der Liegen. „Beweg’ das Bett mit Gedankenkraft.“

Haven musste sich davon abhalten, mit den Augen zu rollen. Wie sollte er plötzlich fähig sein, Gegenstände zu bewegen? Nicht einmal David Copperfield konnte das, ohne im Vorfeld einen Trick zu inszenieren.

„Versucht es einfach“, wies Yvette an. „Ihr alle drei.“

Trotz der Abwegigkeit des Vorschlags konzentrierte Haven sich auf die Liege und befahl ihr, sich zu bewegen. Nichts passierte. Genau, wie er vermutet hatte.

Er hatte keine Kräfte.

„Nichts“, sagte Kimberly.

„Genau“, bestätigte Wes. „Wir haben keine Kräfte. Also sind wir auch keine Hexen.“

Yvette legte den Finger an ihre Lippen und kaute an ihrem Nagel. „Ich habe mich bei Gerüchen noch nie geirrt. Vielleicht gibt es einen Zauberspruch oder so etwas, den ihr erst aussprechen müsst, damit ihr eure Kräfte entfalten könnt.“

Sie pausierte, dachte angestrengt nach. Dann erhellte sich ihre Miene und sie blickte Haven an. „Hat die Hexe dich gefragt, wo dein Machtzentrum ist?“

„Ja, das hat sie tatsächlich getan. Aber ich habe keine Ahnung, was sie damit meint.“

„Ich denke, du musst etwas anzapfen, um an deine Kräfte zu gelangen. Vielleicht ist sie sich deshalb sicher, dass ihr eure Kräfte nicht von alleine erlangt. Vielleicht hat sie euch getestet.“

„Aber wenn ich nicht weiß, wo sich mein Machtzentrum befindet, woher soll *sie* es dann wissen?“

„Vielleicht muss sie es nicht wissen. Wenn sie eure Kräfte stehlen will, und wir müssen annehmen, dass das der Grund ist, warum sie euch gefangen hält, dann muss sie es vermutlich nicht wissen. Was, wenn sie eure Macht ohne dieses Wissen stehlen kann?“

Haven ließ die Idee einsinken. Konnte die Hexe wirklich Erfolg bei der Suche nach Katie gehabt haben, wo er doch sein ganzes Leben daran gescheitert war? Und wenn ja, wenn Kimberly wirklich Katie war, stimmte es dann, was Yvette annahm? Waren sie drei Hexen mit bisher verborgenen Zauberkräften?

„Woher sollen wir es sicher wissen? Wir können ja keine Blutanalyse durchführen, um unsere DNA zu vergleichen.“

So sehr Haven auch glauben wollte, dass er Katie endlich gefunden hatte, konnte er sich nicht erlauben, sich Hoffnungen zu machen, solange diese widerlegt werden konnten.

Er lächelte Kimberly aufmunternd an, die seinem Blick mit runden Augen begegnete. „Ich wünschte, Yvette hätte recht. Es wäre wunderbar, wenn du unsere Schwester wärst. Aber es gibt keinen Beweis, nur Vermutungen. Ich brauche mehr als das.“

Kimberly nickte, Enttäuschung spiegelte sich in ihren Gesichtszügen. „Ich verstehe. Es wäre schön, eine Familie zu haben. Ich denke, es ist einfach zu viel verlangt.“

Sie schlang ihre Arme um ihre Taille, und er erkannte ihr Verlangen nach Halt und Trost. Doch er konnte die Entfernung zwischen ihnen nicht überwinden und sie in seine Arme schließen. Alles, was er wusste, war, dass er für sie ein Fremder war, der sie entführt hatte. Als ihr Bruder könnte er sie umarmen und ihr sagen, dass alles gut würde. Als Fremder hatte er keine Berechtigung dazu.

Haven blickte wieder zu Yvette. „Tut mir leid, aber ich muss es mit Sicherheit wissen.“

„Es gibt eine Möglichkeit.“ Yvettes Augen schnellten zwischen ihm, Wes und Kimberly hin und her.

Fasziniert kam er einen Schritt näher. „Wie?“

Sie schaute ihn eindringlich an, bevor ihre Lippen sich teilten. „Ich müsste das Blut von euch allen probieren.“

Wesleys Reaktion kam blitzschnell. „Auf keinen Fall!“

Genau das war auch Havens Reaktion, doch aus anderen Gründen. Yvette wollte seinen Bruder beißen, ihre Fänge in ihn schlagen und ihn die gleiche Erregung spüren lassen, die er empfunden hatte, als sie ihn gebissen hatte?

„Nur über meine Leiche!“

Yvette rollte mit den Augen, als wäre er ein Kind mit einem Wutanfall. Verstand sie den Ernst der Lage nicht? Sie konnte nicht herumlaufen und seinen Bruder unter den Pantoffel nehmen. War das ihr Plan? Sie beide verrückt nach ihr zu machen, sodass weder er noch sein Bruder Widerstand gegen sie leisteten?

Die Entfernung zwischen ihnen eliminierend trat Haven ihr so nahe, dass sich ihre Körper beinahe berührten. Yvette wich nicht zurück, und er wusste, dass sie es nicht tun würde. So gut kannte er sie bereits. Sie würde alle ihre weiblichen Waffen benutzen und mit seinem Bruder dann das Gleiche machen. Und das konnte er nicht zulassen.

Und zum ersten Mal war es nicht deshalb, weil er seinen Bruder beschützen wollte. Nein, er wollte sichergehen, dass sein Bruder sie nicht anfasste. Ja, so weit war es schon mit ihm. Er wollte die Vampirin in diesem Raum und würde jeden Mann angreifen, der in sein Territorium eindrang – und das galt auch für seinen Bruder.

***

Yvette erkannte das entschlossene Funkeln in Havens Augen. Sie wusste, was es bedeutete: Er wollte in dieser Angelegenheit mit ihr streiten. Hatte sein erbsengroßes Macho-Hirn immer noch nicht geschnallt, dass sie Wesley und Kimberly nicht verletzen würde, selbst wenn sie sie biss? Nicht, dass sie wirklich beabsichtigte, das zu tun.

Es gab keinen Grund für sie, ihre Fänge in einen der beiden zu schlagen. Ein kleiner Stich in den Finger würde genügend Blut produzieren, um es zu schmecken und mit Havens zu vergleichen.

Das Blut von Geschwistern hatte eine ähnliche Beschaffenheit und schmeckte und roch ähnlich. Es war so sicher wie ein DNA-Test. Und sobald sie herausgefunden hatten, dass Kimberly tatsächlich Havens und Wesleys lang vermisste Schwester war, dann konnten sie versuchen, auszubrechen. Mit ihrer verborgenen Hexenkraft konnten sie vielleicht an dem Zauber, der sie gefangen hielt, vorbeikommen.

Und dann wäre Yvette sie vielleicht endlich alle los. Oder zumindest Haven, der sie anschaute, als hätte sie gerade seinen Goldhamster verschluckt. Überlegte er, wie er sie bestrafen konnte, weil sie ihn nicht über den Nebeneffekt der Fütterung informiert hatte?

Yvette mochte es nicht, wie nahe er bei ihr stand. Zwischen ihnen war nicht einmal Platz für einen weiteren Schritt. Hatte der Kerl nichts von ihren früheren Begegnungen gelernt? Warum sonst sollte er so nahe bei ihr stehen, wenn er wissen musste, dass alles, was es einbrachte, war, dass sie scharf und angetörnt wurde. Dass das bedeutete, dass sie ihn an die Wand drücken wollte, um ihre Fänge in seinen Hals zu schlagen, während sie seinen Schwanz befreite und sich auf diesen setzte.

Die Hitze in ihrem Körper blubberte warnend an die Oberfläche, dass ihre Gedanken nicht in diese Richtung wandern sollten. Zu spät. Bald würde ihr Körper überkochen wie ein unbeaufsichtigter Milchtopf, der seine Umgebung verbrannte. Und es gab nichts, was sie dagegen unternehmen konnte. Es war so unvermeidbar wie ein herrenloses Auto, das ungebremst den Hügel hinunterrollte.

„Ich brauche nur ein paar Tropfen."

„Deine Zähne kommen nicht in die Nähe des Halses meines Bruders", zischte Haven.

Wie konnte ein Mensch nur so stur sein? „Ich muss nicht mal –"

„Ich sagte NEIN! Geht das nicht in deinen Kopf hinein? Glaubst du nicht, es reicht, dass du *mir* den Kopf verdreht hast? Willst du das Gleiche jetzt auch noch mit meinem Bruder machen?"

Hatte er gerade gesagt ‚seinen Kopf verdreht'? Sie musste ihn falsch verstanden haben.

„Ich werde es nicht erlauben. Es reicht, dass *ich* nicht mehr klar denken kann, aufgrund dessen, was du mit mir getan hast. Du musst mich erst umbringen, um das Gleiche mit Wesley machen zu dürfen."

Was hatte sie mit ihm gemacht? „Du denkst, ich kontrolliere dich, weil ich dich gebissen habe? Es gibt keine Langzeitnachwirkungen nach einem Biss. Es ist nur vorübergehend. Was immer du deswegen empfunden hast, ist längst vorbei."

Yvette erlaubte dem Lächeln, das sich in ihr breitmachte, nicht, an die Oberfläche zu gelangen. Wenn er noch immer hin und weg war, dann… „Was immer du jetzt empfindest sind deine eigenen Gefühle."

Haven wich einen Schritt zurück, als wäre er von einem schweren Gegenstand getroffen worden. Seine Augen füllten sich mit Unglauben und sein Mund öffnete sich protestierend. Nur ein einziges Wort kam über seine Lippen. „Mist!“

„Wenn du so freundlich wärst, mir aus dem Weg zu gehen, könnte ich Kimberlys Finger anstechen, um ihr Blut zu testen.“

Yvette blickte um seine kräftige Statur herum, ihre Augen fanden das Mädchen, das dastand und ihr Wortgefecht beobachtete.

„Ist das in Ordnung, Kimberly? Es ist nur ein kleiner Piekser wie bei einer Blutuntersuchung beim Arzt.“

Kimberly zuckte mit den Achseln. „Wenn’s hilft.“

Yvette ignorierte Haven, der immer noch regungslos in der Mitte des Raumes stand, und ging um ihn herum. Er konnte ruhig darüber nachdenken, was sie ihm gesagt hatte. Und überhaupt, sie brauchte seine Hilfe nicht. Ihre Erinnerung an sein Blut war noch frisch und sie konnte es somit mit Kimberlys und Wesleys vergleichen.

Als sie sich zu dem Mädchen wandte, schritt Wesley ein. „Ich zuerst.“

Yvette hob eine Augenbraue. Weshalb war der Kleine plötzlich so ungeduldig? Ihr fragender Blick drängte ihn zu einer Antwort.

„Wenn du mich verletzt, werde ich nicht zulassen, dass du das Gleiche mit Kimberly tust.“

Na toll, noch ein Kerl, der die Jungfrau in Nöten retten wollte. Das wurde langsam langweilig. „Wie du meinst.“

16

„Ich habe noch nie nach einem Vampir gesucht“, behauptete Francine auf Gabriels Frage hin.

Zane schaute die Frau an – nein, die Hexe. Verdammt, wie er Hexen verabscheute. Sie waren hinterhältig, und man konnte ihnen nicht trauen. Eine Hexe, die fair war, hatte er bisher noch nicht getroffen. Doch Francine, die Amaury und auch Gabriel bereits geholfen hatte, war zu einer Art Anhängerin ihrer Gruppe geworden. Keinen seiner Kollegen schien ihre Anwesenheit zu stören, doch Zanes Nüstern nahmen den klebrig-süßen Geruch von Magie auf, der sie abgab, und er mied sie, wann immer er konnte.

Nach außen hin sah Francine völlig normal aus, menschlich, wie sie so auf Samsons Sofa saß. Sie hatte eine große Tragetasche um ihre Schulter geschlungen, ihre Hand fest daran geklammert, als erwartete sie, dass jemand die Schätze, die sie darin verstaut hatte, stehlen würde. Als würde irgendjemand ihr Hexenzeug anfassen wollen. Es war besser, sich von Dingen fernzuhalten, gegen die er sich nicht verteidigen konnte.

„Versuchs trotzdem“, wies Gabriel jetzt an. „Kann ja nicht schaden.“ Nach einer kurzen Pause fügte er an: „Oder?“

Francine schüttelte den Kopf. „Natürlich nicht. Ich versuche ja lediglich, ihren Aufenthaltsort herauszufinden. Ich brauche aber etwas, das mir dabei hilft. Etwas, das ihr gehört.“

„Wie ein Kleidungsstück?“, fragte Gabriel.

„Oder ihre Haare?“, unterbrach Zane, der somit Francines Aufmerksamkeit auf sich lenkte.

Ihre Augen wanderten über ihn, fast, als könnte sie es nicht ausstehen, ihn anzusehen. Die Abneigung beruhte eindeutig auf Gegenseitigkeit.

„Haare würden funktionieren.“

Zane stand auf, um die Tüte mit den Haaren aus der Küche zu holen. Vielleicht konnten sie jetzt nützlich sein und nicht eine komplette Zeitverschwendung darstellen. Als er wieder ins Wohnzimmer trat, hatte Francine bereits einen Stadtplan von San Francisco auf dem

Kaffeetisch ausgebreitet.

Er reichte ihr die Tüte, achtete darauf, dass er sie dabei nicht berührte. Das Letzte, was er wollte, war, dass Hexengestank an ihm klebte.

Francine spähte in die Tüte. „Sind die alle von Yvette?“

„Ja.“ Zane beschränkte die Unterhaltung mit ihr auf das Nötigste. Es gab keinen Grund, warum er mit einer Hexe Small Talk machen sollte.

„Möchte ich wissen, warum es so viele sind?“ Francine blickte nun zu Gabriel.

Doch bevor sein Boss Zeit hatte zu antworten unterbrach ihn Zane. „Nein. Jetzt mach schon!“

Gabriels maßregelnder Blick fiel ihm kaum auf, da Zane sich darauf konzentrierte, jede Bewegung der Hexe zu beobachten. Es war nie eine gute Idee, den Feind aus den Augen zu lassen.

Francine nahm eine von Yvettes Haarsträhnen und drückte sie gegen ein Kristallsteinchen, dann nahm sie einen Faden, um die beiden Gegenstände aneinanderzubinden. Ein Ende der Schnur ließ sie länger, sodass das Kristall daran baumeln konnte. Es sah beinahe aus wie eine Lotschnur.

Sie rutschte auf der Couch nach vorne und beugte sich über die Karte. Dann streckte sie ihren Arm aus, sodass der Stein mit Yvettes Haaren darüber hing. Sie begann, es leicht kreisen zu lassen, während sie leise vor sich hin summte.

Zane richtete seine Aufmerksamkeit auf die Worte, die Francine sprach, doch er konnte das Gemurmel nicht verstehen. Es konnte gut sein, dass diese Frau sie in Kröten verwandeln würde, während sie als ihr ahnungsloses Publikum herumsaßen. Wie Gabriel einer Frau wie ihr vertrauen konnte, konnte er nicht nachvollziehen. Keiner Hexe konnte man trauen.

Gespannte Minuten verstrichen, während der Kristallstein über die Straßenkarte von San Francisco kreiste. Doch er blieb nirgends stehen. Als Francine mit einem Achselzucken aufblickte, wusste Zane ihre Antwort bereits.

„Tut mir leid, ich kann sie nicht finden.“

Zane stand auf, seine Frustration zwang ihn, sich zu bewegen, seine Energie loszuwerden. Er ging umher.

„Es war einen Versuch wert“, sagte Gabriel mit ebenso enttäuschter

Stimme, wie Zane sich fühlte.

„Es hat wahrscheinlich etwas damit zu tun, dass sie ein Vampir ist. Ihre Aura ist anders. Ich schätze, das Kristall kann das nicht wahrnehmen. Ihr müsst das positiv sehen: Wenigstens kann ich euch nie ausfindig machen, wenn ihr nicht gefunden werden wollt“, scherzte sie.

„Entschuldige bitte, dass ich mich jetzt nicht vor Lachen auf dem Boden kugle“, zischte Zane.

„Zane, bitte.“ Gabriel schüttelte den Kopf. „Wir stehen alle unter Stress. Aber deshalb müssen wir nicht respektlos werden.“

Er war froh, nicht antworten zu müssen, da die Türe sich öffnete und Samson mit einem Blatt Papier hereinkam.

„Ich hab’s.“ Er reichte Gabriel den Zettel. Dann lächelte er die Hexe kurz an. „Hallo Francine. Schön, dich zu sehen.“

„Super“, verkündete Gabriel, während er das Stück Papier betrachtete.

„Habe ich ihn richtig dargestellt?“, fragte Samson.

Gabriel nickte. Dann hielt er den Zettel hoch, sodass alle ihn sehen konnten. „Wenn ich vorstellen darf, Yvettes Angreifer.“

Zane schaute die Zeichnung an, die Samson erstellt hatte. Er wusste, dass Samson gut malen und zeichnen konnte, aber mit dem Mann, der ihn von dem Papier aus ansah, hatte er sich selbst übertroffen. Sein fotografisches Gedächtnis hatte ihm eindeutig dabei geholfen.

Die Gesichtszüge des Mannes waren ungleichmäßig, stechend blaue Augen, dunkles Haar und eine markante Kinnpartie. Keine klassische Schönheit, doch nicht unattraktiv.

„Wie hast du das gemacht?“

Samson lächelte. „Nachdem Gabriel in die Erinnerungen des Fahrers getaucht war, hat er sie in mein Gedächtnis gepflanzt, sodass ich ihn sehen konnte. Dann konnte ich ihn zeichnen.“

Als Zane wieder zu dem Blatt blickte, erhaschte er Francines schockierten Gesichtsausdruck. Ihre Augen klebten an der Zeichnung in Gabriels Hand.

„Francine.“

Sie schaute ihn an, als er ihren Namen rief, und er wusste sofort, dass sie den Mann erkannt hatte.

„Wer ist das?“

Alle Augen waren auf die Hexe gerichtet, deren Lippen zitterten.

„Er sieht seinem verstorbenen Vater so ähnlich“, flüsterte sie wie zu sich selbst.

„Francine“, beharrte Gabriel, „sag uns, wer er ist.“

Sie schluckte, ließ einige Sekunden verstreichen, bevor sie antwortete. „Das ist Haven, Jennifers Sohn. Ich wusste nicht, dass er zurück ist.“

***

„Und warum sollten wir dir glauben?“, fragte Wesley.

Yvettes ‚Geschmackstest‘ war positiv ausgefallen. Kimberly war Katie. Sie wusste es mit 100-prozentiger Sicherheit, doch die Brüder waren noch immer skeptisch.

„Ich habe keinen Grund zu lügen. Es bringt mir nichts.“

„Hmm.“ Wesley blickte seinen Bruder an, welcher Kimberly ansah, hin- und hergerissen von seinen Zweifeln und dem Wunsch, Yvette zu glauben.

Natürlich würde Haven einem Vampir nicht glauben. Warum auch? Seine Meinung von ihr war nicht gerade die beste. Yvette war frustriert. Warum wollte sie ihnen überhaupt helfen? Sie musste verrückt sein, sich von ihnen niedermachen zu lassen.

„Gut!“, keifte sie. Dann erhob sie ihre Stimme. „Hexe! HEXE! Komm her, verdammt noch mal! JETZT!“

Aus dem Augenwinkel sah sie, wie Kimberly zurückwich und sich die Ohren zuhielt.

Yvettes Rufen hatte den gewünschten Effekt. Wenige Momente später öffnete sich die Türe. Die Hexe blieb auf der Schwelle stehen, ihre Miene war verärgert.

„Was willst du?“, fragte sie Yvette und blickte dann die Brüder an. „Ihr Idioten habt sie immer noch nicht umgebracht?! Vielleicht sollte ich es doch selbst erledigen!“

„Erst noch eine Frage, wenn du gestattest“, heuchelte Yvette freundlich. „Ist Kimberly Havens und Wesleys Schwester?“

Erst schaute die Hexe überrascht, dann schlich sich ein gemeines Lächeln in ihr Gesicht. „Habt ihr das jetzt erst herausgefunden? Meine Güte, wenn ihr bei allem so langsam seid, dann muss ich mir ja keine Sorgen machen.“

Dann warf sie die Tür ins Schloss.

„Glaubt ihr mir jetzt?“ Yvette blickte die Brüder an.

Langsam verwandelte sich deren Unglaube in Freude. Gleichzeitig spürte Yvette, wie ein Gefühl der Enttäuschung sie erfüllte. Haven glaubte der Hexe, aber ihr hatte er nicht glauben wollen. Obwohl sie vermutete, dass es an seinen Erfahrungen mit Vampiren lag, tat es weh. Ernüchtert ließ sie sich auf eines der Betten fallen und lehnte sich an die Wand.

Yvette war noch nie bei einer Familienzusammenführung anwesend gewesen – nun, zumindest nicht in den letzten 50 Jahren. Was sie mit ansah, verursachte fast Tränen in ihren Augen. Abgesehen von den kahlen Wänden und dem Betonboden hätte der Raum nicht wärmer sein können, erwärmt von den Emotionen, die nun frei zwischen den Geschwistern herumschwebten.

Yvette war etwas neidisch, als sie zusah, wie die Brüder ihre Schwester in die Arme schlossen und sie mit Fragen über ihre Kindheit im Waisenhaus löcherten, ihre Interessen und ihre Karriere diskutierten. Sie waren das Abbild einer glücklichen Familie – nun, so glücklich, wie man in Gefangenschaft sein konnte.

Kimberlys Fragen an ihre Brüder waren nicht minder spannend, und während Yvette versuchte wegzuhören, musste sie doch Havens Geschichten über seine Tätigkeit als Kopfgeldjäger lauschen. Yvette war sich nicht sicher, doch sie vermutete, dass er das Kapitel über die Tötung von Vampiren absichtlich ausklammerte. Vielleicht wollte er dadurch seine Dankbarkeit zeigen, dass sie auf gewisse Weise mitgeholfen hatte, seine Schwester zu finden.

Als Kimberly herzlich über eine seiner Geschichten lachte, schaute Haven zu Yvette und richtete ein stilles ‚Danke' an sie. Es kostete sie all ihre geistige Stärke, nicht zusammenzubrechen. Sie lehnte sich zurück und schloss ihre Augen, verschwand in die Dunkelheit. Was die Drei nun hatten, war mehr, als sie jemals haben würde. Und so sehr sie die Freude auch verdienten, machte es sie ihrer eigenen Einsamkeit noch mehr bewusst. Mehr denn je war sie der Außenseiter, die Person, die nicht dazugehörte.

Um nicht ganz in ihrem Selbstmitleid zu ertrinken, zwang sie sich, tief durchzuatmen und sich zu entspannen. Sie waren erst seit zwölf Stunden eingesperrt, doch sie war davon überzeugt, dass ihre Kollegen bereits daran waren, sie zu finden. Solange es aber noch Tag war, wären sie nicht in der Lage, sie hier rauszuholen, selbst, wenn sie bereits wussten, wo sie festgehalten wurde. Alles, was sie tun konnte, war zu warten.

Wenn die Leute von Scanguards bei Einbruch der Finsternis nicht auftauchten, musste sie andere Wege ergründen. Und die Tatsache, dass ihre drei Mithäftlinge Hexen waren, konnte nützlich sein. Abgesehen davon, dass sie offensichtlich nicht wussten, wie sie ihre Kräfte benutzen konnten, war sich Yvette sicher, dass sie sie besaßen. Irgendwie mussten sie sie anzapfen.

Und außerdem war da noch das, was Yvette über die Hexe herausgefunden hatte. Bess musste sich innerhalb des mit Zauber geschützten Raumes aufhalten, um sie zu verletzen oder ihre Kräfte anzuwenden. Solange sie sich wo anders aufhielt – auf der anderen Seite der Türschwelle – konnte sie ihnen nichts antun. Das gab ihr Trost. Es bedeutete, dass sie innerhalb dieser vier Wände vorerst sicher waren.

Yvette erlaubte ihren angespannten Muskeln sich zum ersten Mal zu entspannen, seit sie diesen Auftrag angenommen hatte. Kimberly wäre mit ihren Brüdern in Sicherheit und sie wusste von Havens vorausgegangenem Benehmen, dass er sie nicht pfählen würde, wenn sie sich für eine Weile hinlegte. Sie benötigte nur ein paar Minuten.

Kimberlys konstantes Geplapper stellte ein angenehmes Hintergrundgeräusch dar, um einzuschlafen. Sie konnte nicht sagen, wie lange sie weg war, doch es konnte nicht lange gewesen sein. Kimberly sprach immer noch von demselben Ereignis, oder vielleicht war es eine Variation davon, als Yvettes Sinne etwas aufnahmen.

Zuerst hörte sie ein knirschendes Geräusch; es klang, als machte sich jemand an einer alten Türe zu schaffen. Die rostigen Scharniere verursachten einen Klang, der in einen Horrorstreifen passte. Ihre Nackenhaare stellten sich sofort auf, während sie versuchte, intensiver zu lauschen. Etwas an dem Geräusch stimmte nicht. Störeffekt.

Yvette setzte sich auf, versteifte alarmiert ihren Rücken. Ein kurzer Blick in den Raum versicherte ihr, dass die drei Geschwister noch immer auf dem gleichen Fleck waren: Sie saßen auf den beiden anderen Beistellbetten und unterhielten sich. Das Geräusch kam nicht von ihnen.

Sie blickte zur Türe, doch dort bewegte sich nichts und auch kein Ton kam aus dieser Richtung.

Krrrraaaa!

Da war es wieder. Es kam von draußen; das war jetzt sicher.

Yvette drehte ihren Kopf in Richtung Fenster, als ein Sonnenstrahl in den Raum blitzte. Sie war wie festgenagelt, lange genug, um an der Stelle an ihrem Arm, an der der Lichtstrahl sie traf, einen leichten Schmerz zu verspüren.

„Nein!“ Havens Schrei riss sie aus ihrer Starre, gerade als ein weiteres Knarren ertönte. Dann erkannte sie plötzlich, was los war: Die verdammte Hexe entfernte die Bretter vom Fenster, sodass Licht in den Raum strömte. Sie wollte ihre Andeutung von zuvor wahr werden lassen!

„Scheiße!“, rief Yvette und sprang auf. Sie stieß fast mit Haven zusammen.

Panik erfüllte sie wie ein Blitzschlag. Dann spürte sie Havens Hand, wie er sie packte.

„Mach schon!“, schrie Haven und zog sie mit sich.

Sie fiel mehr, als dass sie rannte. Er drückte die Badezimmertüre auf und schleuderte sie vor sich hinein, die Sonnenstrahlen auf ihren Fersen. Sie fiel gegen das Waschbecken, bevor sie hörte, wie die Türe sich mit einem lauten Schlag hinter ihnen schloss.

Eine einzelne Glühbirne, die von der Decke hing, erhellte den Raum, der nicht größer war als ein 6-Personen-Aufzug.

Ihr Herz wummerte bis in ihre Kehle. Hinter ihr war Havens Atmung ebenso ungleichmäßig. Als Yvette sich zu ihm drehte, hatte sie nicht einmal die Gelegenheit, ihm für sein schnelles Handeln zu danken, da seine Arme sie sogleich an seine starke Brust zogen. Eine Hand war an ihrem Hinterkopf, die andere um ihre Hüften geschlungen und er drückte sie eng an sich.

„Oh, verdammt!“, keuchte er atemlos. „Diese Schlampe!“

Yvette schluckte schwer, konnte noch keine Worte formen. Der Schock saß ihr noch zu tief in den Knochen. Sie war wie angewurzelt gewesen, obwohl sie nur einen Bruchteil einer Sekunde gezögert hatte. Sie war noch nie zuvor bewegungsunfähig gewesen.

Haven legte seine Hände auf ihre Schultern und schob sie einige Zentimeter von sich weg. „Bist du in Ordnung? Hat die Sonne dich irgendwo erwischt?“

Seine besorgten Augen untersuchten ihren Körper, das leichte Zittern in seiner Stimme unterstrich seine Sorgen.

Yvette schüttelte seine Hände von sich. Ihr Gesicht gegen seine nackte Brust gedrückt zu bekommen war Versuchung genug. Sie musste den Körperkontakt zu ihm abbrechen, bevor es zu spät war.

„Mir geht es gut. Danke." Das stimmte nicht, aber es würde schon wieder werden.

Er nickte kurz, drehte sich dann zur Tür, doch er öffnete sie nicht. „Wesley?"

„Ja?" Die Antwort seines Bruders kam sofort.

„Nimm die Decken und häng' sie vors Fenster. Achte darauf, dass kein Licht mehr hereinkommt."

„Okay."

Dann drehte Haven sich wieder zu ihr und überquerte die kurze Entfernung zwischen ihnen. Sie konnte ihm in dem winzigen Badezimmer unmöglich entkommen. Er blickte sie ernst an, machte ihr bewusst, wie viel größer und schwerer er war als sie.

„Du kannst mich später zu Brei schlagen, aber jetzt muss ich dich festhalten."

Und dann zog er sie wieder in seine Umarmung.

„Was –"

„Schhhh. Nicht jetzt, Yvette. Mir wäre fast das Herz stehen geblieben, als ich dachte, dass du vor meinen Augen sterben würdest."

Ihr Herz machte einen Sprung, als hätte jemand ein Trampolin darunter platziert. Der große böse Vampirjäger hatte Angst um sie. Der Mann, der zugab, dass er aus Rache für seine Mutter andere Vampire tötete, hatte sie mit seinem schnellen Handeln gerettet. Und jetzt hielt er sie in der engsten Umarmung, die sie je erlebt hatte, als würde etwas Schlimmes geschehen, wenn er sie losließ. Bei ihrem nächsten Gedanken bildete sich ein hauchdünner Riss in der Tür zu ihrem Herzen.

Haven hasste sie nicht.

17

Haven versuchte, sein pochendes Herz zu beruhigen. Yvette in seinen Armen zu halten half ein wenig, versicherte ihm, dass sie lebendig und wohlauf war. Hätte er sie nicht beobachtet, während er den Geschichten seiner Schwester gelauscht hatte, hätte er nicht schnell genug erkannt, dass etwas nicht stimmte. Doch in dem Moment, als er bemerkte, dass sie den Raum nach Gefahren absuchte, hatten seine eigenen Sinne das Geräusch wahrgenommen und erkannt, was es war.

So schnell hatte er sich in seinem ganzen Leben noch nie bewegt. Er hatte aus purem Instinkt gehandelt, als er sie gepackt und ins Badezimmer gezerrt hatte, bevor Bess die Bretter vom Fenster entfernen konnte und somit die Sonnenstrahlen in den Raum ließ. Bei dem Gedanken zitterten ihm noch immer die Knie. Doch er war nicht in der Stimmung, seine Reaktion auf den Angriff, der lediglich für Yvette gedacht war, zu analysieren. Er hatte nicht die Absicht, die Gründe, warum er sie beschützte, genau zu hinterfragen.

Er wollte im Moment nicht denken. Er wollte nur fühlen. Sie.

Haven lockerte seinen Griff, legte seine Hand an ihr Kinn und hob ihr Gesicht zu sich. Der Schock und die Angst waren aus ihrer Mimik verschwunden, ersetzt von Überraschung.

„Küss mich“, forderte er.

Und verdammt noch mal, wenn sie auf seine Anweisung keinerlei Protest einlegte. Er hatte wenigstens einen kleinen Einspruch erwartet, bevor sie nachgab. Aber vielleicht war sie ebenso schockiert wie er und brauchte diese Erlösung genauso sehr.

„Aber beiß mich dieses Mal nicht. Ich möchte sichergehen, dass alles, was ich empfinde, echt und ohne jeglichen Nebeneffekt ist.“

Nicht, dass er den Biss nicht genossen hätte, doch er wollte wissen, warum er sich so sehr zu ihr hingezogen fühlte. Und die einzige Möglichkeit, dies herauszufinden, war, wenn sie keine ihrer Vampir-Kräfte an ihm anwandte. Er musste sicher sein.

„Kein Biss“, hauchte sie. „Nicht mal ein kleiner?“

Schon bei der bloßen Vorstellung wurde sein Glied steif. Haven schloss für einen Moment die Augen, versuchte, sie auszublenden. Doch die Dunkelheit intensivierte Yvettes Präsenz. Ihr Orangenduft war allgegenwärtig, ihr Herz schlug gegen seine Brust und ihr sanfter Atem blies warm gegen sein Gesicht. Ihre Hände bewegten sich nun entlang seiner Brust, der Hautkontakt sandte elektrische Schocks der Lust durch seine Venen, als sie den Weg zu seinen Schultern suchten.

Diese Frau wäre sein Ende, wenn er ihr erlaubte, ihm zu nahe zu kommen.

„Nein“, antwortete er schließlich, bevor er seine Augen öffnete und tief in ihre blickte. Tief vergraben in diesen grünen Augen lag die Antwort auf all seine Fragen „Nein, Baby. Das hier ist nur zwischen dir und mir. Keine Tricks, keine Kräfte.“

Pure Lust.

Rau.

Ungezähmt.

Als ihr Mund seinen berührte, vergaß er alles, was gerade passierte war. Nur das Gefühl von weichen Lippen, die gegen seine drückten, erfüllte seinen Kopf: sinnliche Lippen, die wussten, was sie tun mussten, leidenschaftliche Lippen, die ihn erkundeten. Haven öffnete seinen Mund und hieß sie willkommen. Wie sehr er Frauen mochte, die wussten, was sie wollten und es sich nahmen. Genauso sehr, wie er es mochte, selbst zu nehmen. Von ihren Lippen zu trinken, sie zu erforschen, sie auf ihn reagieren zu lassen.

Als ihre Zunge in sanfter Liebkosung über seine Unterlippe leckte, eine Sanftheit, von der er nie gedacht hätte, dass ein Vampir diese an den Tag legen konnte, knurrte er frustriert. Mit *sanft* konnte er im Moment nicht umgehen. Verstand sie das denn nicht? Er brauchte es schnell, hart, fest. Nur so konnte er den Schock verdrängen, sie beinahe verloren zu haben.

Doch ihre verführerische Zunge fuhr fort, ihn mit dem langsamen Eintauchen zwischen seinen Lippen zu necken. Als ihr Geschmack seinen Mund erfüllte, atmete er tief ein, nahm ihre verführerischen Düfte in sich auf. Sie trafen in ihm auf einen Nerv, wiesen seinen Körper an, sich aufs Unvermeidbare vorzubereiten. Sein Herz pumpte mehr Blut in seinen Schwanz, brachte seinen ungeduldigen Freund fast zum Platzen.

Doch scheinbar war Yvette noch nicht fertig mit ihrer sanften Erkundung und drückte sich näher an ihn, neigte ihren Kopf so, dass sie tiefer eindringen konnte. Sie war warm, sogar heiß, und an jeder Stelle, an der ihr Körper Kontakt mit ihm hatte, begann Leidenschaft zu brodeln.

Unfähig, die langsame Erforschung noch länger über sich ergehen zu lassen, drehte er sich mit ihr in seinen Armen und drückte sie gegen die Tür. Diese knarrte aus Protest, doch Haven bemerkte es kaum. Mit Entschlossenheit führte er seine Zunge in ihren Mund und übernahm die Führung. Vielleicht hätte er sie nicht bitten sollen, ihn zu küssen. Diesen Fehler würde er erst wieder machen, wenn sie wirklich für einen langen Kuss Zeit hatten. Im Moment hatten sie das nicht. Denn er hatte nicht vergessen, wo sie waren. Die Hexe konnte jederzeit hereinplatzen, und er musste in Yvette hineindringen und seinen Hunger stillen, bevor das geschah.

Yvette reagierte sofort auf seinen leidenschaftlichen Kuss, streifte ihre Zunge gegen seine, zeigte ihm, dass sie sich nicht ausstechen ließ. Jetzt waren sie auf derselben Wellenlänge. Er stöhnte seine Zustimmung und hob für eine Sekunde seinen Kopf. „Genau so, Baby."

Doch dann verschlangen seine Lippen sie bereits wieder, seine Zunge drang tief in sie ein, kostete sie, erkundete sie gleichzeitig, während seine Hüften gegen sie drückten. Sein Schwanz bestimmte den Rhythmus, bewegte sich auf und ab, als er gegen ihr zartes Zentrum glitt. Als ihre Hand zu seinem Hosenbund wanderte, atmete er heftig aus und riss seine Lippen von ihren.

„Hol ihn raus, Yvette."

Ihre Hand öffnete den Knopf, bevor sie sich dem Reißverschluss widmete.

„Ihr könnt jetzt rauskommen", kam Wesleys Stimme von der anderen Seite der Tür.

Verdammt!

Er konnte jetzt nicht – denn Yvette hatte eben seinen Schwanz aus der Beengung seiner Hose befreit. Ihre Hand verweilte auf ihm, als auch sie ihren Kopf in Richtung Wesleys Stimme drehte.

„Noch ein paar Minuten." Er hoffte, dass sein Bruder weggehen und sie in Ruhe lassen würde.

Haven lauschte. Es gab keine Antwort auf seine Forderung. Gut. Dann blickte er wieder zu Yvette, die ihn fragend ansah und dann ihren

Blick hinunterschweifen ließ, wo sie noch immer seinen Schwanz festhielt.

Im nächsten Moment streichelte sie ihn in ihrer Faust. Bei dem puren Vergnügen, das sie ihm zufügte, fuhr er fast aus seiner Haut.

„Fuck, Baby“, stöhnte er in einem Atemzug.

Er schob ihr Kleid nach oben. Jetzt häufte es sich an ihren Hüften, offenbarte ihren schwarzen Stringtanga. Mit einer Hand schob er den Stoff zur Seite, mit dem Finger der anderen streichelte er entlang ihrer Falte, folgte dem Weg nach unten. Ihre Löckchen waren feucht, doch es war nichts gegen den Tau, in den ihre Muschi getränkt war.

Ohne jeglichen Widerstand tauchten seine Finger zwischen ihre Falten in ihre warme Grotte. Yvettes Kopf sank nach hinten gegen die Tür, als sie ausatmete.

„Genauso, Baby. Genau da will ich meinen Schwanz haben. Jetzt. Spreiz die Beine für mich.“ Sie blickte ihn mit halb-geschlossenen Augen an, während sie ihre Beine breit machte.

Haven zog seinen Finger aus ihr und packte sie an den Hüften, hob sie hoch, sodass sie ihre Beine um ihn schlingen konnte. Dann kam es ihm plötzlich.

„Mist, ich habe kein Kondom.“

Sie schüttelte den Kopf. „Vampire übertragen keine Krankheiten.“

So etwas hatte er sich schon gedacht, doch das war nicht der Grund für seine Bedenken. „Was ist mit Verhütung?“

Das Letzte, was er wollte, war ein Kind, eine weitere Person, um die er sich sorgen musste, wie er sich um seine Schwester gesorgt hatte. Er dachte nicht, dass er das noch einmal durchmachen konnte. Nein, es wäre besser, wenn er nie Kinder hätte, um sich nicht sorgen zu müssen, sie zu verlieren.

Als er in ihre Augen blickte, sah er ein seltsames Blitzen darin, doch er erkannte nicht, was es war. „Was ist?“

„Über eine Schwangerschaft musst du dir keine Gedanken machen.“

Haven mochte Frauen, die vorsorgten. Er senkte seinen Kopf auf ihr Schlüsselbein und knabberte daran entlang. Gott, sie roch gut. Gut genug, um sie zu vernaschen. Später, wenn sie mehr Zeit hätten, würde er ihren gesamten Körper mit seinen Lippen ergründen, sie erforschen, doch jetzt brauchte sie etwas anderes. „Führ’ mich rein.“

Mit einer Hand schob sie ihr Höschen zur Seite, mit der anderen positionierte sie seinen Schwanz an ihrem Eingang. In dem Moment als sie ihn losließ und ihre Arme und Beine um ihn schlang, drang er in sie ein, was sie beide gegen die Türe stoßen ließ. Das Knarren der verrosteten Scharniere hallte in dem kleinen Raum.

„Was tut ihr da drinnen?“, unterbrach Wesleys Stimme, als er zugleich seine Faust hart gegen die Tür schlug.

„Verschwinde“, rief Haven und zog sich aus Yvette, nur um dann tiefer in sie zu stoßen. Verdammt, sie war eng.

„Wenn ihr nicht raus kommt, dann komme ich rein.“

Auf Wesleys Drohung hielt er für eine Sekunde inne und starrte Yvette an.

„Deine Entscheidung“, sagte Yvette mit leiser Stimme, die nur für ihn hörbar war. „Aber wenn du jetzt aufhörst, gibt es womöglich nie mehr die Gelegenheit, mich zu ficken.“

Trotz ihres ungerührten Blicks wusste Haven, dass ihr dieses kleine Stelldichein nicht gleichgültig war. Sie wollte dies ebenso sehr wie er, und sie konnte weder ihn noch irgendjemand anderen täuschen.

Er *tsste*. Ihre Reaktion auf ihn war so leidenschaftlich gewesen, dass er sich in seinem Leben noch nie so sicher gewesen war, dass sie zu Ende führen würden, was sie begonnen hatten.

„Du hast für mich einmal die Beine breit gemacht, das schaffe ich noch mal“, neckte er.

Plötzlich stemmte sie sich gegen ihn, seine Erektion rutsche dabei aus ihr heraus. Ihre Augen verengten sich, während sie ihre Beine auf den Boden setzte und sich ganz von ihm entfernte. „Du arroganter Sack! Ich mach’ meine Beine breit, wenn ich es will und nicht wenn du es beschließt.“

Sie zupfte an ihrem Kleid, schob es nach unten.

„Wir kommen raus“, rief sie in Richtung der Tür und wandte sich von ihm ab, während sie nach dem Türknauf griff.

„Nein, das tun wir nicht!“ Haven schlug in dem Moment gegen die Türe, als Yvette diese öffnen wollte.

Ihr verärgerter Blick traf ihn, als sie sich umdrehte, um ihn ungläubig anzustarren. „Du kannst mich nicht gegen meinen Willen hier drin behalten.“

Haven machte einen Schritt und drückte sie erneut gegen die Türe. „Kann ich das nicht?“

Bevor sie antworten konnte, küsste er sie. Dieses Mal war nichts Zartes an dem Kuss, nichts Gefühlvolles. Er würde ihr jetzt beibringen müssen, dass sie ihm nicht entkommen konnte.

***

Zum Teufel noch mal mit ihm! Er konnte ihren Körper in einen Verräter verwandeln, selbst wenn sie sauer auf ihn war. Und sie war stinksauer. Der arrogante Scheißkerl dachte, nur, weil sie ihn dieses Mal in sich hineingelassen hatte, würde sie es wieder erlauben. Als ob er ihr überlegen wäre. Als sei sie eine schwache Frau, die sprang, sobald der große böse Kopfgeldjäger und Vampirkiller etwas wollte. Was bildete er sich überhaupt ein? Er hatte kein Recht, etwas von ihr zu fordern – nur sie allein würde entscheiden, ob er sie ficken durfte oder nicht. Haven war nicht ihr Herr und Gebieter.

Dummerweise küsste er sie allerdings so unerbitterlich, dass sie sich ihm fast unterwerfen *wollte*. Doch sie würde es nicht zulassen, ihm die Oberhand zu überlassen, denn sie wusste, wie solche Dinge endeten. Speziell in diesem Fall: Haven hatte sowieso eine schlechte Meinung von ihr und seine herzlosen Worte, dass er sie jederzeit dazu bringen könnte, dass sie die Beine für ihn spreizte, bestätigte, dass er sie nicht respektierte. Er würde sie nehmen und dann wie ein gebrauchtes Bonbonpapier wegwerfen. Doch das würde sie nicht zulassen. Nein, *sie* würde diejenige sein, die *ihn* wegwarf, wenn es an der Zeit war. Aber nicht, bevor sie ihn völlig vernarrt in sich gemacht hatte. Rache war süß und Yvette kannte sich damit nur allzu gut aus.

Es gab nur einen Weg, um den Spieß umzudrehen: Sie würde ihm die ultimative Ekstase verschaffen und Lust auf mehr machen, nur um ihm dann vorzuenthalten, was er am meisten wollte. Er wäre nicht der erste Mann, der in ihren Händen wie ein Kater schnurrte, und er würde auch nicht der letzte sein.

Sie riss ihre Lippen von seinen und zog sich aus seiner Umarmung. Seine Augen waren dunkel vor Verlangen, seine Lippen feucht. Als sie ihren Blick zu seinem Schritt senkte, sah sie seinen prächtigen Schwanz noch immer wie eine Eins stehen. In Vampirgeschwindigkeit packte sie seine Schultern, drehte ihn und drückte ihn gegen die Türe. Jetzt war sie am Zug.

„Was zum –“

Doch Yvette gab ihm keine Gelegenheit, seinen Satz zu Ende zu führen. Stattdessen fiel sie auf die Knie und brachte ihren Kopf auf Höhe seines Gliedes. Ein Blick hoch zu Havens Gesicht brachte sie in Kontakt mit seiner Überraschung, die sich in Sekundenschnelle zu glühend heißer Begierde verwandelte.

„Ja, Baby!“, hauchte er.

Yvette nahm seinen schweren Schaft in ihre Hände und streichelte über die seidenweiche Unterseite, bevor sie über den violetten Kopf leckte. Ein Tropfen Feuchtigkeit war bereits ausgetreten. Sie leckte die salzige Flüssigkeit auf, legte ihre Zunge auf den Schlitz und drückte leicht.

Havens Kopf fiel nach hinten gegen die Türe, während er leise stöhnte. Ihr einziges Problem war jetzt, sich selbst davon abzuhalten, dies zu genießen, denn sein Präejakulat abzulecken ließ sie innerlich verkrampfen. Yvette hielt seinen Schwanz an der Wurzel fest und formte mit ihren Lippen ein perfektes O, dann nahm sie ihn in den Mund. Er war groß, seine Erektion stieß sofort zum Ende ihrer Kehle. Sie entspannte ihre Muskeln, versuchte, ihren Brechreiz zu unterdrücken und zog etwas zurück, als sie Havens Hände auf ihrem Hinterkopf spürte.

Mit leichtem Druck stieß Haven in ihren Mund zurück, seine Bewegung verbunden mit einem tiefen Stöhnen. Einige unregelmäßige Atemzüge folgten, als versuchte er, sich zu beruhigen, doch Yvette erlaubte ihm nicht, sich den Empfindungen anzupassen, die sie ihm bereitete. Sie würde ihn nicht schonen. Mit der anderen Hand griff sie nach seinen Hoden und wiegte sie, dann kratzte sie mit ihren Fingernägeln gegen seinen Sack. Dieser zog sich sofort zusammen, brachte seinen runden Inhalt gegen die Wurzel seines Schafts.

Sie benutzte ihre Zunge und Lippen, um ihn hart zu nehmen, um einen Druck zu erzeugen, von dem sie wusste, dass er ihm nicht lange standhalten konnte. Und während der ganzen Zeit genoss sie den Geschmack und die Beschaffenheit seines wundervollen Fleisches. Sie hatte es schon immer gemocht, einem Mann einen zu blasen, da es ihr Macht über diesen Mann gab, und bei Haven genoss sie es umso mehr. Sein Stöhnen und seine unregelmäßige Atmung zeigten, dass er an der

Schwelle des Kontrollverlusts war. Und ihm die Kontrolle zu rauben war ihr Ziel.

Yvette atmete tief ein, erlaubte seinem männlichen Geschmack, ihre Sinne einzunehmen. Er erreichte jede Zelle ihres Körpers, machte ihr Verlangen nach ihm fast unstillbar. Doch es war nicht zu ihrem eigenen Vergnügen, dass sie dies tat; es war für ihn, damit er verrückt nach ihr wurde. Denn nur wenn sie die Kontrolle übernahm, konnte sie hoffen, ihre eigenen Sinne zurückzuerlangen und ihm die Macht, die er über sie hatte, zu nehmen. Aber verdammt noch mal, wenn sie nicht jede einzelne Sekunde davon genoss. Es war unmöglich, ihrem Körper vorzuschreiben, nicht auf ihn zu reagieren.

Havens harte Länge pumpte immer schneller und sie saugte fester.

„Oh, Gott“, knurrte er.

Sein Schwanz zuckte, sein Orgasmus drohte. Yvettes Fänge fuhren aus und sie nahm ihn so weit in den Mund, wie sie konnte, bevor sie ihre Fänge an seiner Wurzel platzierte und die Haut durchstach.

„Fuck!“

Sie nahm Havens überraschtes Stöhnen kaum wahr, als sein Blut sich mit seinem Samen in ihrem Mund mischte. Der gekoppelte Geschmack sandte einen elektrischen Schlag in ihre Klitoris, brachte sie sofort zum Höhepunkt.

Yvette genoss die Empfindungen, die durch ihren erhitzten Körper schossen, während sie fortfuhr, sein Blut und seinen Samen in sich aufzusaugen.

Als sie bemerkte, dass er schlaff gegen die Tür sackte, entfernte sie ihre Fänge von ihm und ließ sein Glied frei. Dann packte sie ihn und brachte ihn in eine sitzende Position. Seine Augen waren geschlossen, seine Hände noch immer auf ihrem Kopf, als er sie jetzt an sich zog.

„Ich habe noch nie –“ Er brach ab, holte tief Luft. „Das war –“ Erneut beendete er seinen Satz nicht.

Yvette lächelte. Sie fühlte sich fast erschöpft von ihrem eigenen intensiven Orgasmus – und er hatte sie nicht einmal berührt. Sie konnte sich nur ausmalen, was geschehen würde, wenn er es tat. Doch vorerst ruhte sie sich auf den Früchten ihrer Arbeit aus: Er lag ihr zu Füßen.

„Du warst –“ Haven öffnete seine Augen, sein Blick wanderte zu seinem Schwanz, der nun schlaff in seinem dunkeln Lockennest lag.

Einige Bluttropfen sowie die Einstichlöcher des Bisses waren noch zu sehen. Seine Augen öffneten sich weit.

„Du hast mich gebissen!“

18

„Ich habe alle Fenster abgedunkelt“, kam Olivers Stimme vom Inneren der Wohnung. „Ihr könnt reinkommen.“

Zane griff nach dem Türknauf, öffnete die Tür und betrat den schwach beleuchteten Raum, bevor er die Türe ins Schloss fallen ließ. Oliver, Samsons Assistent, war für gewisse Zwecke nützlich. Gegenden vampirtauglich zu machen war einer davon. Nicht dass Francine, die sie begleitete, nicht das Gleiche hätte machen können, doch ehrlich gesagt traute Zane ihr nicht. Es gab viele Dinge, um die er sich nicht sonderlich kümmerte, sein Leben zählte nicht dazu. Schließlich hatte er nur eines.

„Danke, Oliver. Ich weiß es zu schätzen.“

Er ging an dem Jungen vorbei – welcher er eindeutig war, wenn man ihn so betrachtete: junges Gesicht, Anfang zwanzig, keinerlei Anzeichen von Stoppeln oder dass ihm jemals ein Bart wachsen würde. Sein Haar war ein dunkles Schlachtfeld, auf dem jede Strähne in eine andere Richtung zu stehen schien, egal wie oft er sich kämmte. Die Mühen waren reine Verschwendung – Olivers Haare taten, was sie wollten.

Seine Augen waren hell und leuchtend. Er war ein guter Junge – einer, der es würdig war, ihr Geheimnis zu kennen. Und ein Junge, von dem er anhand dessen Handelns vermutete, dass er genauso sein wollte wie sie, wie die Vampire, die für Scanguards arbeiteten.

„Wenn ich irgendwie behilflich sein kann –“

„Bewach’ die Tür.“

Als Enttäuschung sich in Olivers Miene breitmachte, fügte Zane ein „Danke“ an und erstickte fast an dem ungewohnten Wort. Igitt, er wurde total weich.

Es war einfach gewesen, Havens Apartment zu finden. Sobald die Hexe ihnen seinen vollen Namen genannt hatte, hatte Gabriel ein paar Leute angerufen, zuverlässige Quellen bei der Stadtverwaltung und der Polizei, und war überrascht herauszufinden, was Haven Montgomery war: ein Kopfgeldjäger. Offenbar sogar ein recht Guter.

Das fehlte ihnen gerade noch: ein Kopfgeldjäger, der auch noch ein Hexer war! Nicht dass sein Hexen-Ursprung sich in seiner Wohnung widergespiegelte. Mit gewohnter, distanzierter Effizienz ging Zane durch das Zwei-Zimmer-Apartment. Sofort fielen ihm die vielen Kisten sowohl im Schlaf- als auch im Wohnzimmer auf. Entweder war der Mann eben erst eingezogen oder kurz vorm Ausziehen.

Letzteres würde Zane nicht zulassen. Er würde das Schwein schnappen, bevor er fliehen konnte.

Ein Seufzen hinter ihm ließ ihn sich umdrehen. Francine stand vor dem unechten Kamin und hielt einen Bilderrahmen in den Händen. Zane ging zu ihr und blickte über ihre Schulter.

„Was ist das?“

Francine quietschte erschrocken auf, ein Geräusch, das Zufriedenheit in Zanes Brust verbreitete. Er hatte es noch immer drauf: Er konnte sich sogar an eine Hexe heranschleichen, obwohl deren Sinne denen der Menschen überlegen waren. Er wollte ihr deutlich machen, dass er jeden ihrer Schritte beobachtete. Wenn sie vorhatte, ihn auszutricksen, wäre er gewappnet. Denn er glaubte nicht, dass Francine eine andere Hexe verraten würde, besonders keine, die sie persönlich zu kennen schien.

„Wer sind die?“, fragte Zane und deutete auf das Bild mit den zwei Jungen und Francine, die ein Baby im Arm hielt.

„Haven und sein Bruder Wesley. Und das Baby ist Katie. Tragisch.“

„Was ist daran tragisch?“

„Katie wurde vor 22 Jahren entführt und nie wieder gesehen.“

Zane grunzte. Das war nicht sein Problem. „Was ist mit Haven? Was kannst du mir über ihn erzählen? Welche Kräfte hat er?“

Francine zuckte mit den Schultern und stellte das Bild zurück auf den Kaminsims. „Ich bin nicht sicher, ob er seine Kräfte jemals erlangt hat. Genauso wenig wie Wesley.“

„Willst du mir damit sagen, er ist kein Hexer? Das kauf’ ich dir nicht ab. Er hat Magie angewandt, um meine Kollegin zu überwältigen. Für wie dumm hältst du mich eigentlich?“

Die Hexe funkelte ihn an. „Ich sage doch nur, dass ich nicht weiß, was aus ihm geworden ist. Ich habe ihn seit über 20 Jahren nicht gesehen. Ich wusste nicht einmal, dass er wieder hier ist.“

Zane atmete tief ein. „Was ist mit seinen Eltern? Stehst du noch mit ihnen in Kontakt?“

Sie schüttelte den Kopf. „Sein Vater ist noch vor Katies Geburt abgehauen und Jennifer wurde vor 22 Jahren ermordet.“ Sie hielt inne und ihr Blick traf seinen. „Von einem Vampir.“

Verdammt! Das hieß nichts Gutes. Der Kerl war nicht nur ein Kopfgeldjäger und ein Magier, er hatte auch noch einen sehr guten Grund, Vampire zu hassen und Revanche zu fordern.

„Von demselben Vampir, der Katie entführt hat.“

Zwei gute Gründe.

Welch bessere Motivation gab es, als seine Mutter und seine Schwester zu rächen? Und Zane wusste alles über Motivation durch Hass, und wie sie einen durch die langen Jahre der Einsamkeit begleiten konnte. Wie sie die Rache antrieb, um Gerechtigkeit zu erlangen, wie sie den Hass schüren und alles andere im Herzen auslöschen konnte. Die zu zerstören, die seine Familie zerstört hatten: Es war die beste Motivation, die Zane je kennengelernt hatte. Haven wäre ein beachtlicher Gegner, der bis zum Tod kämpfen würde.

„Fuck!“, grummelte Zane. „Was ist mit seinem Bruder Wesley?“

„Wo immer Haven auch sein mag, Wesley ist nie weit von ihm weg. Sie kleben förmlich aneinander. Haven war wie ein Vater für Wesley.“

„Was ist nach dem Tod ihrer Mutter aus ihnen geworden?“ Er fragte nicht aus Mitleid – Mitleid war eine Emotion für Schlappschwänze – nein, er musste alles über seinen Feind herausfinden, um dessen Schwachstelle zu finden.

„Die Jungs wurden zu einem Großonkel in Iowa geschickt. Er war der einzige Verwandte.“

„Und ihr Vater?“ Wie konnte ein Vater seine Kinder verlassen, wenn sie ihn so dringend brauchten?

Francine senkte ihren Blick, um seinen prüfenden Augen zu entkommen. Versuchte sie etwas zu verheimlichen?

„Er wollte nichts mit ihnen zu tun haben.“

Es steckte mehr hinter der Geschichte und das wusste er. „Warum?“

Sie zuckte mit den Achseln. „Ich weiß nicht.“

Zane kaufte ihr das nicht ab. „Ist er auch ein Magier?“

Francines Augen huschten wieder zu ihm. „Nein, natürlich nicht. Jennifer war die Hexe. Die Familie ihres Mannes war rein menschlich.“

„Warum hat er sie verlassen?“

„Woher soll ich das wissen? Verheiratete Leute trennen sich doch ständig."

Oberflächlich betrachtet klang Francines Stimme überzeugend, doch Zane bemerkte das Zittern am Ende ihres Satzes. Sie log ihn an.

„Ich frage nochmals, und dieses Mal will ich die Wahrheit hören. Warum hat er sie verlassen?"

Francine drehte sich weg und ging in Richtung Küche. „Es ist unwichtig."

Zane folgte ihr. „Ich sage, es ist wichtig."

„Lass gut sein, Vampir. Das führt zu nichts."

An der Küchentüre angekommen hielt er sie mit einer Hand an ihrer Schulter zurück. „Sag es mir jetzt."

Er verstärkte seinen Griff und senkte seinen Kopf zu ihrem Hals. „Oder ich werde ein Stückchen von dir abbeißen."

Francine schlug ihren Ellbogen in seine Rippen, doch sein Körper war so hart, dass er es kaum registrierte.

„Du willst bestimmt nicht in den Genuss meiner Hexenkraft kommen", warnte sie ihn.

„Ich kann schneller zubeißen als du einen Spruch abrattern kannst."

Zane war sich nicht sicher, ob seine Behauptung stimmte, aber er konnte gut bluffen. Weder er noch seine Kollegen hatte je gesehen, wie Francine praktizierte, also wusste er nicht, wozu sie fähig war.

„Und ich wette, du willst nicht, dass ich Gabriel erzähle, dass du Informationen zurückhältst. Sobald jemand sein Vertrauen missbraucht, kann er ziemlich schonungslos sein."

Francine entzog sich seinem Griff und er ließ es zu. Anhand ihres Schweigens erkannte er, dass sie bereit war, zu kooperieren. Sie blickte ihn nicht an; stattdessen ging sie einfach in die Küche.

„Havens Vater wollte nicht, dass Katie geboren wurde."

„Was?" Er musste sich verhört haben. „Er wollte eine Abtreibung?"

„Als er von der Prophezeiung erfuhr, wusste er, dass es geschehen würde. Er hatte Jennifer angefleht, abzutreiben. Doch sie hat sich geweigert."

„Moment mal: welche Prophezeiung?" Zane mochte den Klang von Dingen wie Prophezeiung, Schicksal und ähnlichem Unsinn nicht.

Francine drehte sich um, um ihm in die Augen blicken zu können.

„Die drei Kinder einer einfachen Hexe werden die mächtigsten Magier der Epoche sein, und sie werden die Machtverteilung der Unterwelt auf den Kopf stellen. Als Whit, Jennifers Ehemann, das herausfand, fühlte er sich von ihr betrogen. Alles, was sie von ihm wollte, waren drei Kinder, damit sie die *Macht der Drei* hervorrufen konnte. Sie sollten die Unterwelt regieren."

„Oh, Scheiße!"

Wo waren sie da nur hineingeraten? Wenn Haven so mächtig war, wie sollten sie Yvette dann je retten?

„Wenn das wahr ist, dann ist Yvette so gut wie tot."

Francine schüttelte den Kopf. „Haven ist kein Unmensch."

Zane stieß ein bitteres Lachen von sich. „Und was macht ihn nicht böse? Du sagtest, du hast ihn 20 Jahre nicht gesehen. Der Junge, den du kanntest, existiert nicht mehr. Er ist ein mächtiger Magier, der Yvette umbringen wird. Wenn sie nicht schon längst tot ist."

„Nein, das kann er nicht. Die Prophezeiung wurde nie erfüllt."

„Was?"

„Ohne Katie gibt es die *Macht der Drei* nicht. Katie ist wie vom Erdboden verschwunden; ich habe selbst lange nach ihr gesucht. Jennifer war meine Freundin, und obwohl sie fehlgeleitet war, die Macht ihrer Kinder ausnutzen zu wollen, verdienen ihre Kinder etwas Besseres. Ich habe nie herausgefunden, wohin Katie verschleppt wurde. Und ich war nicht die Einzige, die nach ihr gesucht hat. Ich glaube, dass der Vampir, der sie entführt hat, sie getötet hat."

„Warum?"

„Um sicherzugehen, dass die drei Geschwister nie zueinander finden würden und die *Macht der Drei* nie auferweckt wird. Sie für immer voneinander zu trennen ist die einzige Möglichkeit, die Prophezeiung aufzuhalten."

War das ein Licht am Ende des Tunnels oder nur ein sich nähernder Zug? „Bedeutet das, dass Haven nicht so mächtig ist wie wir denken?"

Francine blickte sich in der Küche um. „Anhand dessen, was ich hier sehen kann, sieht es so aus, als würde er nicht mal praktizieren." Sie öffnete eine Schublade, dann ein paar Schränkchen. „Nichts deutet darauf hin, dass er Zaubertränke braut."

„Aber Yvette wurde von einem Trank außer Gefecht gesetzt. Rosafarbener Rauch oder so.“ Zane streifte über seine Glatze, versuchte, die Starre in Nacken und in den Schultern loszuwerden.

„Er hat keinerlei Zutaten hier in der Küche, um solch einen Trank zu brauen. Ich rieche keinerlei Rückstände.“ Sie deutete auf einige Töpfe, die neben dem Herd standen. „Diese Töpfe haben noch nie Kontakt mit Hexenkraft gehabt. Wenn es so wäre, könnte ich es wahrnehmen. In dem Punkt kannst du mir vertrauen, Vampir.“

Konnte er das? Welche Wahl hatte er? Eine Frage hing jetzt noch in der Luft.

„Warum hilfst du uns, ihn zu finden?“

„Weil ich wissen muss, was aus ihm geworden ist und ob er wirklich zur bösen Seite gewechselt ist. Vielleicht kann ich ihm helfen, sein Leben wieder in Ordnung zu bringen. Ich fühle mich dafür verantwortlich, weil ich Jennifer nicht aufgehalten habe, als ich die Gelegenheit dazu hatte. Ich schulde es den Kindern.“

Zane nickte. Wenigstens hatte die Hexe edle Absichten. „Wie können wir ihn finden?“

„Wir brauchen etwas mit seiner DNA, damit ich ihn mit meinem Kristallstein orten kann.“

„Badezimmer“, schoss es aus ihm, und er verließ die Küche.

Das Badezimmer war winzig und hatte dringend eine Renovierung nötig. Risse im Waschbecken und der Wanne wiesen darauf hin, dass die Mietwohnung nicht im besten Zustand war. Wenn man noch die zweifelhafte Nachbarschaft bedachte, in der sie sich befand, war sich Zane sicher, dass Haven hier nicht lange bleiben würde. Je schneller sie ihn fanden desto besser, bevor er ihnen noch durch die Lappen ging.

Francine quetschte sich hinter Zane in den kleinen Raum, eine Tatsache, die Zane nicht gerade genoss. Er konnte ein paar Haare oder Fingernägel spielend ohne sie finden, davon war er überzeugt.

„Irgendwas?“

Ärger zog seinen Magen zusammen, und er fuhr seine Fänge aus. „Ich habe alles unter Kontrolle.“

Mit seinem breiten Rücken blockierte er sie, damit sie seine Suche nicht weiter beeinträchtigen konnte.

Das Waschbecken war frei von Haaren und die fleckige Ablagefläche beherbergte keine Fingernägel. Zane bückte sich nach dem kleinen Mülleimer und roch daran. Sein ausgeprägter Geruchssinn erkannte Blut. Er schüttete den Inhalt auf der Ablage aus. Eine leere Klopapierrolle kullerte auf den Boden. Taschentücher waren mit Mundwasser und Zahnpaste getränkt.

„Sieht so aus, als hätte er sich beim Rasieren geschnitten“, sagte Zane und zog ein Kleenex mit einem hellroten Blutfleck heraus. „Kannst du das verwenden?“

Er drehte sich um und hielt das blutverschmierte Taschentuch vor Francines Gesicht.

„Perfekt.“ Sie nahm es an sich.

„Lass uns gehen“, wies er an und versuchte, sie aus dem Badezimmer zu schieben.

Sie versperrte den Ausgang und blickte über seine Schulter. „Willst du den Müll einfach so liegen lassen?“

Gerade als er anfing, sie ein bisschen weniger zu verabscheuen, ging sie ihm wieder auf den Keks.

„Wer bin ich denn? Die Putze?“, zischte er und schob sie aus dem Weg.

19

„Ich kann nicht glauben, dass du das getan hast! Du hast dich von deinem Schwanz leiten lassen! So was von dumm!“

Wesley las ihm die Leviten, weil er Yvette im Badezimmer gevögelt hatte. Der Schauplatz hatte allerdings damit nichts zu tun. Und überhaupt wusste Wes nicht einmal den Tathergang – allerdings hatte Haven nicht die Absicht, seinen Bruder zu korrigieren. Er hatte Yvette nicht gefickt, nein *sie* hatte *ihm* einen geblasen. Königlich. Und statt auf sie sauer zu sein, weil sie ihn gebissen hatte, während sie wie ein Weltmeister in oralen Leibesübungen an ihm gesaugt hatte, wollte er mehr. Wie pervers war das denn?

Etwas stimmte da nicht, doch sein Bruder war der Letzte, dem er das eingestehen würde.

„Das geht dich verdammt noch mal nichts an“, grummelte Haven mit gedämpfter Stimme. „Und schrei nicht so, sie kann dich hören.“

Wesley stemmte die Hände in die Hüften und blickte über Havens Schulter. „Oh, ich will, dass sie mich hört.“

Haven zuckte zusammen. Nach den unbeschreiblichen Freuden, die Yvette ihm vor wenigen Minuten bereitet hatte war das Letzte, was er wollte, dass sie sich beschmutzt fühlte. Er hatte nicht mal eine Gelegenheit gehabt, ihr zu sagen, wie sehr er ihren Mund an sich genossen hatte. Bis der Schock, dass sie ihn gebissen hatte, sich in ihm gelegt hatte, war sie schon aus dem Badezimmer geflitzt. Er hatte ihr nicht sagen können, dass, obwohl er gefordert hat, dass sie ihn nicht biss, er es doch heimlich gehofft hatte. Und als sie es getan hatte, war die Freude so unglaublich, dass er danach seine Gehirnzellen vom Badezimmerboden auflesen musste.

Selbst jetzt wollte er nichts mehr als sie an sich zu pressen und sie bis zur Bewusstlosigkeit zu küssen. Falls Vampire das Bewusstsein verlieren konnten. Ja, verdammt, er hatte den besten Blow Job seines Lebens von einem Vampir bekommen. Wie ironisch. Nachdem er jahrelang ihresgleichen gejagt und getötet hatte, hatte ihm sein Schicksal Yvette aufgetischt. Wenn das nicht ausgleichende Gerechtigkeit war!

„Lass gut sein, Wes! Was zwischen Yvette und mir läuft, hat nichts mit dir zu tun."

Wes schaute ihn streng an. „Sie wird dein Ende sein. Und sag später nicht, ich hätte dich nicht gewarnt." Dann drehte er sich weg und setzte sich neben Kimberly, die sie aufmerksam beobachtet hatte.

Haven wandte seinen Blick zu Yvette, die an der weitest entfernt liegenden Wand lehnte und vorgab ihre Fingernägel zu inspizieren. Doch unter ihrem gesenkten Blick beobachtete sie ihn. Als er auf sie zuging, spannte ihr Körper sich fast unmerklich an.

Einen Schritt von ihr entfernt blieb er stehen. „Wir müssen reden."

Sie hob fragend ihren Kopf. „Worüber?" Ihre Lider schlugen unschuldig.

Und er hatte gedacht, Kimberly wäre die Schauspielerin.

„Muss ich es wirklich laut sagen?" Er hielt seine Stimme gedämpft, wollte von seinem Bruder und seiner Schwester nicht belauscht werden. Schwester – wie schön dieses Wort plötzlich klang. Er drehte sich zu ihr und betrachtete seine kleine Schwester kurz, bevor er sich wieder zu Yvette wandte. „Oder bist du plötzlich schüchtern geworden?"

Yvette hob ihr Kinn und schnaubte.

„Gut. Dann erklär' mir mal was: Was ist da drinnen passiert?"

„Ich weiß nicht, was du meinst. Da musst du schon etwas genauer werden."

Mit einem kurzen Blick zur Seite dämpfte er seine Stimme noch mehr. Er stützte sich mit einer Hand gegen die Wand und neigte seinen Mund zu ihrem Ohr.

„Warum lutschst du mich so und lässt mich dir dann nicht die gleiche Freude bereiten?"

Ihr schnelles Einsaugen von Luft zeigte ihm, dass sie nicht mit dieser Frage gerechnet hatte. Gut – er wollte auf keinen Fall voraussagbar sein. Ein durchschaubarer Mann landete nie die Frau.

Landete nie die Frau?

Was zum Teufel dachte er da?

„Du warst sauer, weil ich dich gebissen habe", unterbrach Yvette seinen Denkprozess.

Haven räusperte sich. Sauer war nicht das richtige Wort – erfreut, befriedigt und überwältigt waren eher zutreffend.

„Mm-hmm." Was wollte er nur? Warum versuchte er, sie zu verführen? Und warum konnte er nicht damit aufhören? „Hat es dir gefallen, mich zu beißen, während du mir einen geblasen hast? Mochtest du den Geschmack?"

Da sprach eindeutig sein Schwanz, doch er hatte keine Ahnung, wie er ihn ruhigstellen sollte.

Yvettes Brust hob sich, und als sie einatmete, streifte ihr Busen seine Brust. „Was willst du von mir?"

Haven bewegte sich noch näher zu ihr, sodass seine Erektion gegen ihre Hüften stieß. Er drehte seinen Körper zur Seite, damit sein Bruder nicht erkennen konnte, dass er schon wieder einen Ständer hatte, obwohl er nur mit Yvette sprach.

„Ich will's mit dir treiben, bis wir beide nicht mehr können."

***

Yvettes Herz kam vor Aufregung ins Stocken. Havens Worte und seine Körpersprache sagten ihr alles, was sie wissen musste: Er konnte sich nicht mehr von ihr fernhalten. Und alles, was es sie gekostet hatte, waren ein Blow Job und ein Biss. Wie einfach. Er war am Haken. Nun musste sie ihn nur noch tiefer einlullen, um ihn später wie ein Werkzeug, das seinen Dienst geleistet hatte, wegzuwerfen.

Alles lief perfekt.

Alles, außer einer Kleinigkeit: Sie musste sich selbst noch davon überzeugen, dass sie ihn nicht wollte und ihn dann wirklich wegstieß, wenn es so weit war, ihn zu demütigen. Das sollte nicht so hart sein. Haven hatte viele Minuspunkte angesammelt: Er hatte sie und ihre Klientin entführt, er war ein Magier und überhaupt war er ein arrogantes Arschloch, das glaubte, sie sei eine herzlose Kreatur. Warum war das nicht genug, um ihn zu hassen?

Doch mit seinen Worten in ihrem Ohr und seinem Duft so nahe, so verführerisch, konnte sie sich nicht auf seine negativen Eigenschaften konzentrieren. Sie konnte nur daran denken, wie gut es sich angefühlt hatte, ihn zu berühren und ihm Vergnügen zu bereiten.

„Sag mir, was du empfunden hast", flüsterte er wie ein Magier, der versuchte, sie mit einem Zauberspruch in seinen Bann zu ziehen.

Und vielleicht tat er das auch: Er wendete Hexenkraft an ihr an. Sie hatte es bisher nicht in Erwägung gezogen. Doch es war die einzige Erklärung: Jetzt wo er mit seinen Geschwistern vereint war, bekam er seine Kräfte. Es musste so sein, sonst würde sie sich in seiner Gegenwart niemals so schwach und gefügig fühlen.

„Dein Blut schmeckt nach Bergamotte, reichhaltig und dickflüssig." Sie konnte ihre Worte nicht aufhalten. „Und dein Sperma ist salzig. Vermischt mit deinem Blut ist es besser als alles, was ich jemals gekostet habe."

Ihr Körper wurde heiß, wenn sie nur daran dachte. Und ihr wurde noch heißer, als sein Atem an ihrem Hals entlanggeisterte.

„Fuck, Yvette. Ich habe schon einen Ständer, wenn ich nur daran zurückdenke, was wir getan haben." Haven atmete ein paar Mal durch, als ob er versuchte, sich zu beruhigen. „Wenn das hier vorbei ist, dann brauchen wir beide ein bisschen Zeit zusammen. Nur du und ich und ein Bett."

Da konnte sie ihm nicht widersprechen. Er spielte ihr genau richtig zu. Wie ein liebeskranker Welpe bettelte er nach mehr. „Ich dachte, du hasst Vampire."

Haven blickte sie lüstern an. „Oh, ich hasse dich. Versteh' mich nicht falsch. Ich hasse dich genug, dass ich dich ficken will, bis du zusammenbrichst."

Mit dieser Art von Hass konnte sie umgehen. „Du, ich –" Sie hielt inne, um ihre Stimme wiederzubekommen. „– und eine flache Ebene."

Doch erst mal brauchte sie Abstand von ihm; ansonsten würde sie ihn direkt vor seinen Geschwistern verschlingen.

20

„Welche Garantie haben wir, dass sie uns nicht aufs Kreuz legt?", zischte Zane in Gabriels Ohr.

Sie standen im Flur von Samsons Haus, während der Rest des Scanguards-Teams sich mit Francine im Wohnzimmer aufhielt.

„Und woher wissen wir, dass sie mit ihrem Kristallstein wirklich den Aufenthaltsort dieses Haven Montgomery gesehen hat und uns nicht nur einen falschen Ort genannt hat?"

Gabriel schüttelte den Kopf. „Wir wissen es nicht. Wir müssen ihr einfach vertrauen."

„Das reicht mir nicht."

„Zane, eines Tages musst du lernen, jemandem zu vertrauen."

Zane kniff die Augen zusammen. „Aber nicht heute."

„Meiner Meinung nach haben wir keine Wahl. Ich weiß, wir haben es mit einer Hexe zu tun, womöglich einer oder einem mit sehr starken Kräften – lass uns annehmen, dass es sich um Haven handelt, da alle Hinweise darauf hindeuten – aber ich vertraue Francine. Wenn sie sagt, sie wird uns helfen, ihn zu fangen, solange wir ihn nicht umbringen, dann glaube ich ihr das."

„Ich mag den nicht-umbringen-Teil dieser Abmachung nicht."

„Vorsichtig, Zane. Solltest du dich mir in diesem Punkt widersetzen, musst du mit Konsequenzen rechnen. Francine stellt es zwar nicht zur Schau, aber sie hat starke Kräfte. Und sie ist klug. Und du weißt, was das bedeutet."

Verluste. Das bedeutete es. Yvette könnte verletzt werden, Kimberly, die Schauspielerin getötet. Es war ein Risiko. „Wir müssen bis zu den Zähnen bewaffnet angreifen."

„Natürlich. Aber nur mit Francines Hexenkraft können wir ihn stoppen, bevor er weitere Zaubersprüche formulieren kann. Und *dann* können wir losballern."

„Gefällt mir immer noch nicht."

Ein unangenehmes Kribbeln in seinem Nacken sagte ihm, dass sie nicht mehr alleine waren. Zane drehte sich um und erblickte die Hexe.

„Hat dir nie jemand gesagt, dass es unhöflich ist, anderer Leute Gespräche zu belauschen?“

Sie lächelte. „Hat dir nie jemand gesagt, dass man nicht hinter dem Rücken anderer Leute lästert?“

„Du zählst nicht zu ‚Leuten‘. Du bist eine Hexe.“

„Hexen sind menschlich.“

Als würde Zane das kümmern. Er blickte Gabriel verärgert an. „Du bist der Boss.“

Gabriel nickte. „Wir haben noch zwei Stunden bis Sonnenuntergang.“ Er deutete zum Wohnzimmer und sie gesellten sich zu den anderen.

Im ganzen Haus war kein Stuhl mehr frei. Jeder, der helfen konnte, war anwesend: Amaury, Thomas, Eddie, Maya, Nina, Samson, Oliver. Sogar Delilah saß auf der Couch, ihr dicker Babybauch wölbte sich deutlich hervor. Nicht, dass sie sich an einem Kampf beteiligen würde, doch Samson band sie immer in alle Diskussionen mit ein.

Konnten sechs Vampire, zwei Menschen (darunter eine Frau) und eine Hexe einen mächtigen Hexer besiegen und Yvette und Kimberly befreien, ohne dass jemand ernsthaft verletzt wurde? Verdammt noch mal, ja! Und er wettete, sie könnten es selbst ohne die Hexe schaffen. Sollte Yvette verletzt werden, konnten sie sie schnell heilen – deshalb war Oliver bei ihnen. Er hatte schon bei anderen Gelegenheiten als Not-Blutspender gedient und war auch bereit, dies erneut zu tun. Und wenn Kimberly verletzt war, konnte einer der Vampire sie mit Vampir-Blut heilen. Es hatte mehr heilende Wirkstoffe in sich als jegliches Antibiotikum. Solange Kimberly während des Kampfes nicht ernsthaft verletzt wurde, würde sie letztendlich mit einem Schrecken davonkommen.

Zane, für seinen Teil, würde Francine nicht aus den Augen lassen. Eine falsche Bewegung und sie wäre dran.

***

Finsternis umgab das große Lagerhaus im Industrieviertel südlich von San Francisco. Zane hatte sich dazu entschlossen, in dem verdunkelten Van, mit dem Gabriel und die Hexe fuhren, mitzufahren. Er würde an ihr kleben bleiben wie Kleister, egal was sein Boss sagte.

Skeptisch betrachtete er das kleine Giftfläschchen, das Francine an ihre Brust gedrückt hielt. Er hatte gefordert, derjenige zu sein, der es trug, doch sie hatte es stoisch abgelehnt.

Zane öffnete die Türe des Vans und trat in die kühle Nacht. Regen lag in der Luft. Er konnte es riechen. Um ihn herum erschienen mehr und mehr Schatten. Die Vampire mit ihren schwarzen Outfits waren in der finsteren Nacht leicht zu übersehen. Thomas trug seine übliche Biker-Kluft.

Da Hexen in erster Linie Menschen waren, hatten sie hauptsächlich Waffen mitgenommen, die dienten, Menschen zu bekämpfen. Die Pistolen waren mit normaler Munition geladen, nicht mit den Silber-Kugeln, die sie sonst verwendeten. Keiner wollte es riskieren, Yvette zu verletzen. Statt Silber-Messern hatte jeder Vampir ein Messer mit einer Metallklinge sowie Wurfsterne bei sich. Ihre Holzpflöcke hatten sie zu Hause gelassen, um zu vermeiden, dass diese tödliche Waffe ihrem Feind in die Hände fiel.

Sie waren zum Kampf bereit. Wäre er der Boss, dann hätte Zane den Laden gestürmt und jeden, der ihm im Weg stand, niedergemetzelt. Doch Gabriel und die Hexe hatten andere Pläne.

Zane beobachtete, wie Francine aus dem Wagen stieg und sich dem Gebäude näherte. Sie war dunkel gekleidet und ohne seine übernatürliche Nacht-Sehkraft hätte er sie nicht erkennen können, da alle Straßenlaternen auf diesem Block ausgeschaltet waren. Thomas hatte sich in die Stromversorgung der Stadt gehackt, um sicherzustellen, dass kein elektrischer Strom zu dem Block floss, in dem das Lagerhaus stand. Da der Hexer vielleicht Verdacht geschöpft hätte, wenn sich der Stromausfall lediglich auf diesen Block auswirkte, hatte Thomas auch noch ein paar der umliegenden Blöcke von der Leitung getrennt.

Sollte Haven aus dem Fenster blicken, würde er annehmen, dass einfach einige Blöcke der Stadt ohne Strom dastanden, und würde es den üblichen Problemen der Stromgesellschaft zuschreiben. Er würde es also nicht mit einem bevorstehenden Angriff in Verbindung bringen. Doch mussten sie schnell handeln. Die stromlosen Anwohner würden nicht nur rumsitzen und warten, bis der Strom wieder von alleine käme. Irgendjemand würde die Stromgesellschaft anrufen und damit ihr Vorhaben gefährden.

„Du hättest mich mit ihr gehen lassen sollen. Was, wenn sie uns betrügt?“, flüsterte Zane Gabriel zu, der neben ihm stand, seine Augen auf Francine gerichtet, die in Richtung Vordereingang marschierte.

„Wenn sie das tut, weiß ich genau, dass du in weniger als einer Sekunde bei ihr sein wirst. Keine Sorge; ich habe nicht vergessen, wie schnell du bist.“

Ein fast spöttischer Ton lag in Gabriels Stimme und Zane gefiel das gar nicht.

Er fluchte vor sich hin. „Warum bin ich eigentlich dein Stellvertreter, wenn du meine Vorschläge nie berücksichtigst?“

„Ich berücksichtige deine Vorschläge immer“, widersprach ihm Gabriel.

Zane blickte ihn ungläubig an. „Du führst sie aber nie aus.“

„Wirklich?“ Gabriel grinste ihn schief an, seine Narbe sprang fast aus seinem Gesicht. Er zog sein Handy aus der Tasche, betätigte die Schnellwahltaste und drückte das Telefon an sein Ohr.

„Gabriel?“

Zane konnte jedes Wort der kurzen Unterhaltung mithören.

„Wir sind bereit.“ Gabriel legte auf und schob das Telefon in seine Hosentasche.

„Was war das?“

„Versicherung.“

Bevor Zane fragen konnte, was er damit meinte, bemerkte er Schatten, die hinter einem anderen Gebäude hervorkamen. Weitere kamen von der Straße. Verstärkung.

Zane hob fragend eine Augenbraue.

„Die sind alle von Scanguards“, erklärte Gabriel, ohne seine Augen von Francine und der Lagerhalle zu nehmen. „Du dachtest doch nicht, dass ich Yvettes Leben in der Hand einer Hexe und sechs von uns lasse?“ Er *tsste* und lachte dann vor sich hin.

„Schön, dass du deinen Spaß hast“, schnappte Zane. Die Komik der Situation war an ihn verschwendet.

Gabriel zuckte mit den Schultern. „Francine weiß nur von uns sechs. Sollte sie also versuchen, Haven zu warnen, wird er denken, wir sind nur ein paar und sich dementsprechend vorbereiten. Wenn wir aber mit einer Truppe von einem zusätzlichen Dutzend auf ihn zukommen, wird er überwältigt sein. Sie werden das Gebäude umzingeln, sobald Francine drinnen ist."

„Und was, wenn sie nicht rein kommt?"

„Sie hat genug Kräfte, um die Tür zu öffnen. Vertrau einfach darauf."

„Und darf ich fragen, warum du sie als Erste reingehen lässt?"

„Vielleicht erkennt Haven sie. Da sie mit seiner Mutter befreundet war und ihn als Kind kannte, nimmt er sie vielleicht nicht als Bedrohung wahr. Sie ist die Einzige, die nahe genug an ihn herankommen kann, um den Zaubertrank wirken zu lassen."

Zane hasste es, dies zugeben zu müssen, doch der Plan machte Sinn. Doch er hielt seinen Mund. Er war nicht der Typ, der andere lobte. Überhaupt war es noch zu früh, um zu sagen, ob der Plan aufgehen würde. Er schloss seine Augen für einen Moment und nahm mit seinen übernatürlichen Sinnen seine Umgebung wahr. Über ein Dutzend Vampire waren in der Nähe, sowie ein Mensch, Oliver. Er erkannte einige der anderen Scanguards-Vampire, gut ausgebildete Bodyguards, die ihr Leben für ihre Kollegen riskieren würden.

Während der Kern – Samson, Amaury, Gabriel, Thomas, Eddie, Yvette und Zane – eine eng verbundene Familie war, waren die anderen Vampire die Verwandten, die sie umgaben. Wenn es hart auf hart kam, konnten sie sich aufeinander verlassen.

Der Klang einer sich schließenden Tür ließ Zane wieder zu dem Gebäude blicken. Die Hexe war verschwunden. Sie war drinnen. Auf Gabriels Befehl traten alle in Aktion und huschten unbemerkt durch die Nacht. Sie näherten sich ihrem Ziel mit ruhigem Atem und leisen Schritten, ohne auch nur ein Geräusch zu verursachen. Es war, als bewegte sich eine Schattenarmee auf das baufällige Lagerhaus zu, das aussah, als wäre es vor Jahren geplündert und beschädigt worden und dann in Vergessenheit geraten.

Sie warteten einige Minuten, gaben Francine genug Zeit, um zu tun, was sie tun musste – Haven mit dem Zaubertrank außer Gefecht zu setzen. Sobald er ruhiggestellt war, konnten sie das Gebäude stürmen und Kimberly und Yvette da rausholen. Doch dann öffnete sich plötzlich die Tür – und Francine kam wieder heraus!

„Was ist passiert?", zischte Zane in ihre Richtung.

„Verdammt, du hast mich erschreckt", ärgerte sie sich.

Er blickte auf das Giftfläschchen in ihrer Hand – es war noch voll. „Verdammt noch mal, was war da drinnen los?“, grummelte er. Hatte sie sie verraten?

„Zauber.“

„Was?“

„Er lässt einige Räume von Zauber beschützen. Ich komme nicht weiter rein. Ich konnte spüren, dass er hier ist, aber ich weiß nicht genau wo. Ich bin bis zu einer Art Wohnzimmer gekommen, doch es war leer. Ich konnte aber die Magie in dem Gebäude wahrnehmen. Sie ist allgegenwärtig.“ Sie hielt inne und atmete tief ein. „Wir brauchen einen Hund oder eine Katze.“

„Einen was?“

„Ich dachte, du hörst so unglaublich gut. Warum fragst du mich also immer alles zweimal?“, keifte sie durch zusammengebissene Zähne.

Es schien, als ging er ihr ebenso auf die Nerven wie sie ihm.

„Wofür brauchst du einen Hund oder eine Katze?“

Sie blickte erst zu ihm, dann zu Gabriel, der nun neben ihnen stand. „Tiere werden von dem Zauber nicht beeinflusst. Sie können jeglichen Schutzwall durchdringen.“

21

„Und wo sollen wir einen Lassie finden, der klug genug ist, um das Zaubergift zu Yvette zu bringen, zusammen mit einer Erklärung, was sie damit anstellen soll?“

Gabriel raufte sich sein dickes Haar, zerstörte seinen Pferdeschwanz, bevor er seine Mähne wieder mit dem Haargummi bändigte.

„Sagtest du nicht, sie hat einen Hund, der auf Kommandos hört?“, fragte Francine.

Zane, Gabriel und Francine standen in der Nähe der Autos, wo ihre Stimmen nicht bis zu dem Gebäude hallten.

„Ja, aber wir können das Vieh nicht finden. Wie es scheint, ist er weggelaufen. Und wir haben keine Zeit, den Hund zu suchen. Er hat weder eine Marke noch ein Halsband.“

Francine runzelte ihre Stirn. „Nun, dann eben irgendeinen anderen Hund oder eine Katze. Aber macht schnell, bevor er merkt, dass er von Vampiren umzingelt ist. Hexen können Vampire riechen, wie ihr wisst. Besonders wenn mehr als ein Dutzend anwesend sind.“ Sie blickte beide eindringlich an.

Erwischt! Man konnte also einer Hexe schwer etwas verheimlichen.

„Du musst meine Lage verstehen, Francine –“ Gabriel wurde von Francines erhobener Hand unterbrochen.

„Keine Erklärung nötig. Ich wäre enttäuscht gewesen, wenn du es nicht vor mir verheimlicht hättest. Also, wie viele sind es?“

„Achtzehn Vampire, ein Mensch und du.“

Zane grunzte. Wäre er der Boss, hätte Francine keine so ehrliche Antwort erhalten.

„Nun, dann her mit einem Hund oder einer Katze. Möglichst einem Hund. Die folgen eher einem Befehl.“

Es dauerte über zwanzig Minuten, bis einer der Vampire einen in der Gegend herumlaufenden Hund fand, der ihm auch folgte.

Francine befestigte das Giftfläschchen mit einer Schnur am Halsband des Pudels.

„Und wie willst du dafür sorgen, dass Yvette es bekommt? Und sollte sie es bekommen, woher soll sie wissen, was sie damit machen muss?“ Zane war noch immer skeptisch, ob die Aktion etwas brachte. „Außerdem kenne ich keinen Hund, der eigenständig Türen öffnen kann.“

***

Yvette störte die Dunkelheit in dem Raum nicht. Vor einer halben Stunde waren alle Lichter erloschen. Und sie wusste, was das bedeutete: Ihre Freunde würden bald kommen, um sie hier rauszuholen. Ein Blick nach draußen sagte ihr, dass der ganze Block ohne Strom war. Das sah eindeutig nach Thomas’ Handschrift aus.

„Kannst du etwas erkennen?“, fragte Haven, der hinter ihr stand.

Seit das Licht ausgegangen war, stand er nahe bei ihr, nahe genug, um sie zu berühren. Jetzt legte er seine Hand auf ihre Hüfte, als er seinen Kopf neben ihren drückte und ebenfalls in die dunkle Nacht spähte.

Das Gefühl, das seine Berührung in ihr auslöste, ignorierend sagte sie in feinstem Businesston, den sie aufbringen konnte: „Meine Freunde sind hier.“

„Ah, verdammt!“, schnappte Wes.

„Ist das nicht gut?“ Kimberlys Stimme klang nervös.

„Doch, es ist gut“, bestätigte Yvette, wollte das Mädchen nicht beunruhigen.

„Nicht für uns. Sie werden denken wir sind die Feinde.“

Leider war Wesleys Annahme richtig.

„Bleibt einfach in meiner Nähe, dann kann ich dafür sorgen, dass euch nichts geschieht.“

Ihr Atem stockte, als sie spürte, wie Haven sich gegen ihren Rücken presste und seine Arme ganz um ihre Taille schlang.

„Wie nahe?“, flüsterte er in ihr Ohr, sodass nur sie es hören konnte. Dann nahm er ihr Ohrläppchen in seinen Mund und saugte daran.

Yvettes Knie hätten geschlottert, wenn er sie nicht so fest gehalten hätte. „Hör damit auf“, verlangte sie, hoffte, dass weder Wesley noch Kimberly es mitbekamen.

„Ich höre auf, aber nur dass das klar ist: Wenn das hier vorbei ist, haben wir beide ein Date. Und wenn du versuchst, mir abzuhauen, werde ich dich finden.“

Während seine Worte eine Warnung darstellten, waren seine Hände eine Verführung. Eine schlich unter ihr Kleid, um mit ihrer Brust zu spielen, die andere glitt tiefer, um ihr pochendes Geschlechtsteil zu bedecken.

„Sag jetzt nicht, dass du sie schon wieder küsst“, sagte Wesley mit angewiderter Stimme.

Yvette entzog sich Havens Berührung. „Natürlich nicht!“

„Nein!“, protestierte Haven ebenso vehement.

„Falls es so ist, ist es schon in Ordnung“, sagte Kimberly.

„Nein, ist es nicht!“, verkündete Wesley seinen Standpunkt.

„Aber sie sehen süß miteinander aus.“

Süß? Yvette war froh, ihr Grinsen nicht unterdrücken zu müssen. Zum Glück war sie die Einzige, die im Dunkeln sehen konnte. Süß wäre nicht gerade ihre Wortwahl für das, was Haven und sie verband. Und seinem Gesichtsausdruck nach zu urteilen stimmte er Kimberly genauso wenig zu.

„Das kann nicht dein Ernst sein, Katie!“, rief Wesley verärgert.

„Ich heiße Kimberly. Und doch, das ist mein Ernst. Yvette ist sehr nett und Haven ist es auch – wenn er nicht gerade Leute entführt.“

„Wir sind immer noch hier“, sagte Haven mit einem Lächeln auf seinen Lippen.

Yvette nutzte den Schutz der Dunkelheit, um ihn unbemerkt zu beobachten. Die Erinnerung an seine Worte und seine Hände ließen sie noch immer erschaudern. Nein, dieses Mal würde sie nicht kneifen. Sie würde das Date mit ihm einhalten.

„Entschuldige, Haven“, sagte Kimberly kleinlaut. „Aber ich verstehe wirklich nicht, warum Wesley so gegen eure Beziehung ist.“

„Wir haben keine Beziehung!“, protestierte Yvette sofort und bemerkte Havens Zucken.

Hatte er wegen Kimberlys Worten oder wegen Yvettes Protest gezuckt? Sie konnte es nicht beurteilen. Und es sollte auch egal sein. Die Wahrheit war, sie hatten keine Beziehung. Sie würden miteinander schlafen, und dann würden sich ihre Wege wieder trennen.

„Meine Güte seid ihr empfindlich! Dann halte ich eben den Mund.“

Yvette konnte das Schmollen auf Kimberlys Lippen deutlich sehen und wollte ihr gut zureden. Aber was sollte sie sagen? *Ich kann ja mit deinem Bruder ausgehen, wenn es dich glücklich macht.* Aber sie waren ja schon lange nicht mehr in der Schule, wo solche Sachen abliefen.

Sie wandte sich wieder zum Fenster, versuchte zu erkennen, wie viele Schatten sich in der Nacht bewegten. „Es sind mindestens ein Dutzend."

„Ein Dutzend Vampire?", fragte Haven.

„Oh, Scheiße – wir sind so im Arsch!", kommentierte Wesley.

„Mach einfach, was Yvette gesagt hat und bleib in der Nähe."

„Das sagst du so einfach."

„Weißt du was, Wes? Manchmal gehst du mir echt auf den Keks. Und im Moment ganz besonders."

Ein Geräusch von draußen richtete Yvettes Aufmerksamkeit wieder auf das Fenster. Als sie ihre Sinne anstrengte, schnappte sie etwas Bekanntes auf. Es war das Gefühl, das sie immer hatte, wenn ein Hund in der Nähe war. Fast als könnte sie sich in dessen Gedanken hineinfühlen, genauso wie sie buchstäblich sehen konnte, was ihr eigener Hund fühlte. Ihr Hund – wie seltsam das klang. Doch jetzt, während sie von ihm getrennt war, vermisste sie den nervigen Streuner. Sie wusste, dass das da draußen nicht ihr eigener Hund war, er war kleiner und eine andere Rasse. Der Hund näherte sich dem Gebäude, ein großer Mann an seiner Seite.

***

Der Hund trottete gehorsam neben ihm her. Zane hatte sich nie als Tierliebhaber gesehen, doch da sie das Tier brauchten, um an dem Zauber vorbeizukommen, hatte er sich freiwillig gemeldet, den Hund zum Gebäude zu führen. Noch immer zweifelte er daran, dass ihr Plan funktionieren würde.

Irgendetwas stank, und es war nicht der Geruch der Hexe, der in dem Gebäude hing, als er die Eingangstüre öffnete. Warum hatte Haven sie noch nicht angegriffen? Mittlerweile wusste er bestimmt, dass eine Armee von Vampiren ihn umzingelte. Oder hatte er bereits die Flucht ergriffen? Aber wäre der Zauber noch wirksam, wenn der Hexer weg war? Verdammt, dieses Detail hatte er Francine nicht gefragt.

Zane ging entlang des heruntergekommenen Flurs, der Hund neben ihm, als wäre er sein Besitzer. Er ließ sich von seiner Nase zu dem Raum führen, wo der Hexengestank am schlimmsten war und betrat das Zimmer. Seine Augen suchten die Dunkelheit ab: merkwürdige Möbelstücke, ein paar Läufer auf dem Betonboden, Regale, die mit

Krimskrams gefüllt waren. Plüschig und weiblich, nicht so wie Havens Stadtwohnung aussah.

Unbehagen krabbelte über seinen Rücken, und die feinen Härchen an seinem Nacken stellten sich auf. Er blieb stehen, der Hund tat es ihm gleich, ohne einen Ton von sich zu geben. Kluges Tierchen.

Zane atmete tief ein. Der Duft war eindeutig von einer Hexe, doch er unterschied sich drastisch von dem Geruch in Havens Wohnung, wo alles durch und durch menschlich gerochen hatte. Und wenn es sich um Düfte handelte, lag er nie falsch. Er erinnerte sich an den Geruch in Havens Wohnung und versuchte, ihn geistig zu dem Duft einer Hexe zu verändern, indem er ihn sich süßlicher vorstellte. Doch der Duft, den sein Gehirn zusammenbastelte, ähnelte dem Geruch in diesem Raum keineswegs.

Sie saßen so in der Scheiße. Haven war hier nicht die einzige Hexe.

So viel war sicher. Sie mussten nicht nur ihn bekämpfen, sondern noch mindestens eine weitere Hexe. Hatte sein Bruder, den Francine erwähnt hatte, sich vielleicht dem Kampf angeschlossen? Zane musste dies annehmen.

Er steckte die Hand in seine Lederjacke, zog sein Handy heraus und betätigte die Schnellwahltaste, bevor er sich das Telefon ans Ohr hielt. In dem Moment, als der Anruf entgegengenommen wurde, riss eine unsichtbare Kraft ihm das Handy aus der Hand.

Zane drehte sich um, doch da war niemand. Der Hund winselte.

„Fuck!“

„Zane?“ Der leise Klang von Gabriels Stimme kam von seinem Telefon, das nun am Boden lag.

Zane bückte sich danach, doch ein Energieschild stieß ihn weg und schleuderte ihn gegen ein Bücherregal. Der Hund bellte laut.

„Gabriel!“, schrie Zane, in der Hoffnung, sein Boss konnte ihn durch das Telefon hören. „Es gibt mehr als eine Hexe!“

Das Hundegebell übertönte jegliche Antwort.

Zane stand auf. Für einen Moment schloss er seine Augen, richtete seine gesamte Energie auf seinen Geruchssinn. Dann drehte er sich in die Richtung, wo der Gestank am schlimmsten war. Er öffnete die Augen und bemerkte eine Bewegung. Er griff nach seiner Waffe und zog sie so schnell aus der Halterung, dass kein menschliches Auge ihm hätte folgen können.

Er richtete die Waffe in Richtung des Schattens und legte einen Finger auf den Abzug, als ihm die Pistole aus der Hand fiel. Seine Haut war plötzlich brennend heiß, und wäre er ein Mensch, hätte er Verbrennungen dritten Grades auf seiner Hand gehabt. Die Schusswaffe war innerhalb von einer Millisekunde glühend heiß geworden. Verdammte Hexen!

Zane griff in seiner Tasche nach einem Wurfstern, ignorierte die lodernde Hitze, die der Metallstern ausstrahlte, und warf sie. Eine Sekunde später traf ihn ein Windstoß, begleitet von einem Blitz, in der Magengegend und katapultierte ihn nach hinten, ließ ihn gegen eine Türe zwischen den Bücherregalen prallen. Holz splitterte.

Der Hund sprang beschützend vor ihn und bellte die Person, die ihn angegriffen hatte, laut an. Gleichzeitig hörte Zane von draußen Schritte: Seine Kollegen näherten sich der Lagerhalle.

„Komm her, Hund!“, köderte er, in der Hoffnung, das Vieh würde auf ihn hören.

Er brauchte das Fläschchen, das um dessen Hals hing, um die Hexe, die ihn angriff, außer Gefecht zu setzen – und diese Hexe war nicht Haven. Sie war weiblich; das konnte er riechen. Wie er Haven ausschalten sollte, wenn er das Zaubergift bereits an ihr anwenden musste, wusste er nicht. Aber eins nach dem anderen.

Der Hund sprang zur Seite, sichtlich verängstigt durch den Tumult.

„Verdammt!“, fluchte Zane und griff nach einem weiteren Wurfstern, um die Hexe, die er trotz seines guten Sehvermögens nicht sehen konnte, abzulenken.

„Zane?“, hörte er eine Stimme durch die Türe, gegen die er gefallen war.

Erleichterung erfüllte ihn. Wenigstens war sie am Leben. „Yvette, wir holen dich da raus.“

Er stemmte sein gesamtes Gewicht gegen die Tür, und sie zerbrach, doch er fiel nicht hin. Eine unsichtbare Kraft versperrte ihm den Zugang in den Raum, obwohl die Tür nun offen war. Es musste der Zauber sein, von dem Francine gesprochen hatte.

Zane hatte keine Zeit, in den Raum zu spähen, um herauszufinden, in welchem Zustand sich Yvette und ihre Klientin befanden, da ein weiterer Blitzschlag auf ihn zukam. Vom Kläffen des Hundes alarmiert wich Zane aus und sah, wie der Blitz an dem unsichtbaren Zauber abprallte.

Es schien, als könnten nicht einmal die Waffen der Hexe gegen ihren eigenen Zauber, der das Zimmer abschirmte, ankommen. Zumindest bedeutete das, dass Yvette und Kimberly im Moment in Sicherheit waren.

Er rollte sich zur Seite und lehnte sich zu dem Hund, versuchte, sein Halsband zu greifen. Als er es erhaschte und ihn damit zu sich zog, traf ihn ein weiterer blitzender Energieschlag an der Flanke, schnitt durch seine Jacke und sein Shirt und brannte sich in sein Fleisch. Er schrie gequält auf und ließ unwillkürlich den Hund los. Dieser sprang von ihm weg, hatte nun offensichtlich Angst vor ihm.

Als Zane einen Versuch wagte, nach dem Hund zu greifen, rannte dieser mit Höchstgeschwindigkeit in den anderen Raum, direkt durch den Zauber, als existierte dieser nicht. Scheiße!

„Das Fläschchen!“, rief er. „Yvette, nimm das Fläschchen am Halsband des Hundes und schalte damit die Hexe aus!“

Mehr Anweisungen konnte er ihr nicht geben, da ein weiterer Angriff sein Bein traf und ihn taumeln ließ. Als er fiel, kündigten die Vibrationen auf dem Betonboden die Ankunft seiner Brüder an, die durch den Korridor rannten.

Er steckte die Hand in seine Tasche, zog sein Messer heraus und zielte.

22

Durch die offene Tür sah Yvette, wie Zane auf den Boden taumelte, genau in dem Moment, in dem der Pudel in voller Hundegeschwindigkeit auf sie zu rannte und ihr fast das Gleichgewicht raubte. Wäre Haven nicht hinter ihr gestanden und hätte sie aufgefangen, dann wäre sie auf ihrem Hintern gelandet.

Yvette beugte sich zu dem verängstigten Tier hinunter und schloss es in ihre Arme. Sofort leckte der Hund ihren Hals.

„Langsam, Junge", beruhigte sie ihn. „Hier drinnen bist du sicher."

Ihre Hände fanden das Halsband des Hundes und sie versuchte herauszufinden, was Zane ihr hatte mitteilen wollen. Sie spürte ein schmales längliches Glasobjekt, das am Halsband des Hundes festgeknotet war. Yvette zählte eins und eins zusammen und kam zu dem Schluss, dass Francine vermutlich einen Zaubertrank gebraut hatte, der helfen sollte, die Hexe zu besiegen.

Lichtblitze kamen von nebenan, erhellten zeitweise ihr Gefängnis, während der Kampf weiterging.

Sie umgriff das zerbrechliche Gefäß, doch bevor sie es von dem Hundehalsband entfernen konnte, packte sie eine große Hand am Handgelenk und hielt sie davon ab.

„Nein!", zischte Haven. „Fass es nicht an."

Sie drehte ihre Hand aus seiner und versuchte, ihn wegzuschubsen. Doch er legte seinen anderen Arm um ihre Hüfte und zog sie weg.

„Damit können wir die Hexe ausschalten!" Sie streckte sich erneut dem Hund entgegen, doch dieses Mal drückte Haven sie auf den Boden, sodass der Hund vor ihnen zurückschreckte.

„Was zum Teufel tust du?", schrie sie ihn an.

Sein Gesicht nur Zentimeter von ihr entfernt, und mit zusammengebissenem Kiefer wegen des Kraftaufwandes, sie am Boden zu halten, antwortete er schließlich: „Was, wenn es uns auch umbringt?"

Für einen Moment blieb ihr Herz stehen.

„Wenn es dazu da ist, eine Hexe zu töten, dann werden Wesley und ich auch drauf gehen." Er hielt inne. „Und Kimberly. Ist es das, was du willst?"

Seine Augen bohrten sich in sie. „Du magst dich ja nicht sonderlich um Wesley und mich scheren, aber ich dachte, du hast geschworen, Kimberly zu beschützen. War das eine Lüge?“

Yvette schloss einen Moment lang ihre Augen. Gott, daran hatte sie nicht gedacht. Er hatte recht. Wenn sie das, was auch immer sich in dem Fläschchen befand, heraus ließ, könnte sie ungewollt die drei Geschwister verletzen. Das Risiko war zu groß.

Sie hörte auf, gegen ihn zu drücken und erlaubte ihrem Körper, die Anspannung zu verlieren. Damit zeigte sie ihm, dass er sie nicht mehr bändigen musste.

„Danke“, flüsterte sie. „Ich habe nicht nachgedacht.“

Haven nickte und ließ sie frei, half ihr, wieder auf die Beine zu kommen. „Und überhaupt, wie willst du es durch den Schutzwall schaffen?“

Ein Lichtkegel erhellte plötzlich ihr Gefängnis, als hätte jemand ein Auto oder einen LKW so geparkt, dass dessen Scheinwerfer durch das Fenster leuchteten. Es tauchte den Raum in ein anderes Licht.

Yvette blickte zu dem Hund, der nun nahe an der Tür stand, sein Kopf war geneigt, als lauschte er ihrer Unterhaltung, als die Erkenntnis sie traf.

„Der Hund ist durchgekommen.“

Havens Kopf schnellte zu dem Hund. „Verdammt! Wie hat er das gemacht?“

„Komm her, Hündchen“, lockte Yvette und kniete sich hin. Das Tier näherte sich. Mit ihren Gedanken griff sie nach seinem Geist, spürte seine Angst und seine Verwirrung fast so intensiv, als wäre sie in seinem Körper.

In ihrem Kopf formte sie Worte, die ihre Lippen nicht verließen, Worte, die nur für den Hund bestimmt waren.

Hab keine Angst. Ich bin dein Freund.

Der Hund bewegte seine Pfoten und kam näher. Als er vor ihr stehen blieb, streichelte sie über sein Fell und vergrub ihr Gesicht in seinem Nacken. Der Hund leckte sie.

Guter Junge. Jetzt musst du mir bei etwas helfen.

Der Hund gewann etwas Abstand zu ihr und hob seine Schnauze, als wartete er auf Anweisungen.

„Was tust du da?“, fragte Haven hinter ihr.

Yvette wandte sich zu ihm. „Wenn ich den Flakon nicht hier rausbringen kann, um die Hexe zu töten, wird es wohl der Hund tun müssen."

„Habe ich dir nicht eben erklärt, dass du das nicht riskieren kannst?"

„Wir werden durch den Schutzwall geschützt sein. Schau."

Sie deutete in Richtung Türe, wo die Blitze an der unsichtbaren Schutzwand abprallten. „Nicht einmal ihre eigenen Waffen kommen dagegen an. Solange das, was sich in dem Fläschchen befindet, nur da draußen herausgelassen wird, sind du, Wes und Kimberly in Sicherheit."

Unbehagen schlich sich über sein Gesicht, als er ihre Worte überdachte. „Bist du sicher?"

War sie sich sicher? War sie sich wirklich hundertprozentig sicher, dass es keinem von ihnen etwas anhaben konnte? Ein kalter Schauer lief ihre Wirbelsäule hinab bei dem Gedanken, sie könne falsch liegen, dass das Gift, das Francine gebraut hatte, vielleicht stärker sein könnte und den Zauber und damit den Schutzwall durchdringen könnte. Aber welche Alternative hatte sie?

Sie blickte in den anderen Raum und sah, wie der Kampf weiterging. Nur drei Vampire waren bisher in das Wohnzimmer eingedrungen. Die anderen schienen von etwas aufgehalten zu werden. Irgendwie musste die Hexe ein weiteres Kraftfeld errichtet haben. Yvette fragte sich, wie lange ihre Kräfte reichen würden, wenn sie zwei Kraftfelder aufrechterhalten und gleichzeitig gegen drei Vampire und den verletzten Zane kämpfen musste.

Sie wandte sich wieder dem Hund zu, hätschelte ihn, bevor sie seine Schnauze nahm, um ihn direkt anblicken zu können.

Geh wieder da raus und bring das Fläschchen zu Zane.

Die runden Hundeaugen blickten sie an, und sie fühlte seine Angst wachsen. Er schaute zur Tür, dann wieder zu ihr. Der Hund verstand sie, doch sein Körper blieb bewegungslos, als wären seine Pfoten angewurzelt. Die Angst war zu groß, um der Anweisung Folge zu leisten.

Bitte. Du schaffst das schon. Keiner wird dir wehtun.

Ein zartes Jaulen war die Antwort des Hundes.

„Yvette." Havens Stimme ließ sie aufblicken. Sie hatte vergessen, dass er noch immer auf eine Antwort wartete.

„Ich bin mir sicher. Wenn ich den Hund dazu bringe, wieder durch den Schutzwall zu gehen, werden meine Freunde den Zaubertrank verwenden können, um die Hexe auszuschalten.“

Haven schüttelte den Kopf. „Wieso glaubst du, dass der Hund tun wird, was du ihm sagst?“

„Ich weiß es.“

Du hilfst mir doch, oder?

Sie blickte wieder zu dem Hund, dessen intelligente Augen zwischen ihr und Haven hin und her sprangen.

Bitte hilf uns. Bring das Fläschchen zu Zane. Los!

Im nächsten Moment wandte sich das Tier von ihr ab und blickte zur offenen Tür. Als er wieder über seine Schulter schaute, nickte Yvette einfach nur, spürte, wie sich die Angst des Tieres auflöste. Aus dem Augenwinkel bemerkte sie, wie Haven sie mit offenstehendem Mund anstarrte, als der Hund auf die Tür zusteuerte.

„Wie hast du das angestellt?“

„Ich habe mit ihm geredet.“

„Du hast kein Wort gesagt.“

„Er hat mich trotzdem verstanden.“

Sie beobachtete, wie der Hund vor der Türschwelle stehen blieb und in das Chaos im Nebenzimmer spähte. Die Hexe wehrte ihre Angreifer mit einem Blitz nach dem anderen ab. Doch Yvette erkannte, wie diese kürzer und weniger hell wurden, als trügen sie weniger Energie in sich. Wurde sie schon müde? Gabriel und zwei andere Vampire bekämpften sie mit Wurfsternen, Stöcken und Messern. Ihre Pistolen waren nirgends zu sehen.

Zane drehte sich unter Schmerzen auf dem Boden, doch obwohl er verletzt war und sich kaum aufrecht halten konnte, nahm er am Kampf teil. Er warf einen Wurfstern nach dem anderen in Richtung Hexe.

Los!

Der Hund folgte ihrem stummen Kommando.

23

Zane schob den Schmerz in seinem Bein beiseite. Einer der Blitze der Hexe hatte seinen Schenkel aufgerissen. Es würde wieder heilen, doch da gerade kein Mensch zur Verfügung stand, der ihm Blut spenden konnte, und er sicherlich in nächster Zeit keinen erholsamen Schlaf bekommen würde, musste er weiterkämpfen.

Seine Kollegen leisteten Beachtliches, trotz des Verlusts ihrer Schusswaffen, die ihr Gegner förmlich aus ihren Händen geschmolzen hatte. Soweit Zane es beurteilen konnte, wurde die Hexe schwächer, doch es war noch nicht genug, um ihr den Gnadenstoß zu geben. Nur drei Vampire hatten es geschafft, in das Zimmer einzudringen, einer davon war Gabriel. Doch dann hatte die Hexe eine unsichtbare Schutzwand errichtet, die es den anderen unmöglich machte, zu Hilfe zu kommen.

Als er eine Bewegung wahrnahm, drehte er seinen Kopf zu der Tür, wo er Yvette gesehen hatte. Wie automatisch griff er zu seinem letzten Wurfstern. Dieser würde sein Ziel finden müssen. Er erstarrte in seiner Bewegung, als er sah, wie der Hund behutsam auf ihn zutrabte.

Verdammt! Er hätte fast das arme Tier umgebracht.

Zanes Nachtsicht zoomte auf das Fläschchen an seinem Halsband. Die Ampulle hing noch immer wie unberührt daran. Yvette hatte also erkannt, dass es nutzlos war, es hinter dem unsichtbaren Wall, der ihr Gefängnis umgab, zum Einsatz kommen zu lassen. Wie sie es fertigbekommen hatte, den Hund wieder zu ihm zu schicken, kümmerte ihn nicht.

Das Tier setzte Pfote vor Pfote und näherte sich ihm. Für Zanes Geschmack zu langsam, doch da er den Hund nicht verschrecken wollte, hielt er sich so ruhig, wie er konnte. Gleichzeitig behielt er ein Auge auf den Kampf, um Treffer von den Blitzen zu vermeiden.

„Komm her, Hündchen“, schmeichelte er süßlich und hoffte, dass ihn in dem Getobe niemand hören konnte. Diese Peinlichkeit würde er nicht überleben.

Aus welchem Grund auch immer kam der Hund auf ihn zu. Seine Augen trafen sich mit Zanes, als wollte er mit ihm kommunizieren. Als das Tier in Griffnähe war, streckte Zane langsam und ohne Hast seine Hand nach ihm aus, damit dieser nicht vor ihm zurückschreckte. Als seine Hand mit dem Fell in Kontakt kam, streichelte er darüber und der Hund rückte näher.

Zane tastete nach dem Halsband und nahm den Flakon ab.

Ein Blitzschlag schnellte in Richtung Kopf des Hundes und ohne darüber nachzudenken, warf sich Zane schützend über das Tier. Die Hitze des Blitzschlags streifte über seinen Kopf hinweg, nahe genug, um sein Haar anzusengen, hätte er welches gehabt.

Das Tier unter ihm winselte. „Schh, Kleiner. Nichts passiert."

Zanes Finger spannten sich um das Fläschchen, als er sich aufrichtete und seinen Oberkörper in Richtung Hexe wandte. Für einen Moment sah er, wie ihre Augen den Gegenstand in seiner Hand fixierten. Ein Anflug von Furcht erschien in ihrem Gesicht, als würde sie den Inhalt erkennen.

Zanes Arm holte aus, bereit, ihr das Fläschchen vor die Füße zu werfen, damit dieses zerbrach und das Gift austreten konnte, als ein Lichtblitz ihn kurzfristig erblinden ließ. Als er wieder blinzelte, war die Hexe weg.

Eine Sekunde später stürmten mehr Vampire den Raum, der Schutzwall war plötzlich verschwunden. Bis zu den Zähnen bewaffnet, Kampfschreie brüllend, drangen sie in den Raum, doch es war niemand mehr da, den sie bekämpfen konnten.

„Yvette!", rief Zane in Richtung der offenen Tür.

Er konnte sie jetzt wahrnehmen, da auch der Zauber, der ihr Gefängnis umgeben hatte, verschwunden war. Doch es lag noch immer der Geruch von Hexe in der Luft, und das gefiel ihm gar nicht. War Francine mit den anderen Vampiren hereingekommen?

Er blickte in die Runde, doch Francine war nicht unter ihnen. Der bleibende Geruch einer Hexe wurde jedoch immer stärker. Spielten ihm seine Sinne einen Streich, weil Adrenalin frei in seinen Venen herumgeisterte? Er verzerrte sein Gesicht, als der Schmerz in seinem Bein sich intensivierte.

„Gott sei Dank!" Yvettes erleichterte Stimme ließ ihn seinen Kopf in Richtung ihres Gefängnisses drehen.

Sie eilte heraus, ihre Augen nahmen sofort die Situation auf. Erleichterung breitete sich in ihrer Mimik aus, bis sie ihn am Boden liegen sah.

„Oh, verdammt! Zane!“ Sie rannte zu ihm und kniete sich neben ihn.

„Bist du in Ordnung?“, presste er heraus, versuchte, nicht aufzuschreien, als Yvette ihre Hand auf seinen verletzten Schenkel legte und versuchte, den Schweregrad der Wunde einzuschätzen.

„Mir geht’s besser als dir. Du siehst Scheiße aus.“

Plötzlich wurde ihm schwarz vor Augen. Verdammt, er war kurz davor, ohnmächtig zu werden. Nein, das durfte er nicht. Nicht vor all seinen Kollegen. Und schon gar nicht vor Yvette. Er konnte keine Schwäche zeigen. Er biss sich auf die Zunge, um den Schmerz in seinem Bein zu verdrängen.

„Wir brauchen hier Blut“, wies Yvette an, winkte Gabriel herbei, der sofort zu ihnen stürzte, während er die anderen anwies, nach der Hexe zu suchen. „Ist Oliver auch hier?“

Gabriel nickte und winkte einem der Vampire hinter sich zu. „Hol ihn!“ Dann wandte er sich wieder Yvette zu. „Wir haben uns Sorgen gemacht.“

„Mir geht’s gut.“

„Was ist mit deiner Klientin? Wo ist Kimberly?“

Yvette drehte ihren Kopf zu der offenen Türe hinter sich. „Ihr könnt jetzt rauskommen.“

Über Yvettes Schulter sah Zane das Mädchen zum Vorschein kommen. Er erkannte sie, aber etwas war anders. Obwohl sie noch genauso aussah wie ein paar Nächte zuvor, als er sie getroffen hatte, war irgendetwas nicht in Ordnung. Sie hatte eine seltsame Aura um sich. Doch er konnte nicht ausmachen, was es war, da hinter ihr zwei Männer erschienen.

Einen davon erkannte er sofort anhand des Bildes, das Samson gezeichnet hatte: Haven, der Mann, der Kimberly und Yvette entführt hatte.

Es war eine Falle.

Zane atmete tief durch, machte sich auf einen weiteren Kampf bereit, als ihm ein Duft in die Nase stieg.

Mist! Hexen! Nicht nur Haven, sondern alle drei!

„Auf sie!“, brüllte er, als er seinen Arm hob, in dem er noch immer den Giftflakon hielt. Er traf Yvettes fassungslosen Blick in dem Moment, als er das Fläschchen in einem perfekten Bogen auf die Drei zuwarf.

„NEIN!“ Yvettes Schrei durchbrach die plötzliche Stille, als sie hinterhersprang und versuchte, es zu fangen.

Doch Zane wusste, dass sein Wurfarm unschlagbar war. Sie hatte keine Chance, ihn aufzuhalten. Warum sie das wollte, konnte er nicht nachvollziehen. Stockholm Syndrom vielleicht, dachte er sich, bevor er sah, wie das Glas vor den Füßen der drei Hexen zerbrach. Ein grüner Rauch stieg von der entweichenden Flüssigkeit auf.

Eine Sekunde später klappten alle drei zusammen.

Yvette erreichte sie als erste, doch anstatt sich über das Mädchen zu beugen, das sie beschützen sollte, wandte sie sich zu Haven. „Oh Gott! Zane! Was hast du getan?“

Sie fiel auf ihre Knie und hob Haven in ihre Arme, drückte seinen Kopf gegen ihre Brust. „NEIN!“

Zane hatte Yvette noch nie weinen sehen und er betete zu Gott, dass es nie wieder vorkommen würde. Ihre Tränen waren rosa, als sie ihre Wangen entlangkullerten. Ihr Schluchzen brach sein Herz entzwei.

Sie weinte um den Hexer, der sie entführt hatte.

24

Havens Kopf tat weh, als hätte er eine drei-Tage-Sauftour hinter sich. Nicht dass das nicht schon mal vorgekommen wäre, aber irgendwie dachte er, dass es diesmal nicht der Grund für seinen pochenden Brummschädel war. Was zum Teufel war mit ihm passiert? Das Letzte, woran er sich erinnern konnte, war, dass Yvette ihm und seinen Geschwistern gesagt hatte, dass sie rauskommen konnten. Der Kampf war bereits zu Ende, und die Hexe war auf unerklärliche Weise verschwunden.

Er zwang sich, seine Augen zu öffnen und blickte sich um. Ein ihm unbekannter Raum begrüßte ihn, großzügig ausgestattet, keineswegs so spartanisch wie sein bisheriges Gefängnis. Die Matratze unter ihm war weich.

Haven setzte sich auf. Er trug noch immer die gleiche Kleidung wie zuvor – Anzughose, kein Hemd, da die Hexe dieses mit ihrer Peitsche zerstört hatte. Jemand hatte ihm die Stiefel ausgezogen.

Ein Geräusch von seiner Seite ließ ihn schnell seinen Kopf drehen. Er war erleichtert: Wesley wachte langsam neben ihm auf. Haven rüttelte ihn.

„Wes!"

Sein Bruder riss die Augen auf. Sofort schnellte er hoch und blickte um sich. „Fuck! Wo sind wir? Was ist passiert?"

Haven schüttelte den Kopf. „Weiß ich nicht." Er schaute sich erneut im Raum um, bevor er erkannte, dass etwas fehlte.

„Mist! Wo ist Kimberly?"

Er sprang aus dem Bett, Wesley direkt hinter ihm.

„Kimberly!", rief er, als er zur Tür rannte und sie öffnete. Als sie aufschwang, fand er sich vor einem riesigen Mann mit langen, dunklen Haaren wieder.

„Verdammt! Was habt ihr mit Kimberly gemacht?"

Er musste kein Genie sein, um zu erkennen, dass der Kerl, der ihm den Weg versperrte, ein Vampir war: sicherlich einer von Yvettes Kollegen. Bei dem Gedanken an sie spürte er ein Stechen in seiner Brust. Hatte sie sie nach all dem doch an ihre Kollegen verkauft? Hatte sie gelogen, als sie versprochen hatte, sie wären in Sicherheit? Warum dieser Gedanke so sehr schmerzte, wollte er nicht weiter erforschen. Er hätte es sich denken können. Trotz allem war sie ein Vampir. Ein Vampir, der ihn verführt hatte. Eine Frau, die er haben wollte.

„Kimberly geht's gut", antwortete der breitschultrige Mann. „Warum macht ihr euch nicht kurz frisch und kommt dann nach unten, um alle kennenzulernen?"

Haven blickte ihn skeptisch an. „Wer bist du?"

Der Kerl grinste. „Mein Name ist Amaury."

Dann spannten sich seine Gesichtszüge wieder an. „Yvette ist eine Freundin." Eine unterschwellige Drohung lag in seinen Worten.

„Wo ist sie?"

„Zuhause."

Geknickt senkten sich Havens Schultern. Sie hatte ihn auflaufen lassen und dann den Wölfen zum Fraß vorgeworfen. Warum hatte er überhaupt angefangen, ihr zu vertrauen?

Ein seltsames Lächeln kräuselte sich um Amaurys Lippen. „Sie wird bald wieder hier sein."

Er wandte sich von der Tür ab, entschied sich dann aber anders und blickte über seine Schulter zurück. „Sie war etwas aufgebracht, weil sie dachte, Zane hat euch umgebracht." Dann deutete er auf eine Tür im Raum. „Dieses Zimmer hat sein eigenes Badezimmer. Kommt nach unten, wenn ihr fertig seid."

Haven schloss die Türe und blickte zu Wesley, der direkt hinter ihm stand.

„Er ist einer der Vampire, nicht wahr?"

Haven nickte abwesend. Er konnte keine Worte formulieren, da er noch immer Amaurys Aussage verdaute. Yvette war aufgebracht, da sie dachte, dass ihn jemand umgebracht hatte? Bedeutete das, dass sie sich sorgte? Um ihn?

„Scheiße, Hav! Was sollen wir jetzt tun?"

„Ich werde jetzt duschen."

„Wie kannst du jetzt an so etwas Banales denken?"

Ganz einfach. Wenn Yvette zurückkam, wollte er nicht wie ein Tier stinken. Er hatte sich seit zwei Tagen nicht mehr gewaschen. Er wollte ihr keinen Grund geben, vor ihm zurückzuschrecken.

„Wenn uns dieser Vampir verletzen wollte, hätte er es längst getan, als wir ohnmächtig waren.“ Vielleicht war Yvettes Versprechen doch etwas wert. Er hoffte es zumindest.

Zwanzig Minuten später waren Wes und er bereit, die Höhle des Löwen zu betreten. Der Flur war leer, als sie das Zimmer verließen. Soweit Haven es beurteilen konnte, waren sie in einem viktorianischen Haus. Er blickte aus dem Fenster und sah Lichter in der Dunkelheit. Sie befanden sich irgendwo in Nob Hill oder Russian Hill, den teuersten Gegenden von San Francisco. Es schien, als hätten die Blutsauger Geld.

Haven ging die Mahagonitreppe hinunter und betrachtete seine Umgebung. Das Haus war elegant eingerichtet und gut gepflegt. Stimmen trafen sein Ohr, als er unten ankam.

„Fertig?“

Wes zuckte mit den Achseln und blickte dann zu der schweren Eingangstür. „Wenn Kimberly bei uns wäre, würde ich abhauen.“

„Ich weiß, aber wir können sie nicht hier lassen.“

Sein Bruder nickte. „Es ist der einzige Grund, warum ich da rein gehe.“ Er drehte seinen Kopf in Richtung der Stimmen.

„Ich auch“, log Haven.

Er sorgte sich um seine Schwester, ohne Zweifel. Aber er wollte auch Yvette sehen. Wollte nicht nur, musste. Um zu verstehen, was zwischen ihnen vor sich ging. Was er empfunden hatte, als sie miteinander eingesperrt waren, konnte nicht nur purer Lust zugeschrieben werden. Sicher, sie waren die Sache angegangen wie die Kaninchen, doch er wusste, dass zwischen ihnen mehr war.

„Wollt ihr für immer da stehen bleiben oder plant ihr eure Flucht?“, kam eine Stimme vom anderen Ende des dunklen Flurs.

Haven drehte seinen Kopf und blinzelte, versuchte, die Umrisse des großen Mannes auszumachen, der sich ihnen näherte. Er war schlank, sein Schädel kahl rasiert, seine Augen auf Wesley und ihn gerichtet. Seine Lippen waren in eine schmale Linie gepresst; er hatte etwas Gefährliches an sich. Haven unterdrückte das ungute Gefühl, das seine Wirbelsäule hinauf lief. Sein Instinkt befahl ihm, dem Fremden gegenüber keine Schwäche zu zeigen.

„Was geht dich das an?“

Der glatzköpfige Typ – oder Vampir, wenn man das fiese Knurren beachtete – ging einen weiteren Schritt auf sie zu.

„Ich will euch warnen. Wenn einer von euch Mist baut, werde ich euch einhändig zerdrücken. Sehr, sehr langsam.“

So wie er seine Drohung äußerte, war Haven davon überzeugt, dass er dabei verdammt viel Freude haben würde.

„Möchtest du mir auch sagen, wer diese Drohung ausspricht?“ Haven ignorierte Wesleys Hand auf seinem Arm, die eindeutig diente, ihn davon abzuhalten, etwas Dummes zu sagen. „Oder soll ich dich einfach Arschloch nennen?“

Bevor er blinzeln konnte, war der Vampir schon an seiner Kehle – er hatte nicht einmal gesehen, dass er sich bewegt hatte.

Finger wie Stahlseile umschlangen Havens Hals und drückten zu.

„ZANE!“ Die kommandierende Stimme ließ seinen Angreifer den Todesgriff lösen.

Haven hustete und rang nach Luft. Verdammt, der Kerl war stark – und schnell. Er hatte keinerlei Chance gehabt zu reagieren.

Durch die jetzt offene Tür kam ein Mann heraus: ähnlich groß und düster, doch mit kurzen schwarzen Haaren. Er blickte Zane mit finsterer Miene an. „Wenn du nicht nett zu unseren Gästen bist, kann ich dich auch aus dem Team abziehen.“

Zane kniff die Augen zusammen, ging dann einen Schritt zurück. Durch gefletschte Zähne knurrte er: „Verstanden.“

Dann ging er ins Wohnzimmer, ohne Wesley oder Haven auch nur eines Blickes zu würdigen.

Was auch immer das ‚Team‘ war, der Glatzkopf wollte offensichtlich weiterhin dazugehören. Havens Augen wanderten wieder zu dem Mann, der sie unterbrochen hatte.

„Samson Woodford“, stellte sich dieser vor und hielt ihm seine Hand hin.

Ohne nachzudenken, schüttelte Haven sie. „Haven Montgomery.“

„Ich weiß.“ Dann schüttelte er Wesleys Hand. „Yvette hat uns bereits informiert.“ Er nickte in Richtung des Wohnzimmers hinter sich. „Kommt herein.“

Das elegante viktorianische Wohnzimmer war rappelvoll. Waren all diese Leute Vampire? Haven zählte: sechs Männer und einige Frauen. Seine Augen suchten den Raum ab.

„Kimberly!“, rief er erleichtert aus, als er sie erspähte.

Sie sprang vom Sofa auf und stürzte sich in seine ausgebreiteten Arme.

„Haben sie dir etwas getan?“

Er hielt sie von sich weg, um nach Verletzungen an ihr zu suchen, doch alles schien in Ordnung. Es sah aus, als hätte sie geduscht. Sie trug nun Jeans und ein T-Shirt.

„Wir haben uns Sorgen gemacht“, sagte Wesley, der neben ihnen stand und Kimberly nun aus Havens Armen in seine zog und sie fest drückte.

„Mir geht's gut.“ Sie blickte zu Haven. „Sie waren sehr nett zu mir.“

Haven nickte und schaute dann zu den Fremden, die ihn alle anstarrten. Wieder blickte er in die Runde: vier Frauen, doch Yvette befand sich nicht unter ihnen. Enttäuschung machte sich in ihm breit. Amaury hatte gesagt, sie würde wiederkommen. Haven blickte den Koloss von Mann fragend an, doch Amaury sagte nichts. Und Haven war zu stolz, um zu fragen, wo Yvette war.

„Setzt euch doch bitte“, bot Samson an und deutete auf eine der Couchen.

„Ich bevorzuge zu stehen.“

Die meisten der anwesenden Männer standen. Er wollte nicht zu ihnen aufblicken müssen. Es war schon schlimm genug, dass sie alle so einschüchternd aussahen.

Groß gebaut, alle von ihnen: einer mit einem Pferdeschwanz und einer hässlichen Narbe im Gesicht, ein Blonder in Biker Outfit, der fiese Zane und ein Sunny Boy, jung und unschuldig aussehend; er war von allen vermutlich am wenigsten gefährlich; sowie Amaury und Samson.

Die Frauen saßen: jede von ihnen auf ihre eigene Weise wunderhübsch. Waren sie alle Vampire? Er betrachtete sie, versuchte, dies nicht zu offensichtlich zu tun, falls einer der Vampire etwas dagegen haben sollte.

Als er von einer Frau zur nächsten blickte, landeten seine Augen plötzlich auf einem ungewöhnlich runden Körperteil. Verdammte Scheiße, eine von ihnen war schwanger! Deutlich schwanger. So wie sie aussah, war sie kurz davor, zu platzen. Ein schwangerer Vampir? Sofort schweiften seine Gedanken zu Yvette, die ihm versichert hatte, dass er sich keine Sorgen um eine Schwangerschaft zu machen brauchte.

„Ich denke, es ist an der Zeit, dass wir uns einander vorstellen“, sagte Samson mit ruhiger Stimme, als lud er täglich Vampirjäger zu sich nach Hause ein. „Amaury und Zane kennt ihr ja bereits.“

Als sein Name fiel, presste Zane seine Lippen noch fester zusammen. Haven ignorierte ihn und folgte Samsons weisender Hand, als er seine anderen Kollegen vorstellte.

„Gabriel ist mein Stellvertreter.“ Der mit der Narbe im Gesicht nickte.

„Thomas, unser IT-Genie.“ Aha, der Biker. Wer hätte das gedacht?

„Eddie ist unser Jüngster.“ Der Sunny Boy. Konnte man sich denken.

„Amaurys Frau Nina.“ Er deutete auf die hübsche Blonde.

„Gabriels Frau Maya.“ Die dunkle Schönheit warf ihr Haar über ihre Schulter und nickte.

„Meine Frau Delilah.“ Die Schwangere.

Sie strahlte sie entzückt an.

„Entschuldigt, dass ich nicht aufstehe, um euch die Hände zu schütteln, aber das Baby wird langsam etwas schwer.“

Sofort eilte Samson mit besorgter Miene an ihre Seite. „Warum legst du dich nicht ein bisschen hin, Süße? Du siehst müde aus.“

Sie winkte ab. „Mach keine Umstände. Mir geht es gut. Aber ich könnte etwas zu essen vertragen.“

Samson rief in Richtung einer weiteren Tür hinter dem Essbereich. „Oliver?“

Im nächsten Augenblick erschien ein junger Mann.

„Ja, Samson?“

„Bring doch bitte einen Snack für meine Frau und unsere Gäste.“ Dann drehte er sich um. „Nina, möchtest du auch etwas?“

Haven verfolgte die Unterhaltung überrascht. Essen? Was ging hier vor sich? Er wusste sicher, dass Vampire keine Nahrung zu sich nahmen. Falls er je daran gezweifelt hatte, hatte die Gefangenschaft mit Yvette ihn eines Besseren belehrt. Wollten sie direkt vor Wesley und ihm Blut trinken? Havens Lippen senkten sich angewidert.

„Ein Sandwich wäre super“, antwortete Nina.

Haven schaute sie überrascht an. „Sandwich?“, echote er ungewollt.

Samson blickte ihn an und lächelte. „Entschuldigt meine Vergesslichkeit. Vielleicht hätte ich erwähnen sollen, dass nicht alle von uns Vampire sind.“

Haven hob eine Augenbraue.

„Ist nicht wahr?“, kam es von Wesley.

„Nina und meine Frau sind Menschen.“

Das Räuspern ließ Samson zu der Frau blicken, die er noch nicht vorgestellt hatte. „Entschuldige Francine. Es tut mir leid, dass ich dich noch nicht vorgestellt habe. Das ist Francine, sie ist eine Hexe.“

Haven musste diese Information erst einmal verdauen. Zwei der Vampire waren mit menschlichen Frauen verheiratet? Und eine von beiden war schwanger? Verdammt, wenn er je Informationsüberfülle hatte, dann war es in diesem Moment. Wie war das möglich? Wie konnte eine normale Frau einen Blutsauger heiraten?

Und wie verbreitet war das? Vampire, die mit Menschen schliefen? Bedeutete das, dass es nicht so pervers war, dass er Yvette ficken wollte?

Haven blickte zu der Frau, die als Letzte vorgestellt worden war, Francine. Sie sah vertraut aus. Er kannte sie von irgendwo her, doch die Erinnerung an ihr Gesicht war unscharf.

„Kennen wir uns?“, fragte er sie.

Francine lächelte. „Ich habe mich schon gefragt, ob ihr euch an mich erinnert. Ich war eine Freundin eurer Mutter. Du warst damals zehn oder elf.“

Haven schloss die Augen und erinnerte sich zurück. Ja, Francine hatte ihre Mutter besucht. Er konnte sich an ihren letzten Besuch erinnern, der kurz vor Katies Geburt gewesen war. „Du und sie… ihr habt gestritten.“

Francines Gesicht wurde ernst. „Lass uns jetzt nicht davon sprechen. Ich bin froh zu sehen, dass ihr Katie endlich gefunden habt.“

Instinktiv wanderte sein Blick zu seiner Schwester, die jetzt neben der schwangeren Delilah saß. Sie schien sich in ihrer Gesellschaft wohlzufühlen, trotz des Wissens, dass die Männer um sie herum alle Vampire waren.

„Es war diese Hexe, die sie gefunden hat, doch jetzt haben wir sie wieder.“

Er spürte die Hand seines Bruders auf seiner Schulter. „Ja, das stimmt.“

Samson verschränkte die Arme vor seiner Brust. „Familienvereinigung schön und gut. Aber damit beginnen unsere Probleme.“

„Probleme? Hör zu“, begann Haven. „Ihr seid vermutlich alle angepisst, weil ich Yvette und Kimberly entführt habe, aber ich hatte keine Wahl. Diese Hexe, Bess, hat Wesley festgehalten. Ich konnte ihn doch nicht da drin verrotten lassen.“

„Das wissen wir“, sagte Samson ruhig. „Das ist nicht unser Problem. Jedenfalls nicht mehr. Keiner ist bei dem Kampf umgekommen. Aber es ist noch nicht vorbei.“

„Ihr habt uns von der Hexe befreit. Dafür bin ich euch dankbar. Nichts für ungut, aber jetzt würde ich gerne mit Yvette sprechen und dann von hier verschwinden.“

„Ihr könnt nicht gehen. Keiner von euch“, antwortete Samson.

Schock schoss durch Haven. Hatte er lediglich ein Gefängnis für ein anderes eingetauscht?

25

Haven atmete ein und blickte zu Samson, ging ein paar Schritte auf ihn zu, bevor Zane ihm den Weg blockierte. Der kahlköpfige Vampir zeigte seine Fänge. Vage hörte er Kimberly nach Luft ringen und spürte, wie Wesley näherkam. Doch er konnte seine Augen nicht von dem feindseligen Vampir nehmen.

„Geh mir verdammt noch mal aus dem Weg!"

„Zane!", ermahnte ihn Samson.

Spannungsgeladene Sekunden verstrichen, bis Zane sich rührte und der Anweisung seines Chefs gehorchte.

„Entschuldigt meinen Mitarbeiter, aber er hat eine Abneigung Hexen gegenüber", erklärte Samson.

Na toll! Und wenn er Yvette glauben konnte, dann waren er und seine Geschwister Hexen. Das bedeutete nichts Gutes für seine unmittelbare Zukunft. Haven warf einen kurzen Blick zu seiner Schwester und bemerkte, dass die schwangere Delilah ihre Hand tätschelte und sie freundlich anlächelte, als wollte sie sie beruhigen.

Die versammelte Gruppe war voller Widersprüche. Einerseits wurden er, Wesley und Kimberly von Amaury und Delilah freundlich behandelt. Andererseits zeigte Zane offen seine Abneigung, während Samson sie in seinem Haus festhielt. Welchen Standpunkt die restlichen Vampire vertraten, konnte er nicht ausmachen. Und zu welcher Gruppe Francine zählte… da tappte er noch völlig im Dunkeln.

„Ich verlange eine Erklärung, was ihr von uns wollt", forderte Haven und warf Samson einen herausfordernden Blick zu, während er gleichzeitig seinen Stand festigte.

Doch er wusste, dass ein Kampf mit ihnen ein tödliches Spiel wäre. Und er konnte das Leben seiner Schwester und seines Bruders nicht riskieren. Er war vom Regen in die Traufe gekommen.

Samson nickte mit nachdenklichem Gesichtsausdruck. „Und du verdienst eine. Ich kann euch versichern, dass wir kein Interesse daran haben, euch etwas anzutun. Aber wir müssen uns beschützen. Und die *Macht der Drei* freizusetzen, würde die Machtverteilung der Welt aus dem Gleichgewicht bringen. Das können wir nicht zulassen."

„Warte.“ Haven hob seine Hand. „Ich verstehe immer noch nicht, wovon ihr eigentlich redet. Wie ich Yvette bereits gesagt habe, wir haben keine Kräfte. Wir mögen vielleicht wie Hexen riechen, doch wir haben keine Hexenkraft.“

„Noch nicht.“ Francine erhob sich aus ihrem Sessel.

Haven schnaubte frustriert. „Und was zum Teufel soll das nun heißen?“ Er funkelte Francine an. „Wie wär’s, wenn du mir sagst, was du weißt und mit der Geheimniskrämerei aufhörst?“

Francine tauschte einen Blick mit Samson aus. Nach einigen Sekunden nickte dieser. „Nur zu. Wenn wir ihre Kooperation wollen, müssen sie über alles informiert sein.“

„Du setzt dich hierfür besser hin, Haven. Wesley, du auch. Es ist eine lange Geschichte.“

Haven schaute zu seinem Bruder, der mit den Achseln zuckte und in Richtung Sofa ging, wo Kimberly Platz machte, sodass er sich noch neben sie zwängen konnte. Er küsste sie auf die Stirn.

„Geht’s dir gut?“

Kimberly nickte. „Sie werden uns nichts tun.“

Haven wünschte, er hätte dieselbe Überzeugung, die seine Schwester an den Tag legte, doch die Feindseligkeit, die von Zane ausging, war noch immer greifbar. Und wenn es hart auf hart kam, wusste er, dass der kahl geschorene Vampir ihn innerhalb eines Augenzwinkerns umbringen würde.

„Okay.“ Haven blickte zur Hexe, zeigte damit, dass er es vorzog, zu stehen.

„Na gut. Wie ihr wisst, kannte ich eure Mutter Jennifer. Sie war eine gute Freundin, doch wir hatten unterschiedliche Ansichten, was unsere Kräfte betraf. Ihre Kräfte waren gering: Ein paar Sprüche, einige Tränke, doch sie konnte kein Element beeinflussen. Nur mächtige Hexen können die Elemente steuern. Sie wollte mehr. Sie wollte echte Macht. Und sie wusste, wie sie diese bekommen konnte.“

Für einen Moment schloss Francine ihre Augen, als wäre die Erinnerung zu schmerzhaft.

„Sie hat euren Vater als ihren Gefährten gewählt, nicht weil sie ihn liebte, sondern aufgrund des königlichen Blutes, das durch seine Venen floss.“

Haven lauschte. Bisher hatte er nicht gewusst, dass sein Vater ein Adeliger war. Nicht dass er überhaupt mehr über ihn erfahren wollte als das, was er bereits wusste: dass er sie noch vor Katies Geburt verlassen hatte. Als hätte er seine Söhne nie geliebt. Bei dem Gedanken ballte Haven seine Hände zu Fäusten. Der Hass, den er auf seinen Vater hatte, war allgegenwärtig.

„Nicht so königlich, wie du vielleicht annimmst. Kein europäischer Adel, sondern ein Abkömmling einer der ersten Hexen."

„Unser Vater war auch ein Hexer?", kam es von Wesley.

Francine verneinte mit ihrem Kopf. „Seine Großmutter hat ihre Kräfte abgegeben, wodurch all ihre Nachkömmlinge keine Hexen wurden."

„Wie kann man einfach so seine Kräfte abgeben?", fragte Kimberly mit großen Augen.

„Es ist kein leichtes Unterfangen. Doch es gibt ein Ritual, das die Kräfte freisetzt, damit man sie dann in ein Gefäß einschließen kann. Das hat sie getan. Doch es hat die Blutlinie nicht zerstört. Das Blut eures Vaters war noch immer königlich und das war alles, was eure Mutter brauchte."

Sie seufzte. „Es gibt eine Prophezeiung. Die drei Kinder einer gewöhnlichen Hexe werden die *Macht der Drei* erlangen, sofern sie von königlichem Blut abstammen. Die *Macht der Drei* übertrifft jede andere Kraft. Nichts ist stärker. Nichts ist verlockender und verführerischer als diese Macht. Nur Wenige sind fähig, ihrer Anziehungskraft zu widerstehen. Wer auch immer die *Macht der Drei* in sich trägt, wird die Welt regieren. Jennifer wollte diese Prophezeiung wahr werden lassen, und sie hat alles dafür getan, was sie konnte, um ihr Ziel zu erreichen. Nach Katies Geburt hatte sie alles, was sie brauchte."

Haven schluckte schwer. „Sie und Dad haben viel gestritten, bevor Katie geboren wurde."

„Euer Vater wollte kein drittes Kind. Er fand heraus, was sie vorhatte, und wollte sie aufhalten. Doch Jennifer war bereits schwanger, und sie weigerte sich, abzutreiben."

Ein kleines Schluchzen kam von Kimberlys Brust. Havens Aufmerksamkeit richtete sich auf sie und er sah, wie Wesley einen Arm um sie legte, um sie zu trösten. „Katie… Kimberly, wir haben dich immer geliebt", flüsterte er in ihr Ohr.

Haven war froh, dass Wesley sich um sie kümmerte. Zu wissen, dass der eigene Vater ihre Geburt verhindern wollte, tat weh. Mehr als das Wissen, dass der eigene Vater einen nicht genug geliebte hatte, um zu bleiben. Er litt mit ihr.

„Tut mir leid, Katie. Die Wahrheit kann wehtun. Dein Vater wollte verhindern, dass die Prophezeiung wahr wurde. Doch er konnte es nicht. Er konnte Jennifer nicht beeinflussen. Sie musste nur noch warten, bis Katie ihren ersten Geburtstag erreichte –"

„Aber ich bin schon 22. Warum haben wir unsere Kräfte nicht längst erhalten?", fragte Kimberly.

„Jede Hexe und jeder Hexer hat von Geburt an gewisse Kräfte. Bis zum Erwachsenenalter erhalten sie ihren Feinschliff, bevor sie dann in echte Gaben verwandelt werden. Doch eure Mutter hat eure angeborenen Kräfte bei euren Geburten stillgelegt, sodass ihr später nicht ihren Plan durchkreuzen konntet."

„Und was für ein Plan war das?", fragte Haven, mochte überhaupt nicht, was Francine ihnen erzählte. Es stellte seine Mutter in ein schlechtes Licht. Und er wollte nicht, dass ihr Andenken beschmutzt wurde.

„Sobald Katie alt genug gewesen wäre, hätte sie das Ritual durchgeführt, um die *Macht der Drei* an sich zu reißen."

„Macht keinen Sinn", warf Wesley ein. „Du hast gesagt, sie hat uns bei der Geburt unsere Kräfte weggenommen."

„Stillgelegt. Aber die Kräfte, die durch eure Venen flossen, weil ihr von königlicher Abstammung wart, waren noch immer in euch. Und das war alles, was sie brauchte."

„Aber warum würde sie uns dann unsere anderen Kräfte nehmen?", fragte Haven, der mittlerweile komplett verwirrt war.

„Sie wollte nicht, dass ihr euch gegen sie wehrt."

„Warum hätten wir das tun sollen?" Er hätte nie seine eigene Mutter angegriffen. Verdammt, er hatte versucht, sie zu beschützen – und er hatte versagt.

„Das Ritual, das sie hätte durchführen müssen, hätte einen von euch getötet. Wenn sie euch eure Kräfte entzogen und sie an sich gerissen hätte, wäre nicht genügend Lebenskraft übrig geblieben, um euch alle drei am Leben zu erhalten. Es war ihr Plan, die mächtigste Hexe zu werden, die es je gegeben hat."

Wesley sprang im selben Moment von der Couch auf, als Haven auf Francine zuging. „Du lügst! Gib zu, dass du lügst! Mutter hätte uns nie so wehgetan!“

„Miese Schlampe! Du bist keine Freundin von Mutter!“, rief Wesley.

„Beruhigt euch“, unterbrach Samson.

Haven funkelte ihn an. Wie konnte jemand diesen Unsinn glauben?

„Ich fürchte, was Francine sagt, ist die Wahrheit. Alles weist darauf hin: Ihr habt nicht wie Hexen gerochen, als euch Yvette zum ersten Mal begegnete; ihr habt den Hexenduft angenommen, als ihr alle drei beieinander wart; diese andere Hexe wollte tun, was eure Mutter geplant hatte. Es macht Sinn.“

Haven schüttelte den Kopf, weigerte sich, ihnen zu glauben. „Warum hat sie uns dann zusammengebracht, wenn uns das in Hexen verwandelt? Hätte unser Kidnapper nicht Angst haben müssen, dass wir unsere Kräfte gegen sie verwenden?“

„Nein“, antwortete Francine. „Denn ohne das Ritual habt ihr keine Kräfte. Ihr habt zwar begonnen, wie Hexen zu riechen, als ihr zusammen eingesperrt wart, da die Einheit endlich wieder hergestellt war, aber noch ein weiterer Schritt ist nötig, um eure Kräfte zu erlangen.“

Etwas ergab noch immer keinen Sinn. „Die Hexe hat uns gefoltert, versucht, unsere Macht zu finden. Warum sollte sie das tun, wenn sie weiß, dass wir zu dem Zeitpunkt noch keine Kräfte hatten?“

„Eine Vorsichtsmaßnahme. Ein Test. Damit sie sicher ist, wenn sie das Ritual durchführt. Sie musste sichergehen, dass ihr keine Kräfte habt, sonst könntet ihr sie bekämpfen, und sie könnte die *Macht der Drei* nicht erlangen. Wenn das während des Rituals geschehen würde, wärt ihr drei so mächtig, dass ihr sie zerstören würdet.“

Erschrocken lehnte sich Haven an die Wand hinter sich an, stützte sich ab. War das die Wahrheit? War es möglich? „Sie hat mich gefragt, wo der Schlüssel zu meiner Macht liegt. Was bedeutet das?“

„Es ist ein Weg für dich, um an deine stillgelegten Kräfte zu gelangen und sie abzurufen.“

„Das verstehe ich nicht.“

„Die Kräfte, die dir deine Mutter genommen hat. Sie sind weggeschlossen. Wenn du den Schlüssel dafür hättest, könntest du sie wieder erlangen.“

Frustration keimte in ihm auf. „Kannst du das vielleicht in Laiensprache wiederholen?“

„Ich bin nicht sicher, wie ich das erklären soll, doch wenn du wüsstest, worauf du dich konzentrieren müsstest, um an die Kräfte zu gelangen, könntest du sie wieder bekommen. Du warst damals noch ein Kind. Ich gehe davon aus, dass du nie erkannt hast, was der Schlüssel war. Du warst zu jung, und obwohl deine Mutter es wusste, bin ich nicht sicher, ob sie es dir gesagt hätte.“

Francine hielt sich die Hand vor den Mund, als erinnerte sie sich plötzlich an etwas. „Doch –“ Sie blickte Haven direkt an. „Um sicherzugehen, dass du dich in einem Notfall verteidigen könntest, oder wenn ihr irgendetwas passierte, könnte sie einen Hinweis gegeben haben.“

Haven dachte nach, doch er wusste nicht, wo er beginnen sollte. Bruchstücke von Unterhaltungen mit seiner Mutter spielten sich in seinem Kopf ab, brachten lange vergessene Erinnerungen zurück. Doch sie waren nutzlos. Es gab keinen Schlüssel.

„Worauf hat Bess gewartet? Warum hat sie das Ritual nicht sofort durchgeführt, als sie uns gefangen genommen hat?“, fragte Haven.

„Sie muss bis zum nächsten Vollmond warten.“

„Verstehst du jetzt, warum wir euch nicht gehen lassen können?“, fragte Samson mit ernster Miene. „Wenn euch diese Hexe erneut schnappt, wird sie das Ritual durchführen und die *Macht der Drei* an sich reißen.“

Er blickte in die Runde und deutete auf seine Freunde und Kollegen. „Wir wären alle in Gefahr. Wir können es nicht zulassen, dass eine einzelne Kreatur solch absolute Macht erlangt. Sie wird uns alle vernichten.“

Haven drückte sich von der Wand ab, schaute erst zu Samson, ließ dann seinen Blick zu den anderen Anwesenden schweifen. „Bedeutet das, dass ihr uns stattdessen umbringen werdet?“

„Die Einzige, die sterben wird, ist die Hexe!“

Die Frauenstimme, die von der Tür kam, sandte sowohl Überraschung als auch Freude durch seine Knochen.

26

Yvette warf die Tür hinter sich zu, obwohl der Raum etwas frische Luft hätte gebrauchen können. Es lag eindeutig zu viel Testosteron in der Luft.

Haven wohlauf zu sehen erleichterte sie, doch sie zeigte es nicht. Ihre Kollegen hatten sie bereits schief angesehen, als sie geweint hatte, da sie dachte, dass Zane Haven umgebracht hatte. Erst als Francine dazu gestoßen war und ihr erklärt hatte, dass sie ein Gift gebraut hatte, das lediglich jede Hexe zwölf Stunden außer Gefecht setzen würde, trockneten ihre Tränen.

Was für eine Demütigung! Ihre Schwäche vor ihren Kollegen zu zeigen war ein Fehler. Doch als sie Haven fallen sah, war alles, was sie fühlte der Schmerz, ihn zu verlieren. Es hatte ihr Herz entzwei gebrochen. Sie wusste jetzt, dass ihre Gefühle für ihn nichts mit Hass zu tun hatten.

Was sollte sie jetzt machen? Hatte sie überhaupt eine Wahl, wenn ihr Körper danach schrie, in Havens Arme zu laufen? Sicher, er würde sie ficken, wie er es versprochen hatte. Doch dann würde er zu Sinnen kommen: Er hasste Vampire. Er würde sich nie in sie verlieben.

Yvette setzte eine wackere Miene auf und blickte zu ihren Kollegen. Sie fühlte sich jetzt besser, nachdem sie zu Hause gewesen war. Dummerweise war ihr Hund weg. Und weil kurz nach ihrer Heimkehr die Sonne aufgegangen war, hatte sie keine Zeit gehabt, ihn zu suchen. Alles, was sie tun konnte, war, ihre Gedanken an ihn zu senden und zu hoffen, dass der dumme Köter sie gehört hatte und zurückkommen würde.

Sie hatte geschlafen, geduscht und dann einen Rollkragenpulli und ihre Lederhose angezogen – und sie hatte ihre Haare geschnitten. Sie war wieder die abgehärtete Frau von zuvor. Nichts konnte jetzt ihren Panzer durchbrechen.

„Yvette, du hast viel durchgemacht. Warum nimmst du dir nicht ein paar Tage frei?“, fragte Samson. „Wir kommen hier schon zurecht.“

„Danke. Aber nein danke. Ich habe mit dieser verdammten Hexe noch eine Rechnung offen.“

Aus dem Augenwinkel sah sie, wie Haven sie von oben bis unten musterte, sein Blick erregt. Unter seinen prüfenden Augen spürte sie, wie ihre Körpertemperatur anstieg, und war froh, dass sie ein Vampir war, da diese nicht erröten konnten. Denn neben ihr hätte sonst eine reife Kirsche blass ausgesehen.

Samson nickte. „Auch gut.“

Unfähig, auf Haven zuzugehen und ihn zu fragen, wie es ihm ging, schaute sie zu Kimberly. „Wie fühlst du dich? Ich hoffe, Francines Zaubertrank hinterließ keine Nachwirkungen.“

„Mir war etwas schwindelig, als ich aufgewacht bin. Aber jetzt geht’s mir prima.“

„Du hast einen Zaubertrank gebraut, Francine?“, bellte Haven die Hexe an. „Warum hast du ihn an uns angewendet?“ Er deutete auf seine Geschwister.

„Zane dachte, ihr seid der Feind“, erklärte Yvette und blickte Haven zum ersten Mal direkt an.

Gott, er sah sexy aus. Anscheinend hatte er geduscht und sich rasiert und trotz des Hexenduftes, der an ihm hing, war sein männlicher Duft noch stärker. Es brachte Erinnerungen an ihren Aufenthalt im Badezimmer zurück. Eine weitere Hitzewelle wanderte durch ihr Inneres, drohte, sie von innen her zu schmelzen.

Haven blickte zu Zane. „Hätte ich mir denken können!“

Ihr Kollege legte schlicht die Stirn in Falten und presste die Lippen zusammen.

Yvette schluckte. „Ich hatte keine Zeit, zu erklären –“

„Ich werfe das nicht dir vor, Yvette, sondern ihm.“

Haven deutete auf Zane, wandte seinen Blick jedoch nicht von Yvette ab. Seine Stimme wurde sanfter, als er weitersprach. „Es freut mich, dass es dir gut geht.“

Yvette nickte, ignorierte den Kloß in ihrem Hals. Plötzlich fühlte sie sich wie das sprichwörtliche Mauerblümchen, das tapsig auf den Quarterback im Flur der High School zuging. Das war nicht gut. Sie konnte sich nicht erlauben, sich in seiner Gegenwart in unkontrolliertem Verlangen zu verlieren. Erbärmlich! Das war es, was sie war: total erbärmlich.

„Danke“, schaffte sie zu sagen, bevor sie ihren Blick von ihm abschweifen ließ und sich den anderen Leuten im Raum zuwandte. Sie räusperte sich, zwang mehr Stärke in ihre Stimme. „Also, was für einen Plan haben wir?“

Samson nickte Gabriel zu. Als Leiter von Scanguards San Francisco war es seine Aufgabe, sich über wichtige Unterfangen zu äußern.

„Samson und ich haben einige Möglichkeiten durchgesprochen und haben uns für die realisierbarste entschieden. Wir werden die Geschwister trennen und –“

„Halt – jetzt mal langsam! Ihr werdet uns nicht trennen“, unterbrach ihn Haven mit spannungsgeladener Stimme.

Gabriel hob seine Hand. „Tut mir leid, aber wir können nicht zulassen, dass ihr drei wieder zusammen gefangen genommen werdet. So ist es sicherer. Und es wird ja nicht für immer sein. Nur solange, bis wir die Bedrohung ausgeschaltet haben.“

„Wie lange?“, presste Haven hervor.

„Ein paar Tage, vielleicht eine Woche. Dank Francine, und weil wir wissen, wie die Hexe heißt, haben wir schon einen Anhaltspunkt, wo wir sie finden können. Unsere Leute suchen bereits nach ihr. Sobald wir sie haben, seid ihr wieder sicher.“

„Sicher? Ich glaube, ihr überseht da etwas.“

„Glaub mir; sobald wir sie aus dem Weg geräumt haben, werden du und deine Geschwister in Sicherheit sein.“

Haven schüttelte den Kopf. „Ja, sicher vor ihr vielleicht.“

Bei seinen Worten erkannte Yvette, was er damit meinte. Er hatte recht. Die Geschwister waren nicht sicher. Sie würden nie sicher sein.

„Was ist mit all den anderen Hexen da draußen, die von der Prophezeiung wissen? Glaubt ihr wohl, die sind nicht hinter uns her?“

An dem kollektiven Fluchen ihrer Kollegen erkannte Yvette, dass sie die Bedrohung nun ebenso erkannten wie sie.

„Der einzige Weg, sie und alle anderen Hexen auszuschalten, die die *Macht der Drei* stehlen wollen, ist, wenn Wesley, Kimberly und ich die Macht selbst an uns nehmen.“

Bei Havens Vorschlag sprangen all ihre Kollegen auf. Ihre verärgerten Stimmen übertönten einander.

„Kommt gar nicht in Frage!“

„Verdammt, nein!“

„Nur über meine Leiche!“

„Das werde ich nicht zulassen!“

„Niemals!“

„RUHE!“, brüllte Samson und alle verstummten sogleich.

Er blickte in die Runde, dann zu Haven. „Ich fürchte, das können wir nicht erlauben. Ein Versuch, die *Macht der Drei* zu erwecken, und ich gebe den Befehl, einen von euch zu töten.“

Yvette schaute in Samsons Augen, sah, wie schwer die Worte für ihn waren. Samson war kein Killer, doch er musste seine Familie und seine Freunde beschützen. Das verstand sie.

„Oh, ich verstehe“, zischte Haven. „Du willst die Macht für dich selbst, nicht wahr? Ihr seid also diejenigen, die anschaffen wollen.“

„Selbst wenn ich die Macht wollte, was nicht der Fall ist, es ist unmöglich für mich, sie zu erlangen.“ Samson blickte zu Francine. „Erklär’s ihm.“

„Nur ein menschlicher Körper kann die Macht einer Hexe erlangen. Kein Dämon. Kein Vampir. Samson hat recht. Selbst wenn er die Macht haben wollte, sein Vampir-Körper könnte sie nicht annehmen. Keine Hexenkraft kann in einem nicht menschlichen Körper überleben.“

Ein Zeichen der Erleichterung erschien in Havens Gesicht, sein Stirnrunzeln verschwand und sein verkrampfter Kiefer entspannte sich etwas.

„Warum wollt ihr dann nicht, dass wir sie erlangen und dafür sorgen, dass sie für immer sicher ist? Oder wird einer von uns sterben, wenn wir das tun?“

Samson schüttelte den Kopf. „Nein, nur wenn euch die Macht gestohlen wird, wird der Schwächste von euch sterben. Wie auch immer, keiner Seite kann es gestattet werden, ultimative Macht zu erlangen.“

„Wir versprechen, dass wir euch nichts antun werden“, versicherte Kimberly.

Samson lächelte sie an. „Das sagt ihr jetzt. Doch sobald ihr die *Macht der Drei* habt, werdet ihr sie auch anwenden wollen. Dem Reiz zu widerstehen ist fast unmöglich. Selbst wenn du jetzt davon überzeugt bist, dass du uns nie verletzen wirst, wirst du es tun. Das können wir nicht riskieren.“

Francine nickte. „Samson spricht die Wahrheit. Der Kraft zu widerstehen, wenn sie in der Nähe ist, ist nahezu unmöglich. Aber sobald sie innerhalb deiner Reichweite ist, wirst du die Macht haben wollen. Und du wirst sie für deinen Eigengebrauch nutzen wollen. Du musst ein reines Herz haben, um fähig zu sein, dem zu widerstehen. Und mal ehrlich, das hat doch keiner.“

Bei der Erklärung schmollte Kimberly.

„Was sollen wir dann eurer Meinung nach machen?“, fragte Haven, ernüchtert dreinblickend.

Seine blauen Augen suchten nach Yvette. Ein angenehmes Prickeln lief durch ihren Körper, als sich ihre Blicke trafen. Sie wollte ihm versichern, dass er nichts befürchten musste, doch bei dem Publikum, das sie beobachtete, war sie wie gelähmt, und sie brachte die Worte, die er von ihr hören wollte, nicht heraus.

Gabriel räusperte sich, zwang sie, den Augenkontakt mit Haven zu brechen.

„Okay, das ist der Plan: Wir trennen euch drei. Kimberly bleibt hier unter Samsons und Amaurys Schutz. Wesley kommt mit mir, Maya und Oliver. Wir werden bei mir zu Hause auf ihn aufpassen. Dann bleibt noch Haven. Er wird in Thomas’ Haus beschützt. Zane und Eddie werden auch dort sein.“

Yvette bemerkte sofort, dass er ihren Namen ausgelassen hatte. „Ich bleibe auch bei Thomas.“

Gabriel hob eine Augenbraue. „Das wird nicht nötig sein.“

Yvette ging einen Schritt auf ihren Boss zu. „Wenn du denkst, dass ich Haven unter der Aufsicht von Zane alleine lasse, kennst du mich gar nicht. Er hat bereits einmal versucht, ihn umzubringen.“ Sie blickte ihren kahlen Kollegen von der Seite an. „Nichts für ungut, Zane. Aber du bist eine tickende Zeitbombe.“

Zane antwortete lediglich mit einem Knurren.

„Zane weiß, dass er unseren Gästen nichts antun darf“, versicherte Gabriel.

„Das möchte ich gerne höchstpersönlich überwachen.“ Das ließ sie sich nicht ausreden.

„Gut. Ein Bodyguard mehr kann ja nicht schaden.“

Als Yvette sich von ihrem Boss abwandte, fing sie Havens Blick auf. Konnte er sich denken, dass der einzige Grund, warum sie auch in Thomas’ Haus sein wollte, war, dass sie etwas Zeit mit ihm alleine erhaschen wollte? Hatte er sie bereits durchschaut?

***

Haven stoppte Francine, als diese in den Flur von Samsons Haus trat. „Auf ein Wort."

Sie nickte und lächelte ihn an. „Hat dir schon mal jemand gesagt, wie sehr du deinem Vater ähnlich siehst?"

Er wollte seine Meinung über seinen Vater nicht überdenken, deshalb versuchte er, die Erinnerungen beiseite zu schieben. Er verstand nun, warum er und seine Mutter vor Katies Geburt gestritten hatten. Doch er war nicht bereit, seinem Vater zu vergeben, dass er sie verlassen hatte. Hatte er ihn und Wesley denn überhaupt nicht geliebt?

„Warum hat er nicht gegen sie angekämpft? Warum hat er uns nicht mitgenommen?"

Francines Blick war erfüllt von Mitleid. Haven wandte seinen Blick ab, wollte nicht zeigen, wie nahe ihm die Erinnerungen an seinen Vater gingen.

„Jennifer hat ihn bedroht."

Erneut begann Wut in ihm aufzukochen. „Er hätte für Wes und mich kämpfen können."

Francine legte ihre Hand auf seinen Arm und drückte ihn leicht. „Das hat er getan. Aber er ist gescheitert."

„Er hat uns verlassen!"

Sie schüttelte den Kopf. „Er hat euch nicht verlassen." Sie hielt inne und seufzte. „Er hat Wes und dich geliebt. Sogar mehr, als er sie geliebt hat."

Verwirrung setzte sich in Havens Brust fest. „Aber du hast es selbst gesagt: Du hast allen da drinnen gesagt, dass er uns verlassen hat." Er deutete zum Wohnzimmer, wo sich die Vampire für die bevorstehenden Aufgaben vorbereiteten.

„Ich musste lügen. Wes und Katie können mit der Wahrheit nicht umgehen. Doch du, du bist stärker. Das warst du schon immer, schon als kleiner Junge."

Er wusste die Antwort auf seine Frage, schon bevor er sie gestellt hatte, doch die Worte purzelten dennoch über seine Lippen. „Was hat sie mit ihm gemacht?"

„Sie hat ihn umgebracht."

Haven spürte, wie seine Knie weich wurden, und hielt sich am Treppengeländer fest. Seine Knöchel wurden unter der Belastung weiß.

„Nein, das kann nicht wahr sein.“ Doch sein Herz wusste, dass es die Wahrheit war.

„Sie war besessen von dem Verlangen nach Macht. Sie hat es lange Zeit gut versteckt. Doch ich konnte es sehen. Als es sie gepackt hat, konnte sie nicht mehr davon lassen. Es war wie ein Fluch. Wie eine Krankheit, die dich packt und erstickt. Wenn du mal infiziert bist, ist es nur noch eine Frage der Zeit, bis du ihr erliegst. Sie hatte nie eine Wahl.“

Francines Augen waren befeuchtet von unvergossenen Tränen. „Ich hoffe, deine Geschwister und du erliegen diesem Fluch nie. Du musst es beenden, bevor es zu spät ist.“

Haven schüttelte den Kopf. Seine Gedanken wirbelten durcheinander. Seine Mutter hatte sie alle hintergangen und ihnen ihren Vater geraubt. Wie sollte er das verarbeiten? Und all die Jahre hatte er seinen Vater gehasst, obwohl er es nicht verdient hatte. Er hatte für sie gekämpft, sein Leben für sie gegeben. Scham breitete sich in Havens Herz aus, als er an die Gefühle dachte, die er seit Jahren für seinen Vater gehegt hatte. Er wünschte, er könnte um Vergebung bitten.

„Ich habe kein Interesse an der *Macht der Drei*. Ich will sie nicht.“

„Das sagst du jetzt, weil du nicht weißt, was es bedeutet, diese Macht zu besitzen.“ Ihre Augen glitzerten mit der Freude eines Kindes unter dem Weihnachtsbaum. „Doch sobald du sie spüren kannst, wahrnehmen, schmecken …“

„Ich will sie nicht.“ Die *Macht der Drei* war der Grund, warum sein Vater tot war, warum seine Schwester ohne sie aufwachsen musste. Er konnte eine solch zerstörerische Kraft nie annehmen.

„Dann musst du sie vernichten.“

„Aber –“

„Du wirst einen Weg finden.“ Sie ließ seinen Arm los und machte Anstalten, sich umzudrehen.

„Warte – ich wollte dich noch etwas fragen.“

Sie blickte ihn an, hob dabei ihr Kinn. „Ja?“

„Du hast von dem Schlüssel zu meiner Macht gesprochen, die meine Mutter genommen hat. Wie finde ich ihn?“

Francine wurde für einen Augenblick still, bevor sie mit einer Gegenfrage antwortete. „Ist sie sofort gestorben, als der Vampir sie angegriffen hat? Oder hatte sie noch die Gelegenheit, etwas zu sagen?“

„Sie hat einen Zauberspruch gesungen."

Francine schüttelte den Kopf. „Das ist nicht das, was ich meinte. Als sie wusste, dass sie sterben würde, warst du doch bei ihr. Hat sie noch etwas gesagt?"

Haven versetzte sich zurück zu besagter Nacht. Sie hatte etwas gemurmelt, doch die Worte drangen nicht zu ihm durch. „Ich erinnere mich nicht."

„Schade. Denn abgesehen von allem, was ich über deine Mutter gesagt habe, sobald sie wusste, dass sie verloren hatte, hätte sie dir den Schlüssel gegeben, damit du dich in Zukunft verteidigen kannst. Du musst versuchen, dich zu erinnern."

Dich erinnern. Diese Worte lösten etwas in ihm aus… Er streckte sich danach aus, doch er war nicht schnell genug.

Die letzten Worte seiner Mutter ließen sich nicht einfangen.

27

Bis alle besprochen hatten, wie sie die feindliche Hexe finden und besiegen konnten, und Haven sich von seinen Geschwistern verabschiedet hatte, ging die Sonne bereits wieder auf. Ein verdunkelter Van brachte ihn und seine Beschützer nach Twin Peaks, wo Thomas wohnte.

Haven war sich Yvettes Präsenz schmerzhaft bewusst. Nahe neben ihr zu sitzen und doch nicht nahe genug, ließ seinen Körper vor Verlangen erglühen. Seit sie aus ihrer Gefangenschaft entkommen waren, hatten sie noch kein einziges privates Wort gewechselt. Und wenn es noch länger dauerte, bis er sie berühren konnte, würde er in Flammen aufgehen.

Er ließ seine Augen über ihren Körper tanzen. Bekleidet mit einer engen schwarzen Lederhose sah sie mindestens so sexy aus wie in ihrem schwarzen, rückenfreien Abendkleid. Es würde ihn wertvolle Sekunden kosten, ihr diese Hose vom Leib zu reißen, wohingegen er ein Kleid einfach hochschieben hätte können, um sofort ans Ziel zu gelangen.

Haven bewegte sich in seinem Sitz, verbarg seine wachsende Erektion. Er hatte es schon lange aufgegeben, seine Körperreaktionen auf sie zu unterdrücken, da er wusste, dass es nichts nützte. Sie machte ihn heiß, ob er dagegen ankämpfte oder nicht. Er musste einfach das Beste daraus machen.

Thomas fuhr den Van in die Garage. In dem Moment als das Garagentor sich hinter ihnen schloss, sprangen alle aus dem Wagen. Haven blickte sich um. Neben dem bescheidenen Geländewagen waren einige Motorräder in der Garage aufgereiht. Da war wohl jemand ein Motorradliebhaber. Es erklärte Thomas' Lederkluft.

„Komm mit, ich zeig dir meine Bude", sagte Thomas fröhlich und bedeutete Haven, ihm über die enge Treppe zu folgen.

Ohne sich umzublicken, wusste er, dass Yvette hinter ihm war, nahe genug, um sie zu berühren. Er war sich einer anderen Person noch nie so bewusst gewesen.

Oben angelangt öffnete Thomas eine Tür. Sonnenlicht strömte hindurch und traf Haven direkt im Gesicht, ließ ihn für einen

Augenblick erblinden. Er erhaschte einen Blick auf die Fenster – keine Vorhänge oder Rollos. In Panik schlug ihm sein Herz bis in die Kehle, hämmerte dort wild.

„Mist!“

Sich bewusst, dass er keine Sekunde verlieren durfte, wirbelte er herum, ergriff Yvette und schubste sie gegen die Wand. Er bedeckte ihren Körper mit seinem und hoffte, dass keiner der Sonnenstrahlen sie berührte. Er presste ihren Kopf an seine Brust, spürte ihren heißen Atem auf seiner Haut. Ihre Hände gruben sich in sein Hemd.

„Baby“, flüsterte er, „ist alles ok?“

Ein grölendes Lachen ertönte hinter ihm und ließ ihn über seine Schulter blicken.

Zane stand etwas weiter unten auf der Treppe und schlug sich auf die Schenkel, lachte mit ungewohntem Frohsinn. Irgendwie hatte er gedacht, dass dieser Kerl unfähig war, zu lachen, doch es schien, als hätte Haven den Vampir unterschätzt. Neben ihm kicherte auch Eddie.

„Da hast du dir ja einen Beschützer angelacht, Yvette“, stichelte Zane.

Thomas erschien wieder in der offenstehenden Tür. „Haven, ich glaube, du kannst sie jetzt loslassen. Das ist kein natürliches Licht. Sie ist nicht in Gefahr.“

Thomas im Lichtstrahl stehen zu sehen, bewies, dass er ihm glauben konnte. Thomas wäre längst zu Asche geworden, wenn das Licht wirklich Sonnenlicht wäre. Widerwillig lockerte Haven seinen Griff.

„Tut mir leid“, flüsterte er. „Ich wusste nicht –“

„Schon gut.“ Endlich sprach sie mit ihm. „Es ist der Gedanke, der zählt.“

Yvette klammerte sich noch immer an seinem Hemd fest, und er hoffte, dass sie nicht bemerkte, dass er nicht die Absicht hatte, ihre beiden Körper voneinander zu trennen. Als er in ihre Augen blickte, übermannte ihn das Verlangen, sie zu küssen. Es war bereits zu lange her, seit er sie gekostet hatte. Wie von unsichtbaren Fäden geführt, näherte er sich ihren Lippen.

„Kommt ihr jetzt endlich?“, fragte Thomas und zerstörte den Moment.

Haven ließ von Yvette ab und drehte sich um. Als er oben angelangt war und Thomas’ Wohnzimmer betrat, blickte er sich um. Deckenhohe

Fenster umrahmten das Zimmer. Und keines davon war mit Vorhängen behangen, was einen atemberaubenden Blick auf San Francisco ermöglichte. Einen umwerfenden Blick auf das *taghelle* San Francisco.

„Ziemlich realistisch, was?“, fragte sein Gastgeber und winkte ihn zu den Fenstern.

„Ich dachte, ihr verbrennt im Sonnenlicht.“

„Tun wir auch. Aber das ist kein Sonnenlicht. Was du siehst, ist eine riesige Leinwand: Liveübertragung. Das Licht ist künstlich, aber sehr realistisch. Ich habe es selbst entwickelt. Das bekommst du nicht im Einzelhandel.“ Thomas grinste.

Haven nickte und wandte sich wieder Yvette und ihren Kollegen zu, die den Raum hinter ihm betreten hatten.

„Ich weiß nicht, wie's euch geht, aber ich bin total erschlagen“, verkündete Eddie. Dann wandte er sich zu Thomas. „Ich denke, Haven kann das Gästezimmer haben. Und Yvette bekommt mein Zimmer. Ich schlafe dann einfach bei dir im Zimmer.“

Ein kurzer Schockmoment war in Thomas' Gesicht zu sehen, bevor er sein Entsetzen schnell versteckte. „Sicher, kein Problem.“ Er blickte zu Zane. „Ist das Sofa für dich in Ordnung?“

Zane nickte. „Ich habe nicht vor, zu schlafen.“

Haven schaute zu dem glatzköpfigen Vampir, nahm die angedeutete Warnung auf. Ja, er hatte verstanden: Der Grund, warum Zane Wache stehen würde, war, um ein Auge auf *ihn* zu werfen, nicht um Alarm zu schlagen, wenn die Hexe auftauchte.

Misstrauischer Scheißkerl!

„Ich zeig' dir dein Zimmer“, sagte Eddie hinter ihm.

Haven suchte Yvettes Augen, um ihr eine stille Nachricht zukommen zu lassen, dass sie reden mussten. Nichts in ihrem Gesicht deutete darauf hin, dass sie verstand oder zustimmte. Da er Zane nicht noch einen Grund geben wollte, misstrauischer zu werden als er schon war, wandte er sich an Eddie.

„Klar, danke.“

„Die Schlafzimmer sind alle im hinteren Teil des Hauses. Keine Fenster.“

Eddie öffnete eine Tür und sie gingen in einen Flur, der mit demselben Licht erleuchtet war wie das Wohnzimmer. Entlang des Korridors gab es mehrere Türen.

„Hier ist es.“

Eddie drückte die Tür zum Gästezimmer auf und trat hinein. Haven folgte ihm in den gemütlich eingerichteten Raum. Ein großes Doppelbett, Nachttische sowie eine Kommode aus demselben Holz. In einer Ecke stand ein großer Lehnstuhl mit einer Leselampe. Der Raum wurde indirekt beleuchtet, was eine angenehme Atmosphäre schaffte.

„Danke.“

„Du hast dein eigenes Badezimmer.“ Eddie deutete zu einer Schiebetür.

„Das ist also Thomas’ und dein Haus?“

Eddie lachte und schlug ihm auf die Schulter, als wären sie alte Freunde. „Ich wünschte, es wäre so. Aber nein, es gehört Thomas. Er ist mein Mentor.“

„Dein Mentor?“

Haven hatte zuerst angenommen, dass sie ein Paar waren, da sie zusammen wohnten, obwohl keiner von beiden tuntig wirkte. Doch als Eddie Yvette sein Zimmer angeboten hatte, hatte er kapiert, dass sie kein Paar sein konnten, da sie sich sonst sicher ein Schlafzimmer teilen würden.

„Für mich ist das Vampir-Zeugs neu.“ Eddie grinste und zeigte damit seine Grübchen. „Thomas hat sich bereit erklärt, mir durch den Wandel zu helfen, mir alles beizubringen und so.“

Haven nickte, obwohl er nicht wirklich verstand, was Eddie meinte. „Du meinst wie zum Beispiel beißen?“ Als müsste man das einem Vampir beibringen. Er war davon überzeugt, dass der Instinkt einem sagte, wie das ginge.

„Du bist lustig, weißt du das?“ Eddie blieb weiterhin gutmütig. „Glaub mir, ich weiß, wie man jemanden beißt. Thomas bringt mir bei, wie ich meine Kräfte kontrollieren kann und meine Instinkte, sodass ich niemanden verletze. Am Anfang ist es ganz schön schwer, die eigenen Kräfte einzuschätzen.“

Haven war mit diesen Kräften nur allzu vertraut. Yvette hatte sie an ihm angewandt, doch er war sich auch bewusst, wie behutsam sie seinen Schwanz in ihren Mund genommen und an ihm gesaugt hatte. Der Gedanke an Yvette erinnerte Haven wieder daran, warum er angefangen hatte, mit Eddie zu plaudern: Er musste herausfinden, wo sein Schlafzimmer war.

„Das ist nett von Thomas, dass er dich hier wohnen lässt. Du hast also dein eigenes Zimmer hier?“

Haven drehte seinen Kopf zu der offenstehenden Tür und hoffte, dass Eddie seine pathetische Finte nicht erkannte.

Ein Blitzen in Eddies Augen sagte ihm, dass der junge Vampir ebenso schlau war wie der Rest der Meute. Und das Grinsen, das darauf folgte, versicherte ihm, dass er bei Weitem nicht so bedacht darauf war wie Zane, ihn von Yvette fernzuhalten.

„Den Flur runter, letztes Zimmer auf der linken Seite.“

„Danke. Hör mal –“

Eddie hob seine Hand. „Zwei Dinge: Halt es vor Zane geheim und tu Yvette nicht weh. Sie hat ein paar harte Tage hinter sich.“

„Ich weiß, ich war dabei.“

Eddie schüttelte den Kopf. „Nein, du verstehst nicht. Erst dachte sie, du wärst tot. Und dann mussten wir ihr sagen, dass ihr Hund verschwunden ist; er ist einfach weg. Sie ist nahe an einem Zusammenbruch.“

Yvette hatte einen Hund? Bedeutete das, dass sie sich emotional band? War sie dazu fähig? „Sie war bestürzt?“

Eddie blickte kurz zur Tür, als wollte er sichergehen, dass sie noch immer alleine waren. „Du scheinst ein netter Kerl zu sein, da du versucht hast, sie vor dem vermeintlichen Sonnenlicht zu schützen.“

Haven zuckte zusammen, wollte diese Peinlichkeit aus seiner Erinnerung löschen. Es hatte seine Gefühle für sie bloßgelegt, Gefühle, die er nicht einmal sich selbst eingestehen wollte. Und schon gar nicht den Vampiren. „Ein Reflex.“

Ein kurzes Kopfschütteln bedeutete, dass Eddie ihm nicht glaubte. „Seltsamer Reflex für einen Vampirjäger. Hey, es geht mich ja nichts an, aber sei nett zu ihr. Ich möchte sie nicht wieder weinen sehen.“

Eddie drehte sich um und schloss im Hinausgehen die Türe hinter sich.

Yvette hatte geweint? Seinetwegen?

Haven raufte sich die Haare. Was sollte er jetzt tun? Ging es jetzt plötzlich nicht mehr nur um Sex? Denn wenn es so war, dann änderte sich jetzt alles. Er würde keine Beziehung mit einem Vampir eingehen, egal wie heiß und sexy sie war.

Er streifte seine Stiefel ab und ließ sich aufs Bett fallen. Mit den

Händen hinter seinem Kopf verschränkt lag er da und starrte zur Decke. Vielleicht bedeutete es ja nichts. Verdammt, Eddie war doch noch ein Kind. So wie er aussah gerade mal Anfang Zwanzig. Was wusste er schon über Frauen?

Wenn Haven jetzt in ihr Zimmer ging, um mit ihr zu schlafen – und das *würde* er irgendwann tun, das war so sicher wie der Sonnenaufgang – würde sie es als Einladung für mehr ansehen? Würde Yvette versuchen, ihn in eine Beziehung hineinzuziehen?

Er setzte sich auf. Es gab nur einen Weg, das herauszufinden.

28

Yvette betrat Eddies Zimmer, achtete kaum darauf, wie gemütlich es eingerichtet war. Eddie hatte sich wirklich ein schönes Reich geschaffen. Doch trotz ihrer hübschen Umgebung fühlte Yvette sich alles andere als wohl.

Als Haven sie vor der vermeintlichen Sonne beschützt hatte, kam alles wieder zurück: die Ereignisse im Badezimmer, seine Hände auf ihrer Haut, sein Mund auf ihrem, sein Blut an ihren Lippen. Das Verlangen, ihn zu nehmen, war wieder in ihr hochgekocht, jetzt stärker als zuvor. Gleichzeitig war die Angst, als sie dachte, sie würde ihn für immer verlieren, zurück.

Würde er nun, da der Stress der Gefangenschaft weg war, zu Sinnen kommen und sie abweisen? Würde er wieder zu einem Vampirjäger werden, zu dem Mann, der Vampire verachtete? Oder hatte Samson ihn davon überzeugen können, dass Vampire nicht die Bösen waren?

So sehr sie auch zu ihm gehen und ihn ficken wollte, bis sie beide nicht mehr klar denken konnten, hielt ihr Stolz sie davon ab. Stolz und Selbstschutz. Sie hatte nicht auf ihr Herz geachtet, und jetzt lag es schutzlos da. Wenn Haven das herausfand, konnte er sie mit einer einzigen Ablehnung ebenso verletzen wie mit einem Pflock in ihrem Herzen.

Sie hatte nichts getan, um seine Zuneigung zu verdienen. Die gesamte Zeit, die sie eingesperrt waren, hatten sie miteinander gestritten. Und sie hatte ihn sogar gebissen. Zweimal. Einmal mit seiner Zustimmung und später ohne, ja sogar gegen seinen ausdrücklichen Wunsch. Er hatte jedes Recht, sauer auf sie zu sein. Und letztendlich hatte sie es nicht einmal fertiggebracht, ihn und seine Geschwister vor Zane zu beschützen. Sie hatten es allein Francine zu verdanken, dass sie noch am Leben waren. Wenn sie eine tödliche Dosis ihres Tranks gebraut hätte... Yvette erschauderte bei dem Gedanken.

Obwohl Haven darauf bestanden hatte, dass sie nach ihrer Gefangenschaft eine Verabredung hatten, würde sie nicht darauf pochen. Es war besser, wenn er wusste, dass das, was auch immer sie vereinbart hatten, nicht funktionieren würde. Das würde sie ihm sagen.

Entschlossen, ihm klarzumachen, dass aus ihrer gegenseitigen Anziehung zueinander nichts werden würde, öffnete sie die Tür und schritt in den Flur.

Es war besser, wenn sie dies nun klarstellte, bevor er zu sich kam und ihr mitteilte, dass er sie nicht mehr wollte. Wenn sie ihm zuvor käme, dann hätte sie wenigstens wieder die Oberhand. Sie würde ihn wegschieben, bevor er dasselbe mit ihr machen konnte.

Yvette atmete tief durch, als sie vor der Tür zum Gästezimmer stand. Sie beruhigte ihren Herzschlag und versuchte, sich davon zu überzeugen, wie wichtig das, was sie vorhatte, war. Als die Tür sich plötzlich öffnete, fühlte sie sich überrumpelt.

***

Der Anblick von Yvette vor seiner Tür brachte Havens Herz ins Stottern, dann fiel es in einen unsteten Rhythmus. Schnell blickte er den Korridor entlang, versicherte sich, dass sie keiner sah, und zog sie dann ins Gästezimmer.

Er wollte mit ihr sprechen, wollte ihr sagen, dass es nicht so weitergehen konnte. Doch als er Yvette so nahe bei sich fühlte, konnte er sich an keinen der Gründe erinnern, warum sie keine Affäre oder kurze Beziehung haben sollten. Es gab nur eines, an das er denken konnte, und diesen Gedanken führte er sogleich aus.

Haven drückte Yvette an die Wand, zwang sie zwischen zwei harte Flächen: die Wand und seinen Körper. Und in diesem Moment war er sich nicht mal sicher, ob die Wand die härtere der zwei Flächen war. Ihr Stöhnen zeigte, dass sie seine Erektion spüren konnte, die gegen sie drückte.

„Ich wollte gerade zu dir“, flüsterte er gegen ihre Lippen.

„Um was zu tun?“ Ihr Blick traf auf seinen, ihre Lider senkten sich – für ihn sah es wie eine Einladung aus.

„Erinnerst du dich an unsere Abmachung: du, ich und eine flache Ebene?“

Verdammt, er hatte sich geschworen, dass er erst mit ihr sprechen würde, dass sich zwischen ihnen nichts ergeben würde, dass er nicht der Typ war, der irgendwo lange blieb. Doch sein Schwanz war ungeduldig.

„Wir müssen reden“, sagte Yvette.

„Später.“

Er senkte seine Lippen auf ihre, erwartete teilweise, dass sie ihn wegschubste, wusste andererseits, dass sie dies nicht tun würde. Er zog ihre Unterlippe in seinen Mund und streifte mit seiner Zunge darüber. Ein Ton ähnlich eines Winselns war ihre Antwort.

„Ich hasse dich." In ihren Worten lag kein Feuer.

„Dann sollten wir uns sorgfältig gegenseitig hassen."

Denn er konnte nicht zugeben, dass das, was in ihm vorging, von Hass weit entfernt lag. Er musste ihr überhaupt nichts eingestehen.

Es war sicherer, nichts zuzugeben. Er hatte ihre Spezies die letzten 22 Jahre lang gehasst. Er konnte nicht plötzlich einlenken und zugeben, dass dieser Hass ihn nicht mehr vorantrieb.

Yvettes Hände, die ungeduldig an seiner Kleidung zerrten, brachten ihn wieder in die Gegenwart.

„Du kannst es wohl kaum erwarten, mich zu hassen."

„Halt die Klappe, Haven. Und mach schnell, bevor ich es mir anders überlege."

Er lächelte. Sie würde ihre Meinung nicht ändern. Der Duft ihrer Erregung war so stark, dass er davon überzeugt war, dass die anderen Vampire im Haus es bereits wahrnehmen konnten. Aber wenn sie sich nicht darum scherte, wer sie hören oder riechen konnte, war ihm das auch egal. Sollten alle wissen, dass er Manns genug war, eine Frau wie Yvette zu nehmen: stark, unabhängig und so voll von ungezügeltem Verlangen, dass er wusste, dass sie ihn umbringen würde, wenn er ihr nun etwas abschlug. Doch er würde ihr nichts verwehren.

Haven nahm ihren Mund, öffnete ihre Lippen, sodass seine Zunge eindringen konnte. Ihr Geschmack nahm ihn sofort ein und machte ihn verrückt vor Verlangen. Er tauchte ein und suchte ihre Zunge. Sie kämpfte mit ihm, strich mit langen, kräftigen Bewegungen gegen ihn. Er stöhnte vor Freude, konnte seine Aufregung nicht verbergen. Keine Frau hatte ihn je nur mit einem Kuss so heiß gemacht. Verdammt, er war schon bei der Sache gewesen, als sie ihn nur angesehen hatte.

Haven streifte seine Zunge gegen ihre Zähne, kostete, erkundete, erforschte ihren Mund, sodass er sie jederzeit erkennen würde. An ihren oberen Zähnen spürte er eine scharfe Kante. Er streifte entlang, ließ Yvette damit in seinen Mund stöhnen. Ihre offensichtliche Erregung sandte einen Lavastrom durch seinen Körper. Ohne nachzudenken, leckte er erneut über die scharfe Kante ihres Zahnes und spürte ihn wachsen.

Yvette riss sich von ihm los. „Nein. Bitte nicht.“

Er starrte sie an: Ihre Augen waren rot. Angst – er sah es ganz deutlich. Sie hatte Angst vor dem, was er mit ihr tat. Jetzt verstand er: Sie spürte etwas zu Intensives, wenn er über ihre Fänge leckte.

„Sie sind zu empfindlich.“

Es packte ihn, als er das hörte. An ihren Fängen zu lecken erregte sie? Haven nahm ihr Gesicht in seine großen Hände und zog sie wieder zu sich. „Das ist gut.“

Ohne ihr auch nur eine Sekunde zum Protestieren zu gewähren, senkte er seine Lippen wieder auf sie und drang in ihre süße Höhle. Seine Zunge strich sofort gegen ihre Fänge. Der Schauder, der daraufhin durch ihren Körper brauste, ging auf ihn über und endete in seinem Schwanz, so intensiv, dass er kaum seine Beherrschung behalten konnte.

Yvette riss ihm sein Hemd vom Leib und legte ihre Hände auf seine Brust. Seine eigenen Hände waren nicht minder aktiv: Er zog an ihrem engen Top und ließ ihre Lippen gerade lange genug frei, um es ihr über den Kopf zu ziehen. Ihre Brüste lagen frei und er drückte sie gegen seine Brust, als er sie wieder an sich zog, um einen erneuten Angriff auf ihre empfindlichen Fänge zu starten.

Mit jedem Streichen dagegen wuchsen sie, bis sie ihre volle Länge erreichten. Zu seiner eigenen Überraschung widerten sie ihn nicht an. Er hatte keinerlei Bedenken, dass sie ihn verletzen würde. Im Gegenteil, der Gedanke daran, was ihre Fänge beim letzten Mal mit ihm gemacht hatten, verstärkte sein Verlangen nur noch mehr. Wenn sie ihn beißen wollte, würde er einwilligen.

„Das ist verrückt“, flüsterte sie, ihre Atmung oberflächlich und ungleichmäßig.

„Ja, aber gut verrückt.“ Er leckte ein weiteres Mal über ihre Fänge. „Magst du das?“

„Haven, bitte …“ Doch sie verstummte und drängte sich gegen ihn.

Er hatte sie noch nie so unkontrolliert gesehen – er hatte noch *keine* Frau so unkontrolliert gesehen! – und er mochte den Anblick, also fuhr er fort, über die gesamte Länge ihrer ausgefahrenen Fänge zu lecken. Vom Ansatz bis runter zur Spitze und wieder zurück. Ihr Stöhnen war die schönste Musik, die er je gehört hatte. Und das Wissen, dass er der Auslöser dafür war, ließ seinen Schaft verzweifelt pulsieren.

Als wüsste Yvette, was sie in ihm auslöste, griff sie zu seinem Hosenbund und löste den Knopf. Der Reißverschluss öffnete sich fast von alleine, da sein Schwanz so sehr dagegen drückte. Sie befreite ihn erst aus seiner Jeans, dann von seinen Boxershorts. Hastig stieg er aus seiner Kleidung, war froh, dass er barfuß war und sich nicht mit seinen Schuhen herumärgern musste.

Als sich ihre Hand um seine Erektion schlang, hielt er inne und brach den Kuss ab. „Baby, sei vorsichtig. Ich kann jeden Moment explodieren."

Er hatte sie noch nie ihre übernatürlichen Kräfte einsetzen sehen, außer im Kampf. Doch innerhalb von Sekunden lag ihre Hose auf dem Boden und sie stand komplett nackt vor ihm. Genauso wie er sie mochte. Haven nahm sie in die Arme, drückte ihren erhitzten Körper gegen seinen, genoss den Hautkontakt.

Als er dieses Mal ihren Mund eroberte, war sein Kuss ganz und gar verzehrend. Mit einer Hand an ihrem Hinterkopf und der anderen an der weichen Kurve ihres Hinterns hielt er sie an sich und verschlang ihre Lippen, war sich völlig bewusst, dass sie ihn jederzeit wegstoßen konnte. Es machte seine Kontrolle über sie nur noch besser.

Er konnte sich nicht davon abhalten, ihre Fänge erneut zu suchen, seine Zunge darüber zu streifen und die Schauer zu genießen, die durch ihren Körper liefen. Zu wissen, dass er sie in ein Häufchen Verlangen verwandeln konnte, ließ seinen Schwanz noch weitere Zentimeter anwachsen – nicht dass er nicht schon hart und kurz vorm Zerplatzen war.

Zielstrebig manövrierte er sie zum Bett. Als er mit ihr hineinsank, öffneten sich Yvettes Schenkel automatisch, ließen ihn an die richtige Stelle gleiten, als sie auf dem Laken landeten. Ohne ihr eine Gelegenheit zum Protest zu geben, stieß er in sie ein so tief er konnte.

„Fuck", grunzte er. Sie war so feucht und so eng, dass er dachte, er würde sofort die Kontrolle verlieren.

***

Yvette spürte, wie seine harte Länge sie mit einem Mal erfüllte. Gerade rechtzeitig. Sie hätte keine Sekunde länger warten können, ihn in sich zu spüren. Er hatte sie innerhalb von Sekunden scharf gemacht, und es gab keinen anderen Weg, die Leere, die sie spürte, zu füllen. Erst jetzt, mit seinem Schwanz in ihr, fühlte sie sich wieder ganz.

Als Haven an ihren Fängen geleckt hatte, hatte sie fast den Verstand verloren, so intensiv war das Gefühl. Sie wusstc, dass die Fänge eines Vampirs erogene Zonen waren, doch solch intensive Empfindungen hatte sie bisher noch nie verspürt. Außerdem hatte sie es nicht von ihm erwartet. Haven hasste Vampire – sie hätte gewettet, dass er der letzte Mann auf der Welt wäre, der ihre Fänge liebkosen würde. Doch selbst jetzt, als er sich tief in ihr befand, ohne sich zu bewegen, senkte sich sein Mund wieder auf ihren und er ging direkt zu ihren Fängen, leckte, streifte, liebkoste sie.

Yvette riss keuchend ihren Mund von seinem. „Willst du mich umbringen?"

Sie konnte nicht viel mehr von diesem empfindlichen Angriff ertragen.

Er grinste teuflisch. „Wenn ich dich umbringen wollte, hätte ich es längst getan."

„Was planst du dann?"

Haven zog seine Hüften zurück, glitt halb aus ihr heraus. „Baby, alles, woran ich im Moment denken kann, ist, dass ich hoffentlich länger als zehn Sekunden aushalte, denn ich möchte wirklich gerne, dass du zum Höhepunkt kommst und deine Muskeln sich dabei um mich krampfen."

Er rammte seinen Ständer mit einem kräftigen Stoß wieder in sie hinein.

Yvette stieß einen langen Atemzug aus. „Wenn du so weiter machst, brauchst du nicht länger als zehn Sekunden aushalten."

Ihr Körper war erhitzt, und ihre Herzfrequenz hatte sich, seit er sie ins Bett gebracht hatte, fast verdreifacht. Ihre Klitoris pochte unkontrollierbar, trotz der Tatsache, dass er sie dort nicht einmal berührt hatte.

Sie begrüßte seinen dicken Schwanz, wie er vor und zurück glitt, seine Hüften auf ihr, seine Zunge in demselben energischen Rhythmus wie seine Hüften. Und zum ersten Mal seit langem erlaubte sie sich, einfach nur zu fühlen. Sie erlaubte ihrem Gehirn abzuschalten, sodass ihr Körper die Empfindungen genießen konnte, die Haven in ihr auslöste.

Ihre Atmung war so hektisch wie seine, als sie ihre Hüften gegen ihn drängte. Seine Antwort darauf war eine kleine Gewichtsverlagerung, gefolgt von seiner Hand, die zwischen ihre Körper glitt.

„Tut mir leid, aber ich kann nicht länger durchhalten“, presste er heraus und streifte mit seinem Finger über ihre Klitoris. „Jetzt, Baby. Jetzt.“

Sie brauchte seine Anfeuerung nicht, denn ihr Orgasmus war schon in den Startlöchern. Eine Sekunde später brach ihr Höhepunkt über sie herein und erfüllte sie. „Haven!“

Er stöhnte und sein Körper zuckte, sein Schwanz in ihr pulsierend. Sie spürte, wie sein Samen in sie spritzte, als er seine Bewegungen fortsetzte, bevor er lange ausatmete.

„Tut mir leid, Baby.“ Er küsste sie sanft. „Nächstes Mal geb’ ich mir mehr Mühe.“

Sie wollte so viele Dinge sagen: dass sie es mochte, wenn er sie Baby nannte; wie er ihre Fänge geleckt hatte und vor allem, was er sie fühlen ließ. Doch sie brachte die Worte nicht über ihre Lippen. Wenn sie etwas davon offenbarte, was sie fühlte, machte sie sich nur noch verletzlicher.

„Baby.“

Sie blickte zu ihm, erkannte seine Verwirrung.

„Einen Penny für deine Gedanken.“

Sie versuchte, ihn abzulenken und scherzte: „In etwa so viel sind sie auch wert.“

„Yvette“, warnte er. „Was behältst du für dich?“

Verdammt viel, doch sie würde nichts davon preisgeben. Genauso wenig wie sie zugeben würde, dass sie dabei war, sich in ihn zu verlieben. „Nichts, Haven.“

Er schüttelte den Kopf und zog sich aus ihr heraus. Als er sich wegrollte, spürte sie den Verlust körperlich. Haven setzte sich auf, wandte seinen Rücken zu ihr und ließ seine Beine über die Bettkante baumeln.

„Du bist gekommen, um zu reden. Also rede.“

Der resignierende Unterton in seiner Stimme brachte sie zum Nachdenken. Bereute er, was sie getan hatten?

Yvette räusperte sich und zerrte an der Bettdecke, versuchte, sich mit einer Ecke davon zu bedecken. „Ich glaube, wir wissen beide, dass das hier nicht funktionieren wird. Es geht nur um Sex.“

„Tut es das?“, forderte er sie heraus, seine Stimme hart, der zärtliche

Mann von zuvor wie vom Erdboden verschwunden.

„Ja. Oder hast du schon vergessen, was ich bin? Ich bin die Kreatur, die du dein ganzes Leben lang gehasst hast.“

„Macht dir das Angst?“

Yvette richtete sich verwirrt auf. „Angst?“ Sie hatte vor nichts Angst, außer vor einem gebrochenen Herzen.

Haven blickte über seine Schulter. „Macht es dir Angst, dass wir etwas haben, das über Sex hinausgeht?“

Yvette zerrte wieder an der Decke, um ihre nackten Brüste zu bedecken, um ihre Verletzlichkeit zu verbergen. „Wir haben gar nichts.“

„Du bist ein miserabler Lügner, Yvette. Noch schlechter als ich.“

„Ich bin kein –“ Ihr Protest blieb ihr im Halse stecken, als ihr Blick seinen traf.

„Du hast geweint.“

Yvettes Herz blieb stehen. „Wer hat dir das erzählt?“ Ein Gefühl des Verrats schnitt durch sie hindurch. Wie konnten ihre Freunde ihr das antun, sie derart bloßzustellen?

Haven machte eine gleichgültige Handbewegung. „Das ist nicht wichtig. Du hast geweint, als du dachtest, Zane hätte mich umgebracht. Das bedeutet, du empfindest etwas für mich.“

„Ich bin ja auch kein Stein!“, zischte sie. Natürlich empfand sie etwas. „Oder denkst du, dass Vampire kein Herz haben, keine Möglichkeit, etwas zu fühlen?“ Jetzt war sie sauer, sauer, weil er annahm, sie wäre herzlos.

Er streckte seine Hand nach ihr aus, ergriff ihren Arm und zog sie näher zu sich. „Du missverstehst mich. Du empfindest etwas für *mich*. Und ich möchte, dass du das zugibst.“

Seine Augen bohrten sich in sie und seine Hand um ihren Bizeps brannte sich in sie wie ein heißes Stück Eisen.

„Und warum sollte ich das tun?“

„Weil ich sicher sein möchte, dass ich nicht der Einzige bin, der spürt, dass das hier mehr als eine kurze Affäre ist.“

Er zog sie auf seinen Schoß, wo sein Schwanz noch immer so hart und schwer war wie zuvor. Haven brachte seinen Kopf näher.

„Denn ich will mehr von dir.“

29

Haven streifte seine Lippen gegen Yvettes und wusste, dass er dieses Mal seinen Verstand verloren hatte. Doch es kümmerte ihn nicht länger. Wenn Yvette in seinen Armen lag, war die Welt in Ordnung.

Er versuchte noch immer, die Erkenntnisse von zuvor zu verarbeiten: Seine eigene Mutter hatte ihn und seine Geschwister benutzt, um Macht zu erlangen. Und sie hatte ihren Vater umgebracht – den Vater, den er fälschlicherweise all diese Jahre gehasst hatte. Diese Erkenntnis hatte seine ganze Welt auf den Kopf gestellt. Wenn er nicht einmal mehr in Mutterliebe vertrauen konnte, wem oder was konnte er dann noch trauen?

Vielleicht war das der Grund, warum er jegliche Zurückhaltung in den Wind schlug und auf das baute, was ihn noch nie belogen hatte: sein Bauchgefühl. Und sein Bauch sagte ihm, er brauchte Yvette. Was sie war – eine Kreatur, die er sein ganzes Leben lang gejagt hatte – zählte nun nicht mehr. Denn der Grund, warum er Vampire gejagt hatte, war nun plötzlich nicht mehr da. Der Vampir, der seine Mutter getötet und seine Schwester entführt hatte, hatte dies nur getan, um seine eigene Rasse vor der immensen Macht zu beschützen, die sie zerstören konnte. Konnte er ihm das wirklich übel nehmen? Aber was noch wichtiger war, konnte er seiner Mutter verzeihen, was sie versucht hatte, ihm und seinen Geschwistern anzutun?

Trotz allem, was Haven den Mitgliedern der Vampirrasse angetan hatte, hatten weder Samson, Amaury noch einer ihrer Kollegen Rache gefordert, obwohl sie dies spielend hätten tun können. War es nun nicht an der Zeit, ihnen die gleiche Vergebung entgegenzubringen? Oder versuchte er nur, einen Grund zu finden, dass er mit Yvette zusammen sein konnte?

„Haven, wir können das nicht tun“, flüsterte sie gegen seine Lippen. „Wir werden einander nur wehtun.“

„Nein, nicht wehtun – heilen.“ Haven umschloss ihren zarten Mund, zog ihre Oberlippe zwischen seine und leckte vorsichtig daran. „Wir können einander heilen.“

„Es ist gefährlich.“

„Ich weiß. Dann lass uns vorsichtig sein.“ Er atmete tief ein, nahm ihren Duft in sich auf. „Lass mich Liebe mit dir machen.“

Es war das erste Mal, dass er diese Worte aussprach. Keine andere Frau hatte dies je aus seinem Mund gehört. Doch mit Yvette war es das, was er wollte, Liebe machen, ihre Körper vereinen, fühlen.

Dieses Mal, als er in sie eindrang, tat er es langsam, vergaß die Hektik, die zum Orgasmus führte, und erlaubte den Sekunden, zu Minuten zu wachsen. Er wollte nichts überstürzen, sondern erkunden, erfahren, was sie von ihm brauchte, wie er sie beglücken konnte und wie er lernen konnte, sie zu verstehen. Ihre Körper verflochten sich miteinander und ihre Blicke trafen sich. Haven konnte sich nichts anderes mehr vorstellen, als mit Yvette Liebe zu machen.

Ihre feuchte Wärme fühlte sich an wie sein Zuhause, ihre Hände auf ihm waren die wohltuende Umarmung, ohne die er so lange ausgekommen war. Die Mauer um sein Herz bröckelte bei jedem Lächeln und jedem Stöhnen, das über Yvettes Lippen kam. Und das Glitzern in ihren Augen, das Verlangen darin, war wie ein Rammbock, der gegen die Tür zu seinem Herzen stieß. Er tat nichts, diesen aufzuhalten.

„Zeig mir deine Fänge, Baby“, forderte er sie auf, wollte ihr noch einmal beweisen, dass er nicht angewidert war von dem, was sie war.

Yvette zog sich etwas zurück, Verweigerung auf ihren Lippen. „Nein, ich kann nicht …“

„Wenn du sie mir nicht zeigst, werde ich daran lecken, bis sie sich zeigen.“

Ihre Augen wurden groß vor Entsetzen, doch dann teilte sie langsam ihre Lippen. Er erhaschte einen Blick auf die Spitzen ihrer Fänge und spürte, wie sein Schwanz sich bei dem Anblick regte.

„Gott, du bist so wunderschön.“ Haven hätte nie gedacht, dass er einen Vampir mit seinen Fängen schön nennen würde, doch es war sein Ernst. „Wirst du mich beißen, wenn ich dieses Mal komme?“

„Willst du das?“ Ihre Überraschung war offensichtlich, ebenso wie das Verlangen nach dem, was er anbot.

„Seit du mich das erste Mal gebissen hast, kann ich an nichts anderes mehr denken.“

„Das geht mir genauso.“

Ihre Offenheit erwärmte sein Herz.

„Magst du mein Blut?“

„Ja.“

„Macht es dich genauso scharf wie mich?“

„Mehr.“

„Unmöglich.“

„Vampire haben eine verschärfte Sinneswahrnehmung.“

Darüber hatte er noch nie nachgedacht, doch es ergab Sinn. „Ich würde alles für diese Wahrnehmung geben. Aber da ich diese Sinne nicht habe, versprich mir etwas.“

Yvette blickte ihn erwartungsvoll an.

„Halte dich nicht zurück. Ich möchte alles spüren, was du spürst.“ Haven steigerte sein Tempo, glitt in ihr feuchtes Zentrum und wieder heraus. „Versprochen?“

„Versprochen“, erwiderte sie.

Dann neigte er seine Lippen über ihre und nahm sie in einen leidenschaftlichen Kuss, sich ihrer scharfen Fänge vollstens bewusst. Genauso wie dem Wissen, dass sie diese bald in seinen Hals schlagen würde. Doch er konnte der Verlockung nicht widerstehen, ihr die Kontrolle zu rauben, indem er daran leckte. Zu wissen, dass sie zuvor fast die Beherrschung verloren hatte, als er daran geleckt hatte, war ein riesiger Ansporn. Und Yvette vor Verlangen verrückt zu machen, wurde nun zu seiner wichtigsten Aufgabe.

Haven verschluckte ihr Stöhnen, genoss es, wie sich ihre Fingernägel in seinen Hintern bohrten, als sie ihn näher an sich zog. Erkennend, wie nah sie war, drehte er seinen Kopf, bot ihr seinen Hals an.

Ein Feuerpfeil durchdrang ihn, als ihre Fänge an seiner Haut kratzten und sie ihn an sich drückte, als hätte sie Bedenken, dass er seine Meinung ändern könnte.

„Ruhig, Baby“, flüsterte er in ihr Ohr. „Ich gehe nirgends hin. Ich gehöre allein dir.“ Und verdammt, wenn er es nicht so meinte.

Als Yvette seine Haut durchstach und ihre scharfen Reißzähne in seinen Hals tauchte, verschwanden alle rationalen Gedanken aus seinem Gehirn. Seine Kontrolle brach sofort ein, sein Orgasmus erfüllte ihn wie ein gewaltiger Tsunami, der alles auf seinem Weg überflutete. Zeit existierte nicht mehr. Die Erde hörte auf, sich um ihre Achse zu drehen. Doch anstelle einer Abflachung seines Orgasmus traf es ihn mit einer weiteren Welle. Dieses Mal spürte er dessen Auswirkung noch stärker als zuvor: Mit Yvettes Muskeln, die sich um seine Erektion krampften, verstärkten sich alle Empfindungen, verdoppelten sich, *verdreifachten* sich, bis er an den Gipfel kam und explodierte.

Haven atmete aus. Er hatte noch nie in seinem Leben eine intensivere sexuelle Erfahrung erlebt als diese.

***

Yvette kuschelte – ja kuschelte – sich gegen Havens breite Brust, befriedigt wie nie zuvor. „Geht's dir gut?"

Er knurrte dramatisch. „Gut?" Er drückte einen Kuss auf ihren Kopf. „Das wäre untertrieben."

Seine Arme zogen sie näher, eine Hand glitt ihren Rücken hinunter, streichelte sie langsam. „Wenn ihr Vampire alle so Liebe macht, frage ich mich, wie deine Kollegen überhaupt Kraft übrig haben, um zu arbeiten oder zu kämpfen."

Yvette lächelte und hob den Kopf, um ihn anblicken zu können. Seine Augen fesselten sie mit einem intensiven Blick, der sich in Verlangen verwandelte. Unter ihrem Schenkel, den sie über seine Körpermitte gelegt hatte, spürte sie, wie sein Glied sich bewegte. „Für mich war es noch nie so."

„Nie?"

Yvette schüttelte den Kopf. „Ich meine, es war gut… aber nie *so* gut."

„Bedeutet das, dass ich jetzt etwas bei dir gut habe?" Er grinste.

„Vielleicht."

„Oder lag es daran, dass du mich gebissen hast?"

„Ich habe während dem Sex noch nie jemanden gebissen."

Bei jedem anderen hatte sie nie die Kontrolle verlieren wollen. Sex war immer genug gewesen. Doch was Haven und sie miteinander getan hatten, war mehr, größer, besser.

Anerkennung tauchte in seinen Augen auf. „Gut." Dann nahm er ihr Kinn in die Hand und senkte seinen Kopf zu ihrem. „Und von nun an will ich, dass du nur mich beißt. Verstanden?"

War es Eifersucht, was sie aus seinem ruppigen Ton heraushörte? Das Teufelchen in ihr ließ sie fragen: „Warum?"

Sein Kiefer verkrampfte sich. „Weil diese sexy Lippen und Fänge allein zu meinem Körper gehören. Wenn du das mit einem anderen

Mann tust, werde ich ihn umbringen."

Bevor sie antworten konnte, presste er seine Lippen auf ihre und küsste sie. Sie war atemlos, als er sie wieder freiließ. Als sie ihn anlächelte, streifte Haven ihr durchs Haar und wechselte das Thema.

„Du hast deine Haare geschnitten."

Yvette zuckte mit den Achseln. „Magst du es nicht?"

„Doch, ich mag beides." Seine Hand fuhr durch ihr Haar, als wollte er beweisen, dass es stimmte, was er sagte. „Ich frage mich nur, warum du das tust."

„Aus keinem bestimmten Grund."

Einen Moment später fand sie sich flach auf dem Rücken liegend wieder, Haven drückte sie mit seinem Körper nach unten.

„Baby, warum musst du mich belügen, nach dem, was wir gerade miteinander erlebt haben? Verdiene ich das?"

Es war keine Wut in seiner Stimme, nur etwas Resignation.

Yvette hob ihre Hand, strich sich eine Haarsträhne aus dem Gesicht. „Tut mir leid, ich bin es einfach gewohnt –"

„– andere abzuweisen?"

Für einen Augenblick schloss sie ihre Augen und versuchte, ihre Erinnerungen zu verbannen, doch sie verschwanden nicht. Nicht dieses Mal. „Ich bin es gewohnt, stark zu sein."

Er nahm sein Gewicht von ihr und rollte sich zur Seite. Dann zog er sie in seine Arme. „Du bist stark, und das ist in Ordnung. Yvette?"

„Hmm?"

„Du hast heute viel über meine Vergangenheit gehört, und ich fühle mich vor dir nackt. Aber du versuchst immer noch, dich hinter deiner Mauer zu verstecken. Bitte lass mich rein."

„Ich weiß nicht wie." Denn ihn reinzulassen bedeutete, dass sie sich bis aufs Tiefste öffnen musste. Was, wenn er sie verletzte? Was, wenn er die Frau nicht mochte, die in ihr steckte? Die Frau, die geliebt werden wollte, doch zu viel Angst davor hatte, dies zuzugeben.

„Du bist bei mir in Sicherheit."

Sicher, mit dem großen starken Vampirjäger? So seltsam das auch klang, je mehr Zeit sie mit ihm verbrachte, umso mehr verbreitete sich ein Gefühl des Friedens in ihr. Doch wären ihre Gefühle jemals wirklich sicher bei ihm?

„Ich habe dir vertraut, mich nicht zu verletzen, als du mich gebissen hast. Nun vertrau du mir."

Yvette erkannte die Aufrichtigkeit in seinen Augen und nickte. Dann schaute sie weg, starrte auf das Bild an der Wand, damit sie Haven nicht anblicken musste, während sie ihm erzählte, wer sie war.

„Ich war nicht immer so. Ich war die perfekte Ehefrau: Ich habe gekocht, habe das Haus sauber gehalten, ich hatte immer einen Drink bereit, wenn mein Mann nach Hause kam. Ich habe ihn bei allem unterstützt, was er tat. Seine Freunde waren eifersüchtig auf sein vermeintlich perfektes Leben. Nun, es war nicht perfekt."

Sie lachte bitter, wollte Havens Reaktion nicht sehen.

„*Ich* war nicht perfekt. Ich –"

„Sag das nicht!"

„Aber es ist wahr. Ich war nicht die perfekte Ehefrau, denn ich konnte Robert nicht geben, was er wollte. Nach der ersten Fehlgeburt war er enttäuscht, jedoch verständnisvoll. Aber nach der zweiten hasste er mich. Er hasste mich, weil ich sein ungeborenes Kind getötet habe."

„Fehlgeburten kommen nun mal vor. Das hat nichts mit Töten zu tun."

„Es hat sich so angefühlt. *Er* hat mir vorgeworfen, dass ich es nicht wollte, denn wenn ich wirklich ein Kind gewollt hätte, hätte ich alles dafür getan, es zu behalten. Doch mein Körper hat es abgewiesen. Mein Körper war kaputt… ist kaputt. Ich bin keine richtige Frau, weil ich nicht tun kann, was richtige Frauen tun: Kinder bekommen."

Haven atmete schwer aus. „Das ist doch unsinnig. Ich hoffe, du hast dich von dem Idioten getrennt!"

Yvette schluchzte. „Er hat sich von mir getrennt."

„Er hat dich nicht verdient."

„Aber er hatte recht. Ich war nicht perfekt. Und ich bin es jetzt auch nicht."

„Es gibt haufenweise Frauen, die ein gesundes Kind bekommen, nachdem sie einige Fehlgeburten erlitten haben. Wenn du wirklich ein Kind möchtest, wäre es also nicht zu spät."

Sie schüttelte den Kopf. Er verstand nicht. „Vampire sind unfruchtbar."

Yvette spürte die Überraschung in seinem regungslosen Körper.

„Aber… Samsons Frau… sie ist …"

„Delilah ist schwanger, weil sie menschlich ist. Und Vampir-

Männer können sich mit Menschen fortpflanzen. Vampir-Frauen nicht."

Haven streichelte über ihren Kopf. „Tut mir leid, Baby."

Sie schluckte, wusste, dass er nun, da er es wusste, erkennen würde, dass was auch immer sie hatten, es nie weiter gehen würde. Warum auch sollte ein gesunder Mann die Chance aufgeben, Kinder zu bekommen, nur um mit ihr zusammen zu sein?

„Du siehst also, ich bin kaputt."

Plötzlich packte er sie am Oberarm und zwang sie dazu, ihn anzublicken.

„Sag das nicht! Es ist nicht wahr. Du bist nicht kaputt. Im Gegenteil, du bist die perfekteste Frau, die mir je begegnet ist. Du bist stark, klug und wunderschön. Und wenn ich mit dir zusammen bin, fühlte ich mich komplett. Mehr als das. Das allein wäre schon perfekt. Aber wenn du deine Fänge in mich schlägst und mein Blut trinkst …"

Haven schloss für einen Moment die Augen, als suchte er nach dem passenden Wort. Als er sie wieder öffnete, flutete Wärme zu ihr.

„Wenn du das tust, stellst du meine Welt auf den Kopf. Du lässt mich alles vergessen: den Schmerz der Jahre, in denen ich nach Katie gesucht habe, den Tod meiner Mutter." Er schluckte. „Selbst ihren Verrat."

Yvette berührte seine Wange, streichelte über seine Bartstoppeln. Wollte er ihr wirklich damit sagen, dass es ihm egal war, ob sie Kinder bekommen konnte oder nicht?

„Die Jahre, in denen ich nach Katie gesucht und Vampire gejagt habe, waren nur von dem Verlangen nach Rache erfüllt. Diese Art Schmerz möchte ich nie wieder spüren. Ich habe Wes praktisch aufgezogen. Nach dem Tod unserer Mutter wurden wir zu unserem Großonkel geschickt. Doch Wes suchte immer ein Vorbild in mir. Jetzt bin ich nicht sicher, ob es richtig war, was ich getan habe. Ich habe sichergestellt, dass er nicht vergaß. Ich habe das Verlangen nach Rache immer aufrechterhalten. Er hat zu mir aufgesehen wie zu einem Vater. Ich habe es alles erlebt. Ich hatte die Verantwortung, die ein Vater für seine Kinder trägt. Und Katie zu verlieren, hat sich angefühlt, als verlöre ich meine eigene Tochter."

Er legte seine Hand gegen ihre, drückte sie enger an seine Wange. „Ich will diese Verantwortung nie mehr. Ich könnte es nicht ein zweites Mal ertragen, ein Kind zu verlieren."

Es dauerte einige Sekunden, bis Yvette seine Worte verarbeiten konnte und verstand, was er meinte. Er wollte keine Kinder?

„Aber das kannst du nicht wissen. Keiner würde –“

Haven legte einen Finger auf ihre Lippen. „Für mich könntest du nicht perfekter sein.“ Dann lächelte er. „Und wegen deinen Haaren... Wenn du mit dem Abschneiden versuchst, deine Weiblichkeit zu verstecken, verrate ich dir jetzt ein kleines Geheimnis: Es funktioniert nicht. Du wirst niemals verstecken können, dass du eine hinreißende, heißblütige, leidenschaftliche Frau bist.“

Bevor das letzte Wort seine Lippen verlassen konnte, presste sie ihren Mund auf seinen und küsste ihn.

30

Zane antwortete nach dem ersten Klingeln seines Telefons.

„Wir werden angegriffen!“, brüllte Gabriel in die Leitung. „Sie versucht, Wes zu schnappen.“

„Wir sind auf dem Weg.“ Er legte auf und wählte Amaurys Nummer im gleichen Moment, als er in Richtung der Schlafzimmer eilte.

„Ja?“, beantwortete Amaury den Anruf.

„Gabriel wird angegriffen. Wir sind auf dem Weg, aber ihr seid näher dran.“ Zane ging den Flur entlang, hämmerte an Thomas’ Schlafzimmertür, bevor er sie öffnete.

„Schon unterwegs“, antwortete Amaury und legte dann auf.

„Die Hexe ist hinter Wesley her“, informierte Zane Thomas, der nur in ein Handtuch gewickelt aus dem Bad kam.

„Scheiße!“, fluchte Thomas. „Ich habe nicht erwartet, dass sie so schnell wieder einen Versuch startet.“

Eddies Kopf hob sich vom Kissen. „Verdammt!“ In T-Shirt und Boxershorts gekleidet sprang er aus dem Bett.

„Macht euch fertig!“

Dann drehte sich Zane um, klopfte an Yvettes Tür und öffnete diese. Der Raum war leer.

„Oh, verdammt!“

Er musste kein Gehirnchirurg sein, um zu wissen, wo sie war. Hatte diese Frau keinen Sinn für Selbstschutz? Musste sie sich unbedingt mit einem Hexer einlassen?

Verärgert ging er zum Gästezimmer und öffnete die Tür, ohne anzuklopfen. Die Szene, die ihn begrüßte, hätte er lieber wieder aus seinem Gedächtnis gelöscht. Die nackte Yvette lag auf ihrem Rücken mit Havens Kopf zwischen ihren Beinen. Dieser Mann leckte sie nicht nur wie ein Weltmeister, ihre Hände waren auch noch ineinander verschlungen, was auf eine Verbindung hinwies, die tiefer ging als nur Sex.

Zum Glück musste Zane die Szene nur für den Bruchteil einer Sekunde betrachten, da Haven gehört hatte, wie sich die Tür öffnete. Er hob seinen Kopf und bedeckte sofort Yvettes Körper, indem er an der

Decke zerrte, um sie komplett vor Zanes Blicken zu schützen.

„Verdammt noch mal!“, knurrte Haven. „Verschwinde!“

„Zane!“, rief Yvette gleichzeitig. „Kann ich nicht mal ein bisschen Privatsphäre haben?“

„Nein, kannst du nicht. Nicht jetzt. Gabriel wird angegriffen. Die Hexe versucht, Wesley zu schnappen.“

***

Haven fluchte. Scheiße! Während er nur an sich gedacht und mit Yvette geschlafen hatte, war sein Bruder in Gefahr. Er hätte wissen müssen, dass es keine gute Idee war, sie voneinander zu trennen. Sie hätten zusammenbleiben sollen.

„Mach dich fertig, Yvette. Eddie wird mit Haven hier bleiben“, wies Zane an.

„Nein, ich komme mit.“

Doch Zane warf die Tür zu, bevor die letzten Worte Havens Kehle verließen.

„Nein, du bist hier mit Eddie sicherer. Sie kann nicht zwei Orte auf einmal angreifen.“ Yvette kroch unter ihm hervor und suchte nach ihren Kleidern.

In dem Moment, in dem Zane die Tür geöffnet hatte, hatte sich Yvette verständlicherweise angespannt, doch die Gefühllosigkeit ihrer jetzigen Worte erschreckten ihn dennoch.

„Ich lasse euch nicht alle losziehen, um meinen Kampf für mich zu führen.“

Haven sprang aus dem Bett und griff nach seiner Jeans – nun, er hatte sie von Amaury geborgt, doch nun war sie wohl seine. Yvette zog sich schneller an, als er es je bei einer Frau gesehen hatte. Würde er sich jemals an ihre übernatürliche Schnelligkeit gewöhnen? War es wichtig? Nein.

„Vergiss deinen Stolz. Darum geht es nicht. Wir sind stärker als du.“

Trotz allem was zwischen ihnen geschehen war – oder vielleicht gerade deshalb – spürte er einen schmerzhaften Stich bei ihren Worten. Konnte er es ertragen, dass Yvette so viel stärker war als er? Stünde dieser Machtkampf immer zwischen ihnen?

Er strich mit der Hand durch sein zerzaustes Haar. Verdammt, wann hatte er begonnen, so zu denken? Wie war er in diese… Beziehung geraten? Denn genau so fühlte es sich an: wie eine Beziehung. Er wartete darauf, dass das klaustrophobische Gefühl ihn in den Magen traf, doch nichts passierte. Kein Gefühl der Gefangenschaft kam auf, keine Angst, das Falsche zu tun. Nur der Eindruck, dass das, was er tat, richtig war, setzte sich in seiner Brust fest.

„Baby, tut mir leid, aber so leicht wirst du mich nicht los."

Mit der Hand am Türgriff drehte sie sich um und blickte ihn überrascht an. „Wer hat gesagt, dass ich dich loswerden will?"

Haven zog sein Shirt an und ging zwei Schritte auf sie zu. „Du hast deine Mauer wieder errichtet in dem Moment, in dem Zane reingekommen ist. Gut. Du musst deinen Freunden ja nicht erzählen, was zwischen uns läuft. Noch nicht. Aber du kannst mich nicht ausschließen."

Dann nahm er ihre Lippen in einen harten Kuss, machte seinen Anspruch auf sie geltend. Zum Teufel noch mal, aber er wollte sie, eine Vampirin.

„Lass uns gehen."

Ihre roten Lippen sahen völlig geschwollen aus und noch einladender zum Küssen als zuvor. Und sobald all dies vorbei war, würde er sich ihnen sofort wieder widmen, doch jetzt war es an der Zeit, die Hexe zu bekämpfen.

Haven schlüpfte in seine Stiefel und griff nach ihrer Hand. Zu seiner Überraschung legte sie sie in seine.

„Zusammen sind wir stärker", murmelte er.

Yvette nickte.

***

Als sie an Gabriels Haus ankamen, war der Kampf bereits vorbei und Bess war fort.

„Scheiße! Was ist passiert?"

Haven blickte in dem verwüsteten Foyer umher. Maya kniete über Oliver, an dessen Arm eine lange Schnittwunde war.

Panisch suchte er den Raum nach seinem Bruder ab. „Wo ist Wes?"

Gabriels Stimme kam von der Treppe, die zur Garage führte. „Ihm geht's gut. Ich konnte ihn rechtzeitig in den Sicherheitsraum einsperren, bevor die Hexe nahe genug rankommen konnte."

Gabriel erschien im Flur. Hinter ihm kam Wesley zum Vorschein, der kein bisschen mitgenommen aussah.

Erleichterung erfüllte Haven, als er seinen Bruder in die Arme schloss. Dann schaute er Gabriel an.

„Du kannst uns nicht wieder trennen. Ich werde es nicht zulassen. Wir sind so auch nicht sicherer. Und sie muss gegen weniger von euch ankämpfen. Schau, wozu das geführt hat."

Er deutete auf Oliver, der von Maya versorgt wurde.

Gabriel änderte seine Haltung. „Ich werde mit Samson sprechen. Er trifft die Entscheidungen."

Er zog sein Handy heraus und wählte eine Nummer. Sekunden verstrichen. Haven bemerkte, wie plötzlich all die anderen Vampire, Amaury, Zane, Thomas, Eddie und Yvette völlig still wurden. Einen Moment später konnte selbst Haven es hören: Der Anruf wurde vom Anrufbeantworter entgegengenommen. Samson nahm nicht ab.

„Scheiße!", schrie Amaury plötzlich. Panik durchzog sein Gesicht.

„Die Hexe greift Samsons Haus an." Dann verzerrte sich sein Ausdruck vor Schmerz. „Nina! Sie ist verletzt."

Verwirrt, woher Amaury dies wissen konnte, konzentrierte sich Haven allein auf das, was er jetzt wusste: Es war eine Falle gewesen, ein Ablenkungsmanöver.

Wahre Angst eroberte ihn.

„Sie ist hinter Kimberly her."

Und es war nicht schwer zu erraten, warum: Wenn die Hexe Kimberly hatte, würden Wes und Haven hinterherkommen, um sie zu befreien, so einfach war das.

Und dann wären sie alle drei wieder vereint.

31

Die Tür zu Samsons Haus stand weit offen. Kein gutes Zeichen. Amaury rannte an Haven vorbei und stürzte die Treppe hinauf, als verfolgte ihn eine mit Holzpflöcken bewaffnete Horde von Barbaren. Hinter ihm war Gabriel, der Befehle ausrief, um die Gegend abzusichern.

„Kimberly!“, rief Haven ins Haus, als er hineinrannte.

Im Erdgeschoss rührte sich nichts, also folgte er Amaurys Beispiel und lief nach oben. Er rauschte in eines der Schlafzimmer und kam hinter Amaury zum Stehen.

Die schwangere Delilah lag auf dem großen Himmelbett, ihr Gesicht schmerzverzerrt, die Beine gespreizt, mit den Füßen flach auf der Matratze liegend. Sie atmete rhythmisch.

„Maya!“, rief Samson aus, der mit zerkratztem Gesicht und Oberkörper über sie gebeugt stand und ihre Hand hielt. „Wir brauchen deine Hilfe. Das Baby kommt!“

Maya rauschte sofort ins Schlafzimmer und eilte zum Bett. „Ich bin hier.“ Sie schaute zum anderen Ende des Raumes und Haven folgte ihrem Blick.

Amaury hatte Nina auf seinen Schoß gezogen. Ihr Oberkörper war übersät von Verbrennungen und Schnitten, und sie blutete stark.

„Nein, Maya. Du musst erst Nina helfen.“

„Amaury ist bei ihr. Keine Sorge“, versicherte Maya. „Jetzt lass uns das Baby da rausholen.“

Haven blickte zu Amaury und der Frau in seinen Armen.

„Ich hätte dich nicht allein lassen sollen, *chérie*.“

Er bemerkte, wie Amaurys Fänge sich ausfuhren, und dann durchstach er ohne Vorwarnung sein eigenes Handgelenk, sodass das Blut heraussickerte.

Nina lächelte gequält. „Ich musste der Hexe in den Hintern treten.“

„Natürlich musstest du das“, antwortete er und führte sein Handgelenk an ihre Lippen. „Trink jetzt.“

Fasziniert schaute Haven zu, erinnerte sich daran, wie Yvette ihn zwei Tage zuvor ebenso geheilt hatte. Als Samson sich ihm näherte, wandte sich Haven ab und blickte ihn an. Bevor der Vampir etwas sagen konnte, wusste Haven bereits, was kommen würde.

„Es tut mir leid. Ich konnte Kimberly nicht vor der Hexe schützen. Sie hat Nina angegriffen. Wir haben so gut wir konnten gegen sie angekämpft, doch als sie auf meine Frau losgegangen ist… Sie war einfach zu stark für mich und Nina.“ Wahres Bedauern erschien in seinen Augen.

„Ich war für Kimberly verantwortlich“, presste Haven heraus, spürte die scharfe Kante des Versagens in sich schneiden.

Er konnte Samson nichts vorwerfen – er musste seine und Amaurys Frau beschützen. Sie waren seine Prioritäten, nicht Kimberly.

Eine zarte Hand glitt in seine, und er bemerkte, wie Yvette neben ihn trat. „Wir werden sie zurückholen. Das verspreche ich.“

Ihre Worte waren ein kleiner Trost. Sie musste seinen deprimierten Blick bemerkt haben, denn sie tat etwas, was er nicht erwartet hatte.

Vor all ihren Kollegen und Freunden schlang sie ihre Arme um ihn und küsste ihn. Als sie sich zurückzog, um ihn anzublicken, war er so überrascht, dass er nicht das sagen konnte, was er wollte, und nur ein „Danke“ hervorbrachte, bevor er sie zurück in seine Arme zog.

Als er sie aus seiner Umarmung freiließ, bemerkte er Wesleys Blick auf ihnen ruhen. Dieses Mal schaute sein Bruder nicht mürrisch drein. Er zuckte nur mit seinen Schultern, als wollte er damit sagen, dass er wohl nichts daran ändern konnte. Vielleicht hatte sein kleiner Bruder erkannt, dass manche Dinge Schicksal waren. Und gegen das Schicksal konnte keiner ankommen.

„Könnte Delilah etwas Privatsphäre bekommen?“, fragte Maya, die versuchte, sie mit ihren Händen wegzuscheuchen. „Wir müssen ein Baby aus ihr rausholen, also gebt uns ein wenig Platz.“

Obwohl Nina schon viel besser aussah, nachdem sie das Blut ihres Mannes getrunken hatte, trug Amaury sie aus dem Zimmer.

„Ich kann alleine gehen“, protestierte sie.

Amaury grunzte nur. „Lass gut sein, Nina. Diese Auseinandersetzung gewinnst du nicht.“

Nur Maya und Samson blieben bei Delilah im Schlafzimmer, während alle anderen nach unten gingen und sich im Wohnzimmer versammelten. Es war ein Déjá vu Erlebnis für Haven, als er in die Runde blickte. So viel war gleich, doch so viel hatte sich auch geändert, seit sie vor weniger als 24 Stunden in dem gleichen Zimmer saßen.

Haven zog Yvette näher an sich. „Wie konnte Amaury wissen, dass seine Frau verletzt war?“ Er hielt seine Stimme gedämpft, wollte nicht, dass die anderen ihn hörten.

„Sie sind blutgebunden. Sie können telepathisch kommunizieren.“

Yvettes geflüsterte Worte erweckten seine Neugierde. „Wie ist das möglich?“

„Es ist, wie es ist. Ein blutgebundenes Pärchen hat eine sehr enge Bindung.“

„Aber Nina ist menschlich.“

Dass ein Vampir besondere Fähigkeiten hatte, überraschte ihn nicht, doch Samson hatte deutlich gesagt, dass Amaurys Frau ein Mensch war.

„Macht nichts. Seit sie mit Amaury den Blut-Bund eingegangen ist, ist sie mit ihm verbunden. Für die beiden wird es immer so sein. Sie stehen sich näher, als es für jedes menschliche Pärchen je möglich sein wird.“

Er erkannte Sehnsucht in ihrem Blick.

„Aber wenn sie ein Mensch ist und er ein Vampir, wird sie altern und irgendwann sterben.“

Und sie müsste ihrem Ehemann zusehen, wie er jung blieb, während sie sich in eine alte Frau verwandelte. Haven schüttelte den Kopf. Wie gut war das? Eine Beziehung zwischen einem Menschen und einem Vampir – oder in seinem Falle zwischen einem Hexer und einem Vampir – wäre von Anfang an dem Tode geweiht.

Ein sanftes Lächeln kräuselte sich um Yvettes verführerische Lippen. „Sie sind blutgebunden. Solange er lebt, wird sie nicht altern. Das ist das Gute an einem Blut-Bund. Er muss sie nicht verwandeln. Sie kann ein Mensch bleiben und doch mit ihm zusammen sein.“

Havens Mund stand offen, als er zu Amaury blickte, der Nina auf seinem Schoß hatte und mit ihren blonden Locken spielte. Er war überrascht von der sanften Geste des kräftigen Vampirs. Ihre Gefühle füreinander waren deutlich in jedem Lächeln und jeder Berührung sichtbar. Er liebte sie, und obwohl Amaury sie mit einer Hand zerquetschen könnte, war keine Angst in ihr zu erkennen.

Als er Amaury und Nina so beobachtete, brach seine gesamte Weltanschauung zusammen. Nichts von dem, was er dachte, über Vampire zu wissen, ergab noch einen Sinn. Was er mit Yvette erlebt hatte, wie sie ihn geheilt und später mit ihm geschlafen hatte, hatte ihm bereits Teile der Wahrheit gezeigt, die er nicht hatte sehen wollen. Und Amaury verdeutlichte diese Hinweise nur noch: Vampire waren lebende, atmende, fühlende Kreaturen, ebenso zur Liebe fähig wie Menschen.

Havens Bauch verkrampfte sich bei dem Gedanken an all die Vampire, die er umgebracht hatte. Hatte er einer Frau ihren Ehemann geraubt? Eine Frau ihrem Liebhaber? Einem Kind den Vater? Und obwohl die Vampire um ihn herum wussten, was er getan hatte, taten sie ihm nichts. Womöglich waren sie besser als er.

„Was ist?“, flüsterte Yvette neben ihm.

Konnte sie den Tumult wahrnehmen, die Schuld, die ihn übermannte? Haven drückte ihre Hand. „Wir müssen Kat... Kimberly finden.“

Die Stimmen um sie herum verstummten, als Gabriel versuchte, sie zu beruhigen. „Wir haben Fehler gemacht. Ich bin der Erste, der das zugibt.“

Keiner widersprach ihm.

„Unsere bewährten Methoden, mit der Bedrohung umzugehen, haben dieses Mal nicht funktioniert. Wir können eine Hexe nicht mit unseren gewöhnlichen Kräften besiegen; sie ist zu stark. Und wir müssen schnell handeln. Morgen ist Vollmond und die Hexe wird sicherlich einen Versuch starten, Haven und Wesley zu schnappen, um das Ritual durchzuführen. Das können wir nicht zulassen.“

Haven ließ Yvettes Hand los. „Da bin ich anderer Meinung.“

Mehrere Augenpaare waren nun auf ihn gerichtet.

„Sie will Wes und mich. Also werden wir ihr geben, was sie will.“

„Außer Frage!“, schnappte Yvette. „Du wirst nicht –“

Haven ergriff ihre Hand und unterbrach sie. „Ich weiß, du hast Angst um mich, aber es ist der einzige Weg, Kimberly da rauszuholen. Du musst mir vertrauen. Ich habe eine Idee.“

Er hasste es, sie und all die anderen anlügen zu müssen, doch er wusste, wenn er vorschlug, was er plante, wäre Yvette die Erste, die ihn für verrückt erklärte – direkt gefolgt von seinem Bruder, der ihm mit einem schweren Gegenstand eins überbraten würde.

***

„Was für eine Idee?“, fragte Yvette, besorgt, dass das, was auch immer er vorschlug, ihn in Gefahr bringen könnte. Nicht dass er je außer Gefahr gewesen wäre.

Jetzt, da sie sich selbst eingestanden hatte, dass Haven in ihrem Leben wichtiger war als alles andere, konnte sie es nicht zulassen, dass ihm etwas zustieß. Sie musste ihn beschützen, selbst wenn das bedeutete, ihn vor sich selbst und seinen heroischen Ideen zu schützen.

Ein ungutes Gefühl regte sich in ihrem Nacken, als Haven schließlich zu sprechen begann.

„Ich bin nicht sicher, ob ihr wisst, was mein Job ist, aber ich bin gut. Ich bin ein Kopfgeldjäger. Ich weiß, wie man Leute aufspürt, die nicht gefunden werden wollen. Es liegt allein am Köder."

Yvette mochte kein Wort von dem, was er sagte. „Köder" war in ihrem Wörterbuch ein Synonym für „Selbstmord".

„Wir haben keine Ahnung, wo die Hexe sich aufhält, richtig?"

Gabriel versuchte, zu widersprechen. „Wir suchen noch nach ihr. Unsere Wachen sind unterwegs. Sie durchkämmen die Stadt. Leider haben wir nichts, wo ihre DNA dran ist. Wenn wir ihre DNA hätten, könnte Francine mit ihrem Kristallstein nach ihr suchen."

„Das dachte ich mir. Wir wissen, dass sie versuchen wird, Wes und mich vor dem morgigen Vollmond zu schnappen. Sonst müsste sie einen weiteren Monat warten, um das Ritual durchzuführen. Da wir sie nicht finden können, müssen wir steuern, was wir steuern können. Das nächste Mal, wenn sie uns schnappt, müssen wir handeln."

„Rede weiter", ermutigte Gabriel ihn.

„Wes und ich werden zu meiner Wohnung gehen und warten –"

„Nein! Du kannst unseren Schutz nicht verlassen!", unterbrach Yvette. Wenn sie und ihre Kollegen nicht bei ihnen waren, wie sollten sie dann verhindern, dass sie geschnappt wurden?

„Das müssen wir. Denn dieses Mal wird sie tagsüber angreifen. Sie weiß, dass ihr nicht folgen könnt, wenn ihr nicht darauf vorbereitet seid. Daher müsst ihr euch dafür wappnen. Sobald sie uns hat, wird sie uns zu Kimberly bringen, und ihr müsst uns folgen. Ihr müsst weit genug wegbleiben, sodass sie euch nicht wahrnehmen kann, doch nahe genug, um eingreifen zu können, wenn wir euch brauchen."

Yvette wusste, dass sein Vorschlag zu riskant war. Was, wenn sie ihre Spur verlören, wenn die Hexe sie verschleppte? „Wir brauchen eine Möglichkeit, euch aufzuspüren."

Thomas nickte. „Ich kann einen GPS-Sender in die Schuhe von beiden einbauen. Die sind winzig, die Hexe wird nichts bemerken."

„Gut", bestätigte Gabriel. „So machen wir's."

Thomas stand auf und winkte Eddie zu sich. „Eddie, wir gehen und besorgen ein paar von den Sendern. Ich zeig dir, wie man sie programmiert." Dann blickte er zu Haven und Wes. „Wir sind in einer Stunde zurück."

Als die Tür sich hinter ihnen schloss, spürte Yvette die Endgültigkeit von Havens Entscheidung. Er wollte sich opfern, um Kimberly zu schützen, aber was, wenn etwas schief ging?

„Wir konnten euch das letzte Mal nicht beschützen. Wieso glaubst du, dass wir es nun können?"

Haven nahm ihre Hand und drückte sie. „Ich glaube, wir sind uns nun alle ihrer Kräfte bewusst. Wir sind vorbereitet. Wenn wir mit vereinter Kraft gegen sie ankämpfen, können wir sie besiegen."

Mit ihren Augen versuchte sie, ihn davon zu überzeugen, dass er einen Fehler machte. „Zu wissen, was sie kann, und sie zu besiegen sind zwei verschiedene Dinge."

„Wir werden Francines Hilfe in Anspruch nehmen. Letztes Mal war sie schließlich auch gewillt, uns zu helfen. Sie kann Bess mit Hexenkraft in Schach halten, während ein Dutzend Vampire versucht, sie mit herkömmlichen Waffen zu schwächen. In der Zwischenzeit können die anderen Kimberly, Wes und mich befreien", schlug Haven vor.

Gabriel warf Yvette ein zuversichtliches Lächeln zu. „Dieses Mal bringen wir doppelt so viele Vampire mit." Dann blickte er Zane an. „Erstelle eine Liste mit unseren besten Leuten und informiere sie."

Der Schrei eines Babys unterbrach Gabriels Anweisungen. Er hob seinen Kopf. Im nächsten Moment lächelte er.

„Maya möchte, dass ich euch mitteile, dass Delilah soeben ein gesundes Mädchen zur Welt gebracht hat."

***

Nachdem sie Samson und Delilah zu ihrem wundervollen Baby gratuliert hatte, schloss Yvette die Tür zum großen Schlafzimmer hinter sich und ging in Richtung der Treppe. Sie überließ es ihren Kollegen, das Neugeborene weiter zu verhätscheln.

„Yvette."

Havens Stimme hinter ihr ließ sie sich umdrehen. Ohne ein weiteres Wort zog er sie ins Gästezimmer und schloss die Tür hinter ihnen.

„Ich weiß, mein Plan gefällt dir nicht, aber du musst mir vertrauen. Alles wird gut."

Yvette wand sich aus seiner Umarmung. „Es ist lebensgefährlich." Hatte er keinen Sinn für Selbstschutz?

Haven nahm sie an den Schultern und zog sie näher. „Ist es nicht. Hast du nicht selbst gesagt, dass deine Freunde die besten Bodyguards, die besten Kämpfer da draußen sind?"

„Jetzt verwendest du also meine Worte gegen mich. War ja klar."

Er legte seine Finger unter ihr Kinn und hob ihren Kopf, sodass sie ihn anblicken musste, direkt in seine stechend blauen Augen.

„Baby, ich habe nicht die Absicht, mein Leben in Gefahr zu bringen. Aber ich kann Katie nicht noch einmal verlieren. Sie ist meine Familie. Das verstehst du doch, oder?"

Natürlich stand seine Familie an erster Stelle. Yvette gehörte nicht zu seiner Familie, war vielleicht nicht einmal jemand, der ihm wirklich am Herzen lag. Oder doch?

„Also alles, was du vorher gesagt hast, meintest du nicht so?"

„Jedes Wort war mein voller Ernst." Er zog sie an seine Brust.

Sie konnte nicht widerstehen, seinen Duft einzuatmen und sich darin zu verlieren.

„Wenn das hier vorbei ist, haben wir beide eine Verabredung", flüsterte er in ihr Ohr.

„Das hast du schon einmal gesagt."

„Und ich habe mein Versprechen gehalten. Wir hatten ein Date. Nur das nächste Mal wird es länger dauern."

Sie hob ihren Kopf und damit stieg ihre Hoffnung.

„Viel, viel länger. Und das ist ein Versprechen, das ich beabsichtige, einzuhalten", fügte er an, bevor er sie küsste, als verhungerte er.

Sie erwiderte seinen Kuss und wünschte sich, dass er nie enden würde.

32

Haven schloss die Wohnungstür hinter sich und folgte seinem Bruder hinein, wo er sich auf die durchgesessene Couch fallen ließ. Wesley raufte sich die Haare und ging auf und ab.

„Bist du sicher, dass das ein guter Plan ist?“

Haven nickte. „Keiner hatte einen besseren Vorschlag.“

Trotz seiner ruhigen Stimme war er alles andere als ruhig. Yvettes Abschiedskuss hatte ihn aufgewühlt. Er war voller Angst und Verzweiflung gewesen. Er hoffte, dass er ihre Gefühle richtig interpretierte und sie das Richtige tun würde, wenn sie es musste. So sehr er ihr seinen Plan auch anvertrauen wollte, hielt er sich dennoch davon ab. In jedem Fall war es eine *wenn-alles-andere-schief-geht* Option. Trotzdem wusste er tief in seinem Herzen, dass es die einzige Möglichkeit war, die *Macht der Drei* für immer unter Verschluss zu halten. Letztendlich musste er diesen Schritt wagen.

„Was wird passieren, Haven?“

Haven zuckte mit den Achseln. „Ich weiß es nicht. Sie wird uns entführen, uns zu irgendeinem –“

Wesley blieb vor ihm stehen. „Nein, nicht mit der Hexe. Mit Yvette. Du und sie, was ist das? Ein Jucken, dem du entgegenwirken musst?“ Wes hatte einen gejagten Ausdruck in den Augen.

Haven brach den Blickkontakt ab und starrte an ihm vorbei. „Ich weiß nicht, wo es hinführen wird.“

Wie konnte er seinem Bruder sagen, was er fühlte, wenn er es noch nicht einmal Yvette eingestanden hatte? Es war nicht richtig, es Wesley gegenüber zuzugeben, wenn er zu feige war, Yvette zu sagen, was sie von ihm hören musste.

„Liebst du sie?“

Haven sprang auf und ging zum Fenster. „Verdammt, Wes! Ich kenne sie kaum.“

„Das tut nichts zur Sache.“

„Was kümmert es dich?“

Wes ging zu ihm ans Fenster, wo sie die morgendlichen Ereignisse beobachteten. „Es kann dir nicht entgangen sein, dass zwei der Vampire mit Menschen verheiratet sind.“

„Und?“ Haven mochte die Richtung nicht, in die die Unterhaltung abdriftete. Sein Bruder bedrängte ihn.

„Es bedeutet, dass eine Beziehung zwischen unseren Spezies möglich ist. Halt’ mich nicht für dumm. Ich weiß, dass du darüber nachdenkst.“

Als Haven nicht direkt antwortete, bohrte Wes erneut nach. „Verdammt, ihr habt Händchen gehalten.“

„Und was zum Teufel soll das aussagen?“

„Wann hast du schon einmal die Hand einer Frau gehalten?“

„Schon oft“, log Haven. Er konnte sich an kein einziges Mal erinnern. Er war nicht der Typ für Beziehungen. Er war mehr für One-Night-Stands.

„Weißt du, Hav. Ich dachte immer, meine zukünftige Schwägerin wäre ein knallhartes Weib, das du bei einem deiner Jobs kennenlernst, vielleicht sogar ein Ex-Knacki. Dass du eines Tages eine Vampirin mit nach Hause bringen würdest, hätte selbst ich nicht erwartet.“

„Ich bringe sie nicht nach Hause –“

Eine Hand auf seiner Schulter stoppte ihn. „Hör auf. Ich schätze es könnte schlimmer kommen. Yvette wirkt nicht so übel. Wenigstens ist es offensichtlich, dass sie sich um dich sorgt.“

Haven schaute seinen Bruder an. „Tut mir leid, Wes. Ich weiß, es ist, als würde ich Moms Andenken verraten. Doch es gibt Dinge, gegen die ich nicht ankämpfen kann.“

Bei dem Gedanken an seine Mutter spürte er einen Stich in seinem Herzen. Und offensichtlich war er nicht der Einzige, der aufgrund Francines Offenbarung entsetzt war. Wenn sein Bruder wüsste, was ihm Francine außerdem noch erzählt hatte, das schlimme Verbrechen, das ihre Mutter begangen hatte… doch Haven wusste, dass er es seinem Bruder nie erzählen konnte. Es war ein Geheimnis, das er mit ins Grab nehmen musste.

„Ich möchte jetzt nicht über Mutter sprechen.“

Bevor Wes sich wegdrehen konnte, griff Haven nach seinem Arm.

„Das müssen wir aber. Wenn Francine die Wahrheit gesagt hat, wovon ich ausgehe, dann lagen wir all die Jahre falsch. *Ich* lag falsch. Und *ich* habe dich da mit hineingezogen, als du noch jung genug warst, alles vergessen zu können.“

Wes atmete lange aus. „Du denkst wirklich, ich hätte vergessen können, was in dieser Nacht geschah, selbst wenn du mich nicht immer wieder daran erinnert hättest? Haven, ich war derjenige, der Katie nicht beschützen konnte. Ich bin nicht mit ihr weggelaufen. *Ich* habe sie nicht in Sicherheit gebracht."

Es war das erste Mal, dass er erkannte, dass sein Bruder dieselbe Schuld mit sich herumtrug wie er. Es war an der Zeit, loszulassen, zu vergeben, zu vergessen. Sie würden Katie zurückbekommen. Und dieses Mal würden sie sie in Sicherheit bringen. Haven würde dafür sorgen, auch wenn es bedeutete, dass er sich selbst opfern musste, um zu verhindern, dass die Prophezeiung erfüllt werden konnte.

Er packte Wesley an den Schultern und schüttelte ihn. „Stopp, Wes! Es war nicht deine Schuld. Und es war auch nicht meine. Wir waren Kinder. Wir haben getan, was wir konnten. Was passiert ist, ist wegen Mom passiert. Sie hat uns das eingehandelt."

Ihre Mutter hatte sie ihres Vaters beraubt. Doch das konnte er Wesley nicht sagen. Er würde zusammenbrechen, wenn er es erfuhr. „Wir haben Katie wegen ihr verloren, wegen dem, was sie wollte."

Er sah Tränen in Wesleys Augen erscheinen und zog ihn in eine Umarmung. „Es ist vorbei."

„Wie konnte sie uns das antun? Hat sie uns nicht geliebt?"

Liebe? Hatte ihre Mutter sie geliebt? Haven überdachte die Frage seines Bruders und erinnerte sich daran, dass seiner Mutter von Liebe gesprochen hatte, bevor sie starb. Bedeutete das etwas?

„Ich weiß es nicht. Ich weiß nicht, ob wir es je erfahren werden." Konnte etwas tiefer schneiden, als der Verrat der eigenen Mutter? „Wir werden alles berichtigen. Das verspreche ich."

Wes nickte. „Ja. Wir werden alles wieder in Ordnung bringen."

Haven ließ seinen Bruder aus seiner Umarmung frei. „Wir müssen die *Macht der Drei* zerstören. Sie hat zu viel Schmerz bei allen Beteiligten hervorgerufen. Ich will diese Macht nicht."

„Ich auch nicht."

„Gut, dann sind wir uns einig. Aber ich brauche deine Hilfe. Mein Plan hat noch einen zweiten Teil, von dem ich aber keinem erzählt habe, nicht einmal Yvette."

33

Yvette kaute an ihren Fingernägeln. Das hatte sie nicht mehr getan, seit sie ein Mensch war. Doch in einem verdunkelten Van darauf zu warten, dass in Havens Wohnung etwas passierte, war nervenaufreibend. Neben ihr saß Zane wie eine Statue, bewegte sich nicht, zappelte keineswegs so herum wie sie. Als störte ihn nichts. Was vermutlich auch so war.

„Hunger?“, fragte er schließlich, griff in die Kühltasche neben sich und zog eine Flasche Blut heraus.

Sie schüttelte den Kopf.

„Ah, ich schätze, du hast dich noch von Haven ernährt. Wie schmeckt denn das Blut eines Hexers?“

Yvettes Geduldsfaden zerriss wie ein überspanntes Gummiseil. Ihre Finger um seinen Hals geschlungen, drückte sie ihn gegen die Kopfstütze. „Halt gefälligst den Mund, oder ich pfähle dich hier und jetzt!“

Er packte sie am Handgelenk und befreite sich aus ihrem Griff, dann drehte er den Kopf nach links und rechts, ließ seine Halswirbel knacken. Der Klang ließ es Yvette kalt den Rücken hinunter laufen.

„Zicke. Nächstes Mal sollte ich wohl besser nicht unterbrechen, wenn er Hand an dich anlegt.“

Zane wusste wirklich nicht, wann er die Klappe halten sollte.

„Halt dich aus meinem Privatleben raus!“ Sie drehte ihre Hand aus seinem Griff und kniff die Augen zusammen. „Weißt du was, Zane – wenn ich einen Wunsch frei hätte, weißt du, was er wäre? Weißt du es? Ich wünschte mir, dass du dich in deinen größten Feind verliebst. Und weißt du, was ich dann tun würde? Dann würde ich mich kaputtlachen.“

Sie verschränkte die Arme vor der Brust und starrte aus dem verdunkelten Fenster. „Also lass mich in Gottes Namen in Ruhe.“

„So was mache ich nicht, *verlieben*“, schnaubte Zane.

„Ach ja? Hab ich auch nicht gemacht. *Shit Happens*!“

Yvette fühlte sich etwas besser, da sie Zane etwas verärgern konnte. Wenigstens hielt er jetzt seine Klappe. Besser, als wenn er ständig seine Nase in ihre Angelegenheiten steckte. Was sie für Haven empfand, war ihre Sache. Keiner brauchte es zu wissen. Sie musste zuerst selbst damit klar kommen, bevor andere ihren Senf dazu geben durften.

Nicht dass sie sich letztendlich von der Meinung ihrer Freunde beeinflussen lassen würde: Was immer sie beschloss, war allein ihre Entscheidung. Es kümmerte sie nicht, was die anderen über ihre Schwärmerei für einen Mann hielten, der weder Mensch noch Vampir war. Hatte es in der Geschichte jemals ein Hexen-Vampir-Pärchen gegeben? Von solch einem Paar hatte sie noch nie etwas gehört. Aber andererseits, Haven war kein echter Hexer. Er hatte keine Kräfte. Machte das die Sache besser?

Yvette atmete tief durch, versuchte so, die Spannung in ihrem Körper zu lösen. Es war nicht wirklich wichtig, was Haven war, denn er war einfach nur… Haven. Ein Mann, der sie all den Schmerz der Vergangenheit vergessen ließ. Ein Mann, der sie vielleicht sogar so akzeptieren konnte, wie sie war: kaputt, keine echte Frau. Und wenn das Schicksal ihr diese Chance zuspielte, warum sollte sie sie wegwerfen?

Ein Piepton riss sie aus ihrer Träumerei. Ihr Blick flog zu dem Monitor vor ihr. Zwei grüne Punkte blinkten wie einer. Rote Punkte umzingelten sie. „Sie bewegen sich."

„Na los", befahl Zane dem menschlichen Fahrer. „Halt dich im Hintergrund. Mal sehen, wo sie sie hinbringt."

Yvette schaute auf den Monitor, als die grünen Punkte sich durch die Stadt bewegten. Die roten Punkte, die die Scanguards-Autos darstellten, bewegten sich synchron zu ihnen, blieben jedoch stets mindestens drei Blöcke von den grünen Punkten entfernt. Es war unerlässlich, dass die Hexe nicht mitbekam, dass sie verfolgt wurde, auch wenn sie es vielleicht vermutete. Doch da es taghell war, fühlte sie sich wahrscheinlich sicher vor den Vampiren. War sie aber nicht.

Ihre Augen klebten an dem Bildschirm, der eine Karte von San Francisco zeigte. Yvette verfolgte die Bewegungen der grünen Punkte. Mit etwa der gleichen Geschwindigkeit wie die anderen Vans kämpften auch sie sich Richtung Westen durch den Mittagsverkehr. Langsam näherten sie sich der Hauptverkehrsstraße, die nach Norden in Richtung Golden Gate Brücke führte. Die Hexe war unterwegs aufs Land.

Yvette dachte kurz darüber nach. Wenn Francines Annahme stimmte, dann musste das Ritual draußen unter freiem Himmel stattfinden. Marin County, nördlich der Golden Gate Brücke, bot genügend abgeschiedene Waldstücke, wo das Ritual unbemerkt ausgeführt werden konnte. Da die Gegend voller New-Age-Junkies war, würde eine nackt herumtanzende Hexe kein Aufsehen erregen. Nicht dass Francine etwas von nackt erwähnt hatte.

Als sie die Golden Gate Brücke etwa eine Meile hinter der Hexe überquerten, blickte Yvette aus dem verdunkelten Fenster. Der Blick auf die Stadt war atemberaubend. Doch sie befand sich nicht auf einer Besichtigungstour. Wenn alles gut lief, würde sie eines Nachts mit Haven hierher kommen, um auf die Lichter der Stadt zu blicken. Eine Umarmung zu teilen. Einen Kuss.

„Sie fahren Richtung Mount Tam."

Aufgrund des geringeren Verkehrs auf der zweispurigen Straße in Richtung Mount Tamalpais mussten sie sich weiter zurückfallen lassen, sodass sie nicht erkannt wurden. Nervosität schlich durch Yvette und setzte sich in ihrer Kehle fest. Was, wenn sie sie verlieren würden?

Sie bemerkte nicht, dass sie begann herumzuzappeln, bis Zane seine Hand auf ihren Arm legte.

„Keine Sorge. Sie wird uns nicht durch die Lappen gehen." Seine Stimme war ungewohnt beruhigend, so sehr, dass sie ihn überrascht anstarrte.

Er zuckte mit den Achseln, als erriet er den Auslöser für ihre Verwunderung. „Allem Anschein zum Trotz, ich bin nicht ganz herzlos."

Sie nickte, sprachlos wegen seines plötzlichen Anflugs von Mitgefühl. Als der Van langsamer wurde, blickte sie wieder auf den Bildschirm zurück. Die zwei grünen Punkte bewegten sich nun nicht mehr. „Sie haben angehalten."

„Bleib außer Sichtweite", wies Zane den Fahrer an. „Wir wollen nicht, dass sie den Motor hört oder uns sieht."

Der Fahrer stoppte den Wagen und stellte den Motor ab. Dann drehte er sich zu ihnen um. „Ich seh' mal nach."

Er zog einen Vorhang zwischen Fahrerkabine und Rückbank zu, bevor er die Fahrertür öffnete und ausstieg, während er darauf achtete, dass kein Sonnenlicht zu den Vampiren gelangte.

Obwohl sie wusste, dass ihr Fahrer einer ihrer besten menschlichen Bodyguards war, der dieselbe gute Ausbildung genossen hatte wie auch Zane und sie selbst, konnte Yvette nicht anders, als sich Sorgen zu machen. „Was, wenn die Hexe ihn bemerkt?“

„Er ist ein Mensch. Sie wird sich nichts dabei denken. Hier laufen doch ständig Wanderer herum und er ist dementsprechend gekleidet.“

Sie fühlte sich etwas dumm und antwortete nicht. Natürlich hatte Zane recht. Doch auf den Sonnenuntergang zu warten, war noch nie so qualvoll gewesen.

34

Die Hütte, zu der die Hexe sie gebracht hatte, war einfach: ein großer Raum mit einer Ecke, die als Küche diente und ein kleines Badezimmer an der gegenüberliegenden Seite. Es war feucht und kalt. Haven hatte nicht bemerkt, dass ihnen jemand gefolgt war, hoffte jedoch, dass die Vampire nicht weit entfernt waren. Wegen der noch verbleibenden Sonnenstunden war keine Rettungsaktion bis Sonnenuntergang möglich. Die Vampire würden solange – gut geschützt vor den Sonnenstrahlen – unter den hohen Bäumen warten.

Als Wes und er mit der Hexe hinter ihnen die Hütte betraten, suchten seine Augen sofort nach Kimberly und fanden sie auf einem Bett zusammengerollt, das in einer Ecke stand. Sie sprang auf, als sie sie sah.

„Haven, Wesley! Ihr hättet nicht herkommen sollen. Jetzt hat sie uns alle“, jammerte Kimberly.

Wesley umarmte sie. „Alles wird gut, Schwesterchen.“

„Wenigstens bist du in Ordnung“, bemerkte Haven erleichtert und tätschelte ihre Schulter.

„Ja, ja, ja“, brummte die Hexe hinter ihnen. „Wie ich solche rührseligen Familienzusammenführungen hasse.“

Abgesehen von dem Zeremoniendolch, den sie an ihre Hüften geschnürt hatte, war Bess unbewaffnet. Heimlich betrachtete Haven die Waffe. Er musste später an den Gegenstand herankommen.

„Jetzt setzt euch hin und nervt nicht“, orderte sie und sandte einen Windstoß gegen ihn.

Haven verlor sein Gleichgewicht, doch er fand es schnell genug wieder. Die Hexe brauchte keine Waffen, um sie in Schach zu halten, alles, was sie benötigte waren ihre Kräfte. Haven erinnerte sich an seine letzte Unterhaltung mit Wesley, bevor Bess sie entführt hatte, und hoffte, dass er sich in der Art, wie er die Hexe besiegen wollte, nicht verkalkuliert hatte.

***

Sobald es dunkel wurde, gesellten sich Zane und Yvette zu Gabriel und Francine, die versteckt unter einem Baum standen. Die restlichen

Vampire waren verstreut und bildeten einen weiten Kreis um die Hütte, die die menschlichen Bodyguards zuvor ausspioniert hatten.

Yvette steckte den Kopfhörer in ihr Ohr. Es ermöglichte dem Team, miteinander zu kommunizieren, um den Angriff zu koordinieren.

„Wir brauchen zehn Minuten, um bis zur Hütte zu wandern. Weitere fünf, um zu der Lichtung zu gelangen, wo sie vermutlich das Ritual durchführen wird“, erklärte Gabriel.

Francine nickte. „Haven, Wes und Katie müssen im Halbkreis um den Altar stehen. Wir müssen abwarten, bis Bess mit dem Ritualgesang beginnt. Ihre Konzentration wird dann darauf fokussiert sein, was ihre kognitiven Sinne trübt. Es ist der einzige Moment, in dem sie schwächer ist als sonst.“

„Francine wird ihre Kräfte benutzen, die von Bess zu annullieren“, erklärte Gabriel. „Sobald sie besiegt ist, werden jegliche Schutzwälle, die sie errichtet hat, verschwinden und wir können die Drei da rausholen.“

„Verstanden“, bestätigte Zane.

Yvette schluckte schwer. Es klang so einfach, doch trotz Francines Hilfe konnten eine Million Dinge schief gehen. „Danke für deine Hilfe, Francine. Es ist sicher nicht leicht, jemanden von der eigenen Rasse bekämpfen zu müssen.“

Ein zartes Lächeln formte sich um Francines Lippen und bestätigte Yvettes Worte. „Manchmal haben wir keine Wahl. Manche Dinge sind einfach stärker als wir.“

Francines Worte beschworen eine Vision von Haven in ihr herauf und ihre Gefühle für ihn. Ja, manche Dinge waren einfach stärker als sie. Sobald das hier vorbei war, würde sie Haven sagen, dass sie ihn liebte, selbst wenn das bedeutete, dass sie sich ihm ausliefern und bloßstellen musste. Wenn er sie nicht auch liebte, würde es wehtun. Doch wenn er ihre Gefühle erwiderte, hätte sie alles, was sie wollte.

Sie wanderten schweigend, achteten darauf, wohin sie traten, um keine Geräusche zu verursachen. Der Mond erschien, erhellte den Pfad, obwohl sie auch ohne das Licht den Weg gefunden hätten. Die Nachtsicht eines Vampirs war ebenso gut wie die Sehschärfe eines Menschen bei Tageslicht. Alles war scharf und klar. Yvette konzentrierte sich auf ihre bevorstehende Mission, auf die Wichtigkeit der Sache, die sie zu erledigen hatten: Nicht nur die Hexe zu vernichten, die die Kraftverteilung in ihrer zerbrechlichen Welt zerstören könnte, sondern auch den Mann zu retten, der alles für sie bedeutete. Und die Familie zu beschützen, die er so tapfer verteidigt hatte.

Sie verstand seine Ängste jetzt, denn als sie den Berg hochstieg, um an ihr Ziel zu gelangen, trat sie in Havens Fußstapfen. Jahrelang hatte er nach seiner Schwester gesucht und seinen Bruder beschützt, den er liebte. Yvette erkannte jetzt, dass Familie nicht bedeutete, dem Mann, den man liebte, ein Kind zu schenken. Familie war alles: ein Bruder, eine Schwester, ein Freund, zuverlässige Kollegen. Sie hatte bereits eine Familie, und auch sie hatte für sie gekämpft, hatte sie beschützt, als es nötig gewesen war, ebenso wie ihre Kollegen es für sie getan hatten. Sie hatten sogar ihr Leben gerettet. Zane hatte dies vor einigen Monaten getan. Und jetzt standen sie ihr alle bei, um zu retten, was ihr am Wichtigsten war.

„Ich liebe ihn“, flüsterte sie.

Neben ihr drehte Zane seinen Kopf und blickte ihr in die Augen. „Ich weiß.“ Und wenn das nicht ein freundliches Lächeln war, das da um seinen Mund spielte.

Als sie die kleine Holzhütte erreichten, wussten sie bereits, dass sie leer war. Yvette schaltete ihren Kopfhörer an, um mit den anderen kommunizieren zu können. Nach und nach taten dies auch ihre Kollegen, die sich mit Namen meldeten, um zu bestätigen, dass auch sie über Funk erreichbar waren.

Der Einzige, der nicht dabei war, war Samson, ihr Anführer. Hin- und hergerissen zwischen seinen beruflichen und seinen privaten Pflichten, blieb er zurück bei seiner Frau Delilah und ihrem Neugeborenen und kümmerte sich um sie.

Zum ersten Mal seit sie von Delilahs Schwangerschaft erfahren hatte, freute sie sich für die Beiden. Ihr Neid war verschwunden. Sie würde mit Maya sprechen, ihr sagen, dass sie nicht vorhatte, das Erzwingen einer Schwangerschaft fortzuführen. Es war eigentlich nie wichtig für sie gewesen. Denn alles, was sie je haben wollte, war jemand, der sie liebte. Und wenn Haven dieser jemand sein sollte, wäre es genug. Sie musste ihm kein Kind schenken, damit er sie liebte. Sie allein wäre genug.

Als Gabriel sein Tempo verlangsamte und schließlich stehen blieb, stellte sich Yvette direkt neben ihn und folgte seinem Blick in die Ferne.

In der Mitte einer kleinen Lichtung, im Schatten der Bäume, die ihr und ihren Kollegen Sichtschutz boten, schien das Mondlicht auf einen flachen Felsen, lang genug, damit sich eine Person darauf legen konnte. Von drei Seiten war die Fläche umgeben von Bäumen, wo ihre Kollegen sich versteckt hielten. Doch auf einer Seite, hinter dem großen Steinaltar, formte sich eine Mauer aus hohen Felsen, die einen Angriff von hinten unmöglich machte.

Auf dem Steinaltar lagen einige Gegenstände: brennende Kerzen, ein Dolch und ein Kessel. Dahinter stand die Hexe, die zum Himmel blickte, als wartete sie darauf, dass der Mond an die Position gelangte, die sie brauchte.

Um den Altar herum standen die Geschwister. Sie waren nicht gefesselt. Yvette nahm an, dass sie von einem Zauberspruch festgehalten wurden, erkannte aber dennoch, dass sie ihre Arme und Beine bewegen konnten.

Yvette schob ihre Sorgen für Haven und seine Geschwister beiseite, wollte ihre Konzentration nicht zerstören. Sie musste kämpfen und brauchte dafür einen kühlen Kopf.

Francine folgte dem Blick der Hexe zum sternklaren Himmel. „Es ist an der Zeit“, flüsterte sie. „So nahe... ich kann es beinahe spüren.“

Durch den Knopf in ihrem Ohr hörte Yvette ihre Kollegen bestätigen, dass sie bereit waren; Gabriel hatte drei Dutzend Vampire sowie menschliche Bodyguards engagiert. Heute Nacht gab es kein Entkommen für die Hexe.

Der Hexengesang unterbrach die Stille der Nacht, drängte den Klang des Waldes in den Hintergrund. Seltsame Worte in einer unbekannten Sprache geisterten durch die Luft, wiesen den Wind an, die Kerzen auszulöschen. Nun erhellte nur noch der Mondschein die Szene. Bess streckte ihre Arme hoch in den Himmel und erhob ihre Stimme, wiederholte denselben Zauberspruch nun lauter. Eine Windböe wehte über den Altar, rüttelte an dem Kessel und dem Dolch, der daneben lag.

„Jetzt, Francine“, befahl Gabriel.

Ein schmerzverzerrter Blick stand Francine im Gesicht, als sie in die Lichtung trat und ihre Hände in Richtung Boden hielt.

„Ich gebiete der Erde“, murmelte sie und hob langsam ihre Arme. Ihre Lippen formten Worte, die nicht bis zu Yvettes empfindlichem Gehör getragen wurden.

Aus Francines Fingerspitzen leuchteten elektrische Blitze. Im nächsten Moment bebte die Erde unter Francines Füßen ähnlich wie bei einem Erdbeben. Es dauerte nur eine Sekunde. Aber was auch immer Francine getan hatte, es war genug.

Helle Pfeilblitze schossen aus ihren Fingern, als sie sich der anderen Hexe zuwandte und sie anpeilte. Bess riss ihren Kopf herum in Francines Richtung, der Hexengesang nun unterbrochen, ihre Konzentration dahin. Bess streckte ihre Arme aus, um einen Gegenangriff zu wagen.

Gabriels Kommando kam durch den Knopf in Yvettes Ohr: „Greift an!“

Von allen Seiten kamen Schatten aus den Gebüschen hervor. Sie schwärmten rasch in die Lichtung, als die ersten Blitze von Bess’ Gegenangriff die Nacht erhellten.

Yvette rannte voran, achtete darauf, dass sie Francine nicht in die Quere kam. Belagert nicht nur von Francine, sondern auch von den vielen Vampiren, die von drei Seiten einströmten, sandte Bess Blitze in alle Richtungen, während sie die Geschwister noch immer daran hinderte, sich wegzubewegen.

Yvette duckte sich, als ein heller Lichtblitz auf sie zusteuerte, und rollte sich auf den Boden. Gerade so entkam sie der brennenden Flamme.

In dem Moment, in dem sie wieder aufsprang, sah sie drei Vampire, die Bess von der Seite angriffen. Als einer von ihnen es schaffte, ihren Arm zu fassen und ihn ihr hinter dem Rücken zu verdrehen, war ihre Kampfkraft gebrochen. Innerhalb von Sekunden hatten die anderen Vampire sie in einem festen Griff, hinderten sie daran, weitere Lichtblitze zu werfen.

Erleichtert näherte sich Yvette der Szene. Aus dem Augenwinkel sah sie etwas an sich vorbeiblitzen. Im nächsten Augenblick traf ein Blitz direkt Bess’ Brust. Die Vampire, die sie festgehalten hatten, wurden in die Luft geschleudert und landeten einige Meter entfernt am Boden.

Der Geruch von verbranntem Haar und angekokeltem Fleisch schwebte in der Luft, als Bess zu Boden fiel, ihr Körper in Flammen. Ihre Schreie echoten durch die kühle Luft wie das Jammern eines Kindes.

Yvette riss ihren Kopf in die Richtung, aus der der Blitz gekommen war und starrte auf Francine.

„Wir hatten sie!“ Misstrauen erfüllte Yvette, als sie rief: „Was hast du –“

Doch als ein Blitz von Francines Hand kam, der vor Yvettes Füßen verglühte, sprang sie instinktiv zurück.

„Keinen Schritt weiter!“

Schrecken und die scharfe Warnung in Francines Stimme ließen Yvette erstarren. Als sie in Francines Augen blickte, als diese sich dem Altar näherte, ihre Hände wie ein Schutzschild von sich gestreckt, sah Yvette ein Blitzen in ihren Augen, das nur eines bedeuten konnte: Francine hatte sich gegen sie gerichtet.

„Nein, Francine!“, rief Gabriel, als er auf sie zu rannte.

Sie sandte einen warnenden Blitz zu ihm und er blieb sofort stehen.

„Los!“, flüsterte Gabriel durch den Kopfhörer. „Bringt sie zur Strecke!“

Doch es war bereits zu spät. Als Yvette und ihre Kollegen eingreifen wollten, prallten sie an einer unsichtbaren Wand ab, die sie von Francine, dem Altar und den Geschwistern trennte.

Sie hatte ein Schutzschild errichtet.

Verärgertes Fluchen kam von allen Richtungen.

„Francine, du darfst das nicht tun!“, rief Gabriel.

Der gehetzte Blick auf Francines Gesicht war abschreckend, doch ihre Worte gaben dem Grauen ein Zuhause:

„Ich habe schon zu lange versucht, zu widerstehen. Nicht mehr!“ Dann schaute sie zu den drei Geschwistern, streckte ihre Hand nach ihnen aus. „Seht ihr es nicht? Ich habe alles versucht, um der Versuchung zu widerstehen. Doch diese Macht ist zu stark. Ich habe dagegen angekämpft. Das habe ich.“

Yvette presste ihr gesamtes Körpergewicht gegen das unsichtbare Schutzschild, doch nichts bewegte sich. Warum hatte Francine sie verraten? Wie konnte sie nur, nach allem, was sie bereits für sie getan hatte? Wie lange hatte sie dies schon geplant? Und warum hatten sie es nicht kommen sehen?

„Francine“, drängte Gabriel. Er blickte zu Yvette, streckte seine Hand aus, als wollte er sie damit beruhigen. „Lass sie gehen! Du kannst dagegen ankommen. Du bist stärker.“

Francine schüttelte mit traurigem Blick ihren Kopf.

„Nein, es ist zu spät. Die Macht ist zu nahe. Zu echt. Ich habe alles getan, um dies zu vermeiden, alles! Ich habe versucht, Jennifer aufzuhalten, doch sie wollte sich nicht überzeugen lassen. Selbst als ich Katie entführen ließ, als sie noch ein Baby war, war das nicht genug. Ich wollte sichergehen, dass die Prophezeiung niemals wahr werden konnte. Ich habe ihm sogar gesagt, dass er mir niemals verraten soll, wo er sie untergebracht hatte. Er musste es mir versprechen, sodass ich sie niemals finden konnte.“

„Du hast Katie entführt?“, rief Haven, seine Hände zu Fäusten geballt. Er versuchte, auf sie zuzugehen, wurde jedoch von der unsichtbaren Kraft zurückgehalten. „Oh Gott! Ich hätte es wissen müssen. Mom und du, ihr habt gestritten! Du hast sie hintergangen!“

„Ich musste es tun. Ich konnte nicht zulassen, dass sie die *Macht der Drei* an sich riss. Ich musste sie aufhalten, also habe ich einen Vampir angeheuert, um einen von euch zu entführen. Ich habe Drake geschickt, um sie zu holen –“

Der vertraute Name rüttelte Yvette auf. Drake? Sprach sie von dem Seelenklempner, zu dem einige ihrer Kollegen gingen?

„*Doktor* Drake?“, fragte Gabriel mit angespannter Stimme.

„Er war damals noch kein Arzt. Er hat Katie genommen, weil ich ihm gesagt habe, er müsse es tun. Ich habe ihm von der Prophezeiung erzählt, und dass er das Gleichgewicht der Welten aufrechterhalten muss. Also tat er es. Und gleichzeitig schützte er mich vor der Versuchung. Als Katie weg war, konnte ich widerstehen. Ich hatte jahrelang nicht mehr darüber nachgedacht. Ich dachte, ich hätte es besiegt. Doch jetzt …“ Sie brach ab, ihr Blick wanderte zu den drei Geschwistern. „Ich brauche diese Macht. Ich habe es so lange geleugnet. Seht ihr nicht, dass ich nichts dagegen tun kann?“

Dann schnellten ihre Augen wieder zu Gabriel, verärgert und anklagend. „Du hättest mich da nie mit reinziehen sollen. Du hättest mich nie um Hilfe bitten sollen. Es ist deine Schuld. Du hättest mir nie vertrauen sollen.“

Dann nahm Francine den Dolch vom Altar und begann ihren Hexengesang.

35

Haven blickte zu Wesley, erinnerte ihn im Stillen an ihren Plan. Im Grunde hatte sich nichts geändert: Immer noch führte eine Hexe das Ritual durch, nur, dass es nun Francine war und nicht ihre eigentliche Entführerin. Für ihn machte es keinen Unterschied. Er hatte sie nie verdächtigt, nie angenommen, dass sie sie hintergehen könnte. Doch in dem Moment, in dem Bess in Flammen aufgegangen und verbrannt war, hatte er das Blitzen in Francines Augen gesehen, das nur eines bedeuten konnte: Sie begehrte die Macht für sich selbst.

Jetzt, da die Vampire ihre Verbündete verloren hatten, konnten sie nur noch mit ihren menschlichen Waffen kämpfen, statt Hexenkraft mit Hexenkraft zu besiegen. Haven wappnete sich, sein Vorhaben durchzuführen. Er erhaschte einen Blick auf Yvette, die versuchte, gegen das unsichtbare Schutzschild anzukämpfen, das Francine errichtet hatte, um die Vampire fernzuhalten.

Haven wusste, dass er Yvette liebte, und er wollte ihr keine Sorgen bereiten, doch es gab keine Zeit, um ihr zu erklären, was er vorhatte. Er hoffte, sie würde es verstehen, wenn es so weit war.

Als der Hexengesang seinen Höhepunkt erreichte, ging Francine um den Altar herum und auf sie zu. Sie ergriff Kimberlys Hand. Dann nahm sie den Dolch und schlitzte deren Handfläche auf. Kimberly schrie vor Schmerz auf. Der Klang schnitt in Havens Herz, doch er machte keine Anstalten, ihr zu helfen.

Stattdessen konzentrierte er sich auf die letzten Worte seiner Mutter. „Denk immer daran… zu lieben."

Jetzt verstand Haven sie. Sie hatte ihm mit ihren letzten Worten den Schlüssel überreicht. Nur mit Liebe könnte er seine ursprünglichen Kräfte erlangen und genügend Kraft sammeln, um seinen Plan auszuführen.

Als Francine bei Wesley fortfuhr, streckte dieser pflichtbewusst seine Hand nach vorne, um sich schneiden zu lassen. Als das Blut aus ihm heraustropfte, zuckte Wesley. Doch wie sie es zuvor besprochen hatten, wehrte er sich nicht. Er festigte lediglich seinen Stand, um sich auf seine bevorstehende Aufgabe vorzubereiten.

Francine ging einen Schritt in Havens Richtung, in ihrer Hand hielt sie den Dolch, verschmiert vom Blut seiner Geschwister. Nun brauchte sie nur noch sein Blut. Als sie nach seinem Arm griff und seine Handfläche öffnete, schloss Haven für einen Moment seine Augen, ließ die Liebe durch sich fluten: die Liebe für seinen Bruder und seine Schwester, und noch wichtiger, die Liebe, die er für Yvette empfand. Als die Woge ihn erreichte, spürte er eine Kraft, die von seinen Fußsohlen aus immer höher stieg, wie eine fremde Kraft, die seinen Körper einnahm.

Sein erster Instinkt war, es zu bekämpfen, doch er unterdrückte dieses Verlangen und vertraute der Liebe zu Yvette, ihn zu führen und die Kraft in seinen Körper einfließen zu lassen. Als sie sich in ihm ausbreitete, öffnete er seine Augen und sah alles plötzlich viel klarer. Er wusste, dass seine ursprünglichen Kräfte zurück waren. Sie waren schwach, doch ausreichend, um sein Vorhaben mit List und Tücke durchzuführen.

Als Francine den Dolch an seiner Haut ansetzte, riss er ihn ihr unerwartet aus der Hand. Gleichzeitig platzierte Wesley einen Tritt in Francines Knie, was sie zu Boden stürzen ließ. Sie schrie erschrocken auf und versuchte sogleich wieder aufzustehen.

Aber Haven hatte sich genug Zeit erkauft. Er hielt den Dolch mit beiden Händen und knirschte mit den Zähnen. Er nahm all seinen Mut zusammen, konzentrierte sich auf die Liebe, die nun in seinem Herzen verankert war, und rammte die Klinge so tief er konnte in seinen Magen. Weißglühendes Feuer schoss durch ihn hindurch. Ein schmerzerfüllter Schrei kam aus seiner Kehle. Warme Flüssigkeit floss über seine Hände, die noch immer den Dolch festhielten. Er blickte an sich hinunter und sah, wie das Blut aus ihm floss.

„NEEEEEEIIIN!“

Wer geschrien hatte, konnte er nicht sagen. Er spürte nur starke Arme um sich, als er zu Boden fiel. Wesleys Körper fing seinen ab, als er niedersank. Ihm wurde kalt. Kühle Nachtluft umgab ihn. Seine Wahrnehmungen wurden unscharf, und seine Ohren fühlten sich an, als wären sie mit Watte verstopft.

Er würde sterben, und die *Macht der Drei* würde für immer mit ihm sterben.

***

Yvettes Füße bewegten sich einfach nach vorne, trieben sie in Havens Richtung. Sie bemerkte gar nicht, dass das Schutzschild plötzlich verschwunden war. Havens Tat war vermutlich der Grund dafür, weil Francine, die sich nun erstaunt erhob, ihre Konzentration verloren hatte.

Doch was auch immer der Grund dafür war, dass das Kraftfeld verschwunden war, Yvette musste zu Haven gelangen. Ihr Körper bewegte sich unabhängig von ihrem Gehirn; sie konnte nur daran denken, dass er sich selbst erstochen hatte, um das Ritual zu stoppen.

Aus dem Augenwinkel sah sie, wie die anderen Vampire auf die Szene zurannten, Zane neben ihr, mit einem Messer in der Hand, war einen Tick schneller als sie. Als er nur noch ein paar Meter von der Hexe entfernt war, die nun wieder zu sich gekommen war und Blitze auf sie warf, hob Zane seinen Arm, holte aus und zielte.

Das Messer landete inmitten Francines Stirn. Wie ein gefällter Baum fiel sie um.

Yvette blickte nur kurz zu ihr, konnte sich kaum über ihren Tod freuen und rannte zu Haven. Als sie ihn erreichte, kniete sie sich neben ihn und riss ihn aus den Armen seines Bruders, legte seinen Kopf auf ihren Schoß.

Havens Augen öffneten sich. „Ich wusste, dass du kommen würdest …“ Seine Stimme war schwach und leise.

„Haven. Bitte. Du musst durchhalten.“ Sie presste ihre Hand gegen seine blutende Wunde, doch sie war zu groß. Das Blut strömte aus ihm.

„Ich liebe dich“, flüsterte er kaum hörbar. Die Kraft schwand aus seinem Körper. Sein Gesicht war fahl, doch seine Augen trugen noch dieselbe Leidenschaft, die er ihr zuvor entgegengebracht hatte.

„Neeeeiin! Geh’ nicht! *Verlass mich nicht!*“ Sie hatte nun all ihren Stolz verloren. Alles, was sie wusste, war, dass sie nicht ohne ihn leben konnte.

Eine Hand auf ihrer Schulter ließ sie ihren Kopf drehen. Wesley. Sein Gesicht war überflutet von Tränen, seine Lippen bebten, als er sie flehend ansah. „Du musst ihn verwandeln.“

Ein Schluchzen entkam ihr. Ihn verwandeln? Ihn zu der Kreatur machen, die er hasste?

„Das kann ich ihm nicht antun. Er wird mich hassen.“

Sie würde seinen Hass nie ertragen können, wenn sie sich doch nach seiner Liebe sehnte.

Wesley lächelte durch seine Tränen hindurch. „Nein. Er wird dich niemals hassen. Schau."

Er deutete auf Haven, und sie blickte in sein Gesicht. Seine Augen waren noch immer offen, als wollte er ein paar Sekunden länger durchhalten. Seine Lippen bewegten sich.

Yvette senkte ihren Kopf zu ihm, versuchte, seine Worte zu verstehen.

„Mach mich… wie dich …" Seine Augen suchte ihre. „Liebe mich …"

„Oh Gott, vergib mir, was ich dir jetzt antun werde."

Dann streichelte sie über sein Gesicht, fühlte die klamme Kälte seiner Haut. Er hatte nur noch wenig Zeit.

„Ich liebe dich."

Ihre Fänge verlängerten sich, kamen von ihren Lippen hervor. Im nächsten Moment beugte sie sich zu seinem Hals und durchstach seine Haut. Sein Körper zitterte, kämpfte gegen das Eindringen an, bis er sich einige Sekunden später beruhigte. Als sie an seiner Vene saugte und sein reichhaltiges Blut trank, zog sie seinen Körper an sich und lauschte nach seinem langsamer werdenden Herzschlag, bis er schließlich verstummte.

***

Zane zog sein Messer aus Francines Kopf und wischte das Blut an seiner Hose ab, bevor er es wieder in die Messerscheide steckte. Er hatte dieser Schlampe nie vertraut und so wie es aussah, war er der Einzige, der nicht von ihr eingelullt worden war. Also war es ausgleichende Gerechtigkeit, dass *er* sie umgebracht hatte. Trotzdem konnte keine große Freude in ihm aufkommen. Ihre Worte hatten ihn ernüchtert: Sie war von der Macht verführt worden. Und er wusste besser als jeder andere, wie schwer es war, solch einer Versuchung zu widerstehen. Nicht nur die Macht zu erlangen und Verwüstung zu schaffen. Er wusste auch, was es hieß, jahrelang geduldig auf die richtige Gelegenheit zu warten.

Als Wesley aufstand und seine weinende Schwester in die Arme schloss, während Yvette dem sterbenden Haven nun ihr eigenes Blut einflößte, kam Zane näher. Aus irgendeinem Grund hatte er das Bedürfnis, die verängstigten Geschwister zu beruhigen.

„Er wird durchkommen.“

Wesley nickte. „Das ist es, was er wollte.“

„Ein Vampir zu werden?“ Zane hätte nicht überraschter sein können. Der Vampirjäger wollte ein Vampir werden? Obwohl er sie so sehr hasste?

„Nein. Ich meine, doch. Aber nein. Es war nicht seine Absicht. Doch er wusste, dass er, wenn er sein Menschenleben aufgibt, die *Macht der Drei* zerstören konnte. Darum hat er es getan.“

Havens Ansehen bei Zane war gerade um tausend Punkte gestiegen. „Er hat sich geopfert.“

„Für uns. Für uns alle.“ Wesley blickte zu seinem Bruder hinunter. „Ich hoffe, er wird es nicht bereuen.“

„Wir werden ihn willkommen heißen. Ich bin stolz, einen neuen Bruder mit solchem Mut zu bekommen.“

Zane wischte seine Hand an seinem Hemd ab und streckte sie dann Wesley entgegen. „Zwei neue Brüder und eine Schwester.“

Zögernd reichte Wesley ihm die Hand. Zane drückte sie. „Ihr werdet stets unter unserem Schutz stehen.“

Kimberly verließ die Umarmung ihres Bruders und trat auf Zane zu. Mit einem Blick zu Yvette lächelte sie durch ihre Tränen. „Sie lieben einander.“

Zane fühlte sich genötigt, seine mürrische Miene durch ein freundliches Lächeln zu ersetzen. „Darum wird er es nicht bereuen.“

36

Havens Kopf dröhnte. Seine Träume spielten sich in den lebhaftesten Farben ab, die er je gesehen hatte. Eine Vielzahl von Düften eroberte ihn und sein Gehirn arbeitete wie ein Computer, analysierte sie, verglich und verarbeitete sie. Unter den Düften war einer, zu dem er sich mehr als zu jedem anderen hingezogen fühlte: Orangen. Zuhause. Endlich zu Hause.

Er öffnete die Augen. Eindrücke wurden wahrhaftig. Trotz des dämmrigen Lichts hatte er keine Schwierigkeiten, alle Details wahrzunehmen. Ein Raum, in dem er noch nie zuvor gewesen war. Der feminine Touch ließ keinen Zweifel offen, dass er von einer Frau dekoriert worden war. Das weiche Bett unter ihm. Der sanfte Baumwollstoff, der auf seinem nackten Körper lag.

Haven setzte sich auf, die leichte Decke rutschte zu seinem Bauch hinab. Es erinnerte ihn an etwas. Weit weg, wie in einem anderen Leben erinnerte er sich an Schmerzen. Eine Klinge. Blut. Sein Blick wanderte hinunter zu seinem Bauch, wo der Hauch einer Erinnerung verweilte. Doch nichts entstellte seine perfekte Haut.

Als er sich an den Bauch fasste, rauschten die Erinnerungen auf ihn ein. Er sah Francine, wie sie das Ritual durchführte. Dann war der Dolch in seinen Händen. Der Schmerz kam einen Moment später, als er die Klinge in seinen Magen rammte. Und danach erinnerte er sich nur an eins: Yvette, ihre Arme um ihn, dann ihre Fänge in seinem Hals, ihn aussaugend.

Instinktiv wanderte seine Hand zu seinem Hals, doch auch dort war seine Haut wie neu.

Trotzdem wusste er, was geschehen war. Er war nun einer von *ihnen*. Er spürte es mit seinem Körper und mit seinem Herzen. Jede Faser seines Körpers war wachsam, jede Pore seiner Haut nahm Eindrücke auf, Empfindungen, Stimuli. Nicht einmal in seinen wildesten Träumen hätte er sich vorstellen können, wie lebendig er sich fühlen würde.

Haven nahm seinen ersten bewussten Atemzug als Vampir und atmete einen unglaublich verführerischen Duft ein, einen Duft, den er aus seinem früheren Leben kannte. Nur jetzt war er definierter, intensiver, und es war unmöglich, ihm zu widerstehen. Unter der Decke reagierte sein Körper. Er deckte sich ab und stieg aus dem Bett, kein bisschen überrascht, dass sein Schwanz wie eine Eins dastand.

Seine Ohren nahmen den Klang von laufendem Wasser auf: eine Dusche. Unbeirrt schritt er durch den Raum und folgte dem Geräusch. Die Tür zum Badezimmer war angelehnt. Er drückte sie leise auf und trat in den dampfigen Raum. Die große Wanne zu seiner Rechten war leer, doch daneben befand sich eine geräumige, mit Glaswänden eingefasste Dusche. Darunter stand Yvette mit ihrem Rücken zu ihm.

Havens Herz raste, als er die Glastür öffnete und hineinschlüpfte. Im selben Moment drehte sich Yvette überrascht um.

„Du bist wach."

„Ich lebe." *Lebe und bin hungrig.* Der Durst brannte sich wie ein Schmiedeeisen in seine Kehle.

Ihre Augen wanderten über sein Gesicht. „Erinnerst du dich daran, was geschehen ist?"

Haven nickte. „An jede einzelne Sekunde." Sein Blick wanderte zu ihrem nackten Hals. „Ich bin hungrig."

„Ich habe eine Flasche Blut für dich auf dem Nachttisch bereitgestellt."

Obwohl er instinktiv wusste, dass er die Nahrung brauchte, die sie für ihn vorbereitet hatte, wollte er zuerst einen anderen Hunger stillen. „Später."

„Haven… ich… ich hatte keine Wahl."

Er legte einen Finger auf ihre Lippen, hinderte sie daran, irgendetwas zu sagen.

„Es war die einzige Möglichkeit."

Yvettes Atem geisterte gegen seinen Finger, als sie ihre Lippen öffnete. „Ich konnte dich nicht sterben lassen."

„Ich schätze, ich muss dich jetzt dafür büßen lassen. Schau, Yvette. Du hast mich in einen Vampir verwandelt, jetzt wirst du mich nicht mehr los."

Sein Blick schweifte entlang ihres nackten Körpers. Sie war noch schöner, als er es in Erinnerung hatte.

„Warum hast du es getan?"

Der beklommene Klang ihrer Stimme ließ ihn innehalten.

„Es war die einzige Möglichkeit, die *Macht der Drei* zu zerstören. Hexenkraft kann nicht im Körper eines Vampirs leben. Das hat Francine selbst gesagt.“

„Du hättest es erst mit mir besprechen sollen.“

„Damit du mich aufgehalten hättest?“ Er schüttelte den Kopf. „Nein, Baby. Du hättest versucht, es mir auszureden.“

„Aber was, wenn ich nicht rechtzeitig zu dir gekommen wäre?“

Unvergossene Tränen standen in ihren Augen. Haven streichelte ihre Wange. „Bist du aber. Ich lebe. Und ich habe mich in meinem ganzen Leben noch nie so gut gefühlt.“

„Aber du hast Vampire dein Leben lang gehasst. Wie kannst du –“

„Du hast mir gezeigt, dass Vampire ein Herz haben. Sie sind keine seelenlosen Kreaturen.“

Dann blickte er an sich hinab und bemerkte, wie sie seinem Blick folgte. „Und so wie es aussieht, haben Vampire einen unstillbaren Geschlechtstrieb.“ Oder lag es daran, dass Yvette bei ihm war?

Yvettes Atem stockte. „Ich liebe dich.“

Ihre Worte ließen alles in seinem Leben gut werden. Er zog sie an seinen nackten Körper und spürte bei dem Hautkontakt ein Kribbeln. Die Empfindungen, die dies freisetzte, waren intensiver als die, die er noch als Mensch hatte.

„Ich habe gehofft, dass du das sagen würdest.“ Er streifte seine Lippen sanft gegen ihre. „Weil ich dich niemals gehen lassen werde. Das verstehst du doch, nicht wahr? Es gibt kein Entkommen.“

„Wie willst du das sicherstellen?“ Ihr kokettes Lächeln zeigte ihm, dass sie bereit war, zu spielen.

„Da gibt es nur einen Weg …“ Haven senkte seinen Kopf und streifte seinen Lippen gegen ihre, atmete ihren Duft ein. „Gott, du riechst noch besser als in meiner Erinnerung.“

„Jetzt wird alles anders sein“, flüsterte sie gegen seine Lippen.

„Anders gut?“

„Besser. Intensiver.“

Haven streifte mit seiner Hand ihren Rücken entlang über ihren Hintern und zog sie an seinen schmerzenden Ständer.

Yvettes Atem stockte bei dem Kontakt. „Und größer.“

Er konnte das Lächeln, das in ihm hochkam, nicht unterdrücken. „Hätte ich das gewusst, hätte ich eine Verwandlung viel früher in

Erwägung gezogen."

„Darüber solltest du keine Witze reißen."

„Warum nicht?"

Sie zog sich zurück und schlug ihre Faust in seine Schulter. „Weil du mich zu Tode erschreckt hast, als du dich erstochen hast! Wage es nicht, noch einmal so etwas Dummes zu machen!"

„Und wie willst du dafür sorgen, dass ich nichts Dummes mehr anstelle?" Haven richtete ihre Worte nun gegen sie und kicherte leise.

„Es gibt nur einen Weg, wie ich immer weiß, was du vorhast." Yvette senkte ihre Lider, als wüsste sie nicht, wie sie weitermachen sollte.

Haven musste nicht fragen, an was sie dachte. Erinnerungen vom Vortag kamen in sein Bewusstsein: als Amaury spürte, dass Nina verletzt war, und als Maya Gabriel mitteilte, dass Delilah ein Mädchen zur Welt gebracht hatte.

„Du willst einen Blut-Bund."

Yvette lehnte sich zurück, versuchte, sich aus seiner Umarmung zu entziehen. „Es ist zu früh, über so etwas zu sprechen. Und überhaupt, vielleicht willst du ja etwas anderes."

Haven löste seinen Griff nicht. Und jetzt, da er ein Vampir war, war er genauso stark wie Yvette. Sie konnte ihm nie wieder entkommen. „Zu früh?"

„Ich hab ja nur Spaß gemacht. Wirklich."

„Ah-ha." Dann zwang er ihren Kopf mit zwei Fingern nach oben. „Ich dachte, diese Phase hätten wir schon hinter uns."

„Welche Phase?"

„Die, in der du mich belügst und ich dich zur Rede stelle."

„Ich habe nicht –"

Er *tsste*. „Baby, ich frage dich noch einmal. Möchtest du einen Blut-Bund?"

Sie schaute weg, doch er zog ihr Gesicht zurück zu sich. „Denn ich möchte ihn. Und ich wäre sehr enttäuscht, wenn du mich ablehnst."

Yvettes Augen leuchteten auf wie ein Weihnachtsbaum. Gegen seine Brust spürte er ihren rasenden Herzschlag. „Oh, Haven. Bist du dir sicher? Denn wenn wir gebunden sind… wird es für immer sein."

Für immer war genau das, was er im Sinn hatte. Haven streichelte über ihren Rücken. „Baby, ich würde nicht fragen, wenn ich nicht sicher wäre. Oder möchtest du, dass ich dich auf Knien bitte? Ich denke, in der Dusche zu fragen ist etwas ungewöhnlich, aber ich –“

Sie schüttelte den Kopf, schnitt seine nächsten Worte ab. „Ich liebe dich.“

Dann warf sie ihre Arme um seinen Hals und presste ihren Körper gegen ihn.

„Ich nehme das mal als ein Ja.“

„Ja.“ Ihr Atem traf gegen sein Ohr, sandte ihm einen Schauer den Rücken entlang. Die Stoßwelle wanderte bis in seinen Schwanz.

Ungeduldig, sie für immer zu seiner zu machen, fragte er: „Wann?“

„Jetzt.“

Jetzt konnte nicht schnell genug kommen. „Du musst mir sagen, was ich tun muss.“

Sie lockerte ihre Umarmung und schaute ihn an. „Wir schlafen miteinander und trinken gegenseitig unser Blut, wenn unsere Körper vereint sind.

Haven stöhnte. Das war besser als er je gedacht hatte.

Bestenfalls hätte er es sich ähnlich wie eine Hochzeitsfeier vorgestellt. Mit Vampiren als Gäste, die ihnen zusahen, wie sie ihre Hände anschnitten und ihr Blut tauschten. Aber das, nun, das kam unerwartet. Er erkannte, dass es das war, wovon er geträumt hatte, seit er Yvette getroffen hatte, ohne zu wissen, was es bedeutete. Seit er zum ersten Mal ihr Blut gekostet hatte.

In dem Moment, in dem er seine Lippen auf ihre legte und sie in seine Arme schloss, fand er endlich Frieden. Er konnte endlich die Frau in seinen Armen lieben, und das würde er auch bis in alle Ewigkeit machen. Sie hatte ihn von den Fesseln der Rache befreit und ihn gelehrt zu lieben.

Haven neigte seinen Kopf und tauchte seine Zunge in ihren Mund, genoss ihren verführerischen Geschmack. Nur dieses Mal war alles intensiver, echter. Doch trotz der Intensität konnte er sich nicht vorstellen, dass er jemals genug von Yvette bekommen würde.

Ohne Mühe drückte er sie gegen die nasse Duschwand und verschlang ihren Mund, als hätte er seit Wochen nichts zu essen bekommen. Er leckte und knabberte, erforschte und saugte. Und Yvette passte sich jeder Bewegung an, ihr Körper schmiegte sich an ihn und das Sprühen der warmen Dusche ließ ihre Körper aneinander gleiten.

Mit jeder Liebkosung spürte Haven, wie seine Kontrolle dahinschwand. Sein Zahnfleisch schmerzte, als drückte jemand ein heißes Eisen dagegen. Haven riss seinen Mund von Yvettes. Er berührte seine Zähne und schreckte schockiert zurück.

Da waren sie: Fänge. Langsam aber sicher wuchsen sie heran. Scharf, spitz und gefährlich.

Sein Blick landete auf Yvette, die ihn fasziniert anschaute. In Zeitlupe bewegte sie ihre Hand und berührte ihn an der Wange. Dann führte sie ihre Finger an seine Lippen und stieß dagegen.

„Zeig sie mir", flüsterte sie.

Er zögerte, war erst schüchtern, ihr sein neues Ich zu zeigen, erkannte dann aber, dass es lächerlich war. Sie war wie er, und er erinnerte sich daran, wie aufregend er sie fand, als ihre Fänge sich gezeigt hatten.

Haven teilte seine Lippen und spürte, wie ihre Finger an seinen Zähnen entlangstreiften. Im nächsten Moment schoss ein Stromschlag durch ihn. Sein Schwanz zuckte im Gleichklang.

„Fuck!", rief er aus. Er hatte nie etwas Intensiveres gespürt als die Berührung seiner Fänge.

Ein sündhaftes Lächeln war ihre Antwort.

„Ist es das, was ich mit dir gemacht habe, als ich deine Fänge geleckt habe?"

Yvette nickte. „Verstehst du jetzt, warum ich versucht habe, dich aufzuhalten?"

„Nein!" Er nahm ihre Hand und zog sie weg. Dann zog er sie enger in seine Umarmung, sein geschwollener Schwanz drückte gegen ihren Bauch. „Leck sie, Baby."

Er sah ein Blitzen der Begeisterung in ihren Augen, bevor sie ihre Lippen auf seine senkte. Als sie ihre Zunge in seinen Mund tauchte und an seinen Zähnen leckte, war Haven kurz davor, die Kontrolle zu verlieren. Keine Chance, dass er es bis zum Bett schaffen würde; er musste sie hier und jetzt nehmen.

Er hob sie hoch und drückte sie gegen die Wand, spreizte dabei ihre Beine. In dem Moment, in dem sie über einen seiner Fänge leckte, stieß Haven in sie. Ihr feuchter Kanal hieß ihn willkommen. Ihr Atem stockte, ihre Lippen ließen von ihm ab.

„Hör jetzt nicht auf, Baby", drängte er.

„Du bringst mich um, Haven.“ Ihre Antwort war mehr gestöhnt als gesprochen. „Das ist neu für dich. Wir sollten es langsam angehen lassen, damit es dich nicht überwältigt.“

„Für mich sieht es so aus, als wärst du diejenige, die nicht damit klarkommt. Glaub mir, es langsam anzugehen ist nicht das, was ich möchte.“ Haven zog zurück und stieß erneut in sie, seine Hoden schlugen gegen ihr Fleisch. „Ich möchte es hart und schnell und tief.“

Und mit jedem Wort stieß er in sie.

Yvette schloss bei jeder erneuten Invasion ihre Augen, und bei jedem Entzug öffnete sie sie wieder. „Oh, Gott!“

„Das ist schon eher das, was ich will.“ Dann senkte er seinen Kopf zu ihrem. „Nun, wolltest du nicht meine Fänge lecken?“

Ihre Blicke trafen sich. In ihren grünen Augen sah er Verlangen und Freude. „Ich hätte nicht gedacht, dass du dich so schnell daran gewöhnen würdest, Vampir zu sein. Ich hatte angenommen, du würdest versuchen, dagegen anzukämpfen. Gegen das, was du bist.“

Haven streifte seine Lippen gegen ihre, der federleichte Kontakt sandte ein angenehmes Kitzeln seine Haut entlang. „Ich habe mein Leben lang gekämpft, jetzt will ich lieben, weil das das Einzige ist, was zählt. Ich will dich lieben, und dich zu der meinen machen.“

„Ich gehöre doch schon dir.“

Yvette teilte ihre Lippen, lud ihn ein.

Obwohl er so viel wissen wollte, so viele Fragen hatte, konnte er ihrem Angebot nicht widerstehen: Sie bot vollkommene Glückseligkeit in ihren Armen an. Nichts anderes war wichtig. Später wäre für alles andere Zeit, für Fragen und um herauszufinden, wie sein neues Leben sein würde.

Ihre Körper bewegten sich synchron zueinander, als sie sich miteinander vereinten. Ihre Beine schlangen sich um seine Hüften, ihr Rücken gegen die Kacheln gedrückt. Haven spürte ihr Gewicht kaum, seine neue Vampirkraft erlaubte es ihm, Dinge zu tun, die ihm als Mensch – gelinde gesagt – schwergefallen wären.

Doch alles, an das er denken konnte, war, wie perfekt ihre Körper harmonierten, wie sie sich um ihn verkrampfte, ihn quetschte, ihn in sich hielt. Wie ihre fantastischen Brüste bei jedem Stoß hüpften, wie ihre Nippel immer härter wurden, bei jedem Mal, wenn sie gegen seine Brust streiften.

Noch nie hatte er beim Liebe machen jede Bewegung so intensiv gespürt. Jede Empfindung verstärkte sich zehnfach, nein, *hundert*fach! Und gleichzeitig wusste er, dass er länger durchhalten konnte, dass er sie höher schaukeln konnte und sie härter nehmen konnte als er es als Mensch gekonnt hätte. Der Gedanke, seiner Frau mehr Freuden zu bereiten als zuvor, verstärkte sein Verlangen nur noch mehr. Alle Zweifel, ob er ihr genügen würde, waren erloschen. Anhand dessen, wie sie auf ihn reagierte, wie sie seinem Blick standhielt und wie ihre Liebe sich über ihn ergoss, wusste er, wie sein zukünftiges Leben sein würde: glücklich und voller Liebe. Ohne Hass. Ohne Schmerz.

Yvettes Atmung änderte sich und Haven hörte deutlich, wie ihre Herzfrequenz stieg. Seine Hoden spannten sich bei dem Wissen, dass sie kurz davor war.

Ihre Lippen teilten sich. „Jetzt. Beiß mich jetzt.“

Seine Augen schnellten zu ihrem Nacken, die Vene unter ihrer Haut pulsierte. Er senkte seinen Kopf zu ihr, wurde von einer unsichtbaren Kraft dorthin gezogen. Als er ihre zarte Haut küsste, spürte er ein Schaudern unter sich. Er zog sich aus ihrer Scheide zurück und stieß in dem Moment wieder in sie, in dem seine Fänge ihre Haut durchbohrten und tief in sie tauchten.

Als der erste Tropfen ihres Blutes auf seine Zunge traf, breitete sich der Geschmack wie ein Lauffeuer aus. Sein Glied zuckte in ihr. Im nächsten Moment spürte er ihre Lippen an seiner Schulter, ihre Zähne an ihm kratzend, bevor sie ihren Mund weiter öffnete und ihre scharfen Fänge in sein Fleisch schlug.

Haven verlor die Kontrolle, und sein Orgasmus brach über ihn ein, stärker als jedes Erdbeben, jeder Tornado, jeder Tsunami. Jede Zelle in seinem Körper explodierte und mit jedem Schluck von Yvettes Blut eskalierte sein Vergnügen.

Und dann spürte er es.

Spürte sie.

Yvette.

Er konnte sie wahrnehmen, fühlen was sie fühlte. Spürte ihre Liebe jetzt noch intensiver. In Gedanken streckte er sich nach ihr aus.

Yvette, Baby. Ich gehöre jetzt dir.

Mein Geliebter.

Ihre Stimme wanderte durch seinen Verstand, doch ihre Lippen waren noch immer gegen seine Schulter gepresst, ihre Fänge noch immer in ihm, sie trank von ihm, so wie er von ihr trank.

Im nächsten Moment spürte er ihren kommenden Orgasmus und versteifte sich. Als ihre Muskeln sich um seinen Schwanz verkrampften, traf ihn eine weitere Welle des Vergnügens wie aus dem Nichts, sandte ihn erneut über die Kante.

Ich lasse dich niemals gehen, Baby.

Wie willst du das sicherstellen?, fragte sie.

Er stieß fester, sein Ständer noch genauso hart wie vor seinem Orgasmus.

So, Baby. Genau so.

Epilog

Eine Woche später.

Yvette wartete mit angehaltenem Atem auf Havens Antwort, obwohl sie seine Entscheidung bereits wahrnehmen konnte. Sie saßen in Samsons Arbeitszimmer, Samson saß ihnen im Sessel gegenüber.

Haven blickte sie von der Seite an und drückte ihre Hand mit einem Lächeln im Gesicht.

Schau nicht so besorgt, Baby.

Dann sah er Samson direkt an.

„Ich werde keine Rache fordern. Drake hat getan, was er tun musste. Seine Rasse beschützen. Ich glaube, anhand der Umstände hätte ich dasselbe getan. Er sollte dafür nicht bestraft werden. Meine Mutter war fehlgeleitet."

Yvette spürte den Schmerz, als er von seiner Mutter sprach. Und jetzt, da sie mit Haven verbunden war, wusste sie auch, was seine Mutter noch getan hatte. Sie hatte Havens Vater umgebracht, weil er versucht hatte, ihren Plan zu durchkreuzen.

„Sie hätte nicht versuchen sollen, die *Macht der Drei* an sich zu reißen. Niemandem sollte es erlaubt sein, solch absolute Macht zu erlangen."

Samson nickte, offensichtlich glücklich mit dem Ausgang. „Ich bin froh, dass du dich so entschieden hast. Ich werde mit Drake sprechen und ihn von deiner Großzügigkeit in Kenntnis setzen."

Haven machte eine ungeduldige Handbewegung.

„Samson, lass uns das mal klarstellen: Es ist keine Großzügigkeit meinerseits. Es ist Buße. Ich bin sicher, es ist dir nicht entfallen, dass ich viele Vampire umgebracht habe. Ich bin derjenige, der bestraft werden sollte."

Yvette schoss von ihrem Sitzplatz auf. „Nein! Das kann ich nicht erlauben. Samson, du darfst nicht zulassen, dass Haven bestraft wird."

Samson zeigte ihr an, sich wieder hinzusetzen. „Yvette, ich habe kein Interesse daran, deinen Gefährten zu bestrafen. Also beruhige dich. Ich habe aber ein Angebot."

Yvette ließ sich von Haven wieder auf die Couch ziehen. Seine

Arme schlangen sich um sie, als er sie nahe an sich zog, die Wärme seines Körpers beruhigend.

„Woran denkst du?“, fragte Haven direkt.

„Du hast die *Macht der Drei* zerstört, indem du dein Menschenleben geopfert hast. Dafür sind wir dir alle dankbar. Keiner von uns hätte dich je dazu gedrängt.“

„Ich habe es für Wes und Katie getan… ähm, Kimberly. An den Namen werde ich mich wohl nie gewöhnen.“

„Egal aus welchem Grund. Wir stehen in deiner Schuld. Du bist ein großartiger Kämpfer, und du zeigst gute Führungsqualitäten. Ich habe mich gefragt, ob du vielleicht bei Scanguards einsteigen möchtest.“

„Du bietest mir einen Job an?“

Samson nickte. „Du kannst wohl nicht mehr deinem alten Job als Kopfgeldjäger nachgehen. Aber wir könnten einen wie dich gebrauchen.“

Yvettes Brust erfüllte sich mit Stolz. Haven zu fragen, ob er für Scanguards arbeiten wollte, bedeutete, dass er Samsons vollstes Vertrauen hatte. Es bedeutete, dass er einer von ihnen war. Ebenbürtig. Ein Teil der Familie.

„Denk ein paar Tage darüber nach.“ Dann stand Samson auf, zeigte damit das Ende der Unterhaltung an.

Als Yvette und Haven leise durch die Nacht gingen, ließ sie ihre Hand in seine gleiten. Nur ihre Schritte hallten auf dem Bürgersteig wider. Yvette ließ sich die letzten paar Minuten noch einmal durch den Kopf gehen. Als Haven schließlich sprach, stiegen sie bereits den steilen Hügel zu Telegraph Hill hinauf, nur ein paar Blöcke von ihrem Zuhause entfernt.

„Ich glaube, ich kann es nicht annehmen. Zumindest noch nicht.“

„Warum?“

„Ich bin noch nicht bereit. Und ich verdiene es nicht.“

„Aber Samson denkt schon.“

Haven lächelte sie an. „Ich muss es erst selbst glauben. Yvette, ich habe unschuldige Vampire umgebracht. Ich muss mir dafür erst selbst vergeben.“

Tief drinnen verstand sie ihn. Seine Ehre verbot es ihm, etwas anzunehmen, was er seiner Meinung nach nicht verdiente. „Ich werde dir helfen.“

Er drückte ihre Hand und zog sie zu ihrem Haus – ihrem gemeinsamen Haus. „Und mit deiner Hilfe werde ich mir eines Tages verzeihen können." Er küsste sie, dann ließ er sie los und sperrte die Tür auf.

Ein Geräusch von drinnen alarmierte sie, machte sie sofort angriffsbereit. Sie atmete ein. Im nächsten Moment rannte sie an Haven vorbei und eilte hinein.

„Hund!"

Ein sanftes Kläffen kam aus der Küche. Als sie sie betrat, spähten ihre Augen in die Dunkelheit. Da, auf der Hundedecke lag ihr Hund. Doch er war nicht allein.

Hinter Yvette betrat Haven die Küche und schaltete das Licht an.

„Welpen!", rief Yvette, als sie sich auf den Boden kniete, um ihren Hund zu streicheln, der sie sofort ableckte. „Sie hat Junge bekommen."

Neben ihr kniete sich Haven auf den Boden und kraulte das Hundefell. „Das ist ja ein schöner Hund. Wie heißt sie?"

Durch ihre Tränen blickte sie Haven an. „Sie hat keinen Namen."

Die Schleusen öffneten sich, und der Stress der vergangenen zwei Wochen fiel endlich von ihr ab. Havens Arme kuschelten sie an seine Brust, als er sie auf seinen Schoß zog, während der Hund ihren Knöchel leckte.

„Dann müssen wir wohl einen Namen aussuchen." Er streichelte ihre Wange und hob ihren Kopf, küsste sie sanft auf die Stirn. „Und für die Welpen auch."

Haven nahm eines der kleinen Hündchen in seine große Hand. Seine Augen waren geschlossen, und es winselte leise.

„Schau dir den hier mal an. Er sieht aus, als ob er kahl wäre. Ich schätze, ich habe den perfekten Namen für den kleinen Mann hier."

Er zwinkerte ihr verschmitzt zu, brachte sie damit zum Lachen.

„Zane bringt dich um, wenn er das mitbekommt."

Haven streichelte den kleinen Hund und fragte ihn: „Was hältst du davon, kleiner Zane, he? Du hast doch keine Angst vor einem großen, kahlen Vampir, oder?"

ENDE

Über die Autorin

Tina Folsom ist gebürtige Deutsche und lebt schon seit über 20 Jahren im englischsprachigen Ausland, die letzten 10 Jahre davon in San Francisco, wo sie mit einem Amerikaner verheiratet ist.

Tina ist schon immer ein bisschen herum zigeunert und hat in vielen verschiedenen Orten gelebt: nach Lausanne in der Schweiz, arbeitete sie kurzzeitig auf einem Kreuzfahrtschiff im Mittelmeer, verbrachte dann ein Jahr in München bevor sie nach London zog. Dort lies sie sich als Buchhalterin ausbilden. Aber die Wanderlust ergriff sie nach 8 Jahren in England und sie zog über den großen Teich.

In New York war sie ein Jahr auf der berühmten Schauspielschule, der American Academy of Dramatic Arts. Danach blieb sie ein Jahr in Los Angeles, wo sie an der UCLA Drehbuchschreiben studierte. Dort lernte sie auch ihren Mann kennen, der in San Francisco lebte. So zog sie kurzerhand drei Monate später nach San Francisco.

Erst war sie dort als Buchhalterin und Steuerberaterin tätig. Sie machte sogar ihre eigene Kanzlei auf. Doch damit war sie noch nicht ganz zufrieden. Eine Zeit lang hatte sie ihr eigenes Immobiliengeschäft, aber das Schreiben vermisste sie sehr. Also fing sie im Herbst 2008 wieder damit an und schrieb ihren ersten Liebesroman.

Vampire haben es ihr schon immer angesagt. Mittlerweile hat sie 15 Bücher in Englisch, sowie etliche in anderen Sprachen (Deutsch, Französisch und Spanisch) herausgegeben. Sie ist gerade mitten drin, ihre Bücher ins Deutsche übersetzen zu lassen.

Ihr erstes deutsches Buch, Samsons Sterbliche Geliebte, Buch 1 der Scanguards Vampire Serie erschien Ende Dezember 2011. Jeweils ein weiteres Buch in der Serie wird alle 2 Monate in Deutsch erscheinen.

Tina hört gerne von ihren Lesern. Schreiben Sie ihr doch einfach eine email: tina@tinawritesromance.com

http://facebook.com/TinaFolsomFans
Twitter: @Tina_Folsom
www.tinawritesromance.com
http://authortinafolsom.blogspot.com

1869057R00136

Printed in Germany
by Amazon Distribution
GmbH, Leipzig